L'APRÈS-MIDI BLEU

Du même auteur

AUX MÊMES ÉDITIONS

Un Anglais sous les tropiques
coll. « Points roman », nº 222

Comme neige au soleil
coll. « Points roman », nº 252

Les Nouvelles Confessions
roman, 1988
coll. « Points roman », nº 384

La Chasse au lézard
nouvelles, 1990
coll. « Points roman », nº 480

Brazzaville Plage
roman, 1991
coll. « Points roman », nº 604

AUX ÉDITIONS BALLAND

Un Anglais sous les tropiques
roman, 1984

Comme neige au soleil
roman, 1985

La Croix et la Bannière
roman, 1986

WILLIAM BOYD

L'APRÈS-MIDI BLEU

roman

TRADUIT DE L'ANGLAIS
PAR CHRISTIANE BESSE

ÉDITIONS DU SEUIL
*27, rue Jacob, Paris VIe*

Ce livre a été édité
sous la direction d'Anne Freyer.

Titre original : *The Blue Afternoon*
Éditeur original : Sinclair-Stevenson, Londres
ISBN original : 1-85619-366-7

ISBN : 2-02-021364-8

Pour Susan

Il effaça le tonnerre, puis les nuages,
Puis la colossale illusion du paradis. Pourtant
le ciel demeurait bleu. Il voulait l'air imperceptible.
Il voulait voir. Il voulait que l'œil vît
Sans être touché par l'azur...

Eût-il été capable de mieux imaginer :
il serait assis sur un divan, sur un balcon
au-dessus de la Méditerranée, dont le vert
se ferait émeraudes. Il regarderait les palmiers
agiter leurs grandes oreilles dans la chaleur.
Il observerait un vin jaune, suivrait le sillage d'un navire
et dirait : « Ce que je fredonne me paraît
le rythme de cette pantomime céleste. »

Wallace Stevens,
Paysage avec bateau.

Prologue

Je me rappelle cet après-midi, peu de temps après le début de nos pérégrinations, où, assise sur le pont au soleil clément du milieu de l'Atlantique, par un jour terne et embrumé, le ciel d'un bleu délavé au-dessus des cheminées, je demandai à mon père l'effet que cela faisait de prendre un bistouri et d'inciser la chair humaine. Il réfléchit avec sérieux un moment avant de répondre.

« Ça dépend où tu coupes, dit-il. Parfois, on a l'impression d'enfoncer dans de l'argile ou de la pâte à modeler. Parfois on croirait trancher dans du blanc-manger ou du poulet cru. »

Il réfléchit quelques instants de plus puis fouilla dans la poche de sa veste et en sortit un scalpel. Il retira le petit étui de cuir qui en protégeait la lame et me tendit le mince couteau.

« Tiens. Vois toi-même. »

Je pris le scalpel, aussi petit qu'un crayon mais beaucoup plus lourd que je ne l'imaginais. Il examina les restes de notre déjeuner sur la table : une tranche de fromage à l'épaisse croûte jaune, une coupe de fruits, quatre pommes et un melon, des petits pains.

« Ferme les yeux, dit-il. Je vais te trouver quelque chose, un parfait simulacre. »

Je fermai les yeux et agrippai fermement le scalpel entre le pouce et deux doigts. Je sentis la main de mon père sur la mienne, la pression tendre de ses doigts secs et rugueux sur les miens qu'il souleva et guida jusqu'à ce que la lame vienne reposer sur une surface ferme mais un peu élastique.

« Fais une entaille. Une petite. Appuie. »

J'appuyai. Ce dans quoi je coupai céda aisément, et je

déplaçai la lame d'environ deux centimètres, à mon sens, sans à-coup ni problème.

« Garde les yeux fermés... Quelle impression ça t'a fait ? »

Je réfléchis une seconde ou deux avant de formuler ma réponse. Je la voulais juste, exacte, scientifique.

« Une impression de... Comme du beurre, vois-tu, sorti de la glacière. Ou du steak, l'impression de couper un steak tendre.

— Tu vois ? Rien de mystérieux, pas de quoi s'inquiéter. »

J'ouvris les yeux et vis son visage carré me souriant, presque triomphant, comme s'il venait de me prouver qu'il avait raison. Il tendait son avant-bras nu, les manches de sa veste et de sa chemise relevées jusqu'au creux de son coude. Sur le muscle, à quinze centimètres au-dessus de son poignet, une coupure de cinq centimètres laissait suinter des bulles brillantes de sang.

« Voilà, dit-il. C'est facile. Une superbe incision. Pas une hésitation, une pression régulière, et avec les yeux fermés en plus. »

Son expression changea alors pour s'imprégner d'une tristesse mêlée d'orgueil.

« Tu sais, ajouta-t-il, tu aurais fait un grand chirurgien. »

Los Angeles, 1936

Un

Je tournai dans Sunset Boulevard et remontai Micheltoreno en direction du site. La journée était nuageuse et un vent capricieux, énervant, ballottait les feuilles des palmiers nains plantés par l'entrepreneur le long de la rue. Alors que je freinais pour me garer devant le n° 2265, j'aperçus le vieil homme. C'était la première fois que je le remarquais vraiment mais, au même moment, je me souvins aussitôt, pour une raison quelconque, de l'avoir déjà vu traîner sur le site. En découvrant que je le regardais, il examina d'abord ses mains et puis, de la manière la plus étrange, avec une certaine gaucherie, les semelles de ses souliers, comme s'il avait marché sur une crotte de chien ou une boule de chewing-gum, et, ne trouvant rien, il fit demi-tour et s'éloigna d'un pas vif.

Je n'y attachai guère d'importance, il faisait miteux et pas très sûr de lui, peut-être un type à la recherche d'un boulot. Peut-être aussi n'avait-il pas compris que j'étais l'architecte, ça arrivait constamment. J'oubliai l'incident dès que j'eus ôté mes chaussures pour enfiler une paire de galoches. La maison était bâtie sur une pente et les pluies de la semaine précédente avaient laissé le sol argileux autour humide et glissant.

Cette petite maison presque achevée sur son terrain escarpé représentait mon avenir, et quelles que fussent les frustrations qu'elle me réservât, chaque fois que je la voyais j'éprouvais toujours un petit frisson de... de quoi ? D'amour, je suppose, ou quelque chose d'approchant. Je l'avais rêvée, cette maison, je l'avais dessinée, je contrôlais sa construction et, clouée sur un poteau de la palissade, se trouvait la preuve oculaire de ce fait : ma plaque. *K.L. Fischer, architecte.* Le petit écriteau bleu était juste un peu gâché par la brutale suppression du nom de mon ex-partenaire : plus d'Eric Meyersen, un simple coup de peinture noire effaçant son identité. Je regrettais de ne pas pouvoir oblitérer avec autant de facilité les souvenirs de notre association : Meyersen et Fischer, cinq ans de mensonges et de duplicité, de tricherie et de mauvaise foi. Ma seule consolation c'était qu'un jour, je le savais, ce type aurait ce qu'il méritait.

Je pénétrai dans l'entrée mal éclairée. De l'étage venaient des bruits de marteau et de scie, accompagnés de la voix de stentor de Larry Rugola, le contremaître, chantant avec enthousiasme « Si tu étais la seule fille au monde ». J'arpentai lentement les pièces du bas. La maison, sur deux niveaux, était petite, sa taille dictée précisément par la forme du site ; le premier étage consistait en deux chambres, une salle de bains et une large véranda — que j'avais baptisée « palier éolien » — et le rez-de-chaussée en un vaste living-room avec salle à manger, cuisine et patio. La façade sur rue présentait une série de murs-rideaux en stuc crème, des rectangles plats de ciment peint disposés de façon à révéler des ouvertures — de verre, d'espace — ou à se chevaucher un peu, donnant l'impression de diminution des volumes. La géométrie stricte de cette composition était soulignée, et compensée, par les deux pins que j'avais laissés pousser au bord de la route. La juxtaposition de ces troncs noueux tordus et du ciment inondé de soleil, avec des ombres tranchées, fonctionnait d'exceptionnelle manière. La façade sur la vallée était pur Style international : murs de verre abrupts coupés de panneaux de stuc horizontaux et, de temps à autre, verticaux. La trouée de la véranda donnait l'impression qu'une section entière du bâtiment avait été enlevée, comme par une main géante, mais l'intégrité de son espace demeurait, assurée par les grosses poutres en chêne du treillis.

A l'intérieur régnait la simplicité. Des plafonds bas, des placards, meubles et boiseries de teck, des murs soit de verre — encadrant le paysage — soit de stuc lisse coquille d'œuf. Les planchers étaient de chêne beurre frais et, là où je pensais qu'une texture plus douce compléterait les plans sévères, j'avais prévu une moquette rugueuse de couleur taupe. Tout cela, bien entendu, prenait vie dans mon imagination, parmi les piles de planches, les boucles blondes des copeaux, les outils abandonnés, les murs non peints, les câbles pendouillant des futures prises électriques. Nous avions encore un peu de chemin à faire avant d'atteindre la perfection.

« Ah, Mrs Fischer ! » Larry dégringolait l'escalier, brandissant un marteau à tête ronde comme le pistolet à six coups d'un gangster. « On n'a toujours pas reçu ces boiseries. La menuiserie dit... » Il me décocha un sourire timide et entendu. « Ils disent, euh, qu'ils ne peuvent pas prendre une commande de cette taille sans un versement d'arrhes en liquide.

— Mais nous avons un compte chez eux, nom d'un chien !

— C'est ce que je leur ai dit. Mais le type répond que c'est celui de Meyersen et Fischer, le compte. Il n'en a pas au nom de K.L. Fischer. »

Je tournai les talons, m'avançai vers le panneau de verre épais du mur-fenêtre et contemplai la vue. Silver Lake, tel était le nom fantaisiste donné à cette zone en bordure d'un réservoir artificiel aménagé entre deux chaînes de collines, au nord de Downtown et à l'est de Hollywood. D'étroites routes empierrées y dessinaient des crochets et des boucles à travers les poivriers et les chênes. Micheltoreno était l'une des plus longues ; elle commençait au Sunset Boulevard et montait, descendait, serpentait et sinuait jusqu'au réservoir. Au sommet, on avait vue sur l'est et l'ouest mais ici les pentes abruptes fournissaient un panorama de la cité tentaculaire qui, en certains cas, pouvait s'étendre jusqu'à l'océan, son chatoiement d'écailles de poisson formant une ligne lumineuse tremblée sur l'horizon. Je me concentrai très fort sur ce que je pouvais voir, notant la réverbération brillante des toits de voitures qui circulaient dans les deux sens sur Sunset Boulevard ; un petit homme étendait une grande couverture mexicaine sur une corde à linge ; une femme dans un maillot deux pièces bleu cobalt prenait un bain de soleil sur un toit goudronné. Je posai le bout de mes doigts sur le verre chaud et sentis à travers les minuscules vibrations soniques de la cité. La fille sur le toit goudronné étala ce qui ressemblait à de la margarine sur son nombril. Dès que j'eus recouvré mon calme, j'assurai Larry que j'irais au dépôt de bois régler l'affaire moi-même.

« Ah oui, aussi, ce vieux schnock est encore venu vous demander. Du moins, j'imagine que c'est vous.

– De qui parlez-vous ? Quel vieux schnock ?

– Il sort d'ici. Il a demandé si votre nom était… attendez que je me goure pas… Carriscant, je crois. Ouais, Miss Carriscant.

– Carriscant ?

– Je lui ai dit qu'il devait se tromper. Y avait bien une Mrs Fischer mais pas de Miss Machinchose. Et qui s'appelait Fischer depuis toujours. Autant que je… » Il se tut et examina ma mine tendue avec ce qui, pour Larry, ressemblait à une sincère inquiétude.

« J'espère que je n'ai pas, enfin, c'est-à-dire…

– Non. Étrange, j'ai juste… Non, très bien. Absolument pas de problème. »

Deux

Je m'appelle Kay Fischer. Je m'appelle Kay Fischer et, au moment de cette histoire, j'avais 32 ans, j'étais divorcée et architecte de profession. Je mesurais 1 mètre 65 (je les mesure toujours) avec des cheveux châtains ternes et des yeux bruns vifs. J'avais un joli visage rond et l'intelligence acérée. Et, comme la plupart des gens qui se savent plus malins que la majorité des humains qu'ils rencontrent à mesure qu'ils avancent dans la vie, mon intelligence me poussait à être parfois un peu cruelle. A cette époque, je fumais beaucoup trop, et je buvais et mangeais beaucoup trop aussi parce que, je suppose, j'étais alors plus souvent triste qu'heureuse, avec pour résultat que ma jolie silhouette s'était faite boulotte et large de fesses. Mais je m'en fichais, franchement. Je m'en fichais.

Je revins du dépôt de bois où, après avoir bénéficié durant des années de facilités de crédit sans histoire, j'avais dû verser deux cents dollars en liquide afin d'ouvrir un autre compte. Des employés qui avaient traité avec moi depuis mes débuts dans le métier me récitaient aujourd'hui, sur le mode navré, règles et règlements et me renvoyaient au jeune directeur dans son bureau vitré. « Vous ne comprenez pas, dis-je à cet individu gris et myope, c'est Meyersen qui est en faillite, ou plutôt il le sera quand j'en aurai terminé avec lui. » La bravade donnait de l'écho à ma voix. « Les règlements sont les règlements », répliqua le directeur, évitant adroitement mon regard, et je finis par me soumettre et payer.

Chez moi, un petit appartement dans un immeuble assez récent sur Laurel Avenue dans West Hollywood baptisé sans vergogne *Les Appartements de l'Escorial* en tribut à ses racines coloniales espagnoles, je me préparai un pot de café, fort et visqueux, et recommençai à broyer du noir sur la trahison et Eric Meyersen. La maison Taylor, à Pasadena, le centre commercial à Burbank... Trois années de travail, de mon travail, appartenaient désormais à Meyersen et à sa luxueuse nouvelle compagnie. Dans un accès de rage soudain et tumultueux, j'appelai mon avocat, George Fugal, mais son service d'abonnés absents répondit qu'il était parti pour le week-end. Enfin, le café était très bon, brûlant et parfumé, je fumai trois Picayunes d'affilée, histoire d'entretenir ma rogne, et arpentai d'un pas vengeur ma pièce simple et ordonnée.

Je n'avais pas pu faire grand-chose au côté fermement fonctionnel de l'Escorial. J'avais réduit au minimum mes besoins en mobilier et j'avais supprimé les pâtisseries en volutes des murs intérieurs que j'avais repeints en blanc. Deux fauteuils Breuer en cuir et chrome se faisaient face de chaque côté d'une table basse en verre posée sur un tapis jaune et bleu de Gertrud Arndt. Le seul autre meuble dans la pièce était ma table à dessin. Il n'y avait pas non plus de tableau au mur et je gardais mes livres dans ma chambre. Le résultat était le plus frugal et apaisant qu'on pût obtenir, à mon avis, dans un immeuble de Los Angeles. Mon mot de passe avait été emprunté à Hannes Meyer : le nécessaire, pas de superflu.

Les Appartements de l'Escorial furent démolis en 1963 par un promoteur qui fit bâtir trois vilaines maisons à la place. De mon temps, les appartements de choix (le mien non inclus) entouraient une petite piscine couleur d'aigue-marine. En me penchant au coin de la fenêtre de ma cuisine (ce que je fis en rinçant la cafetière), j'arrivais à apercevoir un triangle du côté petit bain. Le soleil de l'après-midi éclairait les toits de tuile et le stuc orange des murs de l'immeuble, et renvoyait des embrouillis batailleurs de reflets aquatiques frissonner sur les panneaux en verre des balcons. J'entendis le clapotis de l'eau et le rire enchanté d'une fille – un rire de gorge profond – et une envie folle de nager me prit, l'envie de me plonger dans ce bleu hyperchloré et de me laver de Meyersen et des petites humiliations du dépôt de bois. Dans ma chambre, je choisis un maillot de bain et me débarrassai de ma robe mais j'aperçus alors mes cuisses et mes fesses dans le carré de miroir sur la coiffeuse et décidai plutôt d'aller travailler. L'humiliation plus grande de me déshabiller devant les résidents de l'Escorial constituait une dissuasion impossible à ignorer.

Je me mis donc à ma table à dessin, ajustai la lampe et déroulai les élévations intérieures du 2265 Micheltoreno. Mon credo d'architecte se réduisait à la plus simple expression : de quel espace avions-nous besoin, moi ou mon client, et comment l'emprisonner. La grande libération apportée par les nouveaux matériaux du XXe siècle avait remis l'accent sur les priorités de l'architecte : l'espace enclos devenait plus important que ce qui le contenait. D'autres l'ont exprimé plus éloquemment que moi mais, en ce qui me concerne, revêtements de stuc, briques de verre et béton armé, Bakélite et chrome, contre-plaqué et aluminium étaient des bénédictions dans la mesure où ils servaient l'espace qu'ils devaient délimiter. Mon second critère était la simplicité. Ma mission était de dessiner l'espace et d'utiliser le minimum pour le créer. La maison de Micheltoreno avait été conçue, si vous préférez, comme un assemblage de blocs d'air. Certains de ces blocs se trouveraient entre des murs de stuc, d'autres seraient limités par des frontières transparentes grâce à des panneaux de verre, d'autres par des poutres et des contreforts en bois et des arcs-boutants de balcon, d'autres encore par les formes organiques des arbres dont j'avais ordonné la préservation au moment du dégagement du site.

Mon problème, pour l'heure, était la nécessité d'un placard dans la chambre de maître, mais en construire un signifiait réduire la surface de la pièce. Pas de quoi se frapper outre mesure par rapport aux problèmes de l'univers, me direz-vous, mais la chambre dans ce cas n'aurait plus exactement la même surface que la grande véranda sur laquelle elle donnait : l'espace que j'avais dessiné et l'harmonie que je souhaitais seraient compromis. Je jouai avec les dimensions un moment et fis quelques croquis avant qu'une solution se présente. Construire le placard et puis lui faire écho sur la véranda en plaçant deux étais de bois en guise de « supports » décalés pour le treillage. Leur fonction serait de pure forme mais la symétrie serait maintenue, le palier éolien resterait une réplique spatiale de la chambre voisine. Jusqu'ici, parfait. Puis je commençai à m'inquiéter de l'effet qu'un lit aurait sur mes blocs d'air...

Le concierge me téléphona de la réception :

« Un monsieur demande à vous voir, Mrs Fischer. »

Je vérifiai l'heure à ma montre : Philip Brockway (mon ex-mari) était en avance. Je savais qu'il voulait m'emprunter de l'argent. Je l'en avais accusé quand il avait téléphoné et il avait nié avec une telle véhémence que j'avais compris que j'étais tombée juste. Il voulait simplement me voir, m'assura-t-il, en ajoutant quelques phrases de baratin maladroit à propos du « bon vieux temps ».

Néanmoins, je pris le corridor menant à la réception, pas trop mal disposée à l'égard de Philip ; il était si mignon avec sa jolie petite gueule de mou, son nez de fillette et ses épais cheveux brun-roux. J'allais le faire marcher un peu, l'obliger à m'emmener prendre un cocktail avant de céder et de le payer pour qu'il me fiche la paix une fois de plus.

Je poussai les battants du foyer et j'aperçus l'homme du chantier, le type qui avait demandé Miss Carriscant. Il était vieux, avec des cheveux gris mais large d'épaules et trapu, vêtu de noir comme précédemment. Il tenait son chapeau mou devant lui comme un volant d'automobile et fit trois pas dans ma direction en me regardant fixement comme en quête d'un signe de reconnaissance. Son évidente appréhension me mit plutôt à l'aise.

« Que voulez-vous ? dis-je. Pourquoi êtes-vous...

— Miss Carriscant ?

— Non, non, je ne suis pas Miss Carriscant. »

Il tendit la main et toucha mon bras nu, à la hâte, comme pour se rassurer. Ses doigts étaient secs, abrasifs, très calleux. J'appelai le concierge :

« Peter ? Ce monsieur s'en va.

— Vous êtes Kay Carriscant.

— Je suis Kay Fischer. Vous commettez une erreur assommante et irritante, Mr...

— Très bien, très bien. Vous vous êtes appelée Kay Carriscant. Vous êtes née le 9 janvier 1904, l'après-midi. Voyez-vous, je...

– Voulez-vous avoir la bonté de me laisser en paix, Mr Qui-que-vous-soyez ? Ces absurdités commencent...

– Je m'appelle Carriscant. Salvador Carriscant. Savez-vous qui je suis ?

– Bien sûr que non. »

Le mordant de la dénégation dans ma voix, mon évidente irritation provoquèrent un changement d'expression dans son regard. Une ombre de tristesse passa dans ses yeux révélant, durant une seconde, une blessure profonde. Pour une raison inconnue, je me sentis navrée pour lui et sa quête désespérée d'une Miss Carriscant.

« Que voulez-vous ? répétai-je sur un ton plus amène. Qui êtes-vous ? »

Son visage sembla se tendre, comme tenaillé par une douleur au creux du ventre. Il ferma les yeux un instant et pinça les lèvres. Il soupira :

« Je suis ton père », dit-il.

Trois

Philip accepta les cinq billets de dix dollars que je lui tendis avec la même désinvolture que s'il s'agissait de cigarettes. Essayant de ne pas sourire, il les plia et les rangea dans un portefeuille en veau.

« Merci, Kay. Je suis en dette avec toi.

— Et comment ! Deux cents et des poussières.

— Oh, bof. Ce n'est que de l'argent.

— Ce n'est que mon argent ! »

Je ne pus malgré tout m'empêcher de rire ; Philip se montrait charmant ce soir, comme lui seul savait l'être, et ça m'amusait. Nous étions dans un piano-bar appelé Mo-Jo's, et situé en ville, au coin de Broadway et de la 3e Rue, une boîte que Philippe connaissait et où on lui faisait crédit. Un endroit curieux, le mélange unique d'une Polynésie idyllique et d'un village de pêcheurs du Nantucket. Dans le vestibule, on écartait un rideau de perles avant de traverser un pont de rondins jeté sur un cours d'eau et d'être confronté à une pièce obscure contenant un bar décoré de pavillons de signalisation et de bouées en liège derrière lequel opéraient des barmen vêtus de jerseys de marin rayés et de foulards rouges. Des bouquets luxuriants de palmiers en pots masquaient des stalles intimes faites de vieilles caisses, de cageots et de bois d'épaves. Des gargouilles indigènes sculptées éclairées de l'intérieur servaient d'appliques et jetaient une lumière rouge-orange sale sur une peinture murale encadrée de bambou, représentant un clipper au gréement carré, à la cape sous un vent glacial et aveuglant. L'antithèse de tout ce à quoi je croyais en architecture et cela me fit rire. Philip et moi, nous imaginions les instructions données par Mo-Jo à son décorateur :

« Style Moby Dick rencontre Paul Gauguin, vu ? » « Genre chaud et humide mais en même temps tranquille et sans prétention. » « Le songe lubrique de Nathaniel Hawthorne. » Sur chaque table une sonnette électrique dorée servait à appeler une des serveuses bronzées — débardeurs sur jupes de paille, fleur à l'oreille — qui boudaient dans l'ombre derrière le comptoir ou bien se querellaient avec les matelots. En tendant le bras pour presser la sonnette, Philip frôla mes seins de ses doigts.

« Tu as changé, Kay. Tu parais... plus remplie, tu vois ? Ça me plaît. Tu, heu, tu le supportes bien.

— C'est censé être un compliment ?

— O.K. ! Je recommence : Puis-je rentrer avec toi ce soir ?

— Mademoiselle Miss Oxygénée ne va-t-elle pas faire objection ?

— Tu es injuste. C'est fini, depuis belle lurette. Tu le sais.

— Non.

— Je t'en prie...

— Non, Philip. Non. »

Ce ton particulier de fatigue, de souvenirs de vieilles disputes, dut percer dans ma voix, et il comprit qu'il valait mieux ne pas insister.

Il se leva. « Il faut que j'aille au petit coin. Je reprendrai la même chose. »

Je le regardai se frayer d'un pied léger un chemin entre les tables. Son grand corps maigre se faufilait entre serveuses et consommateurs, l'épaule gauche puis l'épaule droite en avant, comme s'il dansait. Un quadrille écossais, une figure de huit... Pourquoi pensai-je à une danse écossaise ? Je souris en songeant au corps pâle de Philip, presque imberbe, ses chevilles minces, le tendon d'Achille tendu et exposé, comme ceux d'un mannequin dans un défilé de haute couture. Il me faisait l'amour avec compétence mais égoïstement, sa tête enfouie à l'angle de mon cou et de mon épaule, sans jamais lever la tête, sans jamais voir mon visage, sans jamais me regarder dans les yeux, jusqu'à ce qu'il ait fini.

Je nous commandai un autre verre et repensai à cet homme, ce Salvador Carriscant qui se prétendait mon père.

A sa bizarre déclaration j'avais aussitôt rétorqué que mon

père était mort. Mais ça ne l'avait nullement arrêté, il s'était contenté de presser mon bras plus vivement et de dire d'une voix douce, insistante : « Ton père est ici, devant toi, qui vit et respire. Je sais que je t'ai fait du mal mais j'ai maintenant besoin de ton pardon. De ton pardon et de ton aide. »

Je rappelai Peter et arrachai mon bras à la prise de Carriscant.

Peter surgit très vite derrière l'homme et le saisit par les coudes : « O.K., coco, dehors !

— Lâchez-moi, s'écria Carriscant, la voix soudain tremblante de colère. Ne me touchez pas, je vous préviens. »

Une certaine et rare emphase dans le ton obligea Peter à obéir. Carriscant recula en direction du portail en fer forgé de l'Escorial, tout en continuant à me fixer de son regard persistant, suppliant.

« Il faut simplement qu'on parle, Kay, dit-il. Alors tout deviendra clair. » Il prononça le dernier mot à l'anglaise et, pour la première fois, je notai qu'il avait un accent : anglais, dans un sens, mais impossible à localiser, avec la perfection un rien formelle du bilingue accompli. « Je t'en prie, Kay, c'est tout ce que je demande. » Les muscles de sa mâchoire se serrèrent et son visage carré parut s'empourprer comme si l'effort de supprimer ce qu'il avait à me dire provoquait une explosion intérieure. Puis il tourna les talons et, à grandes enjambées, étonnamment souples pour un vieil homme, prit le trottoir de béton avant d'aller traverser la rue.

Philip et nos consommations arrivèrent en même temps. Philip plongea et se glissa sur la banquette jusqu'à ce que sa cuisse frôle la mienne.

« Je suis invité à un déjeuner sur la plage demain. Chez Lisa van Baker. Tu veux venir avec moi ?

— Peux pas, je crains.

— Mais il y aura des vedettes de cinéma, dit-il, mains ouvertes, sourcils levés, faisant semblant d'être horrifié par mon indifférence.

— Je déteste les vedettes de cinéma.

— O.K. ! Qu'est-ce que tu proposes à la place ?

— La cuisine maison. »

Quatre

Je regardai ma mère couper en rondelles des pommes épluchées et vidées dans une passoire en fer-blanc. La lame aiguisée glissait facilement sous la chair jaune pâle tandis qu'elle débitait de minces disques avec un bruit glissant, craquant, pareil à celui de pas prudents sur de la neige glacée. Très concentrée sur sa tâche, elle était méticuleuse dans son découpage, chaque tranche d'une épaisseur donnée. C'était une petite femme, timide et modeste. Elle se coiffait toujours de la même façon, du plus loin que je me souvienne, les cheveux tirés en arrière et ramassés en un rouleau vertical allant du crâne à la nuque. Elle avait des traits ordinaires, sans rien d'exceptionnel : il lui fallait mettre ses lunettes pour que son visage prenne une certaine personnalité.

Elle habitait avec mon beau-père, Rudolf Fischer, dans une petite maison de Long Beach. Un vieux bungalow de planches à clins jaune canari pâlissant, avec un toit en croupe recouvert d'ardoises et l'ajout plus récent d'un garage pour deux voitures édifié sur la majeure partie de ce qui avait été une pelouse mitée. Une haie de cyprès le séparait d'une maison identique peinte en rouge écarlate. C'était là que j'avais grandi mais je n'y étais pas née. Mon lieu de naissance se trouvait dans l'ex-colonie allemande de Nouvelle-Guinée. Née en Nouvelle-Guinée, élevée à Long Beach, cela m'avait toujours paru une des plus cruelles contradictions de mon existence. Je n'avais aucun souvenir de mon vrai père. Rudolf, Pappi comme on l'appelait, ma mère y compris, avait toujours été présent dans ma vie, avec son gros visage rougeaud, son crâne frisotté en voie de désertification, la curieuse loupe sur son visage, à un centimètre sous la droite de sa bouche, dure et brillante, pareille à un bonbon sucé puis collé là. « Comme Oliver Cromwell, disait-il, faut me prendre tel quel ! » C'était un type gentil, solide, dont l'humeur facile cachait la faiblesse de caractère. Ma mère, timide et soignée, était le véritable centre d'influence dans cette maison, ce que l'imposante et bruyante présence de Pappi semblait démentir. Seule la famille savait vraiment de quoi il retournait.

Pappi était un Américain de la seconde génération, le fils d'immigrés westphaliens qui, dans un acte conscient d'assimilation, avaient cessé de parler allemand dès qu'ils avaient pu aligner deux phrases d'anglais et s'étaient assurés que leurs enfants grandiraient totalement monoglottes. Ma mère avait abandonné sa langue maternelle à partir de leur mariage, disait-elle, affirmant même qu'elle rêvait désormais en anglais. Mais je l'entendais encore se chanter ses airs préférés, *An die ferne Geliebte* et *Es war, als hatt' der Himmel*, quand elle ne se surveillait pas.

Je regardai par-dessus mon épaule du côté du salon. Pappi, dans son fauteuil, la bouche ouverte, prêt à s'esclaffer, écoutait la radio. Ma mère transposait avec soin les tranches de pomme dans une abaisse de pâte à tarte.

« Parle-moi de papa, dis-je.

— Pappi ? Oh, sa jambe lui fait encore mal. Je lui ai dit...

— Non. Je veux dire mon père. »

Elle se passa les mains sous le robinet, en réfléchissant, puis me jeta un coup d'œil, un de ses regards vifs, perçants, alertes. C'était à de pareils moments, lorsque je la prenais de court, que je m'apercevais de sa coriacité et que je comprenais d'où je tenais la mienne.

« Hugh ? » Elle prononça son nom avec douceur comme un soupir, comme le goûtant à la manière d'un fruit étrange, un dessert exotique. « Qu'en dire ? Ça fait si longtemps. »

Hugh Paget, mon père, un Anglais, missionnaire et enseignant, qui rencontra et épousa ma mère Annaliese Leys, une institutrice, en Nouvelle-Guinée germanique en 1903. Je naquis en 1904 et, deux mois plus tard, Hugh Paget mourait, réduit en cendres dans un incendie. Deux ans après, Rudolf Fischer, veuf, marchand et importateur de fibre de coco et de chanvre, prenait sous son aile vaste et tutélaire Mrs Paget et sa fillette. Fischer Coir se vantait que 17 % des paillassons de la Californie du Sud étaient faits des fibres fournies par la compagnie. Rudolf et Annaliese se marièrent en 1907 et s'installèrent à Long Beach.

« Et ses parents, ses cousins ? dis-je négligemment tout en cherchant mes cigarettes dans mes poches.

— Ses parents étaient morts quand je l'ai rencontré. Il avait une sœur, Meredith, à Coventry. Ou Ipswich. Ils déménageaient beaucoup. On s'est écrit mais j'ai perdu le contact. » Elle sourit : « C'est comme ça. Tu travailles dur à garder vivants les souvenirs. C'est difficile, la vie de chacun part dans différentes directions. Au bout d'un moment...

— Tu as encore ses lettres ?

— Je ne crois pas. Pourquoi tout cet intérêt ?

— Je... je me suis sentie curieuse, c'est tout. Tu sais, on se met à réfléchir.

— Certes. Je pense à lui aussi. » Elle parut triste, au souvenir de cet étranger, mon père.

J'allumai ma cigarette. « Puis-je voir la photo ?

— Bien sûr. Quand ?

— Maintenant. »

Hugh Paget était debout devant un bâtiment carré en tôle ondulée avec un toit de feuilles de palme et des fleurons de bois en croix à chaque bout. Il portait une veste et un pantalon de coutil aux jambes serrées dans des bottes en toile, avec autour du cou la bande blanche de son col dur d'ecclésiastique. Je voyais un homme mince aux traits brouillés que même une loupe ne pourrait forcer à ressembler à un visage identifiable. Une brise soulevait une mèche de cheveux sur son front et le photographe avait fixé pour l'éternité cet échevèlement unique et passager. Cela paraissait — pensées spécieuses, je le sais — une sorte d'indication, un geste, une suggestion quant à sa nature. Un air gamin, un enthousiasme, une gaucherie d'adolescent... Avec mon habituel manque de succès, je tentai d'accoler une personnalité à cette image frivole.

Cheveux blonds. Cheveux blonds. Les miens étaient bruns.

« Tu dois avoir des photos du mariage.

– Je te l'ai dit, nous avons tout perdu dans l'incendie. Cela se trouvait dans la chapelle, j'ai eu de la chance. »

Je n'insistai pas davantage, pour le moment. Je savais qu'elle continuerait à parler très volontiers mais, très vite, elle commencerait à s'interroger sur la cause de toutes ces questions et se mettrait à en poser elle-même. Et que répondrais-je alors ? En fait, je ne pouvais pas expliquer ma subite curiosité à l'égard de mon père. Pourquoi réagissais-je aux allégations d'un inconnu, et des allégations si manifestement ridicules de surcroît ? Qui était Salvador Carriscant et pourquoi m'avait-il choisie, moi, pour cet exercice d'identification filiale ? Los Angeles regorgeait de cinglés, certes, mais ce qui me troublait chez Carriscant c'était qu'il ne semblait pas particulièrement déséquilibré. Et que pouvait-il bien savoir au sujet de Hugh Paget ? Et pourquoi venait-il, maintenant, plus de trente ans après la mort de mon père, insinuer qu'il s'agissait d'un imposteur ?... Toute l'histoire était absurde et je m'apprêtais à parler à ma mère de ma rencontre avec cet étrange bonhomme quand ma demi-sœur Bruna surgit à l'entrée avec ses deux enfants, Amy et Greta, et m'interrompit. Les cris théâtraux d'amour et d'adoration de Pappi remplirent la petite maison.

Ma mère glissa la tarte dans le four et s'essuya avec soin les mains sur son tablier.

« Quand suis-je née ? lui demandai-je. Je veux dire, à quelle heure ?

– Oh, vers quatre heures de l'après-midi. Pourquoi ?

– Oh, rien, je me posais juste la question. Simple curiosité.

– J'aime bien ton tailleur, Kay. » Elle m'octroya un petit sourire. « Tu fais très élégante. Très efficace. »

De toute manière, le sujet était donc clos. Je la remerciai, la complimentai en retour sur sa broche et nous entrâmes dans le salon.

Cinq

En mettant la clé dans la serrure, j'aperçus le coin de l'enveloppe pointer sous la porte de mon appartement. Je me baissai, la fis glisser vers moi et la fourrai dans ma poche. Une fois à l'intérieur, je la posai sur ma table à dessin avant d'aller me verser un petit scotch. Je savais qu'elle venait de Carriscant bien qu'elle ne portât point d'adresse.

Je sentis aussitôt que je me trouvais, là, maintenant, à une sorte de tournant. Vous connaissez ce genre d'impression, ce moment où vous pouvez quasiment voir les deux ou trois directions possibles de votre vie, où vous savez que le choix que vous êtes sur le point de faire sera crucial, voire définitif, qu'il n'y a pas de retour en arrière possible et que rien ne sera plus jamais comme avant ? Je pouvais déchirer la lettre sans l'ouvrir, ne plus prêter à l'avenir la moindre attention à ce type et appeler la police s'il continuait à m'importuner. Ou alors, je pouvais ouvrir la lettre, lire ce qu'elle disait et, de ce fait, me laisser entraîner encore davantage dans son curieux univers et son étrange obsession à mon égard.

J'ouvris la lettre :

Ma chère Kay,

Je sais que tu dois te demander si tu as affaire à un cinglé. Crois-moi, ce n'est pas le cas. Je suis aussi sain d'esprit que tu l'es. Il faut que nous parlions sans crainte d'être interrompus. Je ne t'ennuierai pas davantage mais je t'informe que je serai au 105 Olive Street les dix prochains jours seulement. Prends contact avec moi, je t'en prie, il y a tant à raconter.

Docteur Salvador Carriscant.

J'avais fait mon choix.

Six

J'émergeai du tunnel de Third Street et pris Hill Street pour virer dans la Fifth avant de remonter Olive Street jusqu'à Bunker Hill. De là-haut, je voyais la tour du nouveau City Hall, haute et blanche, scintillant sous les faisceaux croisés de ses projecteurs. Entre les vieilles maisons, et par-dessus les terrains vagues, j'apercevais parfois la flèche électrique rougeoyante de Wilshire Boulevard poussant ses vingt-cinq kilomètres vers l'océan, et les derniers lambeaux jaune cannelle du soleil couchant.

Le 105 Olive Street était un vieux manoir de style Queen Anne, probablement construit dans les années 1880, joliment asymétrique et pas aussi surchargé d'ornements que certains bâtiments de ma connaissance. Le toit, en écailles d'ardoise, était surmonté d'une grande tourelle en forme de dôme avec un paratonnerre tordu. La véranda encerclait les trois quarts de la maison et la frise aux sculptures compliquées, méchamment endommagée, ressemblait aux bords déchirés d'un napperon en papier. Un poivrier poussiéreux, pourvu d'une balançoire faite d'un pneu, se dressait au milieu de la surface de terre battue qui avait été autrefois une pelouse. Le vieux manoir faisait désormais humblement office de pension pour travailleurs saisonniers. A une fenêtre, un écriteau rédigé à la main indiquait : CHAMBRES 1 $. Quelques hommes fumaient, assis sur les marches du perron, de petits hommes bruns aux vêtements pauvres mais propres. Je les pris pour des Japonais.

Je me garai le long du trottoir et me préparai à attendre. A attendre quoi ? Je n'en étais pas très sûre mais je ressentais le besoin de renverser momentanément les rôles, d'observer Carriscant lui-même, en secret, comme il l'avait fait pour moi, avant de nous embarquer dans cet entretien capital et si instamment requis.

Carriscant apparut à la porte d'entrée environ quarante minutes plus tard. Il portait une vareuse bleue, étroite, de style marin, et son feutre souple. Je descendis de voiture et lui emboîtai le pas jusqu'au funiculaire qui menait de Bunker Hill à Hill Street. Je me sentais relativement peu voyante, presque masculine en fait : je portais un pantalon et un imperméable, avec un béret enfoncé bas sur le front.

Carriscant pénétra dans la petite cabine crème et alla s'asseoir à l'avant. J'attendis le dernier moment pour me glisser à l'intérieur et demeurai près de la porte. La cabine s'ébranla dans un léger soubresaut et commença à descendre en direction des rues animées, en bas. La nuit était claire, si claire que j'apercevais les lumières de Huntington Park et de Montebello, et, au sud, le reflet des grandes flammes orange des champs de pétrole Dominguez à Compton.

Je suivis Carriscant tandis qu'il traversait Hill Street en direction de Main Street. Les trottoirs étaient peuplés : de chaque côté de la rue s'alignaient des cinémas, des cabarets, des expositions populaires, des galeries de boutiques et des stands de tir. Il y avait beaucoup de Mexicains parmi les passants et les groupes de marins venus des chantiers de San Pedro. Carriscant s'arrêta à la hauteur d'un bouquiniste et fouilla un peu dans les boîtes installées à la devanture. Je me retournai, face à la vitrine d'un grill-room, et concentrai mon attention sur une exposition de steaks, d'un rouge artificiel sur le lit de glace pilée où ils étaient disposés en éventail, comme d'épaisses cartes à jouer en caoutchouc. Enfin, Carriscant se remit en route et entra dans un restaurant ouvert toute la nuit, éclairé à giorno, et s'assit à une table au fond. Je fis deux ou trois allers et retours devant l'établissement et le vis passer sa commande. Je notai qu'il n'enlevait pas son chapeau et, au moment d'entamer ma troisième et discrète trajectoire, je décidai soudain que tout délai supplémentaire serait idiot. Je poussai la porte de verre et entrai le rejoindre.

Il ne parut pas le moins du monde surpris de me voir, ce qui m'irrita un instant et me fit regretter ma spontanéité. Il se leva à moitié et souleva son chapeau en un geste de politesse machinale. Ce qui lui rappela, semble-t-il, qu'il avait encore sur la tête ledit chapeau ; il l'ôta avec soin et le posa sur le siège vide à côté de lui, avant de se lisser les cheveux avec la paume des mains en deux lents mouvements. Il semblait fatigué, bien plus vieux tout à coup, et les vives lumières du restaurant projetaient des ombres aiguës sur son visage, creusant les rides aussi profond que des balafres. Je m'assis en face de lui.

« Je t'offrirais volontiers à dîner... dit-il.

— Non, non. Je suis venue pour vous voir. Votre lettre... Vous dites avoir besoin d'aide.

— Oui, certes oui. » Il me sourit. « Tu m'as suivi ici ?

— Oui. »

Il gloussa : « Chère Kay ! »

Je fis semblant de ne pas avoir entendu : « Vous avez des ennuis ?

— Des ennuis ? » Il parut réfléchir au mot, comme s'il en évaluait la sémantique. « Pas exactement, mais j'ai besoin d'aide. Je suis un total étranger, vois-tu. Total. »

Un serveur lui apporta sa nourriture, une grande assiette de ragoût sombre et pâteux garni de purée et apparemment de courge. Il chercha avec ostentation les morceaux de viande puis coupa posément les rares bouts cartilagineux en petits cubes avant de commencer à manger.

« Y a plus de chair sur le mollet d'une mésange, marmonna-t-il, furieux. Cette nourriture est infâme. C'est sans excuse dans un pays comme celui-ci. Je me ferais bien la cuisine mais il n'y a aucune facilité à la pension.

— Vous aimez cuisiner ? » Je savais que je lui faisais la conversation, une conversation maladroite, et me détestais pour cela, mais je me sentais étrangement gauche avec lui, comme si, en répondant à son invitation, j'avais en quelque sorte perdu l'avantage. Lui, en revanche, semblait très détendu. Il me sourit d'un air patient.

« Je suis cuisinier. J'adore faire la cuisine.

— Comment ça ? C'est votre métier ?

— Oui. Du moins depuis quinze ans.

— Mais vous avez signé votre lettre “ docteur ”.
— J'ai d'abord été médecin puis cuisinier. »

Il dégusta son repas à une vitesse surprenante, comme si quelqu'un risquait de venir lui faucher son assiette, avec une concentration et une énergie presque alarmantes. Après avoir terminé, il déclara qu'il était fatigué et ne souhaitait pas parler davantage. Nous reprîmes le chemin du funiculaire, le « Vol de l'Ange » qui nous ramènerait à Bunker Hill. Il demeura silencieux mais je remarquai qu'il regardait la ville autour de lui avec une sorte de peur, impressionné par son étendue, son activité, son bruit et ses lumières. Sa peau, sous l'éclairage électrique diffus de la rue, prenait des tons olivâtres prononcés, au point qu'il aurait pu passer pour mexicain ou latino, et je songeai de nouveau à cette ascendance qu'il entendait me donner. Quelle absurdité ! A côté de la sienne, ma peau était pâle et terne. Des cheveux bruns et des yeux marron identiques ne fondaient pas un cas très solide de recherche en paternité.

A la porte de sa pension, nous nous fixâmes un rendez-vous pour le lendemain. Les petits hommes sur les marches du perron étaient restés là où nous les avions laissés depuis une heure : ils me regardèrent avec curiosité, sans aucune malice ni hostilité.

« Pourquoi y a-t-il tant de Japonais ici ? » lui demandai-je à voix basse.

Il se retourna et s'adressa aux types sur les marches dans une langue que je ne reconnus pas. Ils éclatèrent tous d'un rire apparemment très sincère.

« Japonais ? me dit-il sur un ton de reproche. Ces gens sont des Philippins. »

Sept

J'étais assise avec Salvador Carriscant sur le banc en lattes d'un wagon rouge qui roulait avec fracas tandis que nous traversions Pico Boulevard à Sawtelle et prenions la direction de Santa Monica à l'ouest, à travers les champs de haricots. Ici et là, on élargissait le boulevard, et de longues séries de petites boutiques à un seul niveau avaient été abattues pour faire place à la nouvelle artère. Bientôt tout le monde pourrait se rendre en voiture à la plage.

Le trolley s'arrêta au dépôt d'Ocean Avenue, et Carriscant et moi nous prîmes à pied vers Ocean Park. Une fois de plus, je remarquai que la foule, le bruit et les couleurs vives des parasols semblaient à la fois attirer et désarmer mon compagnon. Devant les tripots japonais, nous regardâmes hommes et femmes parier de la marchandise plutôt que de l'argent et nous passâmes devant les clubs et les nombreuses jetées, les manèges et les grandes roues, l'air vibrant de cris d'enfants et du bourdonnement irrité des canots automobiles transportant les pêcheurs aux embarcations – vieilles goélettes démâtées et clippers à la coque en bois – ancrées à une centaine de mètres du rivage. Seule la Ferme aux Singes parut le troubler. La foule autour des cages s'entassait sur six rangs et, quand nous réussîmes à nous approcher pour voir ce qui attirait les gens, je vis l'expression de son visage passer de la curiosité au dégoût tandis qu'il contemplait les chimpanzés mélancoliques et les gibbons galeux et névrosés dans leurs parcs aux barreaux serrés. Il me prit par le coude pour m'obliger à partir.

« Que se passe-t-il ? lui demandai-je.

– Ces singes en cage, je n'aime pas ça... Ils me rappellent

quelqu'un. » Il changea de sujet. « Allons déjeuner. Je veux manger du poisson. »

Nous nous rendîmes dans un de ces nouveaux immeubles d'appartements meublés, le *Sovereign*, dont le restaurant était ouvert au public. Carriscant commanda du maquereau grillé qu'il dégusta avec sa concentration coutumière. « Ça, c'est du poisson frais, concéda-t-il à contrecœur, la meilleure chose que j'aie mangée en Amérique. »

Le succès du menu dissipa la colère provoquée par la Ferme aux Singes, et je sentis qu'il commençait à s'amuser un peu.

« Je ne suis jamais arrivé à me rassasier de poisson durant toutes ces années, dit-il, bien que nous n'ayons pas été loin de la côte. Nous vendions tout ce que nous pêchions. »

Je ne l'incitai pas à poursuivre, pas plus que je ne lui demandai ce qu'étaient « ces années » auxquelles il faisait allusion. Le temps ne manquerait pas plus tard pour les questions et, d'ailleurs, je pensais qu'il me raconterait tout à son heure, s'il en avait envie. Je compris que cette expédition à la plage était juste un moyen pour lui et moi de faire mieux connaissance – très dans le genre le père rétablissant des liens avec sa fille si longtemps égarée –, mon silence, ma réticence encourageaient ce sentiment et cela lui plaisait, je m'en rendais compte.

Mais alors pourquoi moi tenais-je tant à lui plaire, pourquoi est-ce que j'encourageais ça – ça quoi ? – eh bien, cette amitié, l'évolution de ce rapport. Il connaissait ma date de naissance mais qu'est-ce que cela prouvait ? Il savait quel jour j'étais née mais ça pouvait n'être que l'effet d'une bonne inspiration, d'un coup de chance... Pourtant, il émanait de sa manière de me traiter une qualité de confiance qui semblait différente, indiquait une certitude fondamentale que, je le sentais, aucun escroc, aucun filou n'aurait pu simuler. Rien de forcé, aucun effort pour impressionner. Il paraissait détendu en ma compagnie – comme si ma compagnie était tout ce qu'il désirait – et cela me détendait à mon tour.

Il leva la tête de son assiette et me lança un vif et grand sourire qui plissa un instant son large visage. Peut-être, me dis-je, peut-être parce que Rudolf Fischer n'était pas, de toute évidence, mon père, et que Hugh Paget avait autant de consistance qu'un mythe, peut-être m'emparais-je trop fermement de ce nouveau et séduisant candidat, bien en chair et en os, bien présent ici et maintenant ? C'était une forme de tentation, je le savais, une sorte de séduction et, je le comprenais en contemplant ce beau vieillard robuste, une tentation d'un genre auquel je n'étais pas aussi bien équipée que je le pensais pour résister.

Je lui demandai s'il désirait un dessert et il me répondit qu'il préférait manger encore un poisson. Il commanda une tranche de thon pochée qu'il dégusta lentement en en savourant intensément le goût tandis que je m'offrais une glace et fumais une cigarette. Après son second poisson, il commanda un cognac, le moins cher de la carte. Il se cura discrètement les dents avec une plume d'oie (il en avait une petite pochette sur lui) et parut ensuite se rincer la bouche avec le cognac. Je me mis à bavarder, ce qui ne me ressemblait pas du tout, pour dissimuler mon léger embarras devant cette toilette dentaire, ce lavage de bouche qui n'en finissait pas. Il écouta d'un air poli mes propos sur Santa Monica, Venice et Malibu et leur évolution au cours des années. Et, pendant ce temps-là, je le voyais continuer à siroter son cognac et, plus dérangeant, j'entendais le susurrement mousseux du liquide circulant entre ses dents.

« ... et le Roosevelt Highway n'existait pas, disais-je. Aujourd'hui on peut le prendre tout le long de la côte jusqu'à Oxnard mais je me souviens, je suis venue ici avec Pappi une fois, je devais avoir dans les douze ans...

— Douze ?

— Oui, je... »

Il fronça les sourcils :

« Ça devait être aux environs de 1916 ?

— A peu près. 12 ou 13 ans, je pense. Pappi avait ce client, J.W. Considine, en fait, qui possédait une maison à Malibu et il nous a fallu attraper un bateau à Santa Monica pour aller là-bas. C'était vraiment au diable dans ce temps...

— Kay... »

Je me tus aussitôt. Je compris qu'il ne m'écoutait pas.

« ... Si j'étais à la recherche d'un homme en Californie, dit-il, comment m'y prendrais-je pour le retrouver ?

— Ça dépend... Vous connaissez son nom ?

— Il s'appelle Paton Bobby. Tout ce que je sais c'est qu'il habite la Californie. Il y habitait autrefois, en tout cas. »

J'écrasai le mégot de ma cigarette. « Paton Bobby. Vous avez d'autres informations ?

— Il est un peu plus âgé que moi. Et je crois qu'il était policier.

— Ça peut aider. Rien d'autre ?

— C'est tout. »

Je le regardai. Je compris que notre affaire, quoi qu'elle dût être, commençait maintenant, de manière irrévocable.

« Puis-je savoir pourquoi vous voulez le retrouver ? »

Il eut un sourire vague, rêveur. Son humeur avait changé depuis la mention de mon voyage, enfant, à Malibu. Il était reparti dans le temps, peut-être vers cet endroit où il ne pouvait jamais manger assez de poisson, et ses pensées y étaient restées.

« Pardon, ma chère, que disais-tu ?

— Pourquoi vous faut-il retrouver ce Paton Bobby ? »

Il soupira, baissa le nez sur son assiette vide, tourna sa fourchette, la posa sur les pointes, puis me rendit mon regard.

« Je suppose qu'on pourrait dire, répondit-il, avec de grands yeux innocents et une expression suave, que je suis à la recherche d'un tueur. »

Huit

Philip rédigea le chèque avec un orgueil évident mais ridiculement disproportionné, et me le tendit d'un grand geste noble :

« Payez à l'ordre de Mrs Kay Fischer la somme de deux cents dollars, déclara-t-il avec son petit sourire.

— Alors, tu as donc un boulot ?

— Et un compte en banque. Six semaines de travail avec la MGM. Je suis le troisième écrivain sur *L'enfer ne connaît pas la fureur*.

— Ça sonne comme un vœu.

— Ça sonne comme du fric. »

Nous étions dans mes locaux de Hollywood Boulevard. De ma fenêtre je voyais les trois derniers étages du Guaranty Building et les frondaisons poussiéreuses d'un palmier. Je louais trois pièces au-dessus d'un grossiste en vêtements — Tex-Style Imports Co — spécialisé dans les jeans, les bleus et les bottes de travail pour l'industrie pétrochimique. La pièce donnant sur le boulevard était mon bureau, derrière lequel un petit corridor menait à un cube sans fenêtres faisant office de salle de dessin et où mon unique assistant, Ivan Feinberg, travaillait. Le couloir s'ouvrait sur l'aire de réception avec vue sur le parking. Mary Duveen, ma secrétaire, y avait sa table coincée entre deux rangées de classeurs. Le tout faisait un peu pauvre, un peu improvisé, surtout comparé à ce à quoi j'avais été accoutumée chez Meyersen et Fischer mais, depuis le grand schisme et le procès, j'étais obligée d'économiser. J'avais appris par un de mes ex-collègues que Meyersen avait déménagé dans mon vieux bureau. Peut-être était-ce ce qu'il avait visé dès le début ?...

Je pris le chèque de Philip et le rangeai dans mon portefeuille.

Philip s'était fait couper les cheveux et portait une veste de sport neuve, en coton, à carreaux verdâtres et un large pantalon couleur champignon. Ses cheveux courts, à mon avis, le rajeunissaient, lui donnaient l'air d'un collégien attardé et, un instant, j'éprouvai un petit pincement d'apitoiement sur moi-même en repensant à notre brève union et à ce que j'avais perdu en virant mon époux. Je gardais, accolée à mon nom de jeune fille, l'appellation de « Mrs », non pas pour impressionner mes clients mais pour les mettre à l'aise. La conjonction me semblait refléter idéalement mon statut social et personnel. Mais Philip s'en était montré offensé, blessé : j'avais le beurre et l'argent du beurre, avait-il protesté, agressif. Mais n'était-ce pas le propos même de la vie, avais-je rétorqué, le but que nous poursuivions tous ?

Un petit pincement, mais qui disparut assez vite.

« Des films, dis-je, d'un ton léger. Tu auras ton nom sur celui-ci ?

— Il y a des chances. »

Je ris : « Et ce jour-là, les poules auront des dents... » Je me levai. « Je t'accompagne. Il faut que j'aille m'acheter de quoi déjeuner. »

En descendant les deux étages je demandai à Philip s'il connaissait le moyen de rechercher un homme appelé Paton Bobby, âgé d'environ 60 ans, et qui pouvait avoir été policier.

« Tu as essayé l'annuaire ? Qui est Paton Bobby ?

— Un ami à moi a besoin de le retrouver. J'ai pensé que tu risquais de savoir comment faire. »

Il haussa les épaules. « Tu pourrais engager un détective privé, je suppose... Ou je pourrais peut-être interroger le chef de la sécurité, aux studios... » Il sourit. « T'entends ça ? “ Aux studios ”, je suis fait pour, le succès ne peut tout bonnement pas continuer à m'échapper. Ce type était flic, il devrait avoir une idée... »

Nous avancions d'un pas tranquille sur le trottoir vers l'éventaire d'un marchand ambulant. Le soleil me chauffait très fort le dessus du crâne et je défis le premier bouton de ma blouse. La journée était belle, avec un ciel bleu azur où musardaient quelques nuages de rêve. Une brise fraîche agitait les branches des palmiers tout neufs, à peine encore à mi-hauteur des réverbères, produisant le bruit coupant de ciseaux à ongles ou d'allumettes frottées contre du verre. Je mis mes lunettes noires pour me protéger de la réverbération sur les murs blancs des bâtiments de l'autre côté de la rue. Trop de Streamline Moderne pour mon goût ces temps-ci. Murs courbes, verre courbe, panneaux de miroirs ici et là, bandeaux peints en noir et rouge pour souligner les lignes horizontales, dais épousant les arrondis ou s'avançant sur les avant-cours dès que possible... Que se passait-il ? Tout cela entaché d'ailleurs par les pancartes voyantes, les écriteaux racoleurs de couleurs violentes accrochés aux façades des immeubles ou bien occupant des panneaux-réclame en porte à faux sur les toits en terrasse. BON CASSE-CROÛTE ! ŒUFS AU JAMBON ! CAMÉRAS, CADEAUX, PARKING. En passant devant *Les steaks grillés au feu de bois de chez Harrold*, nous traversâmes un courant d'air à la forte odeur d'oignons frits, et nous fonçâmes sur le vendeur ambulant et son resplendissant chariot d'argent. Je commandai un super *chile dog* avec de la moutarde et double ration d'oignons.

Philip me toucha le bras : « Dis-moi, t'as pas d'ennuis, hein, mon chou ? » Il était sincère et sa sollicitude touchante. Je me rendis compte que j'avais encore beaucoup d'affection pour lui.

« Bien sûr que non, le rassurai-je. C'est un vieux type que je connais, il a besoin de retrouver ce quidam. »

Pas tout à fait convaincu, Philip me lança un coup d'œil pénétrant, tandis que je payai et m'emparai de ma nourriture. Je le voyais en train de se demander combien de « vieux types » je connaissais et pourquoi je pouvais bien tenir à les aider à localiser une personne disparue.

« Arrête de me regarder comme ça. Tu n'as pas besoin de faire quoi que ce soit si tu n'en as pas envie.

— Non, je vais voir ce qui est dans mes cordes. »

Impossible d'attendre davantage. Je mordis avidement dans mon *chile dog*, les narines soudain remplies d'une chaleur piquante. D'un doigt, je remis dans ma bouche une rondelle d'oignon égarée et continuai à bâfrer.

Philip me contempla d'un air dégoûté : « J'allais t'inviter à dîner ce soir mais maintenant que je te vois déjeuner, je pense que tu n'auras plus faim.

— Ah ! Ah ! Téléphone-moi plus tard, t'auras peut-être une chance ! »

A mon retour au bureau, George Fugal m'attendait, un large sourire plaqué sur son étroit visage. Grand, mince, la quarantaine, George avait un comportement agité, nerveux, qui seyait mal à une attitude professionnelle qu'on ne saurait décrire autrement que du dernier pédant. Il avait des cheveux bruns déjà clairsemés, de grands yeux larmoyants et un menton fuyant à l'aspect toujours bleuâtre et mal rasé. Si je ne l'avais pas su avocat, je l'aurais pris pour un délinquant en liberté provisoire, ou un fraudeur du fisc en cavale. George ne cessait de faire des yeux le tour de la pièce où il se trouvait ou bien de regarder par-dessus son épaule ; au restaurant, il insistait pour s'asseoir le dos tourné à la porte, afin de mieux pouvoir se tortiller sur son siège.

« Alors, quelle bonne nouvelle ? demandai-je.

— On a un acheteur. J'en suis sûr. Une certaine... » Il vérifia dans son carnet. « Une certaine Mrs Luard Turner. Charmante personne. Je viens juste de lui faire visiter la maison.

— Je veux d'abord la terminer. J'espère qu'elle comprend bien ça », dis-je avec une agressivité ingrate. Tout à coup, je me sentais étrangement triste. Quelqu'un allait acheter ma maison. Quelqu'un d'autre allait vivre dans mes volumes d'espace soigneusement agencés.

« Elle le sait, elle le sait. Mais elle adore l'endroit. Très bon genre, dit-elle. Numéro un du bon genre. Ses propres mots, Kay, ses propres mots. »

Il continua à jacasser, excité, ravi pour moi, son regard sautant de moi à Mary, puis à la poubelle en passant par la porte du bureau. Nous avions besoin du profit de cette vente pour permettre à *K.L. Fischer* de survivre et de passer à des projets plus grands et plus ambitieux. Mais j'éprouvais quand même un sentiment aigu de perte.

« C'est fait, Kay, dit George Fugal. Tu y es. »

Je lui souris. Dieu sait pourquoi, je ne croyais pas que ce serait si facile.

Neuf

En architecture, comme en art, plus vous réduisez, plus rigoureux vous devez être. Plus vous élaguez et supprimez, plus est important le sens donné à ce qui reste. Si une pièce ne doit avoir qu'une porte et une fenêtre, alors ces deux ouvertures doivent s'adapter exactement au volume d'espace contenu entre les quatre murs, le sol et le plafond. Elles doivent être formées et dessinées avec une infinie concentration. Deux centimètres, un centimètre peuvent faire toute la différence entre quelque chose de parfait et quelque chose de raté. En l'absence de décoration, de distraction, la proportion devient le facteur essentiel.

Mon mentor en esthétisme, mon inspiration en ce domaine fut l'architecte allemand Oscar Kranewitter (1891-1929). Ami de Gropius, il fut, comme lui, fort influencé par l'idéologie austère de Johannes Itten. Kranewitter, un des premiers membres du *Werkbund* allemand, enseigna parfois au Bauhaus entre 1923 et 1925 (il partit, après une violente bagarre — qui se termina par des horions — avec Hannes Meyer). Il est incontestable que, sans sa mort prématurée et tragique dans un accident d'automobile, Kranewitter serait considéré comme l'un des architectes allemands les plus importants et un des leaders du Style international. A cause de son caractère exigeant et des contraintes qu'il s'imposait, ainsi qu'à ses clients, il construisit très peu et ses publications se limitent à quelques articles dans d'obscures revues telles que *Metall* et *Neue Europäische Graphik*. Et c'est dans ces essais richement argumentés qu'il introduisit le concept de l'*Armut*, ou pauvreté, dans l'architecture moderne. Mais le sens dont Kranewitter charge et revêt ce nom abstrait est complexe : pour lui la signification du mot perd toute notion péjorative ou négative et se transforme en quelque chose voisin de « pureté ». La théorisation abstruse derrière l'*Armut* prit une dimension physique avec le chef-d'œuvre de Kranewitter, la maison de Lothar (1924-1929) à Ober Traubling, près de Ratisbonne. C'est là, durant cinq années de construction minutieuse, que l'obsession et l'attention fanatique pour le détail de Kranewitter atteignirent des dimensions légendaires tandis que sa conception de l'*Armut* prenait une forme plastique. Alors que la maison était pratiquement terminée, il fit détruire tout le plafond de la salle à manger pour le reconstruire quatre centimètres plus haut. Il dessina tous les meubles (n'utilisant que le teck, le chrome et le cuir), bannissant tapis et rideaux. Les sols étaient en pierre polie sombre. Les murs peints en blanc au rez-de-chaussée et jaune primevère au premier étage (le jaune, couleur plus légère que le blanc, selon Kranewitter, convenait par conséquent aux pièces situées au-dessus du niveau du terrain). La serrurerie était en aluminium forgé, nature, tout comme les radiateurs massifs et spécialement conçus. Des ampoules nues éclairaient les chambres. La maison fut détruite par une série de bombes perdues au cours d'un raid sur Ratisbonne durant la Seconde Guerre mondiale.

Plus j'étudiais Kranewitter, plus j'admirais l'attachement de l'homme à son idéal et la cohérence implacable de ses idées. Rigueur, clarté et précision me paraissaient des qualités à la fois admirables et pratiques. L'*Armut* de Kranewitter n'a rien de misérable ni de dépourvu : il possède une qualité libératrice, purifiante. Plus le XXe siècle avance, plus bêtement compliquées deviennent nos vies, plus envahissantes se font les injonctions impérieuses du monde commercial — MANGEZ ! ACHETEZ ! JOUEZ ! DÉPENSEZ ! JOUISSEZ ! — pour venir dominer chaque instant de notre existence, et plus le calme et le vide, la nature soignée, libre, non empêtrée que Kranewitter tenta de créer, croît en séduction.

Telles étaient les ambitions que j'essayais d'atteindre et d'incorporer dans mon œuvre propre, et elles sont manifestement incarnées dans les deux constructions que j'ai dessinées, la Taylor House, à Pasadena, et le Burbank Shopping Mart. Tout le superflu a été éliminé. Les intérieurs sont implacablement simples, les seules lignes verticales ou horizontales. Même dans un temple du sybaritisme tel qu'un centre commercial – l'antithèse américaine de l'*Armut* – la philosophie ascétique de Kranewitter est évidente. Et elle fonctionne.

Elle fonctionnait si bien qu'elle me coûta ma situation. Le succès du Centre commercial de Burbank fit que Meyersen et Fischer furent consultés par le groupe de distribution Ohman pour dessiner leur nouvel ensemble de restaurants et magasins sur Wilshire Boulevard. Je produisis les plans et dessins initiaux ainsi qu'une maquette à échelle réduite. Peu avant la signature des contrats définitifs, Eric Meyersen m'appela dans son bureau et m'informa que j'étais virée. Comme je lui demandais pourquoi, il me répondit tranquillement : « Aucune bonne raison, ma chérie. Je n'ai plus envie de voir ta gueule dans le coin, voilà tout, je pense. » Meyersen, en un mot, avait tiré de moi ce dont il avait besoin : un début d'œuvre, une petite mais croissante réputation, un style. A présent, avec le contrat Ohman assuré, il s'était dit qu'il pourrait naviguer tout seul. Fugal examina le document de partenariat que j'avais signé avec tant d'enthousiasme cinq ans auparavant et déterra en temps voulu les paragraphes qui garantissaient à Meyersen son pouvoir unilatéral. Je lui ordonnai néanmoins de poursuivre en justice l'enfant de salaud. Des plaintes furent déposées au moment de la signature du contrat de l'Ohman's Building par *Eric Meyersen Architects Inc.* Les papiers de la Taylor House et du Burbank Mart furent pareillement amendés. Je n'avais plus comme recours que celui de monter ma propre affaire et de montrer au monde entier qui était vraiment à l'origine de ces bâtiments. Le 2265 Micheltoreno serait le premier clou dans le cercueil de Meyersen.

Dix

Philip louait à Venice un petit cottage en bardeaux, à une rue des planches et de l'océan. Je grimpai les deux marches menant à sa véranda pelée par le soleil, calai la Thermos sous un bras, posai mon sac d'épicerie sur un vieux fauteuil à bascule en rotin et frappai bruyamment sur l'encadrement de la contre-porte grillagée.

J'entendis à l'intérieur deux ou trois toussotements plaintifs puis Philip apparut, le cheveu mou et graisseux, dans une robe de chambre froissée et crasseuse. Il venait de se raser mais ça ne faisait guère de différence, il avait l'œil sombre et une mine de papier mâché.

« Salut, mon joli, dis-je. Voilà maman. »

Il avait fait son lit – une couverture navajo et trois oreillers – sur un divan à bout de souffle dans le salon. On entendait vaguement, venant de la maison voisine, le son d'une radio jouant *American Dreamer*. Le temps que je verse la soupe dans un bol et que je la lui apporte, il s'était remis sous la couverture, les genoux relevés, une expression de souffrance stoïque sur le visage.

« Soupe de pommes de terre et pâtisseries, ça te va ? Je t'ai amené de la tarte aux noix, du cheesecake au citron et un choix de quatre brioches danoises.

– T'es un ange. » Il s'empara de la soupe et se mit à l'écluser goulûment, comme un paysan affamé. « J'ai rien bouffé depuis quarante-huit heures. »

J'avais vu la bouteille de bourbon vide dans la cuisine.

« Que se passe-t-il ?

– Je suis viré. Après quatre putains de jours, ils m'ont viré.

— Bof, c'était un film de merde...

— ... c'était du boulot, Kay. Du boulot à quatre cents dollars la semaine. » Sa voix boudeuse débordait d'apitoiement sur lui-même. Je m'assis, le regardai finir sa soupe et se jeter aussitôt après sur le cheesecake. Il en prit une trop grosse bouchée qu'il avala avec peine. Il postillonna des miettes sur le divan.

« Du calme, dis-je. Personne ne va te le faucher. Tu veux un café ?

— Je crois que j'ai une tumeur à la gorge. Tu veux bien jeter un œil ? »

Il ouvrit la bouche. Je pris son beau visage abîmé entre mes paumes et le levai de façon à faire tomber la lumière de la fenêtre sur son gosier. Je ne vis rien d'autre qu'une gorge rouge palpitante et une certaine quantité de cheesecake au citron mais je connaissais ce genre d'humeur chez Philip. Il avait besoin de se raccrocher à quelque chose.

« Rien à signaler vraiment... C'est peut-être un peu rouge.

— Bon Dieu... Et mes yeux ? Ils ne sont pas un rien jaunes ?

— Je crains que ta couleur aujourd'hui ce soit le rouge. Pourquoi jaunes ?

— J'ai ces douleurs dans le dos. J'ai peur d'avoir le foie atteint... de cirrhose ou Dieu sait quoi. Peut-être un cancer.

— A ta place, je laisserais tomber le bourbon. » Je me levai. « Je vais te faire un café. »

Je retournai à la cuisine et mis une casserole d'eau à chauffer pendant que je cherchais du café. J'entendis Philip s'avancer d'un pas dolent derrière moi puis je sentis ses bras autour de ma taille. Il enfouit son nez dans ma nuque qu'il couvrit de petits baisers rapides.

« Kay-kay, je peux venir chez toi quelques jours ? Je déteste rester comme ça tout seul.

— Non, Philip, tu sais bien que ça ne...

— Je ne peux tout bonnement pas m'en sortir. Je dois juste...

— ... t'arrêter de boire. Bon, tu t'es fait virer. C'est pas la fin du monde. Cette ville est remplie de films merdiques à la recherche de scénaristes. Et remplie de scénaristes virés à la recherche de films merdiques.

— C'était un bon boulot, Kay. Le meilleur. » Il s'écarta de

moi et enfonça ses mains dans les poches de sa robe de chambre. « Six, huit semaines, et je faisais mon trou. » Il sortit un bout de papier froissé d'une poche et le contempla d'un air étonné. « Bon sang, j'ai oublié, c'est pour toi. » Il me le tendit. « On a retrouvé ton machin chouette, Paton Bobby. McGuire, au studio... Le putain de studio. »

Je lissai la feuille et lus ce qu'elle disait : « Shérif Paton Bobby, Los Feliz Ranch, White Lakes, Santa Fe. »

« Santa Fe ?

— Il n'était même pas en Californie. Heureusement que tu m'as dit qu'il était flic. On l'aurait jamais retrouvé. »

Je me tournai et regardai par la fenêtre de la cuisine. Je voyais un cyprès rabougri, maltraité, à moitié brisé au sommet sur un mètre de hauteur, et derrière lui une clôture à mailles losangées qui marquait les limites d'un épi de l'Electric Railway. Ainsi donc Paton Bobby était shérif à Santa Fe, Nouveau-Mexique. Que pouvait bien lui vouloir le docteur Salvador Carriscant ?

« Tu penses à ce café ? dit Philip. Ma gorge me tue. »

Je rencontrai Carriscant à la gare de Pasadena tôt le matin. Il m'avait demandé de l'accompagner à Santa Fe et, je ne sais pourquoi, à mon grand étonnement, j'acceptai aussitôt, spontanément et sans regret. Il avait demandé et j'avais dit oui, et c'est seulement plus tard que la chose me frappa comme présomptueuse de sa part et paradoxale de la mienne. Mais il avait enflammé mon imagination, Salvador Carriscant, et j'avais cessé de me méfier ou de contester son assertion tranquille du lien qui existait entre nous. Mais j'écartai ce motif particulier pour fonder ma décision sur un autre plus acceptable, encore que chevaleresque. Il s'agissait là d'une aventure, me disais-je, d'une quête qui m'intriguait et que je ne regretterais pas de suivre encore un bout de chemin.

Nous pouvions faire l'aller-retour en deux jours, ma curiosité à l'égard de Carriscant et Paton Bobby était vive, et de surcroît je n'avais jamais mis les pieds au Nouveau-Mexique.

La salle d'attente était propre et sentait le grésil ; les premiers voyageurs arrivaient, les kiosques à journaux regorgeaient de quotidiens et de magazines invendus. Carriscant m'attendait à notre lieu de rendez-vous, à l'entrée de la cafétéria, l'air inquiet et perdu. Le sourire qu'il fit en me voyant était sincère. Il brandit deux tickets.

« J'ai pris ton billet, dit-il. Inutile de me rembourser.

— Ne vous en faites pas, je n'ai pas changé d'idée.

— Je te suis très reconnaissant de m'accompagner, dit-il alors que nous nous dirigions vers le quai du *Santa Fe Express*. Tu auras peut-être du mal à me croire mais la dernière fois que j'ai pris le train c'était de Glasgow à Liverpool en 1897. »

Le ranch de Paton Bobby se trouvait au sud de Santa Fe, à quelques kilomètres de White Lakes, sur une butte herbeuse avec en arrière-plan les montagnes sombres et solides de Sangre de Cristo. Nous louâmes un taxi pour la journée (et vingt modestes dollars) et quittâmes notre hôtel, voisin de la gare, après le petit déjeuner. Je demandai à Carriscant s'il avait pris la précaution de télégraphier à Bobby pour l'avertir de notre arrivée. Il répondit qu'il avait renoncé à cette idée.

« Oui mais alors, s'il n'est pas là ? dis-je, irritée.

— Oh, je me suis assuré qu'il serait là. Mais je ne voulais pas qu'il sache que je venais. »

L'accent anglais de Carriscant donnait parfois à ses propos un insupportable ton satisfait et c'était le cas aujourd'hui.

« Qui est Paton Bobby ? dis-je. Comment le connaissez-vous ?

— Nous nous sommes rencontrés il y a longtemps. Nous avons été très amis pendant un moment. »

Je n'insistai pas ; je refusais de lui donner encore le plaisir de pratiquer sur moi son exaspérant art du biais. En ce qui concernait ses recherches, Carriscant montrait beaucoup de réticence à me raconter quoi que ce fût. Les informations sur ses buts et son passé étaient distillées au compte-gouttes et en général sans être sollicitées. De temps à autre, il vous fourrait sous le nez une pépite de renseignements, comme un amuse-gueule, pour aiguiser votre appétit, mais si vous cherchiez à approfondir il reculait. Je ne savais pas très bien s'il jouait à quelque jeu compliqué et taquin ou bien s'il était simplement sans malice – un vieil homme dont la mémoire se ravivait à l'occasion – ou alors s'il était l'un des menteurs les plus raffinés que j'eus jamais rencontré. Pourquoi cette allusion, par exemple, à ce voyage en train de Glasgow à Liverpool en 1897 ? S'agissait-il tout juste d'une manifestation de son insécurité, de sa vulnérabilité, ou d'une pièce faisant partie d'un puzzle plus vaste ? J'avais cessé de tenter d'extraire des révélations pour l'instant : moi aussi je pouvais jouer l'indifférence et l'opacité aussi bien que quiconque.

Nous quittâmes la route Albuquerque-Las Vegas et suivîmes les panneaux pour Cline Cors et Encino. A White Lakes, on nous indiqua une piste en terre battue blanche bordée d'une large haie d'armoise. Nous arrivâmes à une clôture avant d'apercevoir bientôt le portail et les lettres RANCHO LOS FELIZ gravées à la pointe de feu dans le bois du linteau.

« Qu'est-ce que c'est que ça ? Le ranch des Gens heureux ? s'étonna Carriscant. C'est fou comme l'espagnol sauve ça de la vulgarité. » Le sourire mourut sur ses lèvres. « Je n'aurais jamais imaginé Paton Bobby dans un endroit comme... » Il n'acheva pas sa phrase. Tout à coup, il parut inquiet.

Aussi vulgaire que fût son nom, le ranch avait un aspect bien tenu, net et soigné. Les gros blocs de pierre à l'entrée venaient d'être passés à la chaux, la piste creusée de deux sillons qui menait à la maison était débarrassée des mauvaises herbes, la verdure du ruban central tondue ras, comme les bas-côtés. De part et d'autre, des chevaux paissaient dans des prés bien irrigués. L'alfa et les *manzanitas* respiraient l'ordre et la prospérité.

Je regardai de nouveau Carriscant. Raide sur son siège, tendu, mordillant vaguement sa lèvre inférieure, les yeux perdus, distant, à peine conscient de ce qui l'entourait. Comme s'il n'avait jamais décidé lui-même d'entreprendre ce voyage mais qu'on l'eût traîné ici comme un prisonnier à l'échafaud, ou une recrue sur le champ de bataille, passif, impuissant à changer ce qui suivrait. Je me sentis désolée pour lui et bizarrement protectrice, me rendant compte soudain à quel point il était désemparé dans ce grand pays, et je fus contente de l'avoir accompagné.

Des chiens se mirent à aboyer au moment où nous arrivions devant la maison, un bâtiment neuf, avec pignons en pierre et une longue véranda ombreuse bordée de fleurs. J'informai un garçon de ferme mexicain que nous étions venus voir Mr Bobby et on nous mena à la porte d'entrée où une domestique nous fit pénétrer dans un petit salon. Bientôt, une femme guère plus vieille que moi nous rejoignit et se présenta comme Estelle Bobby. Je la pris d'abord pour la fille mais il apparut vite qu'il s'agissait de la nouvelle épouse. Elle était jeune et jolie avec des yeux bleus un peu protubérants et des cheveux blonds. Si Bobby approchait les 70 ans, il avait une avance d'au moins trente ans sur sa femme, pas de doute.

Je me présentai à mon tour, ainsi que Carriscant, désormais d'une telle passivité que j'avais l'impression d'être son chaperon. Son nom ne sembla rien signifier pour Estelle Bobby.

Elle nous indiqua des sièges comme si elle avait appris son savoir-vivre grâce à des cours par correspondance.

« Mon mari sera de retour d'ici à une heure, dit-elle. Il monte à cheval. Puis-je connaître l'objet de votre visite ? »

Je me tournai vers Carriscant.

« Je, euh, je suis un vieil ami de votre mari, marmonna-t-il, avec gaucherie. Je ne l'ai pas revu depuis plus de trente ans...

— Nous nous trouvions à Santa Fe pour affaires, improvisai-je. Mr Carriscant a pensé que nous pouvions prendre le risque de venir sans être annoncés.

— Certainement, bien sûr, vous êtes tout à fait les bienvenus », dit Mrs Bobby avant d'aller nous chercher du café pour meubler notre attente.

Deux tasses plus tard, et Mrs Bobby occupée ailleurs dans la maison, nous entendîmes le bruit des sabots d'un cheval et vîmes un joli buggy, avec, entre les brancards, un cheval bai au pas relevé, pénétrer dans la cour et disparaître à l'arrière de la maison. J'aperçus, tenant les rênes, un gros homme solide, très chauve et pourvu d'une grande moustache. Le son d'une porte qui s'ouvre, celui de voix en conversation. Je me tournai vers Carriscant : il était pâle, la bouche ouverte.

« Je me sens malade, Kay, dit-il d'un ton rauque. Je crois que je vais vomir. »

Il tendit une main tremblante que, sans réfléchir, je pris dans les miennes pour la serrer.

« Allons, buvez un peu de café, vous irez bien.

– Je crois que nous devrions partir. Maintenant. » La panique brillait dans ses yeux.

« Ne soyez pas ridicule. Après être venus jusqu'ici. Que vous a-t-il donc fait, cet homme ? »

Carriscant secoua la tête sans mot dire. Pour lui donner un peu de temps, je me levai et sortis dans le hall en refermant la porte du salon derrière moi. Paton Bobby émergeait de la cuisine. Sous son crâne parfaitement lisse et brillant, il offrait un visage carré et couturé, un regard aimable et une grosse moustache bien taillée qui lui coupait la figure d'une oreille à l'autre. Il avait les épaules larges et portait son gros ventre sans problème, presque fièrement. Certains hommes paraissent faits pour être gros et Paton Bobby appartenait à cette catégorie : très à l'aise, voire séduisant, dans sa solide obésité.

Il me serra la main, je me présentai et m'excusai d'arriver sans prévenir.

Il me jeta un regard perçant : « Ma femme me dit que ce monsieur est un vieil ami à moi. Je n'ai pas de vieil ami du nom de Tarrant. » Il avait une voix calme, posée, avec un roulement plus dur venu du fond de la gorge. J'aperçus un étui à cigares en cuir dépassant, telle une flûte de Pan, de la poche poitrine de sa veste.

« Non, dis-je, lentement, lançant un sourire à Mrs Bobby. Non, pas Tarrant. Carriscant. Docteur Salvador Carriscant. »

L'aimable curiosité s'effaça aussitôt du visage de Paton Bobby pour se transformer en un étonnement digne d'un personnage de dessin animé. Sourcils arqués, yeux écarquillés, bouche formant un « Comment ? » muet. Ses paupières se mirent à battre rapidement.

« Salvador Carriscant, répéta-t-il. Vous êtes folle ?

– Non, Paton, elle ne l'est pas. »

Nous nous retournâmes pour voir Carriscant, dans l'encadrement de la porte du salon, recomposé, l'œil clair. Paton Bobby, le sourcil toujours levé et le regard fixe, recula d'un pas comme pour mieux y voir.

« Jésus, Dieu du ciel ! dit-il tout bas, d'un ton presque effrayé, la voix bouleversée d'émotion. Salvador ! »

Et juste à ce moment précis, je me sentis balayée par une vague de colère. J'étais si ignorante, j'avais été gardée dans cet état de propos si délibéré, qu'être maintenant le témoin du choc profond suscité par cette réunion, d'en voir l'évident impact mélodramatique, me donnait le sentiment d'avoir été utilisée, exploitée. Carriscant secouant entre ses poings serrés la main de Bobby, tous deux d'une bruyante virilité dans leurs exclamations mutuelles d'étonnement... Où était passé le poltron qui, un instant plus tôt, menaçait de vomir, avait eu besoin d'une main rassurante ? Plantée là en train de les regarder, je ressentais, avec une force singulière, la manière dont cet homme s'était déjà insinué si profondément dans ma vie. Et avec une telle aisance... Que lui devais-je ? Quelle barre avait-il sur moi ? Quelles responsabilités avais-je ? Aucune, telle était la prompte et simple réponse, et je résolus de n'avoir plus rien à faire avec lui et ses bizarres agissements.

« Que se passe-t-il ? dis-je d'un ton un peu trop brusque. Qu'y a-t-il entre vous ? »

Bobby se retourna, surpris. « Il ne vous a pas dit ? Bon Dieu, Salvador était...

— Plus tard, Kay, s'il te plaît, intervint Carriscant avec courtoisie. Si tu veux bien, je dois d'abord parler à Paton.

— Très bien. Je serai dans la voiture. Faites-moi savoir quand vous serez prêt à partir. »

Je restai dans la voiture dix minutes, exaspérée et furieuse contre moi-même jusqu'à ce que le cuir chaud et collant sous mes cuisses me chasse dehors à nouveau. Je fis les cent pas en fumant une cigarette sous le regard à peine curieux du chauffeur de taxi, un vieux routier taciturne nommé Arthur Clough, pourvu de grosses dents jaunes irrégulières et d'un reniflement persistant. De là où je me trouvais, j'apercevais le sommet du crâne de Paton Bobby qui semblait ne rien faire d'autre que de secouer tout le temps la tête. Je demandai à Arthur s'il connaissait Bobby.

« Pour sûr, dit-il. Je crois qu'il a été le shérif de Los Alamos ; et est-ce qu'il ne s'est pas présenté à la mairie de Santa Fe, une fois ? Après avoir quitté l'armée ou quelque chose comme ça. J'ai vu sa photo dans le journal, y a pas longtemps. »

Il accepta une de mes cigarettes qu'il fuma d'un air dédaigneux, comme un dandy victorien, en la tenant, paume levée, entre le pouce et l'index.

Carriscant et Paton Bobby réapparurent à la porte d'entrée une heure plus tard. De mon poste, j'eus l'impression, sans pouvoir en jurer, que Bobby avait pleuré, mais l'idée semblait incongrue au point d'être incroyable. Pourtant, il se tenait voûté, sa belle confiance, dos droit, jambes écartées, paraissait avoir disparu et je l'entendis clairement dire au moment des adieux : « J'espère que vous pourrez me pardonner, Salvador.

— Naturellement, répliqua Carriscant avec un accent de sincérité réelle. Je ne vous en ai jamais voulu, Paton. Jamais. Vous faisiez votre travail et », il marqua une pause, « c'était une période difficile. »

Carriscant monta dans la voiture à côté de moi, la mine crispée, bouleversée. Il se renfonça sur la banquette et ferma les yeux.

« Pauvre Paton, dit-il.

— Que se passe-t-il ? m'écriai-je, bouillant d'une curiosité furibarde. Vous ne pouvez pas me tenir plus longtemps à l'écart de tout cela.

— Oh, Kay, Kay, donne-moi un moment. »

Le taxi démarra. Paton ne s'était pas attardé sur la véranda. Carriscant me regarda et réussit à me faire une sorte de sourire.

« Je suis désolé, Kay... Ce n'est pas juste, Kay, je sais, mais cette entrevue était cruciale, essentielle pour moi, ma chère Kay, si seulement tu pouvais...

— Arrêtez de seriner mon foutu prénom ! »

Ma véhémence parut le tirer de sa condescendance, de son état triomphant. Car il avait obtenu dans cette maison un genre de victoire, trop longtemps attendue, je le soupçonnais, et il la savourait. En tout cas, il se tut, porta la main à l'intérieur de sa veste et en tira un petit portefeuille en cuir qu'il ouvrit. A l'intérieur se trouvait une page de magazine pliée en quatre.

J'entrevis une publicité pour une marque de bière que je ne reconnus pas, et quelques phrases en espagnol, du moins je le pensais. Sans autre explication, Carriscant me tendit le papier que je dépliai sur mes genoux. Six photos avec des légendes écrites en portugais, je m'en rendis alors compte. Les photos semblaient celles d'événements mondains ou journalistiques classiques. Un mariage, un politicien en chapeau haut de forme, saluant de la main, en plein discours, une villa très ornée endommagée par un incendie. Le doigt de Carriscant se posa sur la photo du bas à droite. Un homme en tenue de tennis recevait un énorme trophée en argent des mains d'une jeune femme flamboyante portant un chapeau cloche et de multiples rangs de perles. Je remarquai la date en bas de page : 25 mai 1927. Je jetai un coup d'œil à la légende pour tenter de la traduire. Un match de tennis au profit d'une œuvre charitable... Jean-Claude Riverain, le vainqueur – je me rappelais le fameux joueur et le contemplais à présent avec curiosité dans son pantalon de flanelle large et poussiéreux, une mèche de cheveux humide plaquée en virgule sur son grand front bronzé –, et Miss Carmencita Barrera, la célèbre actrice de cinéma, tout en dentelles et sequins clignotants, le visage aussi blanc que terre à pipe...

« L'actrice ? dis-je.

– Non, la dame, deux personnes plus loin. »

Je regardai de plus près. Une femme élégante, dans les 50 ans peut-être, encore séduisante, en train d'applaudir, un vague sourire ambigu. Le cliché était bon, je pouvais distinguer le motif cachemire de sa robe mais impossible de dire si le sourire traduisait un ennui poli ou un enthousiasme distingué. Entre l'actrice et elle se trouvait un homme âgé aux cheveux blancs, en costume sombre ; à sa gauche, un officier de marine de haut rang ; les autres silhouettes étaient brouillées. Personne, à part l'actrice et la star du tennis, n'était identifié.

Carriscant me reprit la page, la replia avec soin et la remit dans son portefeuille.

« C'est elle, dit-il simplement sur un ton de curieuse autorité. Je n'en étais pas sûr, pas vraiment sûr, c'est pourquoi il fallait que je retrouve Paton. Il était le seul à pouvoir me le confirmer.

— Confirmer quoi ?

— Qu'elle était... qu'elle est qui je pensais.

— Et il l'a fait ?

— Sans hésitation. Sans une seconde d'hésitation. » Il laissa échapper un long soupir tremblant. « Et maintenant, je sais. Tu ne peux pas savoir ce que c'est, au bout de trente-trois ans.

— Docteur Carriscant, il faut que vous me disiez de quoi vous parlez. Je ne vois pas l'utilité de continuer si... »

Il leva une main pour m'interrompre, puis respira, une douzaine de profondes inspirations comme pour se revigorer, comme s'il se réveillait d'un long sommeil. Ce qui m'irrita beaucoup.

« Tout ce temps, commença-t-il, j'ai cru qu'elle était peut-être morte, vois-tu. J'ai cru que je ne saurais jamais ce qui s'était passé. Et puis j'ai découvert cette photo, par un coup du sort... détourné, miraculeux. Et je sais maintenant qu'elle est vivante.

— Mais la photo a presque dix ans.

— Mais elle est vivante. Elle paraît... » Des larmes perlèrent à ses paupières, sa voix s'enroua. « Je sais qu'elle m'attend. » Il prononça ces mots avec une inébranlable confiance puis se tourna vers moi.

« Nous allons partir à sa recherche.

— Nous ? De qui parlez-vous ?

— Toi et moi, Kay... Kay chérie. Nous irons la retrouver à Lisbonne. »

Onze

Il est difficile de trouver un petit cimetière à Los Angeles. Et j'étais décidée à enterrer mon fils dans un endroit intime et peu spacieux, un lieu peu fréquenté, où les regards indifférents seraient moins nombreux que dans une nécropole étalée sur plusieurs hectares ou bien le vaste parc mortuaire paysager qui est la norme.

Je découvris une vieille mission à moitié reconstruite à l'extrémité nord de la vallée de San Fernando où, grâce à un don substantiel au fonds de restauration, j'obtins un bout de terre dans un coin ombragé par un bosquet d'eucalyptus. Je vais là-bas de temps en temps, environ une fois par mois, en essayant de ne pas transformer mes visites en rite, et quelle que soit mon humeur, mais, inévitablement, l'endroit a forgé ses associations (je n'ai pas de vrai souvenir de lui, après tout) et maintenant c'est le crépitement des feuilles sèches, l'odeur de chat de gouttière des eucalyptus, voire le filigrane du soleil à travers les branches qui conspirent à me rappeler mon petit garçon mort.

J'ai réfléchi aussi un certain temps à la pierre tombale : qu'inscrit-on quand une vie n'a duré que seize jours ? « Ceux que les dieux chérissent… » ? « Vanité des vanités, dit le prêcheur, tout n'est que vanité » ? En fin de compte, j'ai choisi un marbre blanc, très simple, et j'ai fait graver le nom et les dates en bronze. COLEMAN BROCKWAY, 10 AVRIL 1930-26 AVRIL 1930. Au cours des années depuis sa mort, le vert-de-gris sur l'inscription en bronze a coulé, maculant le marbre de larmes vertes. Larmes vertes pour mon bébé bleu. Coleman Brockway est venu au monde avec toutes les cartes contre lui depuis le premier jour : il avait un trou dans le cœur.

Douze

Mrs Luard Turner portait une étole de renard blanc sur son costume aigue-marine bien que la journée fût chaude et le ciel d'un bleu immuable. Elle était très maquillée aussi, comme une actrice, pensai-je, avec une couche épaisse de fond de teint et de poudre qui commençait à montrer des signes de glissement et de défaillance. Je refermai la porte du grand placard de la chambre. « Vous remarquerez que la maison possède de nombreux placards, dis-je, et que beaucoup sont deux fois plus grands que la normale.

— Comment ? Tiens oui, j'ai pensé...

— L'idée, voyez-vous, est d'éviter le moindre désordre. Tout peut être rangé. » Je lui souris, je commençais à prendre un ton autoritaire, je le savais, une habitude que j'ai quand je soupçonne mon interlocuteur de ne pas vraiment faire attention à ce que je dis. « Je ne peux pas empêcher les gens d'avoir des possessions mais je peux les encourager à les garder hors de vue.

— Oh, bien sûr. » Elle me retourna un sourire incertain. « J'aime, euh, j'aime beaucoup l'ordre, moi aussi.

— Tout dans cette maison a été longuement pensé, Mrs Turner. Chaque proportion est précise. Chaque fois que je l'ai pu, j'ai incorporé les meubles – comme dans la cuisine, comme cet ensemble de tiroirs et d'étagères dans le living-room – parce que vous ne pouvez tout simplement pas, dans une maison de ce style, de cette éthique, si je puis dire...

— Pardon ? De cet équoi ?

— ... vous ne pouvez pas mettre des meubles ordinaires, un canapé ou des fauteuils quelconques.

— Ah non ?

— Là où vous aurez besoin de nouveaux meubles, je vous demande — en fait je vous supplie — d'aller chez des ébénistes spécialisés. Commandez des choses qui iront avec la maison, vous ne le regretterez jamais. Je peux vous donner une demi-douzaine de noms de...

— Mrs Fischer est très fière de son œuvre, interrompit George Fugal avec un rire nerveux.

— Oh, certes, dit Mrs Turner, en regardant autour d'elle. Ah, est-ce que la salle de bains fonctionne ? »

Je la lui indiquai.

« C'est une affaire conclue, dit George. Elle est folle de la baraque.

— J'aurais pu m'y tromper. Est-ce qu'elle tourne rond ? Elle me paraît très distante, pas dans le coup. Est-ce que...

— Kay, j'ai 10 % en dépôt. Elle ne plaisante pas. » Il jeta un coup d'œil nerveux par-dessus son épaule et baissa la voix : « Est-ce qu'on risque d'entendre le bruit de la chasse ? Je veux dire, ici, dans cette pièce ?

— Probable. Pourquoi ?

— Peut-on descendre ? Ça me met mal à l'aise, vous comprenez, le moment où elle va sortir... je déteste ça. »

George et moi dévalâmes l'escalier bruyamment pour que Mrs Turner puisse tirer la chasse sans crainte d'embarras.

« Je trouve que vous auriez pu prévoir un escalier plus large.

— George, je ne vous donne pas de conseils en matière juridique. »

Mrs Turner réapparut en temps voulu, dûment satisfaite. Elle oublia de me demander — mais je la lui donnai quand même — une liste d'ébénistes capables de lui fournir une table de salle à manger et des fauteuils qui ne détruiraient pas la parfaite pureté de lignes de mes pièces. Il fut convenu que les contrats seraient signés dans les bureaux de Fugal le lendemain matin à dix heures.

Je pris Sunset Boulevard et tournai dans Normandie pour gagner Hollywood. Carriscant faisait les cent pas devant l'entrée de mon immeuble. Nous étions rentrés de Santa Fe depuis cinq jours et je ne l'avais pas revu entre-temps, ayant concentré tous mes efforts à la mise au point de la maison pour la vente. L'agrégat de sentiments désormais familiers se forma en moi tandis que je me garais le long du trottoir et que je le vis se précipiter dans ma direction, une masse informe de surprise, de curiosité, de fatigue et de mauvaise humeur. Le voyage à Santa Fe s'était révélé un régime Salvador Carriscant trop riche et trop soutenu. Pour le moment, il convenait de réduire les doses.

Carriscant me suivit au bureau, pratiquement sur mes talons, comme s'il s'attendait à me voir y courir. Son impatience et son excitation imprégnaient l'air mais je refusai de me laisser enjôler ou presser, et je pris tout mon temps avec Mary pour vérifier mes messages, avant de passer cinq minutes avec Ivan sur les dessins préliminaires d'un nouveau lotissement que nous avions trouvé à Silver Lake, à quelques rues au nord de Micheltoreno.

Finalement, je permis à Carriscant de prendre un siège dans mon bureau tandis que je téléphonais à Fugal pour me faire confirmer que l'affaire Luard avançait sans encombre. Tout se passait bien. Je reposai le téléphone.

« Écoutez, dis-je, vous ne pouvez pas rester trop longtemps. Ce sont mes heures de bureau. Si vous saviez quel travail...

– Kay, je comprends. Personne ne comprend mieux que moi. Mais j'ai pensé que tu voudrais être la première à savoir.

– Quoi donc ?

– Ce que j'ai découvert à propos de la photo. » Il sortit son portefeuille mou de la poche de son veston. « C'est étonnant les informations qu'on peut extraire d'une bibliothèque municipale bien équipée.

– Allez-y. »

Carriscant me raconta qu'il avait découvert sur le match de tennis plus de choses que la photo n'en disait. Il s'agissait d'une série d'événements au bénéfice d'œuvres de bienfaisance, étalés sur trois jours : courses cyclistes, rencontres de boxe, loterie avec prix en espèces, le tout sous le patronage de la légation des États-Unis, de la Croix-Rouge portugaise et d'une société charitable anglo-portugaise appelée les Chevaliers de 1147, en souvenir de l'année où, Carriscant m'informa sur un ton didactique irritant, les croisés anglais avaient aidé à reprendre Lisbonne aux Maures. Les festivités avaient eu lieu entre le 20 et le 23 mai pour célébrer le jubilé des Chevaliers, la visite du croiseur léger américain *Olympia* et d'une escadrille de contre-torpilleurs britanniques à Lisbonne. Le match de tennis, une rencontre entre Riverain et Carlos Pelicet, avait été le clou des trois jours de réjouissances. « Riverain gagna 6-2, 6-4, dit Carriscant. Apparemment le match fut plus serré que ne le suggère le score. » Et l'intéressant, c'est que la coupe portait le nom de la femme de l'envoyé américain — la coupe Lillian Aishlie.

« Mais plus intéressant encore, poursuivit-il, se penchant en avant, les deux mains à plat sur mon bureau, c'est que la femme du diplomate n'a pas remis la coupe elle-même. »

Je supposai que Carriscant m'expliquerait, quand il le jugerait bon, pourquoi cela était « plus intéressant encore ».

« Je sais, dis-je docile, que cette actrice, comment s'appelle-t-elle, l'a remise.

— Exactement. C.Q.F.D.

— Je ne vous suis pas.

— L'épouse du diplomate ne peut pas avoir été là.

— Peut-être. Et alors ?

— Ça veut dire que les autres personnes sous le dais appartenaient plus que probablement à la légation américaine. »

Je commençai enfin à comprendre le cours tortueux de son raisonnement. « Donc, dis-je lentement, en l'absence de l'épouse de l'ambassadeur pour remettre sa propre coupe...

— On fait venir une actrice de cinéma. Mais il faut qu'il y ait un représentant de l'ambassade.

— Pourquoi pas de la Croix-Rouge ou des Chevaliers de la Crottenbarre ?

— Parce qu'il s'agissait de l'événement américain. » Il retira sa précieuse photo de son portefeuille et l'étala sur mon buvard. L'actrice, l'homme aux cheveux blancs en costume sombre, la dame de Carriscant avec son sourire de Joconde, l'officier de marine.

« L'invitée d'honneur », dit Carriscant, l'index sur Carmencita Barrera (un index à l'ongle en deuil, notai-je), puis sautant deux visages plus loin, « l'officier de marine », et revenant à l'homme aux cheveux blancs, « l'ambassadeur et... », après un temps d'arrêt, « l'invitée de l'ambassadeur ou bien l'épouse de l'officier de marine ».

Je vis que cette appellation lui faisait de la peine. « Ça paraît plausible, répliquai-je, mais on ne peut pas vraiment en être sûr. » Je tournai la page du magazine de son côté. « Tous ces gens se trouvent à gauche de la ravissante Carmencita. Les gens vraiment importants pourraient bien être à sa droite.

— Non, pas du tout. Les photographes de presse s'assurent toujours que les dignitaires sont dans l'objectif. »

Je compris qu'il n'était pas d'humeur à ergoter. Imbu de la certitude irraisonnée du fanatique, il n'allait pas se laisser influencer.

« Alors, vous dites que...

— Je dis que cette femme... » Il y avait maintenant un tremblement perceptible dans sa voix, un vibrato ému. « ... cette femme était l'amie ou l'épouse d'un membre de l'ambassade des États-Unis à Lisbonne en 1927. » Il se redressa sur sa chaise, le visage crispé par la curieuse demi-grimace de quelqu'un cherchant à retenir ses larmes. Il croisa étroitement ses bras sur sa poitrine, s'étreignant lui-même.

« C'est là que commence la piste, dit-il, la voix rendue rauque par le triomphe. C'est par là qu'il faut débuter.

— Eh bien, je vous souhaite bonne chance ! »

Il me regarda, l'air de ne pas comprendre, l'œil vide, comme si je m'étais soudain exprimée dans une langue étrangère.

« Non, Kay, c'est par là que nous commençons, nous. Nous, toi et moi. Je ne peux pas partir sans toi.

— Je vous l'ai dit la dernière fois, je ne vais nulle part. J'ai une maison à dessiner, j'ai ma vie à vivre, nom d'un chien.

— Ça ne serait que pour six semaines, deux mois. »

Je ris : plus un hoquet d'incrédulité qu'un rire, en réalité.

« Docteur Carriscant, il s'agit de votre... votre obsession, pas de la mienne. Je vous connais à peine. Je ne peux tout simplement pas...

— Je n'ai pas les moyens d'aller à Lisbonne, dit-il sur un ton irrité, accusateur, comme si la faute m'en revenait. Je n'ai pas d'argent.

— Aucun de nous deux n'a d'argent.

— Mais tu viens de vendre ta maison.

— Oui, ma maison. Pour en construire une autre. On travaille sans capitaux ici, regardez autour de vous. »

Il baissa la tête pour fixer ses mains sur ses genoux, les poings à demi ouverts. Ses épaules s'arrondirent et s'affaissèrent plusieurs fois comme pour soulager une douleur et, quand il leva à nouveau la tête vers moi, des larmes impudiques coulaient de ses yeux.

« Kay, je te demande en tant que ma fille...

— Arrêtez ça tout de suite...

— ... en tant que ton père. Viens avec moi, aide-moi.

— Vous n'êtes pas mon père, hurlai-je. Mon père, c'était Hugh Paget. Comment osez-vous...

— Non, c'est moi, c'est moi, Kay ! hurla-t-il à son tour. C'est moi ! »

L'assurance fervente de sa proclamation me troubla et me réduisit au silence. Je me rendis compte qu'au cours de mon association avec Salvador Carriscant, les heures passées en sa compagnie, nos deux jours de voyage à Santa Fe, j'avais tacitement mis de côté mes doutes et j'avais avec complaisance, voire de plein gré, laissé son postulat s'installer entre nous, comme un cadeau offert mais pas encore accepté. Pas encore refusé non plus. Le temps était venu d'agir.

« Si vous êtes mon père, dis-je d'un ton posé, maîtrisé, alors qui est ma mère ?

— Mais ta mère, bien sûr. Annaliese.

— Elle vit, se porte bien et habite Long Beach si ça vous chante d'aller lui rendre visite. »

L'air triste, il secoua la tête, sans un mot, puis renifla et essuya les larmes à moitié séchées sur ses joues. Je me demandai, une fois de plus, s'il était un pauvre idiot innocent ou simplement un très mauvais acteur.

« Elle refuserait de me voir, dit-il. Elle refuserait de me reconnaître.

— Pourquoi pas ?

— A cause de ce que je lui ai fait.

— Combien de temps avez-vous été mariés ?

— Deux ans. »

Je ne posai pas davantage de questions bien que des douzaines d'autres se bousculassent, impatientes, dans ma tête. Quelle était la date du mariage ? Quel âge avais-je quand il s'était terminé ?... Le problème, c'est que toutes mes questions présupposaient la véracité de sa version des événements, et je comprenais que c'était ainsi que Salvador Carriscant vous attirait, vous piégeait, vous embourbait. Je n'allais pas jouer à ses jeux dangereux plus longtemps.

« Je suis désolée, docteur Carriscant, dis-je d'un ton brusque. Je ne peux pas vous aider là-dessus, non. »

Il me regarda, l'air lugubre, boudeur, ses yeux remplis d'un dégoût et d'un ressentiment nouveaux. Et puis, tout d'un coup, son mouvement d'humeur s'évanouit et son visage s'illumina. Il laissa échapper un soupir, courba les épaules et sourit faiblement.

« Oh, bon, dit-il sur un ton presque gai, qu'y puis-je ? J'espère que tu ne verras pas d'inconvénient à ce que j'essaie de te faire changer d'idée, de temps à autre ?

— Vous pouvez toujours essayer, répliquai-je, mais ça ne marchera pas. »

Treize

La cuisse de Philip était chaude contre la mienne. Trop chaude. Je m'écartai un peu plus de lui, très doucement, me glissant sur le matelas jusqu'à ce que je sente la moiteur sous mon flanc refroidir. Aucune partie de mon corps ne touchait le sien, rien de son rayonnement calorifique ne m'atteignait ; sans sa respiration étonnamment bruyante, j'aurais pu me croire seule dans mon lit. Je tendis le bras et du bout des doigts tâtai une tache humide sur le drap... son sperme, sans doute, et aussitôt me vint à l'esprit la routine banale des corvées ménagères, la nécessité de changer les draps bien qu'ils l'eussent été un jour avant à peine...

Une faute que de l'avoir invité à passer la nuit avec moi. Nous avions fait l'amour, ce que j'avais certes souhaité, avec le besoin simple et soudain d'une séance efficace et un peu prolongée – de manière à en expérimenter les pures joies viscérales sans les complications personnelles du préambule et de l'épilogue. Philip était le seul à pouvoir me fournir cela et il l'avait fait, avec, pour lui, une dimension de plaisir supplémentaire (la dernière fois remontait à plus d'un an) mais il s'était endormi, littéralement une minute après avoir terminé, semble-t-il, sa tête enfouie lourdement au creux de mon épaule et de mon sein, ses jambes contre les miennes, une paume à plat sur ma cuisse. Il m'avait fallu dix minutes de petites manœuvres patientes pour me libérer de mes divers contacts avec son corps, et me retrouver étendue, immobile et intacte, dans ma petite zone de fraîcheur, souhaitant qu'il soit rentré chez lui et essayant de ne pas me sentir furieuse contre moi-même.

J'avais rencontré Philip en 1928 sur le campus de l'UCLA où

je prenais le soir des leçons supplémentaires d'allemand. Philip étudiait l'allemand aussi, avec la vague idée d'aller travailler en Allemagne, dans le cinéma. J'étais très désireuse de mieux comprendre et traduire certains articles de Kranewitter publiés dans *Metall*, alors que Philip ne cherchait qu'à acquérir les bases élémentaires de la conversation. Un de ses multiples caprices qui n'avait duré que trois semaines en l'occurrence mais assez longtemps pour nous remarquer l'un l'autre, nous plaire mutuellement et nous débrouiller pour nous rencontrer – oh très naturellement.

Nous avions dîné, fait des sorties. J'étais beaucoup plus mince en ce temps-là et, j'en suis persuadée, bien plus marrante. Sans plus d'histoires, nous avions entamé une liaison. Quelques semaines plus tard, entre deux appartements, Philip venait coucher dans ma petite maison de Westwood Village et y restait, discrètement. Nous nous mariâmes peu après, au cours du printemps 1929. Coleman naquit un an plus tard, bleu et condamné, et, à sa mort, toute joie nous quitta. Nous divorçâmes au Mexique cet été-là, et ce n'est qu'au bout d'une année difficile que nous redevînmes amis. Je savais Philip encore amoureux de moi mais j'avais changé et, tout autant qu'il m'amusât, je voyais désormais ses évidentes faiblesses. Il me fallut un an avant d'accepter de coucher de nouveau avec lui. C'était ce soir la quatrième fois. Ces occasions devenaient de moins en moins agréables. Je me glissai hors du lit tout en réussissant à tirer le drap. Philip ne bougea pas. Dans la pénombre des volets de la chambre, je voyais clairement son long pénis mince reposant sur la courbure de sa cuisse et la fine traînée brillante de son sperme allant du bout de son sexe jusque dans mes draps propres mais froissés. Je le couvris et me rendis dans la salle de bains, fermant la porte derrière moi avant d'allumer la lumière. Je fus surprise, ce qui m'arrivait régulièrement, par la masse solide et pâle de la femme dans le miroir, les seins larges et souples, le ventre ferme plissé sous le nombril... L'image mentale que j'avais de moi restait bloquée à 1926, l'année de ma sortie du MIT avec mon diplôme m'autorisant à ajouter « Architecte et Ingénieur » après mon nom ; jeune, mince et enthousiaste avec mes yeux aux grands cils remplis d'espoir. La réalité aux hanches lourdes me prenait toujours par surprise à des moments pareils. J'éteignis la lumière, m'assis et procédai à mes petites affaires dans l'obscurité, songeant soudain, sans raison particulière, au grand et maigre Hugh Paget, mon père anglais à l'image si floue, et à cet exaspérant étranger brun qui, tout à coup, voulait le faire sortir *manu militari* de ma vie et de mes souvenirs. Le docteur Carriscant, petit, large d'épaules, intense, émotif, d'une promptitude à pleurer absurde pour un adulte mâle, arrogant, impatient, bruyant dans la poursuite de ses bizarres intérêts... A mon grand ennui, à ma grande frustration, je commençais à avoir l'impression de le connaître depuis des années.

Quatorze

Ma mère et moi déjeunâmes à la *Spanish Kitchen*, celle de Beverley Boulevard. Rien que d'ordinaire dans notre rendez-vous : nous déjeunions ensemble tous les deux mois environ, souvent à son initiative. Je suis sûre qu'elle était curieuse de moi, de ma vie, mais elle était trop polie pour poser la moindre question directe. Pourtant je la sentais souvent m'examiner avec attention, comme si de minuscules changements dans mon apparence physique, une couleur de rouge à lèvres différente, un chemisier neuf, une permanente, pouvaient lui fournir une indication sur mes fréquentations, mes satisfactions, le déroulement de ma vie en général. Rencontres agréables, car nous nous aimions bien et, plus important, nous nous respections l'une l'autre. De surcroît, loin de la bruyante jovialité de Rudolf, ma mère semblait plus chaleureuse, plus posée. Nous passâmes nos deux heures ensemble sans aucun sentiment de contrainte ni de bonnes manières forcées. Elle aimait la nourriture épicée et forte, que Rudolf ne pouvait pas digérer et qu'elle ne cuisinait jamais chez elle, d'où notre tendance à fréquenter les restaurants espagnols et mexicains où elle dégustait *menudo* ou *chiles verdes rellenos* avec un plaisir évident. Où avait-elle donc acquis ce goût ? En Orient peut-être ? Un héritage, avec moi, de son bref mariage avec Hugh Paget ?

Vers la fin de notre repas, je lui demandai en passant si elle voulait bien me rendre un service, rien de très spécial, mais qui pourrait l'obliger à rester assise avec moi dans la voiture une heure ou deux. Je demeurai volontairement vague et imprécise.

« Mais bien sûr, dit-elle. Ça a un rapport avec ton procès ?

– Oui et non », mentis-je à moitié. Je lui avais tout raconté sur Meyersen et ses manigances au cours du déjeuner, en essayant de ne pas trop laisser percer une note triomphale dans ma voix. George Fugal m'avait téléphoné à onze heures et demie ce matin-là pour m'annoncer la signature du contrat Luard et la conclusion de la vente. *K.L. Fischer Inc.* avait fait un bénéfice de 21 058 dollars sur sa première affaire, et l'on procédait à la rédaction des actes d'achat du prochain lotissement sur le nouveau site que nous avions trouvé à Silver Lake, un terrain d'un hectare sur lequel on pouvait bâtir, au besoin, deux maisons ou un ensemble de bungalows. Je sentais déjà mon animosité à l'égard de Meyersen diminuer, s'éloigner dans le passé.

Nous reprîmes en voiture par Beverley la direction du centre-ville et de la haute tour blanche du City Hall. Je garai la voiture sur Olive Street, un peu en retrait de la pension où, de l'autre côté de la rue, habitait Carriscant. Tout en fumant une Picayune chacune, nous attendîmes.

Au bout de trente-cinq minutes, je vis Carriscant, venant de la direction du funiculaire, descendre Olive Street de notre côté. Il portait un imperméable fauve que je ne lui connaissais pas et un colis enveloppé de papier brun sous le bras. Je le laissai s'avancer et, au moment où il allait traverser la rue, je dis à ma mère sur un ton très dégagé :

« Ce type en train de traverser la rue... l'as-tu jamais vu ? »

Je ne quittai pas son visage des yeux.

Elle le regarda attentivement.

Carriscant s'arrêta devant les marches de la pension sur lesquelles se prélassait l'habituel contingent de Philippins et ôta poliment son chapeau tout en leur faisant la causette.

« Non, dit-elle lentement. Je ne crois pas. Il ressemble un peu à ce vieil acteur, tu sais bien lequel je veux dire. »

Je ne vis rien, pas un tremblement, pas un clignement d'yeux, pas la moindre crispation. Elle se retourna vers moi : « Qui est-ce ?

— Un détective privé, je pense. Engagé par Meyersen. Je me demandais s'il était venu te voir, tenter de fouiner, de poser des questions...

— Non, absolument pas. » Elle sourit. « C'est tout ? Peux-tu me déposer chez Bullock's ? »

Quinze

Je suis à l'intérieur du 2265 Micheltoreno. C'est désormais construit, terminé, achevé, ou quasiment. Le soleil de l'après-midi brille à l'oblique à travers la vitre du mur ouest, dessinant une ombre aux contours nets sur le stuc ocre et lisse. Je sens l'espace de la maison se rassembler autour de moi, ses volumes d'air empilés et agencés, enfermés et confinés par leur matériau particulier. Les simples treillages sur la cour, les surfaces planes des cloisons en verre et les murs adjacents de stuc, le jardin en terrasse défini par ses deux poutres en chêne, la manière dont le corridor se glisse dans le volume du patio qui à son tour se faufile le long de l'escalier jusqu'à la terrasse de gravier sous la façade ouest. Calme et ordre. Absence de fouillis, un monde tranquille de lignes strictes, d'angles exacts, et tout cela dessiné par moi. Un moment, alors que je suis là debout dans la pièce, une sorte de paix m'envahit. Je pense que c'est ce qui ressemble le plus à du bonheur pour moi, ces temps-ci.

Ma mère avait très bien menti. Avec, en fait, une adresse rien moins que brillante. Quel énorme choc elle avait réussi à dissimuler, quel gigantesque tourbillon d'émotions elle avait caché sous une surface de calme et de placidité totale. Sa seule faute était d'avoir oublié de manifester une curiosité naturelle. Quand votre fille vous informe qu'un rival en affaires peut avoir engagé un détective privé pour l'espionner, vous ne lui demandez pas aussitôt à être déposée devant un grand magasin.

Et son insouciance feinte eut l'effet de transformer ce qui avait été instinct et suspicion en conviction et consentement. La folle et incroyable affirmation de Salvador Carriscant prenait désormais les allures d'un fait incontestable. Avec un bizarre mélange de réticence et de soulagement, d'étonnement et de plaisir, je dus admettre que ce que j'avais à moitié soupçonné tout du long apparaissait maintenant comme une certitude biologique : Salvador Carriscant était mon père.

Seize

Larry Rugola, mal rasé de frais, le sang perlant encore d'une méchante coupure sous l'oreille, vint me prendre chez moi à sept heures du matin et nous montâmes en voiture jusqu'au nouveau site de Silver Lake. Il s'agissait encore d'un terrain très en pente (je ne pouvais pas encore me payer du terrain plat) avec vue au loin sur le réservoir. Un bout de route secondaire en béton ouvrait ce flanc de la colline et, au pied, se trouvait une clôture à mailles losangées avec un portail verrouillé. Des écriteaux tape-à-l'œil de promoteurs attachés à la clôture célébraient des terrains à vendre, proclamant VUE SUR LE LAC! en lettres tremblantes d'excitation. C'était vrai : dans la claire lumière matinale, entre les chênes verts et les poivriers, j'apercevais tout juste un ruban d'eau grise.

Larry ouvrit le portail et nous parcourûmes notre hectare avec les plans et un mètre. Je me retournai pour regarder la route : on pourrait entrer directement sur le toit de n'importe quel bungalow à un seul niveau, tant la pente était raide.

J'appelai Larry qui marchait à grands pas en mesurant ses enjambées : « On pourrait faire du porte-à-faux au lieu de tailler dans la masse.

— C'est pas bon marché.

— Que diriez-vous de duplex ? Des appartements en duplex, une série de trois, voire quatre ? »

Larry me rejoignit tranquillement, tout en enroulant son mètre. « C'est une idée, dit-il. De cette manière, on collerait à la pente.

— Les livings au-dessus, les chambres en dessous. On descend une marche et on a une terrasse sur le toit de la chambre.

— Et même avec vue sur le lac. »

Nous recommençâmes à mesurer avec une ferveur renouvelée. Le terrain avait une forme bizarre en éventail et allait s'étalant au pied de la colline. Nous poussâmes, en écartant les buissons de sauge et de laurier sauvage, jusqu'au bas de la pente où le sol filait à pic, étouffé sous une végétation d'arroyo. Les lotissements de part et d'autre étaient vides mais au travers d'une rangée d'arbres, sur la gauche, nous venait l'écho d'un bruit de marteau piqueur.

« Vous aurez pas mal de terrain en trop en façade, dit Larry.

— Eh bien alors on va le paysager, on fera payer en plus.

— Ça me paraît une excellente idée. »

On remit le cadenas au portail avant de reprendre le bout de route secondaire jusqu'à Ivanhoe.

« Est-ce que notre rue a déjà un nom ? Si on l'appelait Vue-du-lac ? dit Larry.

— Lago Vista ferait mieux. " Le site de Lago Vista ". Ça me plaît. » Je tapai sur l'épaule de Larry. « Tournez ici, Larry, allons à Micheltoreno. J'ai envie de revoir ma vieille maison. »

Nous nous faufilâmes dans la circulation côté ouest jusqu'à Angus puis virâmes sud pour prendre Micheltoreno. Je sentis un plaisant remuement dans mon ventre, une sensation devenue inhabituelle — le bonheur, l'excitation. Baptiser une rue, dire « ma vieille maison » : ça avait des airs de progrès, de développement d'une œuvre, d'une avenue de brillants lendemains.

Nous atteignîmes le sommet d'une petite montée dans Micheltoreno et le n° 2265 surgit devant nous. Surmonté d'une grue mince dont le bras soulevait et dégageait une partie du toit, sous la direction d'une équipe d'ouvriers en salopettes vertes. Un bulldozer vert, crachotant des vapeurs d'essence, reculait de la zone de la véranda totalement aplatie, et une autre équipe ramassait les solides étais de bois, restes du treillage du jardin couvert. Deux camions bennes étaient garés le long du trottoir et sur leurs portières on lisait « John Dexter Demo-Lition ».

« Putain de merde ! » s'écria Larry Rugola en arrêtant la voiture, les yeux écarquillés d'incompréhension. « Sacré putain de merde ! »

Nous courûmes vers la maison où un homme en salopette

verte essaya de nous empêcher d'approcher tandis qu'une section du toit se balançait au-dessus de nos têtes en route vers la benne. De l'intérieur de la maison venaient le gémissement criard des scies mécaniques et les craquements des pinces-monseigneur faisant sauter les serrures avec enthousiasme. Armés de la baignoire, deux hommes émergèrent de l'ouverture où s'était autrefois trouvée la porte d'entrée, suivis de trois types en costume de ville et casques d'aluminium, qui pressaient leur mouchoir sur leur nez pour se protéger de la poussière. L'un d'eux retira son casque et la brise souleva une mèche de fins cheveux blonds.

« Ah, tiens, tiens, Mrs Fischer, dit Eric Meyersen. Toujours en avance. J'aurais voulu que vous voyiez le terrain à nu. J'allais vous téléphoner. J'espère que vous avez pris un document photographique. »

La grue se tourna pour aller soulever une autre section du toit.

« Où est Mrs Luard ? dis-je, le fixant droit dans les yeux, et en essayant de ne pas regarder autour de moi.

— Je crois qu'elle est en train de décrocher un rôle à la Metro, répliqua Meyersen. Une femme pleine de talent. Et au cachet modeste. »

Je m'avançai pour lui flanquer un coup de poing, arracher les yeux pâles de ce visage souriant mais Larry m'attrapa par le coude.

« Venez, Mrs Fischer. Laissez tomber ce salopard. »

Nous regagnâmes très vite la voiture.

« T'en fais pas ! cria Meyersen dans mon dos. On va construire une autre maison ici. De conception très similaire, en fait. Par un autre architecte, c'est tout. »

Nous reprîmes Micheltoreno. Avec application et véhémence, Larry ne cessait de traiter Meyersen de tous les noms obscènes de son répertoire. Une litanie obstinée que brouillait dans mes oreilles un rugissement étouffé, celui de mon sang en ébullition, je pense, une vague rouge écumante échauffant mes artères, ravageant mes organes de sa rage déchaînée. Le bruit finit par s'atténuer ou se noya dans la circulation, tandis que nous tournions à l'ouest sur Sunset avant de continuer distraitement droit devant nous, quelque part vers l'océan ensoleillé à l'horizon.

Dix-sept

Carriscant se détourna du hublot. Par la vitre ovale, j'apercevais l'aile d'argent cloutée, le berceau du moteur et la moitié du disque brouillé de l'hélice qui nous transportait à travers l'air mince. Nous volions vers New York à bord du *Sky Chief* de la compagnie Transcontinental & Western. Le Montana se trouvait quelque part au-dessous. Il nous restait encore dix-huit heures de vol à faire.

« C'est très extraordinaire, dit Carriscant, tapotant les bras de son siège puis désignant d'un geste les autres passagers et l'hôtesse fort soignée qui remplissait des tasses de café. On est là assis dans un fauteuil pendant qu'on nous sert des boissons... Penser qu'on peut faire tout ça en si peu de temps, en plein dans les airs. Incroyable. J'ai l'impression d'avoir un reçu un grand *dunt* sur la tête et de me réveiller dans un autre univers. Rip Van Winkle, c'est rien à côté de ça !

— Un dunt ? Qu'est-ce que c'est, un dunt ? »

Il gloussa. Il était de bonne humeur, visiblement. « C'est un mot écossais. Qui veut dire un " coup ", un " gnon ". Mon père l'utilisait. »

Je sentis venir une de mes rares occasions : on l'aurait dit prêt à répondre à quelques questions.

« Votre père était écossais ?

— Oui. Natif d'un endroit nommé Dundee. Il s'appelait Archibald Carriscant.

— Carriscant est donc un nom écossais ?

— C'est le nom d'un petit village d'Angus. Il y a aussi une rivière Carriscant, un affluent de la Tweed.

— Ainsi, vous êtes d'origine écossaise », dis-je lentement, enregistrant tout cela. L'Angus. La Tweed.

Il me regarda avec soin, pas trompé par mon astuce, frottant la fossette de son menton avec son majeur, en train de décider de me répondre ou pas. Je me demandais pour ma part s'il ne réfléchissait pas à quelque fascinant mensonge destiné à me faire marcher un peu plus.

« Je suis à moitié écossais, en réalité, répliqua-t-il. Et un quart espagnol et un quart philippin. »

Je dissimulai mon intense surprise : « Ah ! D'où le Salvador.

— Exactement. Crois-tu que tu pourrais réclamer à la jeune femme un peu de café pour moi ? »

Dans un sens, la décision avait été une des plus faciles de ma vie — c'était mon père et il me l'avait demandé — et, dans un autre, la plus spontanée et la moins réfléchie. Mais Eric Meyersen et sa destruction gratuite, brutale, de ma maison avaient été un puissant moteur. Quand George Fugal m'annonça que je ne pouvais rien faire, que Meyersen était dans son droit le plus absolu, je compris que je devais quitter momentanément la ville, fuir la honte, laisser derrière moi le centre de ma colère et de mon amertume. J'avais, par-dessus tout, besoin de temps.

Aussi, quand Salvador Carriscant vint me revoir avec sa désormais séduisante proposition d'un voyage en Europe, il me trouva larmoyante, faible et facile à convaincre. Il me prit dans ses bras, me tapota le dos et me murmura des mots consolateurs à l'oreille. « Allons, allons, Kay... Ne t'en fais pas, tout cela passera. » Je me serrai contre lui et lui déclinai tous mes malheurs. Je lui racontai la trahison de Meyersen et mon impuissance. « Viens avec moi, Kay, dit-il, juste nous deux, toi et moi, éloigne-toi de tout ça. Prends des vacances, réfléchis bien à la situation et puis tu reviendras remettre le monde en ordre. » Pour une fois, c'était ce que je voulais entendre et, pour une fois, j'avais envie que quelqu'un d'autre dirige pour un temps le cours de ma vie. J'étais fatiguée, épuisée de me défendre toute seule... Vous devez connaître ce sentiment, cette vulnérabilité qui vous prend lorsqu'on souhaite voir quelqu'un d'autre décider à votre place. Et c'est exactement ce que fit mon père en me demandant de partir avec lui. Et je fus contente de partir. Que pouvais-je faire d'autre ? Je mis de côté tous les plans des appartements de Lago Vista, annonçai à Larry Rugola que je prenais des vacances, ce qu'il comprit, et dépensai une partie des bénéfices de la vente du 2265 Micheltoreno pour m'embarquer dans cette « quête ». D'ici à deux jours nous ferions voile de New York à Lisbonne à bord du *S.S. Herzog*, de la compagnie Hambourg-American, aux frais d'Eric Meyersen. J'essayai de tirer une certaine satisfaction de ce détail mais sans succès. Depuis la destruction de ma maison, jamais je n'avais eu si mauvais moral. Carriscant, en revanche, était positivement rajeuni par la perspective de notre voyage, d'une insouciance et d'une bonne humeur presque intolérables. Je n'avais posé qu'une seule et unique condition : il devait tout me raconter, de quoi retournait toute cette affaire, qui était cette femme de diplomate et quel mystère devait être dévoilé à Lisbonne si on la retrouvait là-bas. Je lui rappelai maintenant ses obligations.

« Oh, je te raconterai, s'écria-t-il, jovial. C'est une longue histoire. Le temps que nous arrivions à Lisbonne, tu en sauras autant que moi.

– Parfait, dis-je. Commençons par notre arbre généalogique. »

Voici ce qu'il me raconta. Archibald Carriscant était un ingénieur, membre de cette diaspora mondiale de professionnels écossais, quand, en 1863, à l'orée de la quarantaine, il arriva aux Philippines, alors une colonie espagnole, envoyé par Melhuish & Cobb, sa compagnie basée à Hong Kong, pour superviser la reconstruction de la jetée sud formant l'entrée aux quais de Manille, sur le Pasig. Sa tâche terminée, il fut transféré à la construction du chemin de fer à vapeur qui, par des rails étroits, reliait les quais aux entrepôts et divers magasins derrière le poste des douanes. Melhuish & Cobb remportèrent le contrat pour la construction du chemin de fer Manille-Dagupan financée par un consortium anglais, et Archibald Carriscant passa le reste de sa vie professionnelle à parcourir de long en large les centaines de kilomètres qui séparaient la baie de Manille du golfe de Lingayen, à dessiner des aqueducs, des remblais, des déblais et des ponts. De haute taille, pâle, timide, chauve depuis ses 20 ans, Archibald Carriscant s'était résigné, sans trop de regrets, à une vie de célibat permanent. Mais, à l'époque où il installait à Tarlac les voies d'évitement nécessaires, il se lia d'amitié avec un propriétaire *mestizo* local, don Carlos Ocampo. Au cours du mois que dura son séjour dans la maison d'été de don Carlos près de Tarlac, il fut fort surpris de découvrir le succès de la très timide cour qu'il faisait à Juliana, la fille aînée de son hôte. Un an plus tard, ils se mariaient et s'installaient dans une grande maison que leur offrit don Carlos dans Intramuros, la vieille cité fortifiée au cœur de la ville de Manille. En 1870, Archibald Carriscant fut nommé directeur régional des opérations Melhuish & Cobb à Luçon, et Juliana accoucha d'un fils. Salvador, enfant unique, intelligent et vif, fut éduqué à l'école municipale avant d'entrer au collège de San Tomas pour y faire sa médecine. En 1893, sur la requête de son père malade, il partit pour l'Europe terminer ses études et passer un diplôme de chirurgien à la faculté de médecine de Glasgow. Archibald Carriscant mourut alors que son fils se trouvait en Écosse. Salvador Carriscant retourna ouvrir un cabinet à Manille en 1897.

« Et peu après, je rencontrai ta mère, dit Carriscant.

— A Manille ? » Toutes ces révélations m'embrouillaient l'esprit.

« Bien sûr. Où croyais-tu ?

— Peu importe. » Nous sortions d'une rôtisserie de la 41e Rue et revenions à pied vers notre hôtel.

« Et puis la guerre a éclaté, poursuivit Carriscant avec un haussement d'épaules.

— Quelle guerre ?

— La guerre entre les États-Unis et les Philippines. »

Je décidai que ça suffisait côté questions pour ce soir-là.

Au matin, après avoir rendu visite au consulat portugais pour obtenir un visa (Carriscant, étant britannique, n'en avait pas besoin), je passai dans une librairie afin d'essayer d'en apprendre davantage sur ce conflit américano-philippin mais ne pus rien trouver. Je tombai néanmoins, dans un petit bouquin intitulé *Histoire abrégée des États-Unis d'Amérique. 1492-1930*, sur le paragraphe suivant que je copiai.

> Une des conséquences de la guerre hispano-américaine fut la libération des îles Philippines du joug impérial par le commodore George Dewey lorsque celui-ci détruisit la flotte espagnole dans la baie de Manille le 1er mai 1898. Les rebelles philippins, conduits par Emilio Aguinaldo, en révolte contre leurs maîtres espagnols depuis plusieurs années, virent en la guerre hispano-américaine une occasion de proclamer l'indépendance et de former une république philippine. Quand ils découvrirent que les États-Unis se proposaient simplement de se substituer aux Espagnols, les *insurrectos*, comme on les nommait, attaquèrent aussitôt leurs ex-libérateurs le 4 février 1899 et assiégèrent Manille. La guerre qui s'ensuivit dura trois ans et ne se conclut qu'avec la capture du chef rebelle, Aguinaldo, en 1902. Cette guerre, une des plus longues et des plus meurtrières dans les annales d'un empire, fit de nombreuses victimes. Quelque 230 000 hommes, femmes et enfants périrent, dont 4 234 courageux soldats américains. Elle coûta la somme gigantesque de 600 millions de dollars aux finances nationales.

Archibald et Juliana Carriscant, leur fils Salvador... Le commodore George Dewey et la bataille de la baie de Manille... La capture d'Emilio Aguinaldo... Six cents millions de dollars de l'argent des contribuables américains gaspillés dans une aventure coloniale sanglante et oubliée à l'autre bout du monde... Quel rapport avec moi ? Comment cela pouvait-il expliquer mon départ pour Lisbonne avec un homme qui se prétendait mon père, à la recherche d'une femme dont je ne connaissais le visage que par une page arrachée à un magazine illustré datant de 1927 ?

Notre traversée fut d'un calme rare et fort agréable. La houle océane demeura lisse et docile tandis que nous naviguions sous un soleil un peu voilé, le cordon de fumée effrangé de nos deux hautes cheminées nous suivant avec obstination, comme hésitant à se dissiper dans les tendres brises atlantiques.

Au cours de nos dix jours de voyage, Carriscant tint parole. Il me raconta tout et répondit sans détour à chacune de mes questions, aussi embarrassante ou dommageable pût-elle se révéler à l'égard de son caractère ou de ses motifs. Comme vous le verrez, il se montra d'une franchise impressionnante. Je conservai d'abondantes notes de tout ce qu'il me dit, et m'efforçai à la moindre occasion de le piéger ou de faire corroborer les détails. En relatant son récit, je me suis autorisé un peu de la licence du romancier, et je l'ai embelli avec des informations que j'obtins plus tard, ou des faits glanés au cours de mes propres recherches. Néanmoins, en fin de compte, ceci est l'histoire de Salvador Carriscant et j'ai dû faire confiance au narrateur, comme nous le devons tous en pareilles circonstances, mais ce qui suit est, je crois, aussi proche de la vérité que quiconque pouvait y parvenir.

Manille, 1902

La langue

Pour autant qu'il s'en souvînt, le jour du premier meurtre, le docteur Salvador Carriscant, le plus célèbre chirurgien des Philippines, sortit de chez lui avec une légère migraine et décida, comme il le faisait de temps à autre, de se rendre à pied à son travail. Aucun habitant de quelque importance, pourvu d'un peu d'amour-propre ou même d'une ombre de respect de soi, ne circulait à pied dans Manille à cette époque, mais le docteur Carriscant prenait plaisir à la courte promenade qui le menait de sa belle maison sur la Calle de la Victoria jusqu'à l'hôpital San Jeronimo, non seulement pour l'agréable impression de jouer les libertaires qu'elle provoquait en lui mais aussi à cause de l'interlude qui lui permettait de se calmer, d'oublier les irritations et les frustrations de sa vie domestique, et de faire place nette dans son esprit pour la tâche quotidienne exaltante mais compliquée qui l'attendait dans les salles de l'hôpital.

L'hôpital San Jeronimo de Manille était un bâtiment de construction relativement récente, puisqu'il avait été terminé en 1878 et rénové vingt après au moment de l'installation de l'électricité. Selon les informations que Carriscant tenait d'un membre du conseil d'administration de l'hôpital, il avait été édifié dans une certaine mesure sur le modèle du Palazzo Salimbeni à Sienne, et, sans aucun doute, la façade sur rue avait un vague air d'édifice du XVe siècle fait de briques d'adobe bien moulées, avec un simple toit de tuile en terre cuite qui disparaissait sous les fougères, mousse et autres verdures. Une haute porte cochère munies de lourds battants en bois et une rangée de petites fenêtres carrées percées dans les murs au-dessus conféraient à l'ensemble un caractère solide et intransigeant, comme si l'endroit devait être défendu en cas d'insurrection ou se transformer si nécessaire en prison. A l'intérieur, cependant, se trouvait une large cour pavée bordée sur trois côtés d'un cloître, et, derrière, on apercevait un beau jardin arboré clos de murs et traversé de sentiers de graviers. Diverses salles de consultation pour les médecins, des bureaux administratifs et le dispensaire donnaient sur les cloîtres mais les blocs opératoires, et il y en avait deux, se situaient chacun dans deux moignons d'ailes, à l'est et à l'ouest, de chaque côté du jardin, comme ajoutés après coup. Le bloc du docteur Carriscant se trouvait dans l'aile est. Le directeur de l'hôpital San Jeronimo, le docteur Isidro Cruz, pratiquait son art dans la saillie ouest.

Le plan du San Jeronimo était simple et, dans la mesure où le nombre de patients n'augmentait pas trop rapidement, comme en périodes d'épidémie de choléra et de petite vérole, très efficace. Les malades consultaient d'abord au rez-de-chaussée les médecins qui, si nécessaire, les envoyaient aux chirurgiens. Les soins postopératoires étaient dispensés dans les salles de l'étage au-dessus. Le seul inconvénient, outre la taille un peu réduite de la morgue, était l'absence de laboratoires et de salles de dissection. Expériences et travaux d'anatomie devaient donc être effectués à l'hôpital San Lazaro ou dans des locaux privés. Depuis son ouverture ou presque, le San Jeronimo jouissait d'une haute réputation, grâce à la fameuse dextérité du docteur Cruz (qui, un jour de 1882, avait pratiqué trois douzaines d'amputations), réputation encore accrue dans les dernières années avec, en 1897, le retour d'Écosse de Salvador Carriscant, son introduction du listérisme et des dernières méthodes chirurgicales, et le remarquable taux de succès résultant de ces innovations. Le conseil d'administration avait quatre fois augmenté le salaire de base du chirurgien et lui avait attribué le titre de chirurgien en chef, une décision contre laquelle le docteur Cruz s'était ouvertement insurgé avec véhémence, scellant et officialisant, pour ainsi dire, l'animosité personnelle qui régnait entre les deux praticiens. En public, les deux hommes maintenaient un air de réserve courtoise mais professionnelle, bien que tout le monde sût que le docteur Cruz détestait le docteur Carriscant et tout ce qu'il défendait du point de vue médical. Les sentiments étaient réciproques : pour Cruz, Carriscant était un maniaque obsédé et un expérimentateur imprudent ; pour Carriscant, Cruz était un charcuteur antédiluvien doublé d'un sinistre acrobate, et ainsi de suite.

Le docteur Carriscant franchit la vaste porte cochère, et répondit au salut respectueux du portier de service. Sa migraine s'atténuait, il le constata avec joie, et il était impatient d'entamer la première opération de la journée, l'extraction d'une grosse tumeur de la langue d'un adolescent. Il se proposait de pratiquer un nouveau genre d'incision, qui lui permettrait de recoudre la plaie plutôt que de la cautériser, selon la normale, de sorte que le gamin pourrait plus ou moins parler, après cicatrisation. De telles extractions étaient la spécialité du docteur Cruz, il se flattait d'y procéder en quelques secondes, comme pour percer un furoncle, mais Manille était remplie de demi-muets bredouillants, pourvus de langues amputées sans nécessité, conséquences de la célérité maladroite de Cruz. Si l'opération d'aujourd'hui se révélait un succès, elle contribuerait à miner un peu plus l'éminence imméritée de Cruz : le directeur médical de l'hôpital San Jeronimo aurait encore moins de pain sur la planche.

Carriscant traversa la cour et pénétra dans son cabinet de consultation en remarquant que la salle d'attente était déjà pleine et qu'une demi-douzaine de personnes étaient assises sur un banc en bois à l'extérieur. Il jeta un coup d'œil du côté du cabinet de Cruz et constata que la porte d'entrée était fermée et les volets clos. Le nombre des patients de Cruz n'avait cessé de diminuer depuis l'arrivée de Carriscant et, désormais, seuls l'ignorance ou un extrême désespoir pouvaient amener quelqu'un à demander une consultation au vieux chirurgien. Il appartenait à une espèce en voie de disparition, ce Cruz, songea Carriscant, une curiosité préhistorique, un emblème des mauvais jours de la profession, mais c'était un bon couteau, il fallait bien le reconnaître, à l'œil impeccablement sûr. Il était rapide, Cruz, sacrément rapide. La guerre avait redoublé la demande de ses services, il avait procédé à des centaines d'amputations mais, depuis la fin du conflit, les affaires s'étaient à nouveau ralenties et, à présent, le vieil homme passait le plus clair de son temps dans son vaste ranch de Flores et les laboratoires qu'il y avait construits, où il continuait de se faire la main en opérant sur des singes et des chiens. Carriscant n'oublierait jamais la première et presque dernière opération qu'il avait pratiquée avec Cruz. Cruz l'avait regardé se laver les mains avant d'entrer dans l'amphithéâtre. « Vous préférez, je vois, vous laver les mains avant l'opération, docteur Carriscant, avait-il commenté, acide. Je préfère laver les miennes après. » Sa franchise brutale au cours de sa tournée des salles était également légendaire : « Voilà un des pires cancers que j'aie jamais vus », lançait-il à une pauvre âme agonisante recroquevillée sur son lit. Ou bien : « Il faut amputer la jambe, et à hauteur de la hanche en plus, pas question de prendre de risques. » Ou encore : « Dans un état comme le vôtre, mon cher ami, l'issue est nécessairement fatale. Je doute que vous revoyiez jamais l'extérieur de cet hôpital. »

Le docteur Carriscant fut accueilli par Señora Diaz, sa secrétaire, une petite femme avenante, efficace, pourvue d'une regrettable profusion de poils faciaux, et jeta un œil sur le programme qu'elle lui avait préparé pour la journée. Le gamin à la tumeur était déjà prêt. Carriscant avait le temps de faire une brève visite aux malades de son service avant de se mettre au travail.

« Le docteur Quiroga est là ? s'enquit-il.

— Oui. Au dispensaire. »

Pantaleon Quiroga était son anesthésiste et son meilleur ami. Un jeune homme, près de la trentaine, un Philippin — un *illustrado*, comme on disait des gens instruits — du sud de Luçon, éduqué à Manille et qui avait étudié la médecine à Madrid puis à Berlin. Comme Carriscant, passionné par les derniers progrès en chirurgie, il avait décidé, dès son retour à Manille, de faire profiter ses compatriotes des bienfaits de la science médicale. Mais il n'était pas par nature doué pour la chirurgie, il lui manquait le mystérieux « toucher », ce don inné impossible à acquérir, et c'est Carriscant qui le persuada de se consacrer à l'anesthésie. Travaillant en équipe à San Jeronimo, les deux hommes avaient développé une entente unique dans la médecine philippine. Grâce à sa formation, Quiroga pouvait aussi servir d'assistant pour les opérations les plus compliquées — ça revenait à avoir quatre mains, disait Carriscant — et son maniement de la bouteille de chloroforme n'avait rien à envier, toujours selon Carriscant, au talent d'un célèbre anesthésiste de Baltimore ou de Paris.

Un coup discret à la porte et Pantaleon Quiroga entra. Il portait déjà sa blouse blanche et tenait son bonnet à la main. C'était un garçon terriblement maigre et grand, chose inhabituelle pour un Philippin, qui dépassait Carriscant d'une bonne tête. Il avait une moustache et un regard mélancolique. Célibataire, il vivait seul (ses parents étaient morts) et habitait à l'extérieur d'Intramuros, dans Santa Cruz d'où il venait chaque jour en tramway hippomobile. Carriscant se demandait souvent ce que Pantaleon faisait de son considérable salaire et des honoraires supplémentaires réclamés en son nom. Il supposait qu'une grande partie allait à sa famille à Luçon, oncles et tantes, grand-mère, innombrables cousins, avec pour résultat que Pantaleon vivait de manière très frugale.

Ils se serrèrent chaleureusement la main, comme ils le faisaient au début de chaque journée de travail.

« La pâte est dans le four, dit Pantaleon. Prête à cuire.

— Est-ce que j'ai le temps de faire le tour du service ?

— Je pense que le pauvre garçon va piquer une crise. Le plus tôt sera le mieux, tu sais.

— Alors, allons-y. »

Carriscant jeta de nouveau un coup d'œil à la liste de Señora Diaz sur son bureau : deux amputations — une main puis une jambe, à hauteur du genou —, une hernie étranglée et une fistule du vagin. Il pourrait pratiquer les amputations avant le déjeuner ; la hernie et la fistule lui prendraient l'après-midi. Il suivit la haute silhouette de Pantaleon dans le corridor jusqu'à la salle de préparation, et nota que les cheveux du jeune homme s'éclaircissaient rapidement au sommet du crâne. Il tenta d'imaginer Pantaleon chauve et, Dieu sait pourquoi, l'idée le remplit soudain d'une tristesse aiguë. Il avait besoin d'autre chose dans sa vie, Pantaleon, d'autre chose que son travail à San Jeronimo ; une histoire d'amour, une fiancée, une épouse, des enfants...

Carriscant ôta sa veste, enfila une blouse blanche propre, changea de chaussures et se lava les mains avec un savon à haute teneur en phénol avant d'entrer dans la salle d'opération. L'odeur de désinfectant lui irrita les yeux tandis qu'il saluait ses infirmières, Nurse Santos et Nurse Arrieta, et inspectait la pièce du regard. Le plancher était récuré à en tourner gris pâle, toutes les surfaces étaient propres, luisantes et humides. Un léger bourdonnement émanait du grand arc électrique monté au-dessus de la table d'opération, et on entendait l'imperceptible cliquètement des instruments vibrant dans les stérilisateurs à vapeur installés sur des tables en fer-blanc, à portée de main. Carriscant prit une profonde et discrète inspiration : il sentait déjà monter en lui, depuis la plante de ses pieds, cette délicieuse sensation amollissante, un relâchement, une détente de ses entrailles, un fourmillement dans sa nuque.

Le patient était un jeune Chinois de 14 ans, le fils d'un riche marchand de Cavite. Il s'adossa contre la table placée en pente raide de façon que la langue puisse mieux tomber en avant, la tumeur devenant clairement visible, de la taille d'une petite pomme, et se força à garder les lèvres bien ouvertes, ce qui lui donnait l'air d'un idiot. De la sueur perlait à son front et son regard papillotant se tourna vers Carriscant pour s'en détourner aussitôt.

Carriscant émit quelques mots rassurants classiques et se pencha vers ses instruments tandis que Pantaleon fixait le masque de gaze sur le nez et la bouche du gamin.

« Je vois que le pont est baissé à Jacinto, dit Pantaleon.

— J'ai eu de terribles difficultés à arriver ce matin, annonça Nurse Arrieta en tendant un bistouri à Carriscant. Terribles.

— Vous devriez venir au travail en *barca*. Vous avez ce clamp ?

— Je vois mal Nurse Santos dans une *barca*, dit Pantaleon. Elle ne voudrait pas se noyer avant de se marier.

— Je vous en prie, docteur Quiroga ! » Nurse Santos était sans conteste fort imposante. Sa taille fut l'objet d'une bonne dose de badinage dans la salle d'opération. Chacun s'esclaffait. Le jeune Chinois contemplait sans comprendre les lèvres grimaçantes et les épaules secouées de rires.

« Ne lui mettez pas de cale dans la bouche avant que Pantaleon ne l'assomme, dit Carriscant. Allez-y, docteur. »

Toujours gloussant, Pantaleon commença à faire couler le chloroforme du flacon gradué sur le masque de gaze, le soulevant de temps en temps pour vérifier la quantité. Lorsque l'adolescent eut perdu connaissance, les deux infirmières maintinrent sa tête en avant tout en lui écartant les mâchoires. Carriscant posa un clamp juste derrière la tumeur, le serra et tira la langue le plus à l'extérieur possible de la bouche. Nurse Santos prit le relais, continant à tirer fermement. Pantaleon tâta l'œil du garçon pour vérifier le réflexe des paupières et l'ouvrit avec le pouce et l'index : la taille de la pupille lui indiquerait le degré de dépression du système nerveux. Il fit un signe de tête approbateur.

Le cerveau clair, Carriscant sentit sa respiration ralentir tandis qu'il s'arrêtait un instant avant d'échanger son scalpel pour un plus petit à la lame longue et fine. Après toutes ces années, et tant d'opérations, l'impression demeurait la même : des sens frais, neufs, en alerte ; une conscience soudain plus finement aiguisée, non pas simplement une dimension supplémentaire dans l'appréciation physique des objets dans la pièce — l'éclat étoilé du chrome, l'éventail parfait des cils de l'enfant sur sa paupière inférieure, le poignet effiloché de la manche droite de chemise de Pantaleon — mais aussi une compréhension surnaturelle des autres êtres humains présents à ce moment. Il percevait l'implacable mélancolie dans l'âme de Pantaleon comme si elle avait été sienne : il sentait le poids et la douceur des seins de Nurse Santos pressés contre le coton bleu amidonné de sa blouse ; il partageait la lassitude de Nurse Arrieta qui avait passé la nuit à soigner un beau-père rétif et incontinent... Toutes ces émotions, toutes ces sensations lui étaient présentées, offertes, et déversées dans son esprit réceptif, omni-absorbant, où elles étaient enregistrées et identifiées. Je vous connais tous, disait son regard silencieux, je connais votre humanité souffrante, vos angoisses, vos besoins, vos démangeaisons, vos durillons, vos dos douloureux, votre fatigue... Je sais. Je *comprends*. Je comprends tout.

Il leva son scalpel, en sentit le poids léger, son œil croisa le reflet de la mince lame en biseau. Nurse Santos, sans qu'on le lui demande, plaça une cuvette en émail sous le menton du garçon.

En trois mouvements vifs et minutieux, Carriscant tailla à travers les papilles fongiformes pour atteindre le tissu musculaire au-dessous, tranchant à un angle de quarante-cinq degrés vers la gorge. Le sang jaillit de la langue partiellement coupée. Nurse Arrieta appliqua un tampon de gaze. Carriscant souleva le clamp pour dégager la surface inférieure puis coupa à nouveau en traçant une fourche latérale dans la langue de façon à former un plus long rabat inférieur. La tumeur tomba avec un bruit mat dans la cuvette. Nurse Arrieta tendit au chirurgien l'aiguille et le catgut. La plaie fut inondée d'antiseptique et Carriscant recousut ensemble les deux rabats de la langue.

Il se retourna, le front sec, la gorge en feu, les doigts de la main droite luisant du sang brillant du gamin. Il alla jusqu'à un évier, le long d'un mur de la pièce, et fit couler de l'eau sur ses doigts ensanglantés. Il nota distraitement de grosses taches aussi sur sa blouse qu'il ôta lentement et jeta dans le panier d'osier près de la porte en songeant soudain à Cruz et à sa manière obstinée de continuer à opérer en redingote noire, ses revers et son plastron incrustés de pus et de sang séchés comme une sorte de blason obscène destiné à célébrer son commerce.

Une nausée rare et atypique lui monta à la gorge. La langue était une partie si curieuse du corps, un muscle palpitant tremblotant, doué de deux sens, le goût et le toucher — une sorte d'organe amphibie ancré dans la gorge comme une anémone de mer sur son rocher, hésitant quant à sa place à l'extérieur du corps. Elle avait paru tressaillir au moment de l'incision...

Il s'interrompit, furieux : pourquoi ce genre de pensées ? Il sentit revenir sa migraine lancinante et, avec elle, le souvenir de sa cause, la dispute brève mais intense qu'il avait eue avec Annaliese ce matin-là. « Le travail, le travail, le travail, lui avait-elle crié d'un ton méprisant alors qu'il s'habillait. Pourquoi t'être marié, pourquoi t'être encombré de moi dans ta vie ?... » « Oui, en effet pourquoi, avait-il hurlé en retour, si c'est ça le bonheur conjugal ! » Stupide femme à l'esprit obtus.

Les brancardiers emportèrent le jeune Chinois encore comateux et Carriscant et Pantaleon passèrent dans la pièce voisine pour se changer.

« Qu'en penses-tu ? demanda Pantaleon. Ça semble avoir bien marché.

— On verra comment ça se cicatrise. Il lui reste en tout cas un bout de langue.

— Cruz deviendra fou si ça réussit, dit Pantaleon en souriant. Plus fou encore.

— Si ça réussit, on photographiera la prochaine. On la décrira.

— La glossotomie Carriscant. »

Señora Diaz interrompit leurs petits rires satisfaits pour leur annoncer qu'un membre du bureau du gouverneur était à la recherche du docteur Cruz. Carriscant enfila sa veste, ajusta sa cravate et prit le couloir menant à son cabinet, tout en se frottant vigoureusement les mains l'une contre l'autre ; le phénol du savon desséchait la peau et la faisait peler aux jointures. Il ouvrit la porte de son bureau et un homme en uniforme militaire — kaki, ceinturon de cuir — se leva de la chaise devant la table et salua. Il était d'une taille imposante, pas loin d'être gros et son uniforme était trop étroit pour son ventre. Il avait un grand front, le cheveu rare et une grosse moustache bien taillée qui divisait exactement en deux son visage.

« Docteur Carriscant, je vous remercie de bien vouloir me recevoir, dit-il. Je suis Paton Bobby, le commandant de la gendarmerie. »

Le premier cadavre

Debout à côté de Paton Bobby dans la rizière, le docteur Carriscant contemplait le corps nu à demi immergé de ce qui avait été un soldat de 18 ans originaire du Kansas.

« Ça, c'est pas un foutu macaque, dit Bobby, les sourcils rapprochés et le front ridé par une grimace. En fait c'est le type le plus blanc que j'aie jamais vu. »

Il est vrai que la pâleur générale du cadavre présentait une singulière nuance glaciaire, bleuâtre. Le gras des fesses brillait à travers la peau comme de la crème glacée enveloppée dans du parchemin, songea Carriscant, pas mécontent de sa comparaison.

« C'est parce que nous sommes au milieu d'une solution de son sang », fit remarquer Carriscant. Le corps gisait au centre d'une tache brun foncé qui continuait à s'étendre, sous le piétinement des bottes d'hommes. Carriscant se pencha : un bourdonnement d'insectes puants se faisait entendre et l'unique œil émergeant à la surface de l'eau était noir de mouches qui se gavaient de sa gelée.

« Quelqu'un l'a-t-il bougé ?

— Le fermier qui l'a trouvé l'a retourné. Pour le regarder, dit Bobby. C'est ainsi qu'on a compris qu'on avait besoin d'un médecin.

— Mais et le docteur Wieland ? » Le docteur Wieland était le directeur adjoint des services de santé auprès du gouverneur américain. Carriscant l'avait rencontré plusieurs fois : un alcoolique invétéré, un type jovial aux idées scientifiques aussi avancées que celles de Cruz.

« Le docteur Wieland n'est... pas bien, aujourd'hui, dit

Bobby, dissimulant mal un sourire. Il a suggéré que nous consultions le docteur Cruz. » Il haussa les épaules. « Lequel n'était pas là. Mais vous nous convenez très bien. Sans vous offenser.

– Aucunement, Mr Bobby, aucunement... Puis-je regarder ? »

Du bout de sa botte, Carriscant retourna doucement le corps qui roula facilement à la surface de l'eau. Les mouches s'envolèrent dans un bourdonnement irrité. Carriscant les chassa de son propre visage.

Sur le torse, une grande entaille en forme de L renversé était lacée comme un ballon de football. La longue incision s'étendait du sternum aux parties génitales. Le petit bras du L traversait à angle droit le côté gauche de la poitrine, à cinq centimètres sous le bout du sein. La plaie avait été recousue serré, et efficacement, avec de la ficelle. Les mouches se réinstallèrent pour reprendre leurs recherches.

« C'est très proprement fait.

– Vous voyez pourquoi nous avons pensé qu'un chirurgien devrait y jeter un œil.

– Qui est-ce ?

– Nous croyons qu'il s'agit du soldat Ephraim Ward. Absent sans permission depuis trois jours. Je vais demander à un homme de son unité de venir l'identifier. Peut-on utiliser votre morgue ? »

Carriscant fut un peu surpris par cette demande. « Eh bien, oui, je pense, mais ne s'agit-il pas d'une affaire gouvernementale ?

– Vous parlez et comment, doc ! Mais c'est aussi une affaire Paton Bobby. Ce type s'est pas piqué le petit doigt avec une aiguille à coudre. » Bobby sourit, à sa manière : seule sa bouche remuait derrière sa vaste moustache, ses yeux demeuraient vigilants, en alerte : « C'est moi qui décide où va ce macchabée. »

Ils regagnèrent la route en pataugeant.

Quelques jeunes soldats américains attendaient au repos près des attelages qui les avaient amenés jusqu'à la rizière. En uniformes mal coupés, les chemises bleues par-dessus des pantalons kaki noircies de sueur, nerveux et maussades, ils brandissaient leurs fusils, parés à faire feu, comme si les insurgés allaient surgir d'un instant à l'autre du fossé sur le bas-côté de la route. Bobby leur ordonna de ramasser le cadavre et offrit à Carriscant un petit cigare extrait d'une boîte en fer-blanc. Carriscant déclina l'offre, secoua la boue de ses bottes et jeta un coup d'œil autour de lui : la rizière se trouvait près de Paco, un village à un mile ou deux au sud-est de Manille. Partout on voyait les restes de vieilles tranchées et de fortins envahis d'herbes et de buissons de *milim* échevelés. Là s'était trouvée la ligne de front américaine quand les rebelles avaient attaqué en 1899. Carriscant se revoyait fort bien ce jour-là, debout sur son *azotea* en ville, une tasse de thé à la main, écoutant le grondement assourdi de l'artillerie, le frissonnement de l'air envoyant les particules de poussière danser au rythme de la percussion lointaine, tandis que la cuillère cliquetait contre la porcelaine.

Il se tourna vers Bobby qui soufflait sur le bout de son cigare le faisant tourner à l'orange.

« Vous savez où nous sommes...

— Oui, répliqua Bobby. Je me demande si ça signifie quelque chose. »

Le soldat Ephraim Ward gisait sur le dos sur la table en marbre de la morgue de San Jeronimo, enfin débarrassé des mouches, l'éclairage vif des lampes au-dessus de lui faisant ressortir sa remarquable transparence exsangue. Carriscant avait dit à Bobby qu'il n'était pas équipé, et pas vraiment qualifié pour procéder à une autopsie. Bobby protesta poliment que Carriscant était sans doute la personne la plus qualifiée dans ce domaine de tout l'archipel, mais que, en l'occurrence, il se contenterait volontiers de l'examen des blessures par un expert et peut-être d'une interprétation hypothétique de ce qui s'était exactement passé.

Carriscant inspecta les points de suture. Cousus à son avis avec du fil et une aiguille à voiles. Ou une alène de sellier. Manille capables de faire ce genre de travail : udre un sac en jute aurait pu recoudre le ard. Il entreprit de couper les points en g de l'incision avant de tourner à gauche sur perçut, alors que les lèvres de la coupure eaux, un gros caillot de sang. Il inséra une pour garder béante la plaie qu'il nettoya et t et de ses sanies bourbeuses. Il s'aperçut très ait été arraché, méchamment taillé.

ıd la blessure de l'abdomen, découvrant les lés des intestins et les autres organes étrange- vés par leur longue immersion dans la rizière, té stomacale comme des portions maigrelettes s un bol trop grand. Il procéda à une rapide vérification : [illegible] ne semblait manquer, quoique le tout ne fût pas vraiment en bon ordre. Ainsi, le soldat Ward avait été poignardé dans le cœur, entre la sixième et la septième côte, et le point d'impact de la blessure avait été camouflé temporairement par cette mutilation subséquente. Ce qui, pour Carriscant, n'avait aucun sens.

Bobby vint le voir dans l'après-midi pour entendre ses conclusions ; Carriscant les lui communiqua, assis à son bureau tandis que Bobby allait et venait, l'air pensif, fumant un autre de ses cigarillos mal allumés, posant de temps à autre une grosse fesse sur le coin du bureau et balançant sa jambe libre tout en écoutant.

« Vous n'êtes pas espagnol, non ? s'enquit soudain Bobby.

— Non. Enfin, ma mère est à moitié espagnole, mon père était anglais.

— Vous avez donc la nationalité anglaise.

— Oui... Pourquoi cette question ?

— Ça facilitera les choses quand je ferai mon rapport au gouverneur. Surtout si nous allons travailler ensemble. »

Carriscant ne réagit pas à ce commentaire, bien que curieux du genre de collaboration dont Bobby parlait ; mais puisque collaboration il y avait, il décida d'entrer dans le jeu.

« Quelque chose me tracasse, dit-il lentement, impossible d'en être sûr, mais j'ai eu l'impression que les organes à l'intérieur du ventre, les intestins, le foie, les reins, l'estomac, avaient été... je ne sais pas... déplacés ou manipulés.

– Je ne comprends pas.

– Avez-vous jamais ouvert un cadavre ?

– Je suis arrivé ici frais émoulu de la révolte des Boxers, répliqua Bobby. J'ai vu des tas de morts et de mutilés.

– Aucun rapport. Quand vous ouvrez la paroi abdominale et que vous découvrez les organes en dessous, vous ne croiriez pas à quel point ils sont... » Carriscant s'arrêta, à la recherche d'un mot. « ... Ils sont bien proprement assemblés. A quel point le tout est étonnamment dessiné, compact. » Il se leva, se frappa la poitrine, le flanc, le ventre et s'enfonça les doigts dans l'estomac. « On appelle ça un " tronc " et le terme est très approprié. Tout est tenu, emballé dedans. Ça peut bouger mais c'est en sécurité. Tout est en place et en état de marche. Et les fonctions remplies... Je n'insisterai pas, mais il y avait quelque chose dans les organes de Ward, même privés de sang et de fluides. Ça ne semblait pas...

– Comme si quelqu'un les avait tripotés ?

– Peut-être.

– Et ça nous mène où ?

– C'est vous le policier. Moi je ne suis qu'un chirurgien. »

Bobby devait partir faire son rapport au gouverneur. Son idée, confia-t-il à Carriscant, c'était que Ward avait été tué par un type de son unité, une bagarre qui avait mal tourné, le coup était parti. Les rebelles philippins mutilaient souvent leurs victimes, et le coupable dans ce cas avait probablement voulu faire passer l'affaire pour l'acte d'un rebelle.

« D'ordinaire, ils ne mutilent pas de cette manière, dit Carriscant.

– Certes, acquiesça Bobby. Mais allez donc, vous, couper le kiki de votre copain et le fourrer dans sa bouche. Pas facile. Plus simple, vous comprenez, de faire une entaille en L ou autre.

– Mais alors, pourquoi la recoudre ?

– J'en sais rien, Carriscant, j'en sais rien, répondit Bobby avec un ton âpre d'irritation dans la voix. Pourtant... je vais essayer de le découvrir mais on a tellement de cinglés dans cette armée que je ne compte pas trop y réussir.

— Cinglés ?
— Des gars du Sud. Ils semblent tous sortir du Mississippi, du Texas ou du Kansas. Tous des patriotes. Qui se tiennent les coudes. »

Carriscant sourit. Derrière l'assurance vulgaire de Bobby, il devinait une robuste intelligence, sentait les remous d'énergie sous cette aimable corpulence.

« Faut que j'aille voir le gouverneur Taft. Z'avez été d'un grand secours, Carriscant. »

Carriscant montra à Pantaleon le cadavre dans la morgue. Ils avaient remis à plus tard l'opération de la fistule prévue pour l'après-midi.

« Un Américain ? » dit Pantaleon avec calme, en tournant autour de la tête qu'il prit entre ses mains et remua de droite à gauche comme pour obtenir un meilleur angle de vision sur les traits de l'homme. « Au moins, maintenant, ils ne peuvent plus procéder à des représailles.

— On pense que le coupable est un autre Américain. » Carriscant lui fit part de la théorie de Bobby mais Pantaleon ne parut pas très intéressé. C'est le mort qui semblait le préoccuper et il se mit à raconter à Carriscant une histoire décousue qu'il avait entendue de la bouche d'un oncle à propos d'une compagnie de soldats yankees lancée à la poursuite du général Elpidio à Batangas. Un des soldats était tombé dans un trou dont le fond avait été tapissé de piques de bambou. En représailles, tous les habitants des deux villages voisins, hommes, femmes et enfants, avaient été fusillés et leurs corps brûlés.

« Je crois que deux cents personnes environ ont payé de leur vie celle d'un seul homme... » Il haussa les épaules. « Ça paraît très injuste. Enfin...

— Je préférerais que tu ne m'en parles pas », l'interrompit sèchement Carriscant, immobile, très raide, comme quelqu'un qui, venant juste de se tordre le dos, est terrifié à l'idée de bouger.

Embêté, Pantaleon se répandit en excuses. « Je suis vraiment navré, Salvador. J'avais oublié. Je suis vraiment désolé, je t'en prie, pardonne-moi. »

Carriscant recouvra sa maîtrise. « Une drôle de journée, dit-il. Normalement, ça va. Je crois que l'Américain... » Il se tut et réussit à produire une sorte de sourire. « Pantaleon, reprit-il, puis-je rentrer avec toi, chez toi ? Juste pour une heure ou deux. Je ne me sens pas prêt à travailler et...

— Bien entendu, dit Pantaleon, cachant sa surprise. D'ailleurs, il y a un moment que je voulais t'inviter. Je voudrais te montrer quelque chose. »

La grange *nipa*

Le docteur Salvador Carriscant et le docteur Pantaleon Quiroga montèrent dans un tramway à la Plaza Magellanes, traversèrent le Pasig au pont de l'Espagne en direction du faubourg de Santa Cruz. Le tramway était bondé de travailleurs indiens revenant de la ville et Carriscant fut conscient de leurs regards sincèrement étonnés, essayant de deviner ce que ces deux *kastilas* en costume-cravate faisaient dans ce moyen de transport des pauvres.

Les deux hommes abandonnèrent le tram Calle Azcarrega et gagnèrent à pied la maison de Pantaleon, un bâtiment à un étage, en bois et adobe, dans une rue relativement élégante. Pantaleon occupait la moitié des pièces et louait le reste à un couple américain, des enseignants chargés de mettre en place dans l'école locale le programme éducatif réformé. Ils ne s'arrêtèrent que pour prendre une clé et continuèrent par une allée de terre battue à travers le potager jusqu'à un vaste terrain vague sur la rive droite d'un *estero*, l'un des multiples bras sinueux du Pasig. Devant eux une rangée d'arbres marquait une autre des boucles vermiformes de la rivière et, sur la gauche, Carriscant distinguait les toits de tôle galvanisée de Sampaloc. Il ne s'était pas rendu compte que Pantaleon habitait si près de Sampaloc : il consigna cette information dans un coin de son cerveau.

Le soleil était obscurci par une couche de nuages de brume, la chaleur du jour s'atténuait et, de temps à autre, la brise du sud apportait la riche odeur de levure de la brasserie San Miguel. Pantaleon avançait à grandes enjambées enthousiastes et Carriscant dut allonger le pas pour rester à sa hauteur.

Ils passèrent par une trouée dans une haie de plumbago et au-delà, au bord d'un long pré décoloré par le soleil, Carriscant aperçut une grange *nipa* de construction récente, d'une largeur inhabituelle, ses murs de bambou encore verts et son toit de palme à peine fané.

« Qu'est-ce que c'est ? demanda Carriscant.

– C'est à moi, répliqua Pantaleon. Je l'ai fait construire. Je suis le propriétaire de ce terrain-là. » Il désigna d'un geste la prairie d'herbe blonde qui s'étendait devant eux.

Pantaleon défit le cadenas des portes de la grange qu'il ouvrit en grand. Carriscant scruta la pénombre et avisa un curieux assemblage de bois et de fils de fer monté sur de nombreux tréteaux disposés sur le sol de terre battue. On aurait dit, à première vue, que Pantaleon construisait une croix creuse géante, posée à l'horizontale, mais, à mesure que ses yeux s'accoutumaient à l'obscurité, Carriscant commença à distinguer d'autres détails moins faciles à expliquer : diverses roues, des leviers avec des câbles et deux sortes de grandes selles de bicyclette installées en tandem. Carriscant fit le tour de l'assemblage, toucha les câbles très tendus et les pinça du bout des doigts. Il n'y comprenait rien.

« C'est toi qui as fabriqué ça ? demanda-t-il à Pantaleon.

– Des menuisiers du coin. D'après mes spécifications.

– Un genre de hutte ? Un abri préfabriqué ? »

Pantaleon éclata d'un rire aigu, enchanté.

« Non, non, non. Tu ne pourrais pas te tromper davantage. C'est... » Il fit une pause pour ménager son effet. « ... C'est une machine volante plus lourde que l'air. »

Carriscant rentra tard chez lui. Après leur visite à la grange, Pantaleon et lui s'étaient rendus au café en face du théâtre Zorilla, à Santa Cruz, pour boire quelques chopes de bière américaine, de la Schlitz, et Pantaleon avait tenté d'expliquer le concept de la machine volante qu'il construisait. L'enthousiasme de son ami avait ragaillardi Carriscant, désormais en possession de la réponse aux questions qu'il s'était posées plus tôt dans la journée à propos de la manière dont Quiroga dépensait son salaire. Il prit un *carromato* pour retourner à Intramuros et ne regagna son domicile que bien après la tombée de la nuit. Danil, la femme de son cuisinier, lui ouvrit le grand portail et Carriscant lui demanda de lui apporter du café. Il traversa le rez-de-chaussée où se trouvaient à la fois les chambres de domestiques et les écuries abritant ses deux victorias et ses chevaux. Il avait encore un goût amer de bière dans la bouche et il sentit une légère tension dans ses épaules en montant l'escalier qui menait de la cour intérieure aux appartements du premier étage. Des lampes à pétrole brûlaient dans les pièces de réception, leur lumière orange reflétée par les parquets cirés. Au fond de la maison, donnant sur le jardin clos de murs, se trouvait un grand patio – l'*azotea* – et Carriscant vit Annaliese installée là en train de lire à la lumière trouble d'une lampe tempête. La nuit était fraîche et venteuse, et du jardin montaient le croassement guttural des grenouilles et le *brrr* monotone des grillons.

Annaliese leva les yeux alors qu'il se trouvait dans le salon, et les disques ovales de ses lunettes lancèrent un bref éclair blanc à l'instant où ils attrapèrent la lumière. Carriscant déposa un léger baiser sur son front et s'assit en face d'elle dans un fauteuil d'osier, tout en s'excusant de son retard. Il lui raconta la découverte de l'Américain assassiné et la manière dont sa journée en avait été bouleversée.

Elle le regarda sans s'émouvoir, comme s'il était un témoin et elle un avocat jugeant de la véracité de son témoignage.

« Veux-tu dîner ? finit-elle par lui demander. Il reste du porc. » Elle avait un léger accent allemand dont Carriscant se souvint combien, autrefois, il l'avait trouvé séduisant, étrange, exotique, voire excitant à certains moments.

« Non, merci. J'ai bu de la bière avec Pantaleon. Tu ne croiras jamais ce qu'il...

– Je croyais que tu disais avoir été retenu par cette affaire de meurtre ?

– Eh bien oui, en effet. Mais Pantaleon m'a ensuite invité à aller voir la machine qu'il construit. Une machine volante, tu te rends compte ?

– C'est un tel enfant, ce Pantaleon.

— Ne sois pas ridicule. »

Ils n'avaient attendu que ce désaccord et ils eurent une brève et méchante discussion sur la question de savoir si construire une machine volante tenait de l'enfantillage ou du génie inspiré. Le venin à peine déguisé de leurs propos sembla, paradoxalement, réduire la tension de l'atmosphère. L'animosité avait été libérée, larguée momentanément ; comme dans un abcès, le flot de pus avait, pour l'instant, soulagé la douleur.

On apporta son café à Carriscant qui le sirota en étudiant, par-dessus le bord de sa tasse, le visage de sa femme en train de lire. Ses petites lunettes ovales la vieillissaient un peu, d'autant plus que ses cheveux étaient tirés et ramassés derrière les oreilles. Elle n'avait jamais été belle, pensa-t-il, mais on ne pouvait pas non plus la dire laide. Aucun de ses traits ne pouvait être qualifié de rédhibitoire mais ils n'avaient rien non plus de très attirant. Il se demanda, comme souvent après une de leurs disputes, pourquoi diable il l'avait épousée.

Annaliese Leys était la plus jeune des filles d'un marchand allemand de tabac en gros, Gerhardt Leys qui, avec son frère, Udo, possédait à Manille une petite mais excellente affaire d'exportation de cigares vers l'Europe. Carriscant avait rencontré Annaliese lors d'un concert en plein air sur la Luneta, peu après son retour d'Écosse et de la faculté en 1897. Elle lui avait paru menue, vive et intelligente et — plus à propos — elle lui rappelait intensément une fille qu'il avait connue et désirée en silence à Édimbourg, un été où il avait passé des vacances trempées et solitaires à arpenter les vastes plages de Musselburgh et à tenter de maîtriser les secrets du golf. Annaliese et lui s'étaient mariés en moins d'un an mais, peu après, elle avait perdu sa mère, et son père, dont la santé avait été affectée par ce drame, avait vendu son affaire avant de regagner Brême avec le reste de sa famille. C'est alors que leur mariage avait commencé à connaître des difficultés : peut-être parce qu'Annaliese se trouvait seule pour la première fois de sa vie, peut-être parce qu'elle avait du chagrin, en tout cas, à partir de cette date, selon Carriscant, sa personnalité s'était durcie de manière perceptible. Elle avait perdu peu à peu toute chaleur.

Ils n'avaient pas parlé entre eux de cet éloignement, et aux yeux du monde extérieur tout allait bien. Annaliese travaillait à temps partiel pour l'évêque de Manille, aidait à tenir les comptes de l'école de la cathédrale (elle était douée pour les chiffres) et participait généralement aux affaires du diocèse quand on sentait qu'une personne laïque enthousiaste pouvait s'y révéler utile. Les Américains débarquèrent en 1898 mais, tandis que la guerre contre les rebelles philippins éclatait puis se poursuivait et qu'il devenait apparent que leur vie à Manille était à la veille d'un changement irréversible, les époux finirent par admettre, eux aussi, qu'il était temps de ne plus feindre et de confirmer en privé que l'heureux mariage de Salvador et Annaliese Carriscant n'était plus qu'un simulacre commode. Ils possédaient fortune et réputation, ils étaient des personnages éminents et respectés dans la communauté étrangère de Manille, qui s'agrandissait rapidement à mesure que le processus de colonisation américain se consolidait implacablement — Annaliese était même en très bons termes avec l'épouse du gouverneur —, mais toute affection, tout amour ayant pu exister entre eux était mort.

La première indication de cet état de choses était que, depuis plus d'un an maintenant, ils n'avaient pas eu de relations sexuelles. Cela avait commencé très curieusement : Annaliese demandait à Carriscant quelles opérations il avait effectuées à l'hôpital ce jour-là. S'il avait procédé à une amputation quelconque, elle lui interdisait son lit. Cette hostilité, dirigée plus contre sa profession que contre sa personne, avait crû. Certains soirs, Annaliese le brocardait cruellement : « Combien de jambes as-tu coupées aujourd'hui ? » D'ordinaire, il faisait semblant de ne pas l'entendre jusqu'au jour où, provoqué à l'extrême, il avait répliqué : « Deux plus un bras et un œil », et elle s'était enfuie en pleurant. Elle se plaignait aussi de l'odeur de ses vêtements, une puanteur douceâtre et tenace qu'il prétendait ne pas déceler mais qu'il savait être l'odeur de la putréfaction, l'odeur du pus. Déconcerté par cette attitude, il se sentait impuissant, incapable de savoir comment réagir. Que devait-il faire, trouver un autre métier ? Troublé par cet effondrement bizarre de son mariage, épuisé par son travail à San Jeronimo, il avait pris l'habitude de dormir sur le divan de son bureau, un arrangement temporaire, s'était-il dit, pour éviter de déranger Annaliese quand il rentrait tard, mais qui, inévitablement, était devenu permanent.

Un peu triste, il contemplait objectivement sa femme à présent, et tentait d'imaginer son corps nu, un détail ou un trait qu'il avait aimé autrefois – la forme écartée de ses seins, le duvet fin sur les aréoles de ses mamelons, son nombril étonnamment profond – capable de stimuler les sentiments passés, de ranimer les vieux souvenirs, comme une braise sur laquelle on souffle, mais rien ne remua en lui. Il repensa en revanche à une idée qui lui était venue cet après-midi-là, lorsque dans le pré de Pantaleon il avait aperçu les toits en tôle galvanisée de Sampaloc. Sampaloc et sa célèbre rue des Gardénias, avec ses bars et ses bordels tapageurs... Comment appelait-on les filles là-bas ? « Les colombes au vol bas. » Ce n'était pas naturel cette contrainte, ce célibat forcé. Un homme de son âge réduit à se masturber sur son divan dans le noir, comme un adolescent. Peut-être une colombe volant bas dans la rue des Gardénias était-elle tout ce dont il avait besoin ?

Chez le docteur Isidro Cruz

Le docteur Carriscant arpentait lentement l'allée entre les lits de la salle postopératoire. Il venait d'examiner le jeune Chinois et avait découvert que, même si la langue paraissait bien se cicatriser, le garçon souffrait maintenant d'une forte fièvre, trois jours après l'opération, ce qui était un peu préoccupant. Il leva la tête : à l'autre bout de la salle Pantaleon lui faisait signe en essayant de ne pas attirer l'attention des infirmières.

Carriscant le rejoignit.

« Pantaleon, que se...

– Le corps a disparu.

– Quel corps ?

– Celui du soldat américain. Il a été emporté hier.

– Par qui ? Bobby ?

– Non, je crois qu'il a été emporté par le docteur Cruz. »

Paton Bobby, Salvador Carriscant à ses côtés, conduisait son break dans le petit village de Flores. Il était midi et les vendeurs à l'étal sur la plaza avait déjà remballé leurs marchandises. Seul un marchand de poisson salé semblait hésiter à partir : assis sur un petit tabouret, chassant les mouches avec une balayette en feuilles de palmier, il regardait avec curiosité les *Americanos* filer avec bruit dans leur bel attelage de deux Abras au poil luisant.

Carriscant fit tourner Bobby à droite de l'église en adobe ; ils passèrent entre deux piliers croulants en brique et remontèrent une allée en terre battue semée de fondrières et bordée de buissons de *rozal*, en direction de l'imposante maison du docteur Isidro Cruz.

« Je ne comprends toujours pas ce type, répéta Bobby. Comment a-t-il pu simplement entrer et s'en emparer ? Pour qui foutre se prend-il ? Le lord-maire de l'univers ? Je vous demande un peu.

— Du Cruz tout craché. Rappelez-vous que c'est un *peninsularo*. Il ne changera pas.

— Que voulez-vous dire par *peninsularo* ? C'est un Espagnol, non ? »

Carriscant expliqua les diverses divisions de classes qui existaient aux Philippines à l'époque espagnole. Au sommet de l'arbre se trouvaient les colons et les fonctionnaires nés en Espagne, les *peninsulares*, qui crachaient sur les *insulares*, les Espagnols nés dans les îles, considérés comme grossiers et sans raffinement, des rebuts de la société ibérique qui ne pouvaient trouver une niche que dans une colonie lointaine. Les *insulares*, à leur tour, dédaignaient les *mestizos*, les métis, Espagnols ou Chinois mariés à des indigènes. Et tout le monde méprisait cette dernière catégorie, les *Indios*, y compris les *Indios* éduqués, les *illustrados*, qui avaient étudié à l'étranger. Et les *Indios* eux-mêmes ? Ils ne faisaient pas de différence : tout Blanc était un *kastila* — un Castillan — et leur ennemi.

« Jusqu'à votre arrivée à vous, les Américains, dit gaiement Carriscant. Maintenant ils ont un nouvel homme blanc à détester.

— Alors, vous êtes un *mestizo* ? demanda Bobby.

— Oui, mais pas de la famille, si vous voyez ce que je veux dire. Mon père était britannique, les parents de ma mère des *insulares*. Très compliqué. Mais Cruz appartient à la vieille école : il déteste tout le monde, à part, peut-être, Alfonso.

— Qui est-ce ?

— Le roi d'Espagne. »

Bobby ne se montra pas impressionné. Il était un homme tout rond, dit-il à Carriscant, dont la ligne de conduite dans la vie était : « *Fair play*. »

« Et j'entends “ *fair play* ” pour tout le monde. Pas simplement pour les péninsulaires, les insulaires ou Dieu seul sait comment on les appelle. “ *Fair play* ” pour chacun et pour tous, telle est ma devise. Mais je me fiche d'être injuste de temps à autre pour aider à la justice. »

Carriscant répliqua qu'il comprenait la logique oblique de ce point de vue.

« Ce Cruz ferait mieux de ne pas m'embêter, dit Bobby. J'ai vécu autrefois un an sur rien d'autre que des œufs d'oiseaux et de l'eau de pluie. Il a intérêt à faire très attention où il met les pieds. »

La maison de Cruz était une solide bâtisse en pierre avec un toit de tuile couvert de mauvaises herbes, et sur les murs une couche de plâtre safran écaillée et sale. Deux gros palmiers *busi* poussaient de chaque côté du large escalier à balustrade qui menait à la porte d'entrée. Derrière la maison, cachée par un bosquet de goyaviers et de *balete*, se trouvait une rangée de cabanes en bois pourvues de toits de chaume très pointus. Au-delà des jardins, on apercevait quelques hectares broussailleux plantés de haricots et de tabac.

Un domestique les informa que le docteur Cruz était dans son atelier et les conduisit le long de la maison jusqu'aux cabanes sur l'arrière. Un grand enclos de bambou contenait une douzaine de chiens bâtards à l'aspect galeux et, dans une cage en fer pendue aux poutres d'une écurie vide, deux gibbons à l'air triste s'épuçaient mutuellement sans enthousiasme. Le domestique frappa à la porte de la plus grande cabane et recula, craintif quand, après un silence, elle s'ouvrit brutalement.

Vêtu d'un costume d'alpaga noir dont les manchettes étaient déboutonnées et les manches relevées jusqu'aux coudes, le docteur Isidro Cruz avaient les mains dégoulinantes de sang, et son gilet ainsi que le plastron de sa redingote brillaient d'un autre fluide noir et visqueux. C'était un homme de haute taille, dans la soixantaine, avec une grosse tête imposante, une barbichette grise et pointue, et des cheveux raides brossés droit en arrière. Il se mit à lancer des jurons venimeux en tagalog à l'adresse de son domestique.

« Dis-moi, espèce de con de vieille pute, ne sais-tu pas que... »

Apercevant alors Carriscant et, à ses côtés, la solide silhouette en uniforme de Bobby, il s'interrompit brusquement. Il fit signe à son domestique de se retourner et s'essuya les mains sur son dos.

« Que voulez-vous, Carriscant ? » dit-il, revenant à l'espagnol, avec une morgue irréprochable.

Carriscant lui présenta Bobby et déclina son titre.

« Nous sommes à la recherche du corps d'Ephraim Ward, commença à expliquer Bobby.

— Dites-lui que je ne parle pas l'anglais », coupa Cruz.

Carriscant savait qu'en fait Cruz parlait l'anglais assez bien mais, histoire de maintenir un peu de décorum, il accepta de jouer les interprètes. Il répéta patiemment la phrase de Bobby et ajouta, sur un ton plus bas, un commentaire de son cru.

« Vous n'aviez pas le droit d'emmener ce corps.

— J'avais tous les droits du monde, répliqua Cruz avec assurance. Je suis le directeur médical, je vous rappelle, et de surcroît je n'aime pas le ton dont vous usez.

— C'est le commandant de la gendarmerie lui-même qui a demandé…

— C'est le docteur Wieland lui-même qui m'a demandé de faire tout le nécessaire pour protéger les pièces à conviction.

— Le docteur Wieland n'a aucune autorité dans ce cas. Le commandant Bobby…

— Où est-il ? » dit Bobby, impatient, interrompant leur querelle.

Cruz le regarda, l'air de ne pas comprendre.

« Où est-il ? traduisit Carriscant avec un soupir.

— Ici. Et en parfaite sécurité. »

Après un échange supplémentaire de propos aigres-doux, Cruz accepta de laisser entrer les deux hommes dans son laboratoire. La pièce était éclairée par des lampes au carbure qui donnaient une lumière artificielle décolorée. De longues spirales de papier tue-mouches tacheté pendaient du plafond et une forte odeur de viande putréfiée souleva le cœur de Carriscant. Sur une grande table de dissection se trouvaient les cadavres aplatis de deux chiens. La puanteur fit violemment reculer Bobby qui se précipita en titubant dehors où Carriscant l'entendit se racler la gorge et cracher. D'un air compatissant, Cruz prit un pulvérisateur à pompe d'acide phénique et l'activa vigoureusement jusqu'à ce que l'odeur du désinfectant recouvre les émanations fétides, ne les annulant pas tout à fait mais y aidant à la manière d'une pommade sur un ouvrier en sueur. Carriscant mit son mouchoir sur son nez et regarda autour de lui. Sur une autre table, il vit deux chiens de plus ; de la poitrine ouverte de l'un émergeaient des tuyaux le reliant au corps de l'autre qui respirait encore faiblement, sa cage thoracique étirée se soulevant et retombant par à-coups. A côté de la tête du chien, il y avait une bouteille de chloroforme et un tampon de gaze.

« J'ai gardé ces deux chiens vivants sur un seul cœur pendant cinq minutes, déclara fièrement Cruz. Au cas où vous vous interrogeriez.

— Ne soyez pas absurde.

— Votre scepticisme assommant ne m'affecte aucunement, Carriscant. » Il tapota un registre maculé de sang. « Tout est consigné là-dedans, et en présence de témoins.

— En présence de vos domestiques, sans nul doute. Des témoins très fiables.

— Ces deux chiens ont vécu pendant cinq minutes ! hurla Cruz, soudain en rage, son gros visage empourpré.

— Physiquement impossible. A moins que vous ne soyez Jésus-Christ !

— Je refuse d'écouter vos répugnants blasphèmes !

— Messieurs, messieurs ! dit, les rappelant au calme, Bobby revenu. Où est Ephraim Ward ? »

Marmonnant dans sa barbe, Cruz les conduisit dans une pièce du fond. Là, au centre, se trouvaient deux grands coffres en bois, de huit pieds de long sur quatre de haut. Cruz souleva avec effort le couvercle du premier et Carriscant aperçut un autre coffre à l'intérieur, en plomb celui-là, l'interstice entre les deux parois fermement bourré de paille. Cruz souleva le second couvercle et découvrit le cadavre nu et anémique d'Ephraim Ward, empaqueté de glace comme un morceau de bœuf. Avec une grimace, Carriscant tendit la main et ramassa une poignée de granulés à côté de l'épaule du mort.

Un visage de femme apparut, décharné, exsangue. Une *India*.

« Pour l'amour de Dieu, dit Bobby, la voix rauque. Combien en avez-vous encore là-dedans ?

— Trois, et quelques organes. Qu'est-ce que ça peut vous faire ? répondit Cruz en espagnol, oubliant qu'il n'était pas censé comprendre l'anglais.

— Il n'y a pas de place à la morgue de l'hôpital, expliqua Carriscant. La plupart des chirurgiens doivent garder les cadavres dans leurs propres services.

— Mais pourquoi ? s'étonna Bobby. Pourquoi ne pas les enterrer ?

— Pour l'avancement de la science médicale, dit Carriscant sur un ton raisonnable. Comment croyez-vous que nous puissions faire tant de choses ? Soigner, guérir ?

— *Precisamente* », approuva Cruz, avec un hochement de sa grosse tête.

Carriscant vit le regard de Bobby passer de l'un à l'autre des médecins, visiblement troublé, déconcerté.

« C'est une pratique commune, dit Carriscant, gentiment, un peu malheureux de faire chorus avec Cruz, et essentielle. »

Cruz s'écarta d'eux pour pulvériser encore quelques bouffées d'acide phénique dans l'air. Bobby se reprit et fit expliquer à Cruz par Carriscant que le cadavre d'Ephraim Ward devait être retourné sur-le-champ à la morgue de San Jeronimo. Cruz refusa de faire quoi que ce soit sans un ordre du gouverneur Taft. Bobby répliqua qu'il le lui fournirait séance tenante.

« Ce type est un monstre, s'exclama avec passion Bobby en quittant la maison de Cruz. Ces pauvres foutus macaques et cabots. Les corps entassés dans la pièce voisine... Ce n'est pas normal.

— Ne l'oubliez pas, dit Carriscant. C'est un *peninsularo*. Ils tiennent pour acquis que le monde s'organise autour d'eux. Aux *Filipinas* ils décident ce qui est normal ou pas. Ou du moins ils l'ont fait pendant trois cents ans. C'est dur de changer. »

Bobby refusa d'en convenir mais Carriscant ne l'écoutait pas vraiment. Les lèvres pincées, les sourcils froncés, il songeait : ces chiens... Deux animaux, un seul cœur. Qu'est-ce que ce vieil abruti essayait de faire ?

L’Aéromobile

Pantaleon étala les plans à plat sur le sol devant la grange *nipa* et posa des pierres aux quatre coins. Carriscant s’accroupit sur ses talons et produisit les sifflements admiratifs appropriés.

« L’Aéromobile, lut-il. Excellent nom.

— Je me suis dit : on a l’automobile, quelle meilleure description pour une machine volante ?

— Ça paraît idéal. »

Carriscant examina les jolis dessins. Ce qu’il voyait se situait entre un pont en porte-à-faux et un oiseau stylisé. Deux ailes alourdies par des traverses et des câbles, mais la queue était recourbée et semi-circulaire avec des cannelures, comme la queue déployée en éventail d’une colombe. Il jugeait touchant le rêve de Pantaleon d’un vol motorisé dans un engin plus lourd que l’air, une obsession inoffensive, mais, en dépit de son scepticisme et du fait qu’il ne s’était invité ici que sous un prétexte, il sentait sa curiosité naturelle croître à l’égard du projet.

« C’est un concours, expliqua Pantaleon. Deux hommes d’affaires, un Américain et un Français, ont organisé ce prix, le prix Amberway-Richault. Ils offrent dix mille dollars pour la première machine volante capable de décoller du sol par ses propres moyens et de voler sur cent mètres. Par ses propres moyens : pas de rampes, de poulies, de déclivités. L’exploit doit être pleinement certifié, bien entendu.

— Et tu crois que cette... cette “ Aéromobile ” peut le réussir ?

— En principe, j’en suis sûr, dit Pantaleon avec une assurance tranquille. Il y a quelques problèmes... dont le moteur est le principal, bien entendu. Mais je suis sur la bonne voie. Les modèles planeurs ont très bien fonctionné. » Il sourit timidement avant de confesser : « C'est ce que je fais depuis un an.

– Très impressionnant, dit Carriscant. Eh bien, il faut vraiment que je...

– Heureusement pour moi, Pantaleon baissa la voix bien qu'ils fussent absolument seuls dans le pré, même si je déteste l'admettre, l'arrivée des Américains a rendu les choses bien plus faciles. Ils sont à l'avant-garde, tu comprends. Eux et les Français. » Il regarda autour de lui, avec une légère expression de mépris : « On moisissait par ici, dans tous les domaines. Rien n'a vraiment changé depuis le XVIIIe siècle, quand on y songe. Rien.

– Oui. Oui, tu as raison, dit Carriscant, soudain gagné par un peu de la passion de Pantaleon. Regarde-nous, regarde notre propre discipline. Nous avons dû partir, aller à l'étranger pour découvrir les étonnants progrès en train de s'y accomplir. Pourtant nous avons encore à traiter avec de vieux charlatans tels que Cruz et Wieland.

– Tu imagines, dit rêveusement Pantaleon, qui n'écoutait pas vraiment, si moi, Pantaleon Quiroga, je devenais le premier homme à réussir un vol motorisé. Ici, aux Philippines...

– Sais-tu que Cruz a gardé le cœur et le foie de l'Américain, dit Carriscant d'un air sombre. Tu peux croire à tant d'arrogance ? Bobby a protesté de nouveau auprès de Taft.

– Le XXe siècle... C'est incroyable de vivre aujourd'hui. Tout va changer, Salvador, tout. »

Les deux hommes se turent, préoccupés par leurs propres pensées, tandis que le crépuscule tiède couleur de pêche descendait autour d'eux dans le pré blond balayé par le vent, et que, traversant la rivière, venaient s'égrener les notes mélancoliques de l'angélus. Carriscant donna une tape sur l'épaule de son jeune ami.

« Ça fait du bien de te parler, Pantaleon, dit-il, sincère. En tout cas, ça me fait du bien à moi. Ça m'empêche de penser à... certaines choses. » Il reporta son regard sur l'amas incompréhensible de traverses et de câbles dans la grange *nipa*. « Je suis drôlement impressionné par ta machine, ton Aéromobile. Dis-moi si je peux t'aider d'une manière ou d'une autre.

— En fait, je crois que tu le pourrais, Salvador. Veux-tu qu'on aille boire une bière ?

— Une autre fois, mon vieux. Il faut que je rentre. »

Carriscant laissa dans sa grange Pantaleon qui déclara vouloir poser la toile de ses ailes et avoir l'intention de travailler tard dans la nuit. Il rebroussa chemin vers Santa Cruz où il prit un *carromato* qui l'emmena jusqu'à Sampaloc, tout près.

Sampaloc était à peine mieux qu'un bidonville, juste le degré en dessous, peut-être, de la crasse de Tondo, mais, en tout cas, il présentait à l'œil un maigre éparpillement de cabanes en bois pourvues d'un toit en tôle galvanisée, et d'étroites ruelles non pavées puantes de saleté et d'eaux d'égout. La rue des Gardénias était sa seule et unique marque de gloire, une courte avenue pavée, bordée de magasins convertis tant bien que mal en bars et en cafés. Ces établissements avaient conservé les auvents de toile des vieilles devantures, d'énormes pans de tissu qui saillaient de la façade sur une poutre de métal et puis descendaient presque jusqu'au sol, de façon à procurer un maximum d'ombre. Ce qui avait pour résultat de dissimuler l'intérieur au passant ordinaire qui pouvait néanmoins apercevoir, entre deux devantures, le reflet des lumières colorées, et entendre les échos de la musique, les rires et les bruits des voix d'hommes. Ce camouflage partiel était plus attirant, décida Carriscant, que n'importe quelle exhibition de débauche.

Il s'assit dans un petit *bodegon*, aux abords de Sampaloc, pour lire un journal et boire nombre de tasses de café jusqu'à ce que la nuit tombante force l'apparition des lampes à pétrole. Dès qu'il sentit qu'il pouvait s'aventurer dehors avec la chance de demeurer anonyme, il prit la direction de la rue des Gardénias. Il la trouva peuplée d'hommes, de soldats et de marins américains remplissant l'air d'accents anglo-saxons, une expérience fort déroutante pour lui. Il se rendit compte qu'il n'en avait plus entendu autant depuis son embarquement à Liverpool, en 1897, pour son voyage de retour. Tout en arpentant la rue des Gardénias d'un bout à l'autre, il fut saisi d'un accès de mélancolie à l'évocation du jeune homme qu'il avait été, tant d'années auparavant. Il se rappela son étonnement ravi, lors de ses promenades dans les rues de Glasgow au début de ses études de médecine. Comment pour se rendre au centre de la ville il prenait le tramway hippomobile à Gilmorehill, avec la nouvelle université à son sommet et, à ses pieds, le dispensaire où il travaillait et étudiait. Tous ces gens dans leurs épais vêtements sombres. Il marchait dans les artères encombrées, ahuri par le tintamarre de la circulation, le caquètement de l'anglais dans ses oreilles. Le sol pavé, chaque mètre carré, de pierre dure. Les jantes en fer des roues des trams, des fiacres, des charrettes résonnant avec fracas. Des inscriptions partout, des noms et des réclames sur chaque surface verticale, semblait-il. Dans une boutique, une vitrine exposait deux cents canotiers. Elle semblait apporter une idée de soleil, une idée de tropiques à cette ville solide et carrée, avec ses grandes bâtisses surchargées d'ornements et noires de suie, pétries de commerce et de fierté civique.

Quelle différence avec son pays, Manille, l'odorante cité verte couchée au bord de son estuaire paresseux et moite de chaleur, encerclant les grands murs croulants et mangés d'herbes broussailleuses d'Intramuros. Un dôme, une flèche ici et là, apparaissant au-dessus des arbres et de la plaine de toits en *terracota* ou en tôle. La chaleur, l'humidité, le rythme ralenti. La vie se mouvait à la vitesse d'une charrette *caraboa*, disaient les gens, à peine deux kilomètres par jour. Et aujourd'hui, ici à Sampaloc, il entendait à nouveau ces voix bruyantes de Blancs, des accents différents mais avec cette même assurance vantarde et pressée. Ici aussi, le commerce commandait. Il ressentit un bref élan de nostalgie pour la vie qu'il avait connue avant l'arrivée des Américains. Le début tardif de la journée, la ville mijotant dans une léthargie moite, la sieste, puis l'intérêt poli, le flirt discret et civilisé du *paseo*... Mais, ses besoins plus immédiats reprenant le dessus, il se débarrassa de sa mélancolie et décida d'entrer dans un établissement nommé *Le Salon de la Crème glacée de Thichupwah*, un des immeubles les plus grands et les plus solides de la rue. Au premier étage, au-dessus du store, se trouvait un balcon de fer forgé bizarre et, par les fenêtres ouvertes de certaines pièces, Carriscant apercevait les silhouettes fugaces de ce qu'il pensa être des femmes allant et venant.

Il écarta le store et ouvrit la porte qui donnait sur une grande pièce bruyante, enfumée, remplie de soldats américains, la plupart en uniforme. Quantité de parties de cartes se déroulaient et les annonces et les surenchères hurlées sans retenue noyaient presque le bruit du gros phonographe dans le coin qui jouait *Ma petite amie du Kentucky* pour les quelques couples nonchalants se traînant sur l'étroite piste de danse au fond. Carriscant se fraya un chemin sinueux à travers les tables jusqu'au bar où un grand écriteau proclamait : BIÈRE AMÉRICAINE, 40 CENTS, MEX. Il commanda une Schlitz et jeta un coup d'œil, qu'il espéra naturel, autour de lui. Derrière le bar, une femme blanche avec un visage aux traits tirés, nullement destiné à être peint comme il l'était, lui demanda s'il voulait danser. Elle parlait l'anglais avec un accent étranger impossible à identifier. Polonais, pour autant qu'il sache, corse ou bien wallon.

« Avec vous ? » demanda-t-il, sans réfléchir. Une de ses dents était méchamment ébréchée et sous les aisselles sa mince robe de coton était noire de sueur.

« N'importe laquelle des filles. Je coûte plus cher. » Elle sourit, découvrant des hectares de gencives, et fit un geste en direction des filles assises sur un banc près de la piste de danse, dans l'attente de partenaires. « Cinquante cents pour une danse. Deux dollars mexicains pour une “ danse ” là-haut. Les filles blanches coûtent cinq dollars. » Elle le gratifia d'un autre sourire. « Je coûte dix… T'es américain ?

— Oui. Merci. » Il put à peine prononcer les mots. Il quitta le bar et fendit la foule des joueurs hurlants pour gagner la piste de danse, au-delà de laquelle partait une volée d'escaliers. Parmi la demi-douzaine de femmes qui ne dansaient pas, il y avait trois « filles » blanches, deux maigrichonnes et une rondouillarde, toutes avec des chevelures à la teinte artificielle. Celle de la blonde était pur blond-blanc, ramassée en désordre au-dessus de la tête, avec quelques bouclettes défaites et pendouillantes qui lui rappelèrent, de manière pas très heureuse, le papier tue-mouches dans le laboratoire du docteur Cruz. Les autres filles étaient des *Indias*, vêtues de versions criardes de leur costume national : des blouses *abaca* à larges manches et des châles multicolores autour de leur taille sur des *sayas* de calicot tombant à la cheville. Elles agitaient toutes un éventail contre la puanteur et la chaleur, faisant ainsi clignoter et briller dans la lumière leurs bracelets de strass, qui cliquetaient au rythme irrégulier du retentissant crincrin musical. Une des filles portait ses cheveux bruns, luisants et raides d'huile de coco, sur les épaules. Elle était petite avec des lèvres extraordinairement épaisses et des sourcils touffus qui lui donnaient un air de sérieux invraisemblable. Carriscant la regarda refermer d'un coup sec son éventail qu'elle tendit derrière elle pour se gratter l'omoplate qui la démangeait. Ayant pris sa décision, il fit le tour de la piste pour s'approcher d'elle, tout en cherchant de l'argent dans sa poche.

Il s'exprima en anglais. « Deux dollars, dit-il, gauchement, comme un béjaune, en lui montrant ses billets, " là-haut ". » Dans la chaleur moite de la pièce, il sentait l'huile de coco sur ses cheveux.

Elle prit l'argent, le plia et le rangea avec une certaine grâce, discrètement. « Tu viens moi, dit-elle, nous chambre cinq. » Elle entreprit aussitôt de traverser la piste de danse pour gagner l'escalier. Un couple oscillant coupa droit son chemin à Carriscant qui dut s'arrêter puis contourner leur tangage maladroit avant de pouvoir suivre la fille. Sa fille... « Tu viens moi, nous chambre cinq. » C'était si net, une simple affaire de commerce, pas d'histoires, pas de prétentions. Lors des quelques occasions où il y avait recours, il était toujours étonné par la simplicité de l'échange, son côté direct, sans fla-flas : de l'argent contre le bref prêt d'un corps. Néanmoins, au moment où il arrivait au pied de l'escalier, la fille était déjà en haut. Et descendant les marches, ajustant sa ceinture, apparut le docteur Wieland.

« Tiens, tiens, mais voilà l'estimé docteur Carriscant, si je ne me trompe, s'écria Wieland à voix haute, et montrant ses deux rangées de dents dans un sourire jaunâtre. Est-ce votre petite poulette dont je viens de tapoter le cucu-panpan ? » Wieland était saoul, comme d'habitude.

« De quoi parlez-vous ? » Carriscant se tenait raide, les bras le long du corps.

Wieland avait atteint le pied de l'escalier et s'attardait sur la rampe. C'était un petit homme dans la cinquantaine, avec de multiples mentons, tels des fanons, débordant sur son col dur. Il avait une moustache hirsute pas taillée et une drôle de bouche molle et boudeuse aux lèvres humides.

« Je le dirai pas à maman. Détends-toi. » Il s'avança en vacillant et tapota d'un geste rassurant le coude de Carriscant.

Carriscant réussit à produire une sorte de rire en forme de reniflement ricanant. Il tendit la main et s'empara de la poignée de la porte devant lui.

« Je ne sais pas de quoi vous parlez, dit-il. Je suis venu ici m'occuper de la cuisinière de ma tante. Elle a une hernie. Bonsoir. »

Sur ce, il fit jouer la poignée d'un coup sec, ouvrit en grand la porte, franchit le seuil avec assurance et referma derrière lui. Il entendit Wieland lancer, avec une ironie grotesque, à la porte close : « Oh, navré, vraiment, je n'en doute pas. » Carriscant ne s'attarda pas davantage, au cas où Wieland aurait tenté de le suivre. Il prit le corridor, passa devant l'entrée d'une cuisine sombre et encombrée puis sortit par une porte à l'arrière qui donnait sur une cour longue et étroite et entourée de hauts murs. Des poulaillers s'alignaient sur tout un côté et il entendait le tendre gloussement des poules en train de couver, tout comme il sentait l'odeur forte de noisette et de soupe de leur fiente accumulée. Il tourna à tâtons, prudemment, sur sa gauche et jeta un regard en biais entre les deux lattes d'un volet. Il vit Wieland attablé avec trois autres Blancs en civil, dont l'un distribuait un paquet de cartes.

Carriscant n'avait pas le moindre désir de donner à Wieland l'occasion de l'apercevoir dans le *Salon de la Crème glacée* ni de pratiquer davantage ses insinuations méprisantes, et il décida donc d'attendre jusqu'à ce qu'il lui soit possible de filer sans être repéré. Personne, semblait-il, ne l'avait vu entrer dans la cour où il serait par conséquent en sûreté pendant une heure ou à peu près. Il s'enfonça un peu plus au fond, dans l'obscurité, jusqu'à ce qu'il trouve une position abritée contre le mur. Il rabattit un pan de vieille natte et s'assit dessus, coincé dans l'angle que le mur formait avec la solide roue en bois d'une charrette *caraboa*. Il étendit ses jambes et se frotta le visage, se moquant pas très gaiement de lui-même : autant pour sa « colombe au vol bas », qui devait être là-haut dans son nid, se demandant où était passé son *Americano*. Imbécile, se dit-il à lui-même, imbécile, imbécile, imbécile...

Il se réveilla, la tête renversée contre le bord de la roue, avec, dans l'oreille, le gémissement aigu d'un moustique dont il se débarrassa d'une claque. Il se leva, raide et mal assuré, et tapa du pied pour rétablir la circulation dans ses jambes. Il n'arrivait pas à croire qu'il avait pu dormir ainsi... Il s'approcha de la fenêtre éclairée et consulta sa montre : deux heures trente du matin. Musique et bavardages continuaient à émaner du *Salon de la Crème glacée* et, en regardant de nouveau à travers les persiennes, il vit que l'endroit était encore plein de monde et, plus agaçant, que Wieland et ses copains étaient toujours plongés dans leur partie de cartes. C'était trop bête, se dit-il, que lui restait-il donc à faire à présent ? Passer devant Wieland à cette heure de la nuit provoquerait tout bonnement un supplément de conjectures grivoises. Il réfléchissait en arpentant la cour, ce qui dérangea les volailles assoupies. A ce tarif, Wieland pourrait tout aussi bien rester là jusqu'à l'aube. Et Annaliese devait être couchée depuis des heures, encore plus dégoûtée par la conduite de son époux. Lequel alla au fond de la cour, poussa une vieille caisse contre le mur et se hissa jusqu'au faîte croulant. Devant lui il n'y avait que l'obscurité, mais une obscurité mouvante, pleine de soupirs qui suggéraient de la végétation – pas le moindre reflet de lumière. Avec l'espoir de ne pas trop salir son complet d'alpaga gris pâle, et de ne pas chuter trop rudement, il prit son élan et sauta.

De la boue.

De la boue jusqu'aux genoux, il trébucha, tendit le bras pour se rattraper et enfonça la main dans le mou jusqu'au coude. Il se redressa, vacilla et réussit tout juste à garder l'équilibre. Il fit deux pas dans le style ventouse accrocheuse, les mains en avant, à la manière d'un aveugle. Ses doigts frôlèrent des feuilles, épaisses, vernies, avec un petit rebord en dents de scie et, sortant de la saleté du sentier, il mit le pied sur le sol heureusement ferme et plus sec autour du tronc de l'arbre. Un manguier, pensa-t-il. Il se retourna vers le reflet des lumières sur l'arrière du *Salon de la Crème glacée* et les établissements de part et d'autre de la rue des Gardénias. Le sentier dans lequel il était tombé devait longer l'arrière des maisons de ce côté de la rue, le réceptacle, sans aucun doute, de toutes sortes d'eaux sales et de détritus imaginables et inimaginables. Il ne tenterait pas de sortir de l'endroit où il se trouvait jusqu'à ce qu'il puisse voir où il mettait les pieds. Il s'accroupit avec précaution sur une grosse racine exposée : il ne lui restait plus qu'à attendre.

Le premier rayon du jour apparut juste avant six heures. L'attente avait été abrutissante : il avait fumé toutes ses cigarettes — dix-sept —, avait tracé les plans de sa future carrière dans les plus petits détails, chanté et fredonné tous les airs qu'il avait jamais entendus, en dépit de quoi la nuit avait traîné au-delà de toute longueur. Mais maintenant il faisait jour et la boue sur ses vêtements était presque sèche. Il se frotta la mâchoire et sentit sur sa paume la rugosité des repousses de barbe. Direction retour à la maison, avec toute la vitesse et la discrétion possibles.

L'arbre sous lequel il avait attendu était un manguier, il faisait partie d'une petite plantation qui, une fois traversée, s'ouvrait sur un paysage brumeux de champs de canne à sucre et de rizières, avec, au-delà, à un mile ou deux, la masse bleuâtre étalée des faubourgs nord de Manille, brouillée par la fumée des feux matinaux. Il se mit en route, cheminant péniblement le long d'un sentier au sommet d'une digue menant vers San Miguel et, il l'espérait, le premier omnibus qu'il pourrait attraper.

L'entreprise se révéla plus compliquée que prévu. Le sentier avait rejoint une piste de terre battue mais Carriscant avait pris le mauvais tournant ainsi qu'il le découvrit quand la piste décrivit une boucle qui la ramenait de nouveau vers le nord ; il dut revenir sur ses pas, puis contourner le méandre boueux d'un *estero* du Pasig et reprendre sa route vers le sud une fois de plus le long des franges gargouillantes des rizières avant d'apercevoir à mi-chemin de l'horizon, à travers quelques arbres à l'avant, le toit de tuiles en terre cuite étincelantes et les murs blancs du palais Malacañan, la résidence officielle du gouverneur Taft. A présent, il savait où il se trouvait. Il consulta une fois de plus sa montre de gousset : presque huit heures. Avec un peu de chance, il serait de retour chez lui dans moins d'une demi-heure.

Il savait qu'il existait un ferry sur le Pasig, non loin du palais et, abandonnant le sentier qu'il suivait, il prit un raccourci y conduisant directement. Une autre erreur, comme il le découvrit quand le sentier s'arrêta devant une grange en bambou à moitié démolie. Il pressa le pas néanmoins, coupant par une plantation de haricots *mogo* vers un épais bosquet d'acacias. Au cours de son périple à travers champs, il avait récolté un essaim actif de mouches persévérantes, attirées, encore qu'il n'osât qu'à peine y songer, par quelque ingrédient délétère dans la boue de Sampaloc dont son pantalon était encore imprégné. Il tapa follement dessus, tenta en vain de les semer en courant et puis s'arrêta, ôta sa jaquette et, comme un torero pris de démence, la fit tourbillonner autour de sa tête et de ses épaules, tout en poursuivant son chemin.

Il faisait plus frais parmi les acacias, le sentier était bien marqué et la marche plus facile. Mais alors que la sueur commençait à sécher sur son front, Carriscant découvrit que le répit n'était que provisoire ; il se mit à réfléchir à ce qui venait de lui arriver ces dernières heures et sentit naître en lui une puissante colère à son propre égard. Qu'est-ce qui l'avait donc poussé à se rendre à Sampaloc, dans un bordel ? Et à partir de là, ayant fait son choix, pourquoi n'avait-il pas eu un comportement plus mondain avec Wieland, celui d'un homme comme un autre. Qu'y avait-il de honteux, surtout en cette compagnie, à admettre qu'on fréquentait à l'occasion les prostituées ? Franchement, il avait dû paraître absurdement, ridiculement collet monté, filant par cette porte comme une vierge importunée par un goujat polisson. Et regardez où sa soudaine crise de dignité redoublée l'avait mené : une course à travers une campagne infestée de moustiques, pétrie de honte, imprégnée de boue, épuisante...

Il vit, vit vraiment la flèche voler vers son propre visage.

Il s'était retourné, alerté par un bruit de remuement et de

déchirure dans le feuillage, dégageant d'instinct sa tête vers la droite, quand il vit le missile arriver sur lui. Impossible de se rappeler s'il s'était arrêté, baissé ou reculé mais il l'avait senti passer sur sa joue comme un souffle d'enfant, et puis il avait entendu le *ououong !* de son impact sur l'acacia à côté de lui. Il se retourna. Tête haute. Ses dents blanches encore claquantes.

Il se jeta à quatre pattes et rampa à l'abri d'un buisson, un petit gémissement dans la gorge, attendant l'arrivée d'autres flèches, attendant que ses agresseurs surgissent du sous-bois, brandissant des bolos aiguisés comme des rasoirs dans l'air matinal.

Silence. Pas de branches cassées, pas... Puis il les entendit, non loin. Des rires. Des rires de femmes.

Il arracha la flèche encastrée dans le tronc d'arbre, et rebroussa chemin le long de sa trajectoire, sentant la colère lui déformer son visage, tirer ses traits vers le bas comme pour forcer ses sourcils, son nez, sa bouche, ses joues en une sorte de corne menaçante avec laquelle blesser ses persécutrices : on riait de lui, des femmes riaient de lui.

Il fonça brutalement dans un rideau sombre de buissons de *cogal*, s'écorcha le dos des mains, et se retrouva clignant des yeux dans la lumière d'une pelouse ensoleillée. Devant lui, se dressaient trois cibles de tir à l'arc inclinées et, face à elles, une demi-douzaine de femmes, des jeunes femmes, en blouses à manches gigot et longues jupes de coutil, coiffées de chapeau de paille pour se protéger du soleil, portant des arcs avec des carquois de flèches en travers des épaules. L'une d'elles était d'ailleurs en train de fixer une autre flèche à son arc qu'elle bandait en arrière...

« *Stop* ! hurla-t-il, l'émotion lui cassant la voix. Arrêtez, espèce de femelle du diable ! Dieu vous damne ! »

Il s'avança à grands pas pour les affronter, flèche en main.

« A deux centimètres près, ceci s'enfonçait dans ma tête, hurla-t-il. Moins de deux centimètres, espèce d'idiotes sans cervelle ! Moins de deux centimètres et votre stupidité me tuait, votre stupide insouciance d'idiotes ! »

Elles le regardaient, les yeux écarquillés, bouche bée, complètement stupéfaites. Il sentit sa rage s'évacuer comme si une bonde avait sauté, et l'embarras s'empresser de remplir le vide. Il les voyait clairement maintenant : il s'agissait d'Américaines respectables – nom de Dieu ! –, de jeunes femmes. De quoi avait-il eu l'air, surgissant du bois, couvert de boue, pas rasé, hurlant de colère ? Avait-il juré ? Oh, bon Dieu, il avait l'horrible souvenir d'avoir utilisé un juron, un abominable juron.

« Qui est la personne responsable ? reprit-il gauchement, ne voulant pas à présent perdre l'avantage que lui conférait son indignation. Qui est la personne qui a tiré cette flèche ? »

Une femme s'avança aussitôt et il pivota pour lui faire face. Une femme de haute taille. Les épaules larges. Un visage pâle, ferme, constellé de taches de rousseur. Une qualité rare émanait de ce visage, pensa-t-il, la gorge soudain serrée. Quelque chose qu'il n'avait jamais vu. Des cheveux brun-roux retenus en un chignon lâche. Les détails s'additionnaient vite : elle avait un nez légèrement busqué avec de petites narines arquées, et il s'aperçut rapidement aussi que la lanière en cuir de son carquois séparait la masse douce de sa poitrine en deux seins distincts.

Elle lui fit face. Franche, catégorique. De petits yeux bruns aux cils pâles. Bizarre cette combinaison. Peau blanche, semée de taches de rousseur mais très blanche. On s'attendrait à des yeux bleus. Mais non, bruns, comme du café sans lait, un regard féroce. De minuscules gouttes de transpiration dans le sillon bien défini de sa lèvre supérieure.

« C'est moi qui l'ai tirée », dit-elle. Un accent doux. Tiiréée. Du sud des États-Unis ? « Je suis tout à fait désolée, c'est vraiment un accident. Je commence tout juste à apprendre... »

La langue de Carriscant demeurait collée au fond de sa gorge sèche.

« ... et c'est parti de travers quand j'ai tiré. C'est parti haut dans les arbres. Je suis tout à fait désolée.

– C'est un scandale, réussit-il à articuler, d'une voix faible. J'aurais pu mourir. Des excuses. J'exige des excuses. Votre nom.

– Écoutez. Je me suis déjà excusée plusieurs fois. Je vais le faire une fois de plus : je suis désolée. Personne n'a été blessé. C'était un accident.

– Quel est votre nom ? » Un cri presque déchirant.

Elle le regarda.

Elle soupira. « Mon nom n'a rien à voir avec ceci ni avec vous, dit-elle, son ton changeant, devenant plus irrité, plus allons-pas-d'histoires. Qui que vous soyez, espèce de petit homme prétentieux, votre conduite est des plus déraisonnables, pour ne pas dire offensante. Voulez-vous, je vous prie, vous en aller et cesser d'interrompre notre leçon. »

Sang vicié

Le petit Chinois était mort dans la nuit, de manière brusque mais pas inattendue. Depuis son opération, il allait mal : il avait de la fièvre, souffrait d'occlusion intestinale et sa langue, qui se cicatrisait admirablement, avait commencé à suppurer et à noircir autour des points de suture. Listérisme et asepsie avaient fait merveille. Même si, ici à Manille, au San Jeronimo, le taux de guérison dans ses services était cinq fois supérieur à celui de Cruz, Carriscant, devant pareils signes, savait que son pouvoir d'intervention avait pris fin. L'association d'une péritonite à un érésipèle de la gorge était rare, mais il l'avait déjà rencontrée deux ou trois fois. Il supposait que le streptocoque atteignait la membrane séreuse par le sang. De toute manière, il avait bourré l'adolescent de narcotiques, pour tenter de l'empêcher de souffrir, et, impuissant, l'avait regardé mourir. Il avait compris quand, en entrant dans la salle, il l'avait vu étendu sur le dos, les genoux relevés, les mains voletant au-dessus de sa tête pour augmenter la capacité du thorax. Son visage était déjà décharné, ses yeux agités, ses mains froides et humides. Il avait commencé à vomir à intervalles réguliers et sa paroi abdominale s'était raidie, comme une planche. Le météorisme s'était installé, l'abdomen devenant tendu et tympanique sous percussion. Il se plaignit non seulement d'une brûlure dans l'intestin mais d'une soif torturante. On lui donna un lavement d'eau froide. Il but un peu de lait glacé additionné d'eau gazeuse, on lui badigeonna la langue avec une solution de glycérine pour l'empêcher de se dessécher. Sans résultat durable. Le pouls se fit rapide, pénible et filiforme. Le gamin avait commencé à hoqueter violemment, un symptôme très inquiétant dont Carriscant savait qu'il marquait un grave tournant dans le pronostic. Il présenta bientôt la classique face grippée, creuse et pincée, le pli naso-labial très profond. Sa langue devint chargée et sale et ses vomissures terriblement malodorantes. Des fuliginosités apparurent sur les dents et les lèvres. Carriscant observait la pitoyable agitation du garçon – en cas de péritonite, il n'y a pas de bienheureux coma pour venir soulager la souffrance – dont les membres devenaient froids et bleus. Le passage à la mort s'accompagna d'un grand jaillissement de liquide brun et puant par la bouche et le rectum. Des moments de ce genre mettaient Carriscant à la torture, face à l'immense vide de son ignorance et de son impuissance. Ses instruments étaient stériles, sa salle d'opération propre et désinfectée, ses mains brossées à vif, il portait des blouses blanches lavées et repassées de frais et pourtant, d'une manière ou d'une autre, venu de quelque part, le streptocoque redouté avait infecté le sang de l'adolescent, l'avait pourri. « De quelque part »... Cette vague supposition était déjà assez mauvaise. Un incident dans la langue avait produit une infection de la membrane séreuse dans l'abdomen. Carriscant savait que les intestins seraient couverts d'un suintement de pus et de fluide, une épaisse couche de lymphe le long des lignes de contact entre les divers replis de l'intestin. Une fois infecté, le corps du malade succombait inévitablement aux toxines du sang vicié et un nouveau sentiment d'impuissance vous envahissait tandis que vous observiez et attendiez la mort. Sang vicié... A de tels moments, il comprenait la vaine obsession de ses prédécesseurs obscurantistes pour les sangsues et les saignements.

Alors qu'il s'apprêtait à en pratiquer la morbide anatomie, il regarda le corps nu de l'adolescent étendu devant lui sur la table de dissection, dans la morgue. Un peu grassouillet avec presque des seins de gamine et un petit gribouillis de poils pubiens au-dessus des parties génitales crispées. Il toucha la chair froide, souple, appuya sur la cage thoracique, laissa ses mains épouser les contours du ventre. Il connaissait chaque composante de ce corps-là, chaque chose cachée sous cette enveloppe docile mais coriace de peau. L'intérieur d'un homme ou d'une femme lui était aussi familier que le visage d'un ami ou la disposition des meubles dans son salon, mais c'était une familiarité accordée seulement après la mort. La tête, la poitrine, la colonne vertébrale, le cœur... Il n'osait pas franchir ce seuil tant que le corps était en vie. Voilà que lui, un chirurgien très expérimenté, l'égal, aimait-il à penser, de n'importe quel autre dans le monde civilisé, il se trouvait pourtant virtuellement bloqué, ligoté par la peur et les limites pathétiques de son savoir. Il ressemblait à un homme possesseur d'une vaste fortune qui a acheté un palais d'une splendeur immense et sans égale. Il peut se promener dans les jardins, faire le tour du palais, regarder par les fenêtres, admirer les meubles dorés et les tissus somptueux, les fabuleuses œuvres d'art et les chandeliers resplendissants. Tout cela m'appartient, pouvait-il se dire, et pourtant, l'entrée lui en était à jamais interdite, sous peine de mort. Sous peine de mort.

Il retourna le cadavre. Certes, songea-t-il avec mépris, on pouvait toujours accéder à la vessie ou au rectum et autres entrées dont le corps est pourvu, et que les cathéters et les sondes, les pinces et les scalpels peuvent atteindre. Combien de fois avait-il patiemment écrasé les calculs néphrétiques d'un homme souffrant, ses minces instruments profondément enfoncés dans la vessie, sciant et broyant. Il était réputé pour la délicatesse de ses manipulations : sur la douzaine d'opérations de la vessie qu'il avait pratiquées, trois patients seulement étaient morts de péritonite. Il savait sur-le-champ quand il avait manqué de talent. Au moment où le lithotriteur était retiré ou le cathéter extrait du pénis venait cette fatale petite signature sanglante. Puis la prière muette : Oh, Seigneur, faites que ce soit seulement une égratignure de la paroi de la vessie. Même la plus minuscule des perforations semblait amener la pire des sentences.

Il retourna de nouveau le garçon et tendit la main pour prendre son scalpel, prêt à écarter une fois de plus les rideaux sur les fragiles et confondants trésors du corps. Il avait lu récemment un article au sujet de certains médecins américains qui recommandaient l'usage de gants de caoutchouc durant les interventions chirurgicales – il entendait presque les railleries incrédules du docteur Cruz. Même lui, Salvador Carriscant, fier héraut de toute nouveauté en médecine, éprouvait certains doutes au sujet de cette méthode : qu'advenait-il de votre « toucher », le don magique du chirurgien ? Cette unique combinaison, ainsi qu'il l'avait entendu exprimer, des doigts d'une dentellière et de la poigne d'un marin ? A quoi bon affiner un talent pour l'étouffer ensuite, de plein gré, dans du caoutchouc ? Ça ressemblait à cette histoire de princesses arabes cachées derrière des voiles noirs. Pourquoi une belle femme ne devrait-elle pas accorder...

Et il repensa à l'Américaine, bien entendu. Pas une heure, ces jours-ci, ne semblait s'écouler sans qu'elle lui revienne à l'esprit. Quelque chose dans la qualité de son regard, la géométrie de son visage, son teint étrange, avait agi sur lui avec une efficacité violente, inexorable. Jamais encore, jamais encore... Comme un liquide inerte galvanisé en une effervescence folle par un étrange catalyseur. Et elle était là, dans sa ville à lui... C'est ce qui le privait de ses moyens : il se sentit repris par cette curieuse faiblesse, jaillissant d'une nouvelle glande à la base de son épine dorsale et poussant dans son corps à la manière d'un arbre.

Il reposa son bistouri avec bruit et, les bras tendus, il baissa la tête au-dessus du cadavre pâle et dévasté de l'adolescent. « Jésus-Christ, dit-il dans une prière inhabituelle, que le ciel me vienne en aide. »

« Salvador, ça ne va pas ? » Pantaleon entra dans la salle, anxieux, inquiet de le voir dans cet état.

« Ça va, ça va, dit Carriscant en se redressant. Simplement un peu fatigué, je pense. » Il abandonna son scalpel. « Ceci peut attendre. »

Il se retourna. Pantaleon enfonça ses mains dans ses poches.

« Que se passe-t-il ? demanda Carriscant.

— Puis-je te dire un mot en privé ? »

Carriscant se fit conduire par un des brancardiers de l'hôpital jusqu'aux docks où les quais sur les deux rives du Pasig étaient plus encombrés que jamais de bateaux — vapeurs, goélettes au gréement à phares carrés ou à voiles latines, jonques et bacs, gros bateaux à roues à faible tirant d'eau capables de naviguer dans les eaux ensablées en amont, enfin les grands *cascos* nonchalants, à la fois barges et péniches, hébergeant la population nomade du fleuve, tous mouillés bord à bord sur quatre ou cinq rangs le long des quais. Il était heureux d'être sorti de l'hôpital, très satisfait de rendre ce service à Pantaleon, ce qui lui donnait l'occasion à la fois de se calmer un peu, et aussi de scruter chaque Européenne et Américaine qu'il voyait passer en calèche dans l'espoir fervent d'apercevoir ce visage pâle aux taches de rousseur et de sentir le regard froid et franc de ces yeux bruns...

La voiture s'arrêta à l'entrée d'une ruelle étroite, Calle Crespo, dans Quiapo, où il semblait qu'une échoppe sur deux fût celle d'un ferblantier ; l'air vibrait sourdement du son des marteaux sur la tôle galvanisée. En descendant, Carriscant vit la nouvelle réclame illuminée en travers du carrefour : CONEY ISLAND SHOOTING GALLERY ; de toute évidence, les Américains étaient là pour rester. Au n° 89 de la Calle Crespo, il découvrit la plaque qu'il cherchait : entre *Sam M. Goodforth, ingénieur maritime* et *Pablo Eulogio, teinturier-chapelier* se trouvait sa destination : *Udo Leys, négociant en tabacs*.

Après le retour en Allemagne de Gerhardt Leys, le père d'Annaliese, et de sa sœur, son oncle Udo était resté et avait présidé avec stoïcisme au déclin inéluctable de la prospérité familiale. Carriscant monta l'escalier et ouvrit la porte du bureau. Il n'y avait pas de secrétaire dans l'entrée et, dans le bureau même, Udo demeurait invisible. Les murs étaient tapissés d'humidificateurs en verre vides et d'affiches extravagantes vantant les cigares de Manille. Dans les années 1870 et 1880, les frères avaient eu plus ou moins le champ libre. Aujourd'hui, il existait huit fabriques de cigares ou de cigarettes dans la seule Manille ; personne n'était plus dans l'obligation d'acheter à Udo Leys qui s'était vu contraint de se diversifier, d'opérer une affaire d'import-export opportuniste, attendant qu'un besoin se manifeste pour se dépêcher désespérément d'y répondre, qu'il s'agisse de bicyclettes ou de parfums, de nourriture, de bétail ou de produits de luxe. La dernière fois que Carriscant l'avait vu, Udo lui avait raconté avec des chuchotements de conspirateur qu'il avait soixante-quinze pianos droits dans un entrepôt de Tonto. « Pense à toutes ces nouvelles écoles américaines, dit-il, d'une voix émue par l'attrait du profit, toutes ces salles des fêtes... Sur quoi jouera-t-on *La Bannière étoilée* ? Ils vont disparaître en une semaine. » Carriscant sourit, se rappelant l'inébranlable conviction du vieil homme et s'approcha de la fenêtre. Le bruit ici était infernal : dans la cour, en bas, dix hommes fabriquaient des seaux.

Il se retourna en entendant une porte s'ouvrir et vit Udo émerger d'un petit placard au fond du bureau, un pot de chambre à la main, sa braguette encore déboutonnée. Il n'avait pas bonne mine, un vieil homme corpulent, essoufflé, avec un visage rougeaud grumeleux et une petite moustache en brosse mal taillée qui semblait vouloir pousser dans quatre directions à la fois.

« Ah, Salvador, mon petit, quelle bonne surprise, s'écria-t-il. Une seconde, j'arrive. »

Il s'approcha en boitant de la fenêtre, l'ouvrit et lança le contenu du pot de chambre sur les ferronniers. Le bruit des marteaux ne diminua aucunement.

Udo haussa les épaules : « Ces bâtards merdeux sont censés s'arrêter à l'heure du déjeuner mais qui s'en soucie ? » Il parlait l'anglais avec un accent allemand prononcé. Carriscant lui serra la main gauche puisque la droite tenait encore le pot de chambre : il aimait bien le vieil homme mais Annaliese préférait réduire les contacts au minimum. Udo posa le pot sur le bureau et débarrassa ses doigts de quelques gouttelettes de liquide en les essuyant sur son buvard. Il ouvrit un tiroir et offrit à Carriscant un cigare que celui-ci refusa.

Udo promena ses doigts boudinés sur les cigares, en choisit un et le roula avec volupté sous son gros nez couperosé.

« La Flor de la Isabella, dit-il, pensif. Aussi bon que le meilleur havane. Te l'ai-je déjà dit ?

— Certes, répliqua Carriscant. Comment ça marche, côté pianos ?

— Pas très vite. T'ai-je dit que j'ouvrais une blanchisserie ? »

Ils discutèrent un moment de l'inévitable succès de cette entreprise avant que Carriscant n'annonce la raison de sa visite. Un ami, expliqua-t-il, avait commandé une pièce d'équipement industriel en France et voulait se la faire expédier à Manille mais dans la discrétion. Cet ami craignait qu'en tant que Philippin on puisse lui refuser l'importation de ce genre de pièce.

« De quoi s'agit-il ? s'enquit Udo. D'un Howitzer ?

— D'un moteur. C'est un... un moteur un peu spécial. Pour un certain type d'automobile.

— Il construit une voiture à moteur ? Très astucieux. J'en ai vu une l'autre jour, ici, sur les quais. Étonnant. Allemande, bien entendu.

— Quelque chose dans ce goût. Et il n'a pas les moyens de payer les droits de douane. »

Udo l'assura que l'affaire ne présentait aucune difficulté. Ça coûterait peut-être un petit supplément mais il connaissait pas mal d'aimables capitaines et beaucoup de compagnies maritimes qui seraient ravis de lui rendre service. Si le moteur pouvait être envoyé à Hong-Kong puis réexpédié de là, une totale discrétion était garantie.

Udo raccompagna en boitant Carriscant jusqu'à l'escalier.

« De quoi souffrez-vous, Udo ?

— La goutte ou je ne sais quoi. Ma jambe change de couleur. Elle tourne au bleu.

— Venez à l'hôpital, je l'examinerai.

— Je crois plutôt que tu me la couperas. » Il regarda Carriscant d'un air lugubre. « Je ne voudrais pas te vexer, Salvador, mais je n'ai pas confiance en vous tous.

— Comment va Annaliese ? cria-t-il du haut des marches.

— Oh... bien. Très bien.

— J'aimerais bien la revoir.

— Certainement, Udo. Très bientôt. Merci pour votre aide. »

Les bureaux de Paton Bobby se trouvaient au premier étage de l'Ayuntamiento, l'hôtel de ville de Manille, un immense bâtiment corail et blanc, très ornementé, sur la Plaza Mayor, et adjacent à la cathédrale. Bobby, en civil, costume de tweed léger et nœud papillon, était assis à son bureau. L'effet était surprenant : comme si le robuste officier de police était devenu professeur d'université ou maître de musique. De son siège, Carriscant apercevait une des tours en coupole de la cathédrale avec une mouette en train de se lisser les plumes au sommet de la croix qui surmontait l'édifice. Bobby lui racontait la série d'entretiens décevants qu'il avait eus avec les hommes appartenant à la compagnie d'Ephraim Ward : il semblait douteux, maintenant, conclut-il à regret, que Ward eût été assassiné par un autre soldat.

La mouette se ramassa sur elle-même puis s'éleva dans les airs et disparut de l'encadrement de la fenêtre.

« Pourtant quelqu'un l'a bien eu. Il a quitté son poste et quelqu'un l'a foutrement bien eu. »

Carriscant remua sur sa chaise : le sort d'Ephraim Ward lui paraissait à présent très éloigné de lui.

« On est certain qu'il n'a pas été tué par balle, n'est-ce pas ? Quelqu'un aurait-il pu extraire une balle ? Vous pensez qu'il a été poignardé, pas vrai ? » Du bout d'un crayon, Bobby se gratta le crâne, sous ses cheveux rares.

« J'en suis sûr. A propos, Cruz n'a pas toujours pas rendu le cœur. Le foie mais pas le cœur. » Carriscant ferma brièvement les yeux en essayant de donner à sa voix une intonation neutre. « Ma femme, dit-il lentement, ma femme a rencontré une Américaine à l'une de ses réunions paroissiales l'autre soir mais elle a complètement oublié son nom. Une jeune femme, approchant la trentaine, grande, des taches de rousseur et des cheveux brun-roux. Semble-t-il.

— Jésus, Carriscant, savez-vous combien il y a d'Américaines ici maintenant ? Épouses, infirmières, missionnaires, enseignantes... Ça doit faire des centaines.

— C'est ce que je lui ai dit. Elle a insisté pour que je vous interroge quand même... » Il se tut puis reprit : « Elle a peut-être une position importante, un certain rang. Elle a parlé du palais de Malacañan. Un club sportif ? »

Bobby réfléchit :

« Des cheveux roussâtres, vous dites. Une belle femme ?

— Oui. Enfin, d'après ce qu'on me dit.

— Maintenant que vous me le rappelez, ça ressemble à Miss Caspar. Voyons, quel est son prénom ? Pas ordinaire... Ouais, Miss Rudolfa Caspar. Rudolfa, c'est ça.

— Miss ?

— La directrice de l'école Gerlinger. La nouvelle, à Binondo.

— Merci. Je le dirai à ma femme. »

La conversation revint sur le meurtre de Ward, Carriscant suggérant qu'il pouvait être le fait de n'importe quel criminel venu des bidonvilles de Tondo, Bobby refusant de concéder autant au hasard. Ils gagnèrent tous deux la porte et Bobby raccompagna Carriscant jusqu'au vaste palier de marbre donnant sur l'escalier principal.

« Mais pourquoi aller le jeter des kilomètres plus loin ? disait Bobby. Pourquoi ne pas l'avoir laissé là où il était tombé ? »

Un homme en uniforme les croisa, s'arrêta et se retourna : « Hello, Bobby, dit-il. Des nouvelles ? »

Bobby le présenta à Carriscant — le colonel Sieverance. Un visage agréable, enfantin, et une mince moustache, un peu inégale. Si c'était là tout ce que votre figure pouvait produire en fait de poil, il valait mieux se raser complètement, pensa Carriscant. Le colonel Sieverance paraissait remarquablement jeune pour avoir un grade aussi élevé, et par ailleurs il lui rappelait quelqu'un... Peut-être s'étaient-ils déjà rencontrés quelque part.

« Ward était dans le régiment du colonel, expliqua Bobby. Le docteur Carriscant a examiné le corps — il a été d'un très grand secours. »

Sieverance sourit ; l'homme avait une allure engageante, enthousiaste, rien de belliqueux ni de militaire. « Un médecin ? dit-il, ravi. Êtes-vous un généraliste, monsieur ?

— Je suis chirurgien, je regrette.

— Zut. Pourquoi donc l'armée américaine ne peut-elle pas engager un généraliste convenable ? » Il fit une petite grimace de regret. « J'ai cru que j'avais fait une trouvaille. Enchanté de vous connaître. A bientôt, Bobby.

— Il est au cabinet du gouverneur, maintenant, dit Bobby en regardant Sieverance s'éloigner à grands pas le long d'un couloir. Un aimable garçon. »

Un régime de bouillon de bœuf

« Les poissons pullulent, dit Pantaleon. Il est temps d'aller chercher des vers. »

Carriscant entailla la chair de l'aine. Elle était molle et œdémateuse, ce qui l'inquiéta. L'homme sur la table d'opération, un agent de change de Binondo, était un des patients de Cruz revenu à l'hôpital après avoir été déclaré guéri, se plaignant de douleurs au ventre et d'urines troublées. Carriscant incisa la paroi abdominale et sépara les muscles. Puis il attendit que les infirmières aient fini de tamponner et de nettoyer.

« Qu'est-ce que Cruz a fait à ce type, Panta ? » demanda-t-il.

Pantaleon consulta ses notes : « Il pensait que ça pouvait être la malaria ou alors — tiens ça, ça va te plaire — “ de la constipation opiniâtre ”.

— Nom de Dieu !

— Il a appliqué des compresses chaudes sur de l'iodure de potassium. Regarde, on voit les traces de cloques. »

Carriscant se sentit envahi par le dégoût : « Tu sais, parfois, j'ai l'impression de vivre dans les cavernes et de me battre contre des dinosaures. Cet homme est en train de mourir de périnéphrite et Cruz l'enduit de pommades qui lui font cloquer la peau.

— Et n'oublie pas la morphine administrée en suppositoires.

— Tu plaisantes !

— Et un régime de bouillon de bœuf. »

Carriscant éclata de rire, imité par ses infirmières. Mieux valait en rire, sans doute. Si les gens savaient à quoi une confiance mal placée en leurs médecins les exposait...

L'incision écartée par des rétracteurs, Carriscant examina l'organe. Ce qu'il en voyait était d'un gris malsain, une masse de tissu gras et fibreux obscurcissait une grande partie de la surface. Il inséra son doigt dans le creux, et explora entre le rein et le diaphragme. Une giclée de pus éclaboussa sa manche. Il huma son odeur farinacée douceâtre, notant au passage qu'il était d'un vert boueux. Il avait trouvé l'abcès, de la taille d'une mandarine à son avis.

« Comment va le nouveau projet ? demanda-t-il à Pantaleon tout en recousant la paroi de la cavité de l'abcès à la lèvre de l'incision.

— Très bien. Je dois dire que le niveau de l'ébénisterie locale est étonnant. On peut faire faire n'importe quoi.

— Je sais. » Carriscant retira avec ses doigts des bouts de chair nécrosée et les jeta dans un bol. « Je me souviens avoir fait réparer de la marqueterie par un type qui vivait à Tondo. Juste dans une petite cabane, pas plus. Ce meuble venait du Japon. Quand le type a eu fini, impossible de voir la différence.

— Tu devrais voir les hélices : exquises. Encore combien de temps ? Le pouls est un peu filant.

— Cinq minutes... Pince à pansements, nurse. »

Carriscant retira encore du tissu adipeux. « Ça dépend s'il y a une fistule, je suppose. » Il tâta du doigt. « Je ne crois pas.

— J'espère avoir tous les panneaux terminés la semaine prochaine.

— Vraiment ? Ils travaillent vite... Ça suppure beaucoup ici. »

Il nettoya le foyer de l'abcès avec une solution d'acide phénique et inséra un tube de drainage. Il avait découvert l'emplacement de l'école Gerlinger où travaillait l'Américaine. Mauvaise idée que d'attendre là-bas pendant les heures de cours. Plus tard dans la journée peut-être. Il referma l'incision avec quelques points de suture. Une infirmière posa un grand morceau de coton trempé sur la plaie.

« Ça devrait faire l'affaire, dit-il. Et je pense qu'un bon grand lavement ne serait pas du luxe.

— Cruz approuverait certainement, gloussa Pantaleon.

— Et de l'ergot de seigle. Deux cuillerées pendant trois jours. Emmenez-le. »

Il alla se laver les mains à l'évier. L'odeur du pus colle à la peau. Et Annaliese détestait ça. Ramener ta puanteur professionnelle à la maison. Je me croirais mariée à un poissonnier.

« Le suivant, c'est quoi ? cria-t-il à son infirmière.

— Volvulus du petit intestin. »

Une journée chargée, se dit-il, une journée très chargée.

Sur la Luneta

L'école Gerlinger se trouvait dans une rue perpendiculaire à Escolta, à une centaine de mètres de cette riche artère de boutiques élégantes et du charme clinquant des grands magasins d'articles de luxe chinois. C'était une ancienne caserne de la *guardia civil*, et elle conservait cet aspect un peu officiel et triste encore qu'on eût tenté récemment de l'enjoliver en plantant une bordure de zinnias au pied de la façade. A l'arrivée de Carriscant, en fin d'après-midi, les enfants étaient déjà partis.

Une vieille femme qui lavait à grande eau les dalles en pierre de l'entrée lui indiqua la salle des professeurs où un trio de jeunes nonnes lui confirma que Miss Caspar était rentrée chez elle.

« Est-ce une affaire urgente ? s'enquit l'une d'elles, poliment.

– Euh, non, ma sœur, c'est... » Il se tut : comment exprimer ça ? « C'est personnel. »

Un peu de son angoisse dut transparaître dans la formule banale car les trois religieuses se regardèrent avec un air compatissant et l'une d'entre elles informa spontanément Carriscant que Miss Caspar avait l'habitude de faire une petite promenade sur la Luneta avant de rentrer chez elle. Surtout si l'orchestre de la gendarmerie y jouait.

La Luneta était un petit parc situé entre les remparts d'Intramuros et la digue, où les habitants de Manille se réunissaient traditionnellement au crépuscule pour le *paseo*. La coutume avait survécu à l'invasion des Américains et offrait une des rares occasions durant lesquelles étrangers, *mestizos* et Philippins pur sang se rencontraient dans une sorte de mélange social égalitaire et bon enfant.

Lorsque Carriscant atteignit la modeste esplanade autour de laquelle se déroulait l'essentiel de la parade ostentatoire doublée d'un espionnage sous le manteau, quelques personnes commençaient à s'en aller et l'on entendait le dernier angélus s'égrener faiblement dans la vieille ville. Il restait tout de même encore plus de cent calèches répétant avec constance leur circuit sous le reflet des lampadaires à présent allumés. Carriscant ordonna à son cocher de s'arrêter et il gagna à pied la partie pavée du centre, se frayant non sans difficulté un chemin à travers la foule des badauds, vers le kiosque à musique, d'où la brise marine lui apportait le son d'une valse de Strauss exécutée avec brio. Tout en marchant, il jetait de rapides coups d'œil autour de lui, scrutant chaque visage blanc et féminin, certain de ne pas la rater — un peu comme votre propre nom imprimé sur une feuille quelconque vous saute nécessairement aux yeux — dans la masse de gens qui allaient et venaient, bavardant, flirtant, lorgnant, faisant des commentaires sur les landaus et victorias astiqués et les dentelles des femmes qui s'y prélassaient. Il y avait un bon nombre de militaires américains en uniforme blanc et coiffés de leurs feutres souples, de riches Chinois en soieries étincelantes, des Anglais en vareuse et casque colonial, et, ici et là, un vieux moine qui se hâtait, nerveux, rêvant du bon vieux temps, avant la révolution et les Américains. A sa droite, Carriscant voyait la vaste baie tranquille, ses eaux noircies maintenant que le soleil plongeait derrière le cap Bataan, les silhouettes plus sombres encore des navires à l'ancre dessinées en pointillés par des ampoules de couleur.

Il attendit en vain quelques minutes interminables et tendues près du kiosque. En dépit de la fraîcheur du soir, il transpirait d'excitation et d'énervement. Il essuya son front et ses paumes moites avec son mouchoir avant de traverser la route pour rejoindre la digue où il s'arrêta un moment, les yeux clos, s'ordonnant de se calmer tout en s'éventant de son panama. Il s'apaisa peu à peu et se sentit gagné par une nouvelle humeur de sobre logique... Que diable faisait-il à courir autour de la

Luneta ? Comme un amoureux transi. Lui, le docteur Salvador Carriscant, chirurgien en chef de l'hôpital San Jeronimo, que des tas de gens ici pouvaient reconnaître. Il jeta des regards hésitants à droite et à gauche : une chance que la nuit fût en train de tomber. Au-delà du reflet des réverbères, la plupart des visages étaient plongés dans l'ombre. Et si cette fille avait été à l'école, qu'aurait-il fait ? s'admonesta-t-il. Il avait certes préparé une histoire concernant l'inscription d'une nièce mythique mais la première question élémentaire posée par la jeune femme aurait aussitôt démontré qu'il s'agissait d'un prétexte fallacieux. Il ressentit un violent dégoût devant son absurde impétuosité : cela manquait de dignité. Il enfonça son chapeau sur sa tête et prit le chemin de sa maison, se disant avec une sagesse mélancolique que la dignité était ce qu'on abandonnait en premier quand le cœur gouvernait votre conduite.

Et puis, il la vit.

Avec deux autres femmes et, il s'en aperçut un moment plus tard, deux compagnons mâles à leur suite, deux hommes en costume de coutil, s'approchant tous ensemble du kiosque à musique, où l'orchestre avait entamé une irritante marche du genre *poum-poum-poum* signée de Souza.

Il retraversa la route, se faufilant entre les attelages, et entreprit de suivre le groupe, tout en restant un peu à l'écart à quelque distance. Elle portait un petit bibi qui la faisait paraître plus soignée et plus guindée que le matin sur le champ de tir à l'arc, mais son visage animé traduisait le plaisir qu'elle ressentait et, pour la première fois, il la vit sourire.

Ils s'attroupèrent autour du kiosque et la musique changea de nouveau pour se transformer en une interprétation stridente mais plaintive du « *Quando me'n vo'* » de *La Bohème*. Carriscant alla se placer de biais derrière la jeune femme qu'il apercevait ainsi de trois quarts portant les mains à sa gorge de ravissement, mimant les paroles et se grisant de la musique. Il baissa les yeux et vit qu'elle remuait ses hanches, faisant tournoyer souplement les plis de sa longue jupe, bougeant d'un pied sur l'autre, dansant presque, au rythme de l'exquise mélodie.

C'en était trop pour lui : c'en était trop pour quiconque dans sa situation. Il se sentit pris d'une sorte de faiblesse désespérée, d'un étourdissement, comme si son corps s'était vidé, et il demeura planté là, simple coquille à la merci du plus léger des zéphirs.

Les deux compagnes de la jeune femme se tenaient un peu devant elle. Un des hommes à ses côtés lui désigna une gamine qui vendait des confiseries et des noisettes. D'un signe de tête, elle l'envoya en faire l'emplette tandis que l'autre homme posait la même question aux deux femmes. L'un de ces types était-il son fiancé ? Ou s'agissait-il simplement de collègues de l'école Gerlinger ? Elle était à présent seule pour quelques instants, tout à la musique. En trois enjambées, Carriscant fut près d'elle.

« Miss Caspar... » Sa voix était basse, son ton intime. « Pardonnez-moi, je vous prie... »

Elle ne répondit pas, ne se retourna pas. Il répéta son nom, élevant un peu la voix. Rien. Il tendit la main et de ses doigts tremblants toucha le tissu de sa blouse bleu ciel.

Elle se retourna avec un petit sursaut de surprise et il fut de nouveau face à ce visage.

« Miss Caspar, excusez-moi. Je voulais vous voir. J'ai attendu...

— Qui êtes-vous ? Je regrette mais je ne... » Ses doigts frôlèrent son front au-dessus de son œil droit tandis que son regard se concentrait sur lui. Ses sourcils se rapprochèrent.

« Ciel, c'est vous ! Ce fou qui a surgi en hurlant de...

— Miss Caspar, je suis venu vous présenter mes excuses. Je voulais personnellement vous...

— Arrêtez. Je vous en prie. L'incident est clos. inutile. »

Avec un sourire tout de forme elle fit mine de se retourner. Du coin de l'œil, il vit les deux hommes revenir avec les confiseries.

Sa voix se fit pressante : « Miss Caspar...

— Écoutez, si vous m'appelez une fois de plus par ce nom, je...

— Bon, eh bien, Rudolfa, dit-il bravement, Si vous me permettez, Rudolfa, j'aimerais vous expliquer...

— Comment ? De qui parlez-vous ? Rudolfa ? » Elle recula

brusquement. « Voulez-vous avoir la bonté de me laisser tranquille ou j'appelle la police. »

Un des hommes surgit soudain à ses côtés et, sentant que quelque chose clochait, s'adressa à Carriscant sur un ton agressif :

« Que voulez-vous ? » Il se tourna vers la jeune femme : « Tout va bien, Delphine ? »

Delphine…

« Excusez-moi, dit Carriscant, réussissant à faire une légère courbette. Excusez-moi, il y a erreur sur la personne. »

Il s'éloigna de l'esplanade à grands pas, se cognant aux gens en chemin, sans s'en soucier, les traits figés en une grimace hautaine pour masquer son vif embarras, avec une seule pensée en tête : espèce de foutu crétin, Paton Bobby, espèce de foutu grand crétin d'Américain.

La maison de San Teodoro

Carriscant regarda sa mère, appuyée au bras d'une jeune fille, se déplacer péniblement sur l'*azotea*, puis s'asseoir non sans difficulté dans son fauteuil préféré. Le store de bambou sur le côté est fut relevé pour permettre au faible soleil matinal de la réchauffer un peu. La maison de San Teodoro (à quatre-vingt-dix kilomètres environ de Manille) était vaste et simple, haute d'un étage et composée de grandes pièces carrées aux parquets bien cirés. Elle appartenait à la famille de sa mère depuis des générations et son père y avait toujours paru un peu déplacé, un peu perdu, écrasé par sa massive générosité – quel besoin de quatre pièces de réception au rez-de-chaussée ? –, jamais vraiment à l'aise à l'intérieur de ses murs. C'était comme si, intrus, étranger, il était hanté par les ombres des propriétaires glorieux, hâbleurs, qui avaient gouverné leur fief de San Teodoro pendant cent ans, sûrs d'eux et sans trop réfléchir, jusqu'à l'arrivée des Américains. Qui est cet ingénieur pâle, aux cheveux blond-roux, semblaient répéter ces voix ancestrales, qu'a donc à faire ce type doux et humble, venu de son pays battu par la pluie, avec notre famille, son héritage et ses responsabilités ?

Et son père l'avait senti, Carriscant le comprenait à présent, tout en supervisant la mise en place des éléments du thé, il était plus heureux à rouler dans son chemin de fer ou à se promener dans les bureaux du consortium à Manille. Chaque fois qu'ils venaient séjourner à San Teodoro, quelque chose en lui semblait se ratatiner, se faire tout petit, jusqu'à ce que leur calèche les remmènent, le long de l'allée plantée de *nassas*, et que, sa colonne vertébrale redressée, ses épaules retrouvant leur souplesse, il redevienne l'ingénieur Archibald Carriscant, de Dundee.

Il versa le café de maïs contenu dans la théière anglaise tandis que sa mère contemplait en silence les *madre de cacao* dans le jardin, juste en train de fleurir. Il était habitué aux silences de la vieille dame, il aimait bien en réalité se sentir libre de ne pas avoir à faire la conversation, et il se renfonça sur son siège pour siroter l'amer breuvage. Depuis la mort de son père, elle était devenue de plus en plus excentrique, pas vraiment taciturne ni renfermée mais changeante, en ce sens qu'elle laissait son humeur du moment gouverner totalement sa conduite. Gaie, elle était d'une compagnie délicieuse ; déprimée, elle était la mélancolie personnifiée. Elle n'offrait aucune excuse pour ces revirements, en fait elle considérait son refus de feindre comme une vertu positive. Carriscant lui jeta un coup d'œil : aujourd'hui, elle était un peu difficile à juger. « Préoccupée » peut-être ou « pensive », rien de trop sinistre en tout cas. En acquérant cette franchise nouvelle, elle semblait avoir abandonné certaines prétentions de son raffinement *mestizo*, et, en vieillissant, elle paraissait avoir foncé aussi, comme si son sang *indio* remontait à la surface de sa peau, un vieux pigment reprenant le dessus. Elle avait rejeté sa garde-robe espagnole et européenne en faveur de vêtements plus traditionnels. Aujourd'hui, elle portait une simple blouse *abaca* à larges manches sur une jupe de velours noir et, autour des épaules, un *panuelo* frangé de dentelles et travaillé de broderies délicates. Un petit éventail d'ébène pendait à son poignet et, chaque minute ou deux, elle l'ouvrait brusquement pour s'éventer le visage vigoureusement, plus par réflexe que par nécessité. Son visage était creusé et couturé de rides comme un noyau de pêche mais ses yeux bruns humides demeuraient alertes et soupçonneux. Elle continuait à diriger la maison de San Teodoro et tenait des réunions régulières avec ses fermiers. Une fois par trimestre, les métayers venaient des propriétés du nord lui présenter les doubles des comptes mensuels.

Carriscant prit une gorgée de son café et reposa sa tasse : cette concoction était abominable, il n'en buvait que pour faire plaisir à sa mère. Sans aucun doute, le goût qu'elle s'était récemment découvert pour ce breuvage représentait un autre retour en arrière vers ses ancêtres.

« Tu ne m'as pas demandé comment je me sentais, dit-elle. A quoi bon avoir un médecin pour fils s'il n'éprouve pas la moindre curiosité pour l'état de votre santé ?

— Parce que je vois que tu vas bien. Tu as l'air merveilleuse.

— Je ne vais pas bien. Je me sens terriblement mal depuis que Flaviano a été tué. Rien n'est plus pareil. »

Flaviano avait été son majordome, il avait été tué pendant la guerre.

« Eh bien, nous sommes en paix maintenant, dit-il. La vie va redevenir normale. » Comme c'était facile d'exprimer ce sentiment : il y croyait presque lui-même.

« Nous sommes tous américains maintenant, dit-elle. Ça va être intéressant. Non pas que je vivrai pour le voir.

— Mieux vaut cela que ce que nous étions, dit-il sans conviction. »

Elle le regarda, pleine de mépris.

« Il y avait d'autres options, tu sais. Ce n'était pas un simple cas de ça ou rien.

— Pour être réaliste...

— Tu en connais, toi ? Des *Americanos* ?

— Des tas. Des gens très gentils.

— N'oublie pas que j'ai vu à quel point ils pouvaient être gentils », dit-elle, lugubre, tournant son regard vers le jardin. Elle n'avait nul besoin qu'on lui rappelle, pas plus que lui, le jour où une compagnie du troisième régiment des Volontaires du Wyoming avait visité San Teodoro.

« Écoute, je n'ai rien à reprocher aux Américains, dit-il. De mon point de vue, à part quelques exceptions, ils n'ont fait que du bien. Au moins, ils essaient. On moisissait ici autrefois. Arriérés, négligés. On ressemblait à une province espagnole du XVIIIe siècle, rien que des moines et des hidalgos. Nous sommes au XXe siècle, maman... » Il s'arrêta en voyant l'expression de son visage et changea de sujet. « Comment va ta hanche ?

— Terrible. Durant la dernière saison des pluies, j'ai souffert le martyre. Affreux. Je me rappelle que, quand ton père se plaignait de son arthrite, je pensais qu'il faisait des histoires ridicules. Maintenant, je sais. »

Carriscant songea à son père. Il l'avait très peu connu. Un homme juste, décent, aimable, pas très démonstratif... Tout à coup, il souhaita que son père soit vivant, qu'il soit là pour qu'il puisse lui demander son avis. Il fut surpris par la force de ce sentiment. Un manque dont il sentait la douleur dans sa poitrine. Et puis, il essaya de rejeter l'idée comme absurde. Oh, père, je n'aime plus ma femme et je suis obsédé par une Américaine inconnue, que dois-je faire ?

« Quand tu as épousé papa, demanda-t-il soudain à sa mère, est-ce que ta famille était contre ? Est-ce que ça l'ennuyait ?

— Pourquoi ça ? Nous avions déjà eu des mariages mixtes. Et puis mon père savait que je voulais épouser ton père et il ne m'en aurait pas empêché.

— Un homme éclairé.

— Un homme intelligent. » Elle agita son éventail dans sa direction. « *Le cœur a ses raisons que la raison ne connaît point**. » Elle lui jeta un regard aigu. « Qui a dit ça ?

— Euh... Voltaire ?

— Pascal, idiot. Le grand Pascal. Quand on est dans cette situation, il n'y a rien à faire. Autant obéir à ton cœur. Au moins, de cette façon, tu peux peut-être trouver le bonheur. En tout cas pour un temps », ajouta-t-elle, en le gratifiant d'un regard sagace.

Carriscant médita cela en contemplant le jardin. Des colombes roucoulaient derrière le *madre de cacao*, allant et venant, boules de plumes chancelantes de désir.

Il se leva : « Il faut que je m'en aille, dit-il, brusquement résolu.

— Va, va. Tu es resté assez longtemps. Retourne à tes *Americanos* chéris. »

* Les mots ou phrases en italique suivis d'un astérisque sont en français dans le texte [NdT].

Souriant, il se pencha et lui embrassa la joue. Les mains posées sur ses épaules, il sentit les os maigres à travers le tissu. Elle lui prit le visage entre ses mains tordues et noueuses et l'embrassa sur le front.

« Au revoir, mère. Et merci. »

La pensée lui vint comme toujours au moment de leur séparation qu'il était le produit de l'union la plus étrange, la rencontre d'un timide ingénieur écossais de Dundee et d'une belliqueuse héritière *mestiza* provinciale venue du sud de Luçon. Pas étonnant qu'il n'arrivât pas à comprendre sa propre personnalité parfois.

« Qu'est-ce que ça veut dire ton " merci " ? Tu vas bien ? s'enquit sa mère. Tu n'as pas de problèmes, non ?

— Non, bien sûr que non.

— Tu ne pars pas en voyage, non ? C'était si long, la dernière fois. Je serai bientôt morte, tu pourras partir n'importe où alors.

— Non, non. Je ne m'en vais pas. Je reste ici.

— Bon, eh bien sois prudent. Et tu peux amener ton épouse, si tu veux, la prochaine fois. Je serai polie avec elle.

— Je l'amènerai, ça lui fera plaisir. »

Il l'embrassa de nouveau et la laissa sur l'*azotea*. Il rendit son signe de la main à la petite silhouette tandis que le fiacre quittait la cour de la propriété et l'emportait le long de l'avenue en direction de San Teodoro, à l'ombre des *nassas*. En vrai fils d'Archibald Carriscant, il sentit sa colonne vertébrale se raidir et ses épaules se redresser en songeant à ce qui l'attendait. La brise lui apporta une odeur de mélasses.

A l'aube sur le Pasig

De fragiles remous et tourbillons de brume montaient des eaux gris-vert et troubles du Pasig tandis que le petit ferry à fond plat abordait la jetée sur la rive nord. Le docteur Salvador Carriscant, portant un cache-poussière élimé et une petite casquette, était à cette heure l'unique passager. Il sauta de la proue sur le ponton de bois et releva son col. Il était vêtu de la sorte pour tenter de ne pas éveiller les soupçons et attirer le moins possible l'attention. Il faisait encore bon et frais, et le soleil à moitié levé donnait à l'air et au paysage trempé de rosée un éclat mat, couleur d'étain. Il se hâta sous les regards curieux de quelques paysans *indios*, attendant avec leurs sacs de légumes, et disparut sur le sentier qui, au travers d'une frange d'arbres en bordure de la rive, menait aux murs blancs lointains du palais de Malacañan.

C'était sa troisième visite dès potron-minet au terrain de tir à l'arc, poussé par le projet vague et désespéré d'abord de revoir l'Américaine et puis, peut-être, de la suivre jusque chez elle ou sur son lieu de travail. Mais c'était surtout le besoin d'agir, d'avoir quelque chose à faire, qui provoquait ces levers matinaux. Impossible, il le savait, de questionner davantage sans risques et plus impossible encore, s'il la rencontrait de nouveau en public, de l'approcher pour tenter de lui expliquer qui il était et la raison de sa présence. Il fallait qu'il la voie seule à seul, c'était l'unique moyen de dissiper le malentendu.

Et, délibérément, il refusait de penser au-delà de ce moment, s'il pouvait y arriver, et à ce qui se passerait après. Tous ses efforts se concentraient sur cette rencontre, après quoi le hasard, le destin, le sort auraient à décider de la suite. Ces expéditions à l'aube lui donnaient un sentiment à la fois de ridicule et d'exaltation : il savait que, du point de vue de la raison pure, ces reptations dans les buissons étaient absurdes et humiliantes, et pourtant impossible de nier que l'idée de l'aventure, de ce qui pouvait arriver, était excitante et gratifiante en soi. Au cours des derniers jours, il avait vécu plus intensément, ses heures de veille avaient été chargées de plus d'anticipation qu'il ne pouvait s'en souvenir depuis des années. Peut-être était-ce là la définition d'une obsession ? La capacité de voir l'erreur évidente d'une manière d'agir et pourtant persister avec acharnement... En tout cas, cela le satisfaisait ; cela lui permettait de vaquer à ses occupations à l'hôpital, de mener une vie de famille normale avec une certaine dose de maîtrise et d'égalité de caractère, car il savait que, dans un jour ou deux, il se retrouverait assis dans le bosquet d'acacia humide de rosée, le soleil réchauffant le sommet des arbres, attendant que Delphine apparaisse.

Delphine.

Il se murmura le nom, savourant ses deux syllabes, tout en pénétrant dans le bois. Delphine. Au moins, cette horrible rencontre sur la Luneta lui avait fourni son prénom. L'autre jour, il avait été sur le point de demander à Bobby s'il connaissait une Américaine prénommée Delphine mais, au dernier moment, un accès de prudence l'avait fait se retenir. Pareille question ne pouvait qu'en amener d'autres ; mieux valait se taire pour l'instant.

Il abandonna le sentier et traversa les arbres en direction des buissons de *cogal* qui marquaient le périmètre du champ de tir. Il avait trouvé une position avec une bonne vue à la fois sur le champ et la piste du palais et de San Miguel. Il s'installa dans sa cachette, adossé au tronc couturé d'un acacia, et se prépara à attendre.

La prairie était tout ensoleillée, et les premières mouches commençaient à bourdonner autour de sa tête quand Carriscant entendit les sabots des chevaux et le grincement des roues des calèches dans l'allée. Trois victorias s'arrêtèrent et dix ou douze dames en descendirent bruyamment, en s'agitant beaucoup, enfilant des protège-poignets, bandant des arcs et choisissant des flèches pour leurs carquois. Il s'aperçut presque tout de suite qu'elle n'était pas là et la frustration, tenue en échec durant les dernières quarante-huit heures par ses surveillances secrètes, le balaya avec une pleine et déprimante violence. Il se radossa avec lassitude contre son arbre, et recommença à se blâmer, tandis que lui parvenaient à travers le champ les cris et les rires des jeunes Américaines s'adonnant à leur sport, en même temps que le bruit mat étouffé des premières flèches venant frapper les cibles de paille.

Il se remémora son visage, ce premier jour où il l'avait vue, se remémora la manière dont la bretelle du carquois avait souligné ses seins – gros et pleins, se disait-il à présent, plus gros, plus pleins que ceux d'Annaliese. Et il se remémora aussi la manière dont elle bougeait les hanches au rythme de la musique ce soir-là sur la Luneta... C'était une femme de haute taille, sans rien de la gamine ni du tanagra, rien de la fillette. Et sa peau était si étrange, aussi blanche que de la laitance... Ses fesses devaient aussi avoir la pâleur du lait et ses cuisses... Il essaya de l'imaginer nue, et ferma les yeux sous le dais tacheté de soleil, modifiant sa position pour donner à son érection croissante plus de liberté sous son pantalon. Un rayon de soleil brilla au travers du feuillage et vint lui réchauffer le flanc. Gardant ses images en tête, et les embellissant, il fouilla dans sa poche à la recherche de son mouchoir tandis que de l'autre main il défaisait en tremblant les boutons de sa braguette. Delphine. Secouant son carquois, ses doigts légers sur les boutons de sa blouse, ses nichons veinés de bleu, libérés, oscillants, sa...

« Yay ! *Pasayluha ako.* »

Le vieil homme à la poitrine chétive, vêtu d'un *baro* élimé qui lui arrivait aux genoux, se tenait à six mètres, le contemplant avec stupéfaction à travers une trouée dans les arbres, figé dans l'attitude de quelqu'un qui ramasse une branche tombée, un petit fagot de bois d'allumage sous l'autre bras.

Carriscant se remit péniblement sur pied, horrifié, tout en se pliant en deux pour essayer de se couvrir.

Le vieil homme lui adressa un sourire chaleureux, exhibant les quelques dents tachées de bétel qui lui restaient et dit en gloussant quelque chose en tagalog.

Carriscant se fraya comme un fou un chemin à travers le sous-bois jusqu'au sentier. Il entendit le vieil homme crier derrière lui et les mots joyeux réussirent à percer le hurlement grinçant d'humiliation qui résonnait dans sa tête.

« C'est bien humain, mon fils ! lui criait le vieil homme en tagalog. N'aie pas honte, c'est bien humain ! »

Le pont de Santa Mesa

Annaliese le réveilla en lui secouant doucement l'épaule et en l'appelant par son nom : « Salvador... Salvador, il y a un homme qui veut te voir. »

Carriscant se redressa brusquement, étrangement gêné de découvrir sa femme dans son bureau. Elle portait un peignoir en laine étroitement serré autour d'elle et elle avait les cheveux en bataille. Elle laissa retomber la moustiquaire et recula avec hésitation à quelques pas du divan comme si elle aussi se sentait honteuse d'être confrontée à leur manière peu orthodoxe de faire chambre à part.

« Quel homme ? dit Carriscant en la regardant à travers le tulle de la moustiquaire. Pantaleon ?

— Un Américain. Il affirme que c'est très urgent. »

Carriscant s'habilla à la hâte et se rendit dans le salon. Paton Bobby, en uniforme et manteau long, attendait debout au centre du tapis. Les yeux écarquillés, nerveux, des domestiques, sur le seuil, les observaient.

« Je suis désolé, Carriscant, dit Bobby. Impossible de trouver Wieland. Il y a eu un autre meurtre. »

Juste au-delà de Santa Mesa, un pauvre petit hameau à trois kilomètres à l'est de Manille, un pont en pierre traversait le fleuve San Juan. La voiture — Bobby tenant les rênes, Carriscant à ses côtés — roula en grondant sur les pavés et s'arrêta dans une légère embardée. Il était trois heures du matin. Plus bas, devant eux, au bord de l'eau, Carriscant aperçut une demi-douzaine de soldats américains, certains armés de lanternes.

Carriscant se laissa glisser sur la berge herbeuse, derrière Bobby à qui un des soldats tendit une lanterne. « C'est sous le pont », dit le policier d'un ton égal ; il agita la lampe dans la direction indiquée. Les pieds enfoncés dans un sol humide et marécageux, les narines remplies d'une odeur de pourriture et d'excrément, Carriscant suivit avec précaution un Bobby résolu.

Le corps de l'homme était adossé au pilier de la première arche du pont, presque comme si, faisant halte pour se reposer, il s'était assoupi. Il portait encore son pantalon et ses bottes mais il n'y avait plus trace du reste de son uniforme. Cette fois, la cause de la mort était immédiatement apparente : un seul coup de *bolo* assené sur le sommet du crâne, fendant la tête comme un melon. Le torse tout entier était trempé d'un sang épais séché provenant de la blessure de la tête et, Carriscant le découvrit non sans un choc en s'accroupissant pour l'examiner, d'une version plus déchirée et moins recousue de la blessure en L renversé qui avait défiguré le cadavre d'Ephraim Ward. Environ soixante centimètres d'intestin, écrasés, lacérés avaient été extirpés du ventre, probablement par les rats d'eau. La main et l'avant-bras droits manquaient, tranchés net à la hauteur du coude.

« Trouvé à minuit, dit Bobby, sa voix répercutée par l'écho sous la voûte du pont. Il était en permission. Vu pour la dernière fois hier soir à vingt-deux heures trente dans un bar de Sampaloc.

— A peine un peu plus de vingt-quatre heures... Sampaloc n'est qu'à un mile environ d'ici. C'est un soldat ?

— Caporal Maximilien Braun. Orthographe allemande.

— Je ne peux pas l'examiner ici. Ramenons-le à l'hôpital. »

Ils entendirent le bruit de roues résonnant sur la route au-dessus de leurs têtes et ils furent bientôt rejoints, à la vague surprise de Carriscant, par Sieverance, le jeune colonel, qui les salua tous deux avec la solennité voulue.

« Palsembleu, quelle puanteur par ici ! Que jettent-ils donc dans ces eaux ? » Il se pencha avec prudence, à la manière d'un homme qui regarde par-dessus le parapet d'un grand bâtiment, et cracha par terre d'un air dégoûté. Tout en parlant, il porta son mouchoir à sa bouche : « Le gouverneur Taft exige un rapport complet », dit-il, expliquant ainsi sa présence. Il ôta son chapeau et se gratta la tête avec vigueur et nervosité. Il avait les yeux larmoyants et la touffe de cheveux qu'il laissa par inadvertance dressée sur son crâne le faisait paraître absurdement jeune et vulnérable, pensa Carriscant.

« Je vous suis une fois de plus très reconnaissant, docteur Carriscant, dit-il. Nous avons pu enfin mettre la main sur le docteur Wieland mais il est incapable de conduire la moindre recherche. Il n'était même pas en état de trouver ses bottes quand je l'ai localisé. »

On fit venir des brancards et le corps du caporal Braun fut remonté avec soin de la berge et chargé dans la voiture de Bobby. On le recouvrit d'une bâche, et Bobby et Carriscant, Sieverance les suivant de près, repartirent à travers la ville sombre et silencieuse vers le San Jeronimo. Les garçons de salle débarquèrent le cadavre, le placèrent sur un chariot en bois dont les trois hommes suivirent le grondement monotone le long des sinistres corridors menant à la morgue. La porte était fermée ; la clé du concierge ne put l'ouvrir, pas plus que celle de Carriscant. Convoquée, la religieuse de garde expliqua que le docteur Cruz avait fait changer la serrure et qu'il en possédait l'unique clé.

Carriscant réussit à réprimer sa colère et ordonna aux garçons d'emporter le corps dans sa salle d'opération, de le déshabiller et de le laver. Entre-temps, Bobby, Sieverance et lui burent une tasse de thé chaud arrosé de rhum dans son cabinet de consultation.

Bobby paraissait ému et troublé. « C'est fou, ne cessait-il de répéter. Un, oui, ça peut s'expliquer. Une brute avec des griefs décide de découper sa victime en rondelles. Deux, et ça devient une tout autre histoire. Un problème majeur.

— De qui avez-vous dit qu'il s'agissait ? s'enquit Sieverance.

— D'un caporal Braun.

— Deux soldats. Ce doit être le fait de rebelles, sûrement ?

— A ceci près que les seuls rebelles qui restent se trouvent à trois cents miles d'ici, sur une autre île, pourchassés par des milliers de soldats américains.

— En effet, fit Sieverance, fronçant les sourcils. Oui. Très juste.

— Un problème majeur. »

Dans l'amphithéâtre, le corps lavé et nu de Braun gisait dans une mare de lumière sur la table d'opération. Sieverance et Bobby semblaient plus impressionnés par les chromes brillants et la propreté générale de la salle que par n'importe quoi d'autre tandis qu'ils en faisaient le tour en inspectant l'équipement.

« Voilà une véritable installation, docteur, dit Sieverance. Sauf votre respect, je veux dire, j'ai l'impression que je pourrais être aux États-Unis.

— Eh bien, il faudrait que vous soyez dans un endroit très spécial. Beaucoup de cet équipement n'est pas communément répandu.

— Je n'en suis pas surpris, approuva Sieverance d'un hochement de tête appréciateur. Quand je pense au cabinet de Wieland. La saleté, le côté primitif...

— Il faut que nous parlions de Wieland, colonel, dit Bobby. Sérieusement. »

Tandis qu'ils échangeaient quelques phrases brèves à voix basse, Carriscant s'approcha du cadavre. Braun avait été un type costaud, au seuil de la quarantaine, avec une respectable brioche. Sa poitrine et son ventre étaient couverts d'une épaisse toison de poils gris souples. Carriscant sélectionna une mince sonde dans son plateau d'instruments et l'inséra dans la large plaie de la poitrine.

« Le cœur a disparu, dit-il.

— Quoi ? s'exclamèrent en chœur les deux hommes, s'avançant vers la table.

— Le cœur, et la main droite, manifestement. Détachés avec compétence mais pas grand talent. »

Sieverance se détourna, pâlissant, le revers de ses doigts sur les lèvres. « Ça vous paraît vouloir dire quelque chose ? Existe-t-il une sorte de culte indigène par ici ? Un culte sacrificiel ou autre ?

— Pas que je sache, répliqua Carriscant.

— Et ce L renversé ? demanda Bobby. Les autres organes sont là ? »

Carriscant ouvrit la plaie. Les intestins étaient un peu déplacés ainsi qu'il s'y attendait mais autrement tout le reste semblait aussi normal que possible.

« Et le dernier était recousu, dit-il, mais le cœur était là. Cette fois on a enlevé le cœur et laissé la plaie ouverte. Je n'y comprends rien — je ne vois aucune raison derrière tout ça.

— Mais ça ne peut pas être une coïncidence, reprit Bobby. Nous savons qu'il doit s'agir du même assassin. Ou assassins au pluriel.

— Quand l'a-t-on vu pour la dernière fois ?

— Il est sorti pisser derrière un bordel de Sampaloc. Personne n'a remarqué qu'il n'était jamais revenu. On a pensé qu'il était à l'étage.

— Qu'y a-t-il à l'arrière de ces lieux ? » demanda Sieverance.

Carriscant toussa et s'éclaircit la gorge. Les deux hommes le regardèrent, dans l'expectative, mais il leva les mains, paumes écartées, en manière d'excuse. Bobby haussa les épaules.

« Des courettes, quelques cabanes, des bouts de potagers, la rase campagne, dit-il. Tout le monde peut entrer et sortir. »

Carriscant et Bobby quittèrent le bureau du gouverneur Taft dans le palais de Malacañan et prirent en silence le large couloir menant à l'escalier central. Taft, un gros homme jovial, transpirant abondamment dans un costume blanc, s'était montré dûment reconnaissant à l'égard de Carriscant pour son aide et, en confidence, lui avait demandé son opinion professionnelle du docteur Wieland. « Un charlatan incompétent et réactionnaire », tel fut le sincère verdict de Carriscant. Alors qu'ils prenaient congé, Taft avait demandé de transmettre ses compliments à Mrs Carriscant, une requête qui avait quelque peu surpris Carriscant jusqu'à ce qu'il se rappelle les liens mondains d'Annaliese avec l'épouse du gouverneur.

Alors que, debout devant la vaste porte cochère, ils attendaient leurs voitures, Bobby dit : « Vous savez, le caporal Braun était aussi dans le régiment de Sieverance.

— Étrange. Il n'a rien dit.

— Je suppose que “ Brown ” sonne comme un nom très commun. Pouvait pas savoir comment ça s'épelait. Il ne s'est pas rendu compte.

— Il ne l'a pas reconnu non plus.

— Je ne vous reconnaîtrais pas avec votre tête fendue jusqu'aux dents, dit Bobby avec une gaieté ironique. Mais ça va le secouer pas mal quand il le découvrira. »

Carriscant réfléchit. « Croyez-vous que c'est le fait d'un membre de son bataillon ? Une vengeance ?

— C'est une explication. » Bobby lissa sa moustache avec son pouce et son index. « Et puis, il y a autre chose, votre collègue, le docteur Quiroga...

— Que vient-il faire là-dedans ?

— Un de ses oncles est le général Elpidio. Esteban Elpidio. celui qui nous a donné tant de fil à retordre à Tabayan ce printemps.

— Que racontez-vous ? Vous avez capturé Elpidio.

— Non, c'est quelque chose que vous avez dit à propos des organes manquants dans le corps de Ward. Le désordre. Voilà qu'un cœur manque, “ détaché avec compétence ”, dites-vous, peut-être une main professionnelle...

— Arrêtez-vous là, Bobby. Cela est ridicule. Si vous commencez à soupçonner tout Philippin parent d'un *insurrecto*, vous allez...

— Je soupçonnerai qui diable je veux, Carriscant, foutrement n'importe qui. » Bobby lui jeta un regard féroce, irrité par son ton, puis ses épaules s'affaissèrent et il sourit pour s'excuser.

« Désolé, désolé... dit-il, en posant un instant une main apaisante sur la manche de Carriscant. Je ne sais pas, cette histoire-là me fait tout bonnement tournebouler le cerveau. Tournebouler. »

Tangage, roulis et embardées

« Vous n'avez pas le droit, aucun droit de me parler de cette manière », lança Carriscant, essayant de supprimer le tremblement rageur de sa voix. Dans la pièce régnait une atmosphère d'hostilité satisfaite, d'une prétention désagréable, impressionnante. Ces deux hommes, se dit Carriscant, se promettant de rester d'un calme absolu devant toute provocation, ces deux hommes pensent qu'ils détiennent la clé du pouvoir, ils se sentent en possession des atouts. Que savaient-ils, se demanda-t-il ? Quelle était l'explication de cette menaçante confiance en eux-mêmes ?

Le docteur Isidro Cruz et le docteur Saul Wieland étaient assis raides comme des magistrats sur des chaises dans le bureau de Cruz. Cruz venait de pratiquer une opération : un point d'exclamation sanglant brillait sur son col dur, telle une broche, et ses vêtements apportaient avec lui une odeur de moisissure et de putréfaction. Wieland, froid, le visage dépourvu d'expression, examinait les cuticules de sa main droite, puis de la gauche, affectant un manque total d'intérêt. Carriscant avait refusé un siège – il n'avait pas l'intention de s'attarder – et demeurait au centre du tapis de soie, au milieu du bureau de Cruz, un endroit lugubre avec un parquet sombre ciré et des meubles lourds, ornementés. Seul le privilège de savoir que ces quelques livres reliés de cuir derrière les vitrines des bibliothèques étaient des textes médicaux pouvait faire soupçonner que l'on se trouvait dans le cabinet de consultation d'un chirurgien autrefois éminent.

Carriscant reprit, sur un ton modéré, essayant de paraître aussi raisonnable que possible : « Rien de tout ceci n'est de mon initiative. Le commandant Bobby ne m'a appelé que dans la mesure où le docteur Wieland n'était pas... euh... disponible.

– Mais vous avez accepté l'invitation au palais du gouverneur, dit Cruz, incapable d'effacer de sa voix un ricanement triomphant.

– Exactement, renchérit Wieland.

– Nom d'un chien, que devais-je faire d'autre ? Le gouverneur lui-même a demandé...

– Vous auriez dû vous adresser directement à moi. En qualité de directeur médical de San Jeronimo, c'est ma responsabilité. Vous faites partie de mon personnel. Je parle au nom du conseil d'administration, au nom de l'institution.

– Ces meurtres n'ont rien à voir avec l'hôpital.

– On conserve des cadavres américains dans mon hôpital et je suis le dernier à le savoir. C'est intolérable ! » Il tapa du poing avec irritation sur le bras de son fauteuil. « Et qui plus est, poursuivit-il avec aigreur, le docteur Wieland, mon collègue et ami intime, a été officiellement réprimandé par le gouverneur Taft à cause de propos que vous avez tenus. »

Wieland se leva, toute sa prétendue neutralité évanouie. Son regard était lourd de ressentiment et de dégoût. « J'exige de savoir ce que vous avez raconté au gouverneur.

– Et je vous ordonne de le lui dire », ajouta Cruz.

Carriscant sentit les muscles de sa mâchoire se nouer et ses épaules se contracter. Il attendit délibérément quelques secondes avant de répliquer, adoptant, pour mieux agacer ses interlocuteurs, le ton monotone de l'indifférence bureaucratique. Ils venaient, avec leur autorité pompeuse, de lui donner l'avantage : ils ne le troublaient plus.

« Cela doit rester une affaire confidentielle entre le gouverneur et moi. Le gouverneur a demandé que notre discussion des mérites du docteur Wieland ait lieu dans ces conditions. Je regrette... »

C'en était manifestement trop pour Wieland qui s'avança vers lui : « Écoutez-moi, espèce de bâtard de nègre...

– Comment m'avez-vous appelé ? Je vous avertis, je...

– Espèce de moitié de nègre d'intrigant, ne te mêle pas de... »

Le poing de Carriscant atterrit trop haut, sur l'oreille gauche de Wieland, et lui fit très mal aux jointures, mais la force en fut suffisante pour expédier Wieland au tapis et, un instant plus tard, Carriscant lui tombait à cheval dessus, ses doigts autour de la gorge grassouillette et plissée, ses pouces à la recherche de l'œsophage. Cruz se jeta sur lui, épaule en avant comme un type qui veut enfoncer une porte, et l'envoya valdinguer droit dans la table du bureau dont la tête de Carriscant alla cogner un des gros pieds chantournés. Une seconde ou deux, les trois hommes demeurèrent étalés sur le plancher, tableau de l'élite médicale de Manille en pleine discussion professionnelle. Wieland fut le premier à se relever, toussant, se massant la gorge, et il aida Cruz à se remettre debout, titubant. Carriscant, quelque peu ahuri, se frotta le visage de ses mains, à la fois excité et choqué par la violence qui l'avait envahi. Il se remit lentement sur ses pieds, la tête douloureuse et le corps tremblant.

« Je vous aurai, Carriscant ! » lui cria Wieland, la voix rauque. Il cracha sur le parquet ciré de Cruz. Deux fois. Deux pièces d'un dollar.

Cruz parut ne pas remarquer ni s'en soucier. « Je vais faire un rapport au conseil, rugit-il à son tour. Vous serez renvoyé ! » Sa poitrine haletait, ses cheveux gris se dressaient en désordre sur sa tête.

Carriscant ne répondit pas. Une main tendue, effleurant le mur du bout des doigts, il fit le tour de la pièce jusqu'à la porte. Là, il s'arrêta et se retourna :

« Si jamais vous recommencez à m'insulter, Wieland, dit-il d'une voix basse, frémissante, je vous tuerai.

— J'ai entendu, hurla Cruz. Je suis témoin de cette menace ! »

Carriscant se tourna vers Cruz :

« Quant à vous, je vais demander au conseil votre renvoi du poste de directeur médical. Vous êtes une honte pour la profession. »

Il quitta la pièce sans prêter attention à leurs cris de fureur.

« Nom de Dieu, dit Pantaleon avec un sourire enthousiaste, c'est la guerre !

— Ça devait arriver tôt ou tard », répliqua Carriscant. Ils allaient de l'appartement de Pantaleon à la grange *nipa*. « Mais j'ai l'impression que tout ça va se calmer. » Il sourit non sans amertume. « Cruz sait très bien que toi et moi nous sommes les sources réelles de la prospérité de l'hôpital. Et j'ai Bobby, et même Taft, de mon côté. Cruz est fini. Wieland est un charlatan et un ivrogne invétéré. Nous pouvons toi et moi déménager à San Lazaro demain matin, on nous y recevra à bras ouverts. » Ils franchirent la trouée dans la haie de plumbago. « Non, je m'attends à quelque chose de plus sournois, une perfidie digne de ces deux faux-jetons. »

Par les portes de la grange grandes ouvertes venait le son d'un martèlement délicat, de légers coups de maillet sur de fines pointes.

« A propos, poursuivit Carriscant, tu sais, ce débarras dans le corridor, juste à côté de l'amphithéâtre ? Je l'ai fait vider.

— Vraiment ? Pourquoi ?

— C'est notre nouvelle morgue. J'y fais mettre quelques-unes des glacières de Cruz. De gros verrous sur la porte pour m'assurer que Braun y sera en sécurité. Je vais voir si je peux faire revenir Ward de l'autre endroit. » Il haussa les épaules. « Ça devrait changer les choses. Nous empêcher d'avoir Cruz et Wieland sur le dos. » Il se tourna vers la grange. « Où en es-tu à présent ?

— Attends ici, dit Pantaleon. Je vais te montrer. »

Pantaleon entra dans la grange et le bruit de martèlement cessa. Carriscant exhala et ferma les yeux, sentant ses douleurs, la tension de ses membres gémissants redoubler. Sa vie était suffisamment compliquée, suffisamment embrouillée et troublée pour le moment, il le savait, sans l'explosion d'une violente inimitié entre Cruz et lui ; mais la neutralité malaisée qui existait depuis la fin de la guerre en juillet était condamnée à plus ou moins brève échéance. Peut-être était-ce mieux ainsi, essayait-il de se convaincre, ça le distrairait de cet engouement impossible, obsédant qui s'était emparé de lui... Renvoyer Cruz à ses chiens et ses singes, mener l'hôpital comme il l'entendait, selon ses principes et des méthodes scientifiques avancées, élaguer le bois mort...

« Salvador, regarde ! »

Il ouvrit les yeux. Un quatuor de menuisiers locaux poussait la machine volante de Pantaleon hors du hangar. Le mince fuselage reposait sur un chariot muni de quatre roues de bicyclette, avec une cinquième, plus petite, un peu à l'arrière, afin d'en assurer la stabilité. L'Aéromobile, Carriscant se rappela son nom, avait deux ailes l'une au-dessus de l'autre, avec un réseau touffu de minces traverses de bambou et de câbles tendus entre les deux. Une troisième aile, plus courte, surgissant du nez arrondi, était maintenue en l'air par un berceau d'armatures en bois. A l'arrière, se trouvait la queue semi-circulaire à l'horizontale et Carriscant nota que cette queue et le morceau d'aile à l'avant étaient reliés par un système de poulies à de simples leviers de bois montés sur le chariot à quatre roues. La majeure partie du fuselage et des ailes était recouverte de panneaux de soie presque transparents. Il tendit la main pour toucher le bout d'une aile : le tissu, dur et vernis, résonna comme un tambour sous le tapotement de son ongle.

« Extraordinaire ! s'exclama-t-il, sincèrement étonné. Et tu es sûr que ce machin-là va voler ?

— En théorie. Assez loin pour remporter le prix, certainement. »

Aux yeux de Carriscant, l'engin paraissait très fragile et très laid. Pareil à un modèle géant raté de libellule, grossièrement conçu, comme par quelqu'un à qui on aurait décrit l'insecte sans qu'il l'ait jamais vu, avec l'ordre d'en construire une imitation à partir de bambou, de bois d'allumettes et de papier. Il avait l'air trop lourd de l'avant et peu pratique... Et pourtant cette gaucherie, cette inélégance même avaient quelque chose de touchant, d'éthéré. Comme certains insectes, certains éphémères, qui semblent n'avoir jamais été destinés par Dieu à voler et cependant décollent à la surprise générale. Peut-être la machine de Pantaleon ferait-elle de même.

« Ce qui manque, ce sont les propulseurs, il y en aura deux, dit Pantaleon, indiquant un montant de bois sur l'aile inférieure. Des hélices, basées sur le modèle marin mais plus grandes. Le moteur sera ici, dans le nez, et on passera des chaînes là-bas pour activer les hélices. »

Carriscant alla vers l'arrière de la machine. Il devait vraiment féliciter Pantaleon : ce dévouement à un idéal, cette poursuite obstinée d'un rêve étaient rares et produisaient un Pantaleon à peine reconnaissable. Il sentit soudain des larmes d'émotion lui monter aux yeux et son regard s'embruma d'eau salée. Des larmes de fierté et d'admiration, des larmes de tendresse pour son jeune grand échalas d'ami.

Pantaleon remuait la grande queue semi-circulaire. Elle était montée sur un bloc tournant qui lui permettait de pivoter partiellement sur son axe : une extrémité s'abaissant de cinquante centimètres tandis que l'autre montait et *vice versa*.

« Ça, c'est le contrôle essentiel, disait Pantaleon. Il m'a fallu un an pour le mettre au point et une longue observation des oiseaux planeurs, les aigles, les busards. C'est cette capacité de remuer leur queue, il en fit la démonstration avec ses doigts écartés, les agitant de droite à gauche, qui contrôle le roulis en vol. » Il sourit. « Tangage, roulis et embardées, voilà ce que l'aéromobiliste doit maîtriser. Une fois que nous aurons vaincu ces trois démons, alors l'air deviendra notre nouveau fief... » Il s'approcha de Carriscant et le prit par les épaules. « Je t'en prie, Salvador, ne pleure pas, il n'y a pas de quoi. »

Carriscant, muet, recula et se retourna pour se moucher.

« Je suis bouleversé, Panta, bouleversé. » Il l'embrassa. « Après la journée que j'ai eue, tu ne sais pas quel réconfort tu es, mon ami, quelle inspiration ! »

Carriscant supervisa lui-même l'installation des glacières dans la nouvelle morgue. Inventées en Australie, on les utilisait en fait pour le transport en mer des marchandises périssables, avait dit Udo Leys à Carriscant quand celui-ci lui avait décrit l'organisation de Cruz. Et c'était Udo qui avait réussi à lui procurer ces trois modèles d'occasion, moins grands que ceux de Cruz mais assez spacieux pour contenir deux cadavres très confortablement. Carriscant avait fait remettre de la paille neuve dans la double paroi intérieure et recouvrir de peinture l'inscription au stencil qui s'étalait sur le côté : *Oh Chung Lu, Importateurs de Viandes et Poissons*. Remplis de glace, les coffres (l'un contenant Ward qu'il avait récupéré à la vieille morgue, un autre Braun) étaient alignés contre trois des murs de la nouvelle morgue tandis qu'au centre de la pièce se trouvait une table d'examen au plateau d'émail avec trois bassines en fer-blanc dessous. Il y avait déjà un évier contre le quatrième mur et, sur les instructions de Carriscant, le plancher avait été recouvert d'un tapis imperméable en liège. Cette morgue ferait parfaitement l'affaire, en attendant le renvoi de Cruz. Elle lui fournirait aussi, le cas échéant, un endroit idéal pour ses dissections et recherches. Plus besoin désormais de se rendre au laboratoire d'anatomie de l'hôpital San Lazaro : il avait désormais tout le nécessaire sous le même toit.

C'était là qu'il se trouvait le lendemain soir à six heures, indécis, se demandant s'il devait rentrer chez lui maintenant que sa journée de travail était terminée ou bien faire un autre tour de son service, quand un des portiers frappa à la porte avec une enveloppe marquée « Urgent et personnel ». Il l'ouvrit et déchiffra le grand gribouillage hâtif :

> *Cher Carriscant,*
>
> *J'ai besoin de votre aide de toute urgence à propos d'une délicate affaire médicale. Je vous serais infiniment reconnaissant de bien vouloir passer me voir ce soir chez moi, 5, Lagarda Street, à San Miguel, dès que vous le pourrez, à n'importe quelle heure. Je compte sur votre aide et votre discrétion.*
>
> *Bien à vous,*
> *Jepson Sieverance.*

La maison de Sieverance était l'une des cinq grandes villas construites dans le style antillais non loin du palais de Malacanan, toutes occupées par des membres du cabinet du gouverneur, et qui formaient un petit domaine appelé Calle Lagarda. Il y avait même, à l'entrée du cul-de-sac, un *marine* en sentinelle, qui se tournait les pouces dans sa guérite. Sans même lui jeter un coup d'œil, il fit signe à la voiture de Carriscant de passer.

Carriscant fut introduit dans le salon au premier étage où Sieverance l'accueillit, dans un état d'angoisse manifeste, le visage tiré, aspiré de l'intérieur, comme s'il avait perdu un poids considérable au cours des dernières vingt-quatre heures. Il serra la main de Carriscant avec un empressement exagéré, presque servile dans sa gratitude.

« Je ne peux pas vous remercier assez, Carriscant. Je suis votre débiteur.

— Ce n'est rien, vraiment. Quel est le problème ? Vous ne me paraissez pas très en forme, je dois dire.

— Par ici, je vous prie. »

Il fit sortir Carriscant du salon et le précéda le long d'un couloir menant, imagina Carriscant, à une chambre où il pourrait être examiné en privé. Il s'arrêta devant une porte et frappa doucement.

« Delphine ? dit-il. Pouvons-nous entrer ? »

Carriscant comprit aussitôt, bien entendu, sans aucun doute ni plus amples réflexions. Il eut vaguement conscience que Sieverance ouvrait la porte et qu'il le suivait dans la pièce. De lampes à pétrole, éclairage baissé, sur une table de chevet. D'une moustiquaire en tulle. Du mouvement de va-et-vient du *punkah* au plafond, allant et venant, allant et venant...

Il ordonna à ses jambes de le soutenir jusqu'au chevet du lit pendant que Sieverance relevait doucement la moustiquaire. Il garda un visage impassible, les yeux fixes tandis qu'elle se tournait, encore assoupie, pour identifier le visiteur.

Elle était appuyée contre plusieurs oreillers, ses cheveux châtain mat étalés à l'abandon, son visage pâle et tendu couvert d'un voile de transpiration.

Sieverance lui dit tendrement : « Voici le médecin dont je vous ai parlé, mon amour. Voici le docteur Carriscant. »

Elle fronça les sourcils, leva un bras comme pour se protéger de l'éclat d'une lampe, et ses yeux s'écarquillèrent d'incrédulité.

« Comment allez-vous, Mrs Sieverance ? réussit à articuler en hâte Carriscant. Je suis désolé de vous voir ainsi. »

Il avait le visage en feu, la peau brûlante.

« Docteur Carriscant ?... Docteur ? » Elle secoua la tête pour essayer de s'éclaircir les idées.

« Le médecin dont je vous ai parlé. L'hôpital, vous vous rappelez ? Tout l'équipement dernier cri. »

Elle ferma les yeux et soupira. Il comprit, soudain, d'instinct, qu'elle ne dirait rien.

« Docteur Carriscant... répéta-t-elle. Merci d'être venu. »

Il se permit un sourire rapide, tremblant. Sur le point de tomber, il sentit la sueur lui couler des aisselles, sa chemise lui coller au dos. Il tendit le bras pour approcher une chaise du lit. Pas trop près.

« D'où semble venir le problème ? »

Elle lui expliqua, aidée de temps à autre par Sieverance, qu'elle souffrait depuis une semaine environ de douleurs dans l'abdomen mais qu'elle n'y avait pas attaché d'importance, les attribuant à un problème de digestion. Puis, cet après-midi, elle avait eu une sévère crise de vomissements et la douleur avait atteint un niveau intolérable. Elle s'était sentie fiévreuse. Une amie avait appelé le médecin.

« Elle a appelé le docteur Wieland, intervint Sieverance. J'étais au bureau. On a appelé le docteur Wieland. » Il adressa un coup d'œil entendu à Carriscant et dit sur un ton d'excuse : « Il est notre médecin officiel. C'était la chose naturelle à faire, hélas.

— Quel a été son diagnostic ?

— Il n'en a fait aucun. Il a prescrit un purgatif et de l'opium.

— Je vois. Les avez-vous pris ? » Il reporta son regard vers elle. Delphine. Même maladif et souffrant, ce visage, ces cheveux épars, me... Il sourit, très rassurant.

« Oui, bien sûr, dit-elle avec un rien d'irritation dans la voix. Que devais-je faire d'autre ? La douleur s'est atténuée mais le purgatif... » Elle tressaillit. « Mais la fièvre a empiré et la douleur revient, très forte.

— C'est pourquoi je vous ai appelé. » Sieverance le regarda, l'air suppliant.

« Strictement parlant, Mrs Sieverance est désormais la patiente du docteur Wieland. Je ne peux vraiment pas...

— Au diable tout cela ! s'écria Sieverance avec une violence peu dans son caractère. Je ne vais pas m'embarrasser de finasseries de protocole médical. Ma femme est gravement malade. Je me moque...

– Jepson, dit-elle, lasse. Ne vous inquiétez pas. Le docteur Carriscant va nous aider. »

Elle connaissait son pouvoir. Déjà nous avons un secret entre nous. Une promesse silencieuse, pensa-t-il.

« Où est la douleur ?

– Dans mon ventre, en bas sur le côté droit.

– Le docteur Wieland vous a-t-il examinée ?

– Non. »

Il soupira. Incroyable. « Il faut que je le fasse, dit-il. Si vous me le permettez. Je suis désolé de parler comme un manuel scolaire mais la palpation est souvent notre meilleur instrument de diagnostic. Puis-je ? »

Sieverance demanda du regard la permission à sa femme.

« Bien sûr, dit-elle. Je vous en prie. »

Carriscant rabattit avec précaution le drap jusqu'aux genoux de la malade. Elle portait une chemise de nuit blanche avec une sorte de plastron tuyauté. Une odeur s'éleva du lit, brièvement. Son odeur, une trace de parfum et de poudre, de sueur fraîche et une senteur aigre, momentanée, d'excrément. Il en remplit ses narines avant que le *punkah* la balaie.

« Voudriez-vous m'indiquer... ? »

Elle posa son doigt à trois pouces à gauche de sa hanche droite. Très doucement, il posa le bout des doigts de sa main droite sur son corps, sentant sa souplesse à travers la cotonnade, percevant sa chaleur, et il appuya.

« C'est douloureux en général, par là. Je ne peux vraiment pas situer...

– Dites-moi quand je vous fais mal. »

Il déplaça sa main plus à gauche. Sous le bout de son petit doigt, il sentit le chatouillis de ses poils pubiens, une épaisseur rêche. Il descendit un peu plus. Elle laissa échapper un cri étouffé. Sous ses doigts, il sentit la capsule mûre et tendue de l'abcès, renflé, pourri, prêt à éclater.

« Puis-je sentir votre haleine ? » Il avança son visage, incapable de la regarder dans les yeux, et elle lui souffla dessus, une haleine saumâtre et fétide. Il prit sa température : 102° F.

« Le docteur Wieland a dit que je devais prendre les purgatifs toutes les quatre heures.

— Pas étonnant. Il n'a aucune idée de ce qu'il fait. Voulez-vous me les donner, s'il vous plaît ? »

Sieverance lui tendit une douzaine de sachets bruns qui se trouvaient dans le tiroir de la table de chevet et Carriscant les mit dans sa poche. Il se redressa sur sa chaise, joignit les mains en pressant les doigts pour les empêcher de trembler.

« Mrs Sieverance, vous avez ce qu'on appelle en Amérique une “ appendicite ”.

— Qu'est-ce que c'est ?

— Il existe un petit ajout vermiculaire à une partie de votre intestin appelé le “ cæcum ”. Littéralement un “ appendice ” à votre intestin qui est devenu enflammé et gonflé. J'imagine qu'il est déjà perforé ce qui est la cause de la douleur et des vomissements. Il a provoqué un abcès qui va éclater, je dirais dans les vingt-quatre heures. » Il s'interrompit puis reprit : « Ce qui arrive alors c'est que la matière infectée se répand dans la cavité abdominale, le péritoine. Et à partir de là nous ne pouvons plus faire grand-chose.

— Je mourrai ? » Elle le regarda d'un air franc.

« Oui. »

Dès que les deux hommes furent retournés dans le salon, Sieverance s'assit et se mit à pleurer doucement. Carriscant, en proie à un immense embarras, lui pressa l'épaule en un geste qu'il espérait réconfortant et réussit à rester près de lui jusqu'à ce qu'il se reprenne. Il eut lui-même envie de pleurer en expliquant à Sieverance ce que l'avenir réservait à sa femme et ce qu'il fallait faire.

« Il n'y a pas d'autre manière de procéder, colonel Sieverance. Elle mourra, c'est ce que j'ai vu arriver à d'innombrables reprises.

— Mais cette opération, l'avez-vous déjà pratiquée ?

— Elle est rare. Je l'ai pratiquée deux fois mais hélas sans succès.

— Ce qui veut dire ?

— Je suis arrivé trop tard. L'appendice était éclaté, la septicémie avancée, incontrôlable.

— Bon Dieu, vous voulez l'ouvrir alors que vous n'avez jamais sauvé un malade grâce à cette opération ?

— Écoutez, les absurdes purgatifs de Wieland ne vont que l'affaiblir plus vite. Autant cracher en l'air pour le bien que ça va lui faire. Il faut l'opérer.

— Je ne peux pas prendre ce risque.

— Posez-lui la question à elle.

— Elle souffre. Comment peut-elle en juger sainement ? » Sa voix était aiguë, féminine, folle d'inquiétude. Il se leva, gagna la fenêtre et scruta la nuit. « Wieland devrait être ici dans une demi-heure.

— Ne lui demandez pas son avis, mon vieux. Il ne sait rien. Emmenez-la à l'hôpital, nous opérerons ce soir.

— Je veux attendre Wieland. Puis je déciderai. »

Wieland ne prit pas la peine de cacher son immense déplaisir, pas plus que le docteur Cruz à qui Wieland, prétendit-il, avait demandé de l'accompagner pour confirmer son diagnostic.

« Le docteur Carriscant n'a rien à faire ici, dit Wieland, la colère déformant sa voix. Mrs Sieverance est ma patiente.

— Il a mon mandat, insista Sieverance. Ma femme est malade et je veux ce qu'il y a de mieux pour elle. »

Ce que Wieland fut obligé d'accepter avec une mauvaise grâce évidente avant d'émettre son diagnostic.

« Nous pensons, et le docteur Cruz est d'accord avec moi là-dessus, que l'intestin est enflammé par suite d'un manque de mobilité. Le calomel encouragera le mouvement de l'intestin et, en même temps, l'opium contrôlera la douleur. D'ici à deux ou trois semaines...

— ... elle sera morte et enterrée », le coupa brutalement Carriscant. Il vit Sieverance tressaillir.

Cruz se retourna vivement vers Carriscant et lui lança en espagnol avec hargne et rapidité : « Comment osez-vous nous contredire ? Il s'agit d'un cas de pérityphlite net et clair. Tout cet absurde discours à la mode à propos de l'appendice est impardonnable dans les circonstances actuelles. Je déplore votre présence ici et je vous ordonne...

— Messieurs, je vous en prie, intervint Sieverance. Si je comprends bien, vous vous opposez complètement à l'idée d'opération suggérée par le docteur Carriscant et vous souhaitez poursuivre avec les purgatifs et l'opium.

— Et du bouillon quatre fois par jour, ajouta Cruz en anglais. Avec de l'alcool. Pour renforcer.

— Colonel Sieverance, ne tardez pas, je vous en supplie, dit Carriscant. Il faut opérer votre femme sur-le-champ.

— Il s'agit d'une crise de coliques qui a enflammé l'intestin ! lui hurla Wieland. Ouvrir l'abdomen revient à commettre un meurtre.

— On a ôté son appendice au roi d'Angleterre il y a quelques mois, répliqua Carriscant, gardant un ton calme. Ça lui a sauvé la vie. »

Cela sembla réduire les autres au silence pendant un moment. Puis Wieland dit, sans beaucoup d'assurance : « Nous ne parlons pas ici du même problème, c'est une fausse analogie. » Il s'adressa à Sieverance : « L'ennui avec quelqu'un comme le docteur Carriscant, c'est qu'il opère sans réfléchir. Si vous aviez une indigestion, il vous suggérerait de vous ôter l'appendice. C'est la méthode prétendue “ moderne ” et Carriscant se moque...

— Minute, l'interrompit Carriscant, s'approchant de Wieland. Faites très attention à ce que vous dites, Wieland. Si vous me calomniez, je ne réponds pas de...

— Pour l'amour de Dieu ! » Sieverance était exaspéré. « Je vais parler à ma femme. Un moment, je vous prie. » Il les laissa seuls dans la pièce.

« Vous êtes fini, Carriscant, dit Cruz, le ton malveillant. Cela est une grosse violation de l'éthique médicale.

— C'est Sieverance lui-même qui m'a appelé, espèce de vieil idiot abruti.

— Oui, espèce de salaud, cria Wieland, et ça à cause des sales rumeurs que vous avez susurrées à l'oreille de Taft ! » Il pointa un doigt vengeur sur Carriscant : « Qu'est-ce que vous avez, vous et tous ces types comme vous ? Vous êtes des fous du bistouri. Impatients de couper, couper, couper. Mrs Sieverance n'est pas un cadavre quelconque dans une salle de dissection !

— Bien sûr que non ! » Carriscant se reprit à temps, la voix lourde d'émotion. « Elle est au bord de la mort. Je peux la sauver. Vous autres, imbéciles, vous voulez simplement prolonger son agonie, la faire durer un jour ou deux de plus avec vos potions inutiles.

— Vous me dégoûtez, dit Cruz. Vous êtes un ver de terre, un insecte, vous déshonorez la profession. »

Les trois hommes se firent face, rendus muets par leur virulente animosité. Carriscant sentit une immense lassitude mentale s'emparer de lui. Ils pouvaient échanger des insultes pendant des heures : aucun d'entre eux ne céderait un pouce de terrain. Il leur tourna le dos et traversa la pièce. Au fond, se trouvait un piano demi-queue, avec des piles de partitions entassées sur le couvercle. Il en feuilleta quelques-unes, sachant d'instinct qu'il s'agissait de sa musique à elle : Brahms, Mendelssohn, Mozart, et il porta la page d'un concerto pour piano à ses narines comme s'il s'attendait à y sentir son parfum.

« Docteur Carriscant, dit Sieverance en rentrant dans le salon, ma femme voudrait vous voir. »

Sieverance l'accompagna dans la chambre. Le visage de la malade paraissait défait, épuisé. Ses cheveux étaient humides sur le front et les tempes.

« J'ai entendu que vous éleviez la voix, dit-elle. Que se passe-t-il ?

— Le docteur Wieland est contre l'intervention chirurgicale », répondit Sieverance.

Elle regarda Carriscant : ses yeux noirs paraissaient plus grands que jamais. « Que pensez-vous ?

— Je pense... » La question l'émut jusqu'aux larmes et il sentit surgir en lui un sentiment qu'il ne reconnut pas. Elle le fixait d'un regard qui excluait tout le reste. « Je pense que Wieland est un imbécile et un charlatan, et quiconque l'écouterait serait fou », dit-il. Il aurait voulu lui prendre la main et la porter à ses lèvres. « Vous n'avez pas beaucoup de temps, reprit-il avec une passion contrôlée. Cette opération est très simple. Ce n'est que lorsqu'on la retarde qu'il y a danger. » Il espérait que ses yeux exprimaient ce que ses mots ne pouvaient dire : je te sauverai, je te guérirai, confie-moi ta vie, personne ne la chérira comme moi.

Elle souleva faiblement la main et parut la lui offrir comme si elle avait entendu ses pensées. Sieverance s'avança et la prit.

« Je veux aller avec le docteur Carriscant », dit-elle.

A l'intérieur du corps

Sous l'effet de la morphine, elle avait la bouche molle, et ses yeux mi-clos au regard diffus contemplaient l'univers à travers l'écran de ses cils. Pantaleon se tenait à son chevet armé de son masque et de son goutte-à-goutte de chloroforme. Deux infirmières, avec leur tablier amidonné et leur bonnet tuyauté, attendaient derrière les plateaux à compartiments remplis d'instruments étincelants. Delphine Sieverance gisait sur la table d'opération encore en chemise de nuit car elle avait été transportée directement de sa maison à la salle d'opération. Il n'y avait pas de temps à perdre : tout avait été préparé avec la plus grande rapidité.

Pantaleon regarda Carriscant : « Le vent fraîchit. Il est temps de lever l'ancre. »

Carriscant approuva d'un signe de tête et Pantaleon fit couler un peu de chloroforme sur le masque. Delphine s'endormit en quelques secondes. Carriscant tendit la main vers l'ourlet de la chemise de nuit puis se souvint. Un préparatif essentiel...

Il s'éclaircit la voix. « Voulez-vous, je vous prie, quitter la pièce. Juste un petit moment. Tout le monde, s'il te plaît, Pantaleon. »

Les infirmières et Pantaleon se regardèrent et quittèrent la salle sans plus de questions. Carriscant ferma les yeux et un lent frémissement lui traversa le corps. Il saisit l'ourlet de la chemise et la releva, la remontant jusqu'à ce qu'elle forme un tas sur la cage thoracique. Son regard se posa d'abord sur la touffe dense d'or roux des poils pubiens avant de noter la pâleur du torse, presque décoloré, comparé à la zone tendue et enflammée du bas-ventre où l'infection rougeoyait sous l'épiderme, le ton rosâtre fatal d'une péritonite imminente. Il remplit d'air ses poumons, se tourna et alla chercher dans un placard sous l'évier l'attirail dont il avait besoin. L'ayant trouvé, il aiguisa très vite le rasoir sur la bande de cuir épais pendue au-dessus des robinets.

Revenu près de Delphine, il fit mousser le savon à barbe avec un blaireau, puis, en quelques vifs mouvements circulaires, il imprégna de mousse blanche les boucles serrées du pubis. Machinalement, il testa le fil de la lame sur son pouce avant de raser les poils en quatre ou cinq passes fermes. Il essuya le savon avec une serviette et, incapable de résister, posa sa main sur le mont de Vénus dont il savoura la fraîche douceur jusqu'à ce que la chaleur de sa paume se communique à la peau. Il déplaça sa main à quelques centimètres sur la gauche et, palpant tendrement, sentit la forme engorgée de l'abcès. A l'aide d'un crayon à encre de Chine, il dessina de petites marques pour servir de repères — mes marques, pensa-t-il, mon signe — et délimiter l'endroit où il inciserait. Il étendit des linges blancs sur le ventre et les cuisses, ne laissant apparaître que la zone à opérer, et rappela ses assistants. Personne ne fit de commentaires ni d'allusions à ce qui avait pu se passer pendant leur absence, et chacun reprit son poste.

« Scalpel. »

Carriscant sentit l'infirmière presser le mince manche lesté du bistouri dans sa paume ouverte. Ses doigts se refermèrent autour et la terreur soudaine qui l'inonda le fit presque vaciller. Dans toutes ses années de métier, les centaines de fois où il s'était tenu scalpel à la main au-dessus d'un être humain vivant, il n'avait jamais rien éprouvé d'autre que la joie du travail qu'il allait accomplir. Cette angoisse qui lui ravageait maintenant les entrailles lui était affreusement inconnue. Ses mains tremblèrent lorsqu'il les posa sur le ventre tendu enflammé. Que lui arrivait-il donc ? D'où lui venaient cette peur abominable, cette incertitude ?

Il força la lame incurvée à inciser la chair, juste au-dessus du ligament de Poupart sur le côté droit, et s'obligea à presser plus fort jusqu'à ce qu'elle morde à travers l'épiderme et que le sang jaillisse. Il traça une entaille de quinze centimètres, révélant le tissu graisseux moucheté de sang puis la surface nacrée du péritoine, pareille à un marbre jaune veiné de rouge. Le moment était arrivé : une autre incision, et la cavité abdominale apparut. Il élargit l'ouverture puis plongea son doigt dans le corps pour y chercher l'appendice. Il le localisa, devenu maintenant un gros abcès suppurant, et le retira doucement. Il inséra un tube de caoutchouc dans le creux ainsi formé et en draina le liquide. Les infirmières épongèrent et nettoyèrent. Il lia l'appendice à hauteur du cæcum et le coupa. Il referma la plaie, la recousut et la pansa avec de la gaze iodée.

Il se recula et regarda l'horloge murale : il ne s'était écoulé que trente-cinq minutes. Il se sentit épuisé, anéanti. Il se lava les mains et regagna le vestiaire dans une sorte de brouillard. Il s'assit, les coudes sur les genoux, la tête baissée, contemplant les gouttes de sueur qui tombaient de son nez sur les carreaux en hexagone à ses pieds. Il entendit Pantaleon entrer et sentit la pression rassurante de sa main sur son épaule.

« Belle réussite, dit Pantaleon. Je crois qu'on avait une heure ou deux devant nous.

— Il faudrait que je voie Sieverance. »

Il se changea et se rendit dans son cabinet de consultation où l'attendait Sieverance à qui il annonça que l'opération était terminée et semblait s'être bien passée. A son effroi et grand embarras, Sieverance, pris d'une sorte de pâmoison larmoyante, s'effondra dans ses bras et dut être ranimé avec un petit verre d'eau-de-vie.

« Tout va bien, l'assura Carriscant. C'est terminé. Ça s'est bien passé. Je suis sûr qu'elle ira bien. »

Sieverance s'accrochait à lui, les doigts agrippés à ses biceps, comme un noyé qu'on vient de retirer à temps de l'eau.

« Dieu vous bénisse, Carriscant, dit-il. Dieu vous bénisse, je n'oublierai jamais. »

Carriscant répliqua quelque chose du genre banal et consolant, sachant qu'il y avait une double dose de vérité dans l'affirmation de Sieverance. Il n'oublierait jamais, c'était certain, aussi certain qu'il ne cesserait jamais de regretter non plus.

Un « simple chirurgien »

Salvador Carriscant, l'œil fixé sur ses doigts croisés, essayait de prier, tout en contemplant les rides horizontales et verticales de ses jointures, chacune unique et différente, comme des idéogrammes chinois gravés dans la chair molle au-dessus des os. Pourquoi était-ce ainsi ? se demanda-t-il distraitement. La première articulation, disons, de mon auriculaire gauche bouge de la même manière que la droite, pourtant la chair ridée au-dessus de la gauche donne une impression d'étoile éclatée alors que sur la droite...

Il leva les yeux sur la nuque de l'homme courbé sur le prie-Dieu devant lui. Col trop serré, petits auvents de chair débordant de chaque côté. Cheveux poussant bas dans le cou aussi. Non. Plutôt poussant vers le haut, depuis son dos. Jusqu'où le barbier devrait-il couper ? Voudriez-vous avoir l'obligeance d'ôter votre chemise, monsieur. Il regarda de nouveau ses mains jointes : la peau entre les articulations avec leurs petites touffes de poils bien nettes, l'air presque entretenues, toutes poussant dans la même direction. Plus denses sur l'annulaire, curieusement, je me demande si c'est pareil chez d'autres hommes ? Une tache hépathique sur le dos de la main. Ou une grosse tache de rousseur peut-être ?

Il pensa aussitôt aux taches de rousseur sur l'avant-bras de Delphine Sieverance, que son regard avait caressé en lui prenant son pouls la veille. Des taches de rousseur sur sa gorge aussi, sur le haut de sa poitrine et les tendres échancrures de la clavicule. Jusqu'où descendaient-elles ? Ses seins et ses épaules étaient-ils pigmentés comme la peau d'une truite, comme les œufs de certaines poules, une ombre légère ? Il n'y en avait pas sur son ventre, aucune sur son...

Il ferma les yeux tandis que le prêtre invitait les fidèles à s'unir à sa prière. Carriscant remua les lèvres et un son s'échappa de sa poitrine, mi-gémissement de désir, mi-grognement de frustration douloureuse. Annaliese lui donna un vif coup de coude, et il se tourna vers elle, les yeux pleins d'un pieux regret, se tapota la poitrine et fit la grimace comme s'il souffrait d'indigestion.

« *... tibi Domine commendamus animam famuli tui, ut defunctum saeculo, tibi vivat...* »

« Amen », réussit-il à dire.

En attendant l'arrivée de leurs attelages, les fidèles se regroupèrent sur les marches de l'église de Santa Clara. Annaliese bavardait avec des relations tandis que, à l'écart, Carriscant, mains derrière le dos, tête baissée, tapotait du bout du pied un air sur les marches en marbre craquelées.

Il exhala et afficha un sourire à l'adresse d'une famille espagnole qu'il connaissait vaguement, un homme aidant son antique belle-mère drapée de dentelles à descendre les degrés jusqu'à la victoria qui l'attendait. Elle avait un visage blanc et mat de poudre de riz. Quel âge ? Dans les quatre-vingts et quelques. De combien de changements avait-elle été témoin ! Sur sa droite, elle pouvait voir la grande bannière étoilée flottant sur le fort Santiago ; à sa gauche, la Plaza Mayor, à présent rebaptisée Plaza McKinley en l'honneur du président assassiné. Soixante ans auparavant, quand elle était une jeune *peninsulara* hautaine, de telles idées, de telles transformations auraient semblé au-delà des limites de l'imagination la plus folle. Elle était maintenant installée avec soin dans la calèche et ses petites filles y grimpaient à leur tour. Elle regardait droit devant elle, ses yeux d'encre noire humides et implacables. Combien d'années de ce siècle nouveau verrait-elle encore ? se demanda-t-il. Sans doute était-elle prête à partir, et le souhaitait. Ça arrive. Le corps s'épuise, l'esprit ressent cette fatigue : prêt à partir.

Il réfléchissait encore à cette question alors que leur cocher les reconduisait chez eux, Annaliese et lui, assis côte à côte, par la Calle Palacio. Annaliese lui relatait un potin quelconque et il écoutait à peine. La voiture dut faire un détour par la Calle da Ando car les Américains démolissaient une section pavée de Palacio afin de goudronner la rue. Ils tournèrent à gauche et, comme ils traversaient la Calle Real, Carriscant ordonna soudain à Constancio, le cocher, de s'arrêter.

« Où vas-tu ? s'étonna Annaliese en le voyant ouvrir la petite portière de son côté.

— A l'hôpital. Puisque nous en sommes si près. Je viens de me rappeler que je devais voir un malade. Je l'ai opéré hier. Je suis un peu soucieux.

— Mais c'est dimanche ! » protesta Annaliese, le regard lourd de... de quoi ? Déception ? Suspicion ?

« Ma chère, la maladie ne prend pas de week-end.

— Ne me traite pas en... » Elle reprit d'une voix rauque et basse, consciente du large dos attentif de Constancio. « Mais tu n'es jamais à la maison, jamais, ces temps-ci. Pourquoi ne pas déménager et installer ton lit là-bas ?

— Une suggestion très amusante, ma chère, mais franchement...

— Salvador ! » Le ton ne souffrait pas de réplique. « Ça peut attendre demain. Rien n'est d'une telle urgence.

— Tu ne comprends pas. Le nouvel hôpital américain nous fait une concurrence sévère. Tous ces chirurgiens qu'ils font venir sous contrat. Je ne pense qu'à notre avenir. » Le mensonge paraissait faible et inepte ; il pouvait le goûter dans sa bouche, une pincée de cendres amère. Il se recula sans mot dire, fit un signe de main, un sourire, et s'éloigna à grands pas dans la Calle Real, en direction de son hôpital.

Delphine Sieverance s'était rétablie lentement mais sûrement de son opération. La première semaine avait été la pire, avec la menace angoissante de péritonite dans l'esprit de chacun, mais à mesure que le temps passait et qu'elle reprenait des forces il devint clair que l'opération avait été un succès complet. Au San Jeronimo depuis presque quinze jours maintenant, dans une chambre privée, elle était capable de faire quelques pas prudents de son lit à la fenêtre. Carriscant la voyait sans faute chaque jour, même si ce n'était que quelques minutes, mais rarement seule. Sieverance employait une infirmière américaine pour la garder la nuit et il était souvent lui-même à son chevet. Elle recevait aussi beaucoup de visites d'amis, et la nouvelle de son opération, les dangers encourus et l'amélioration constante de son état avaient déjà valu à Carriscant un supplément de clientèle américaine. Sa renommée s'était étendue et il était plus occupé que jamais. Mais pour lui l'important c'était la présence de Delphine : elle était là, tout près, sous son toit à lui. Il pouvait monter l'escalier, frapper à sa porte, prendre sa température, consulter ses feuilles de soin, demander qu'on lui change son pansement. Il pouvait être à côté d'elle, avec elle quand il le voulait. La démangeaison pouvait toujours être soulagée, la fringale toujours satisfaite. Mais désormais, c'était la pensée de son départ qui lui pesait. Sieverance avait demandé si elle pourrait rentrer chez elle pour Noël et Carriscant s'en était dit certain. Qu'elle recommence à marcher rendait difficile toute insistance sur une prolongation de son séjour à l'hôpital.

Il monta jusqu'à sa chambre et rencontra à la porte une infirmière qui en sortait, chargée d'un plateau avec les restes d'un repas. Il frappa et entra quand elle lui répondit. Elle était assise dans son lit, soutenue par des oreillers, ses cheveux roux sur les épaules, un livre ouvert sur ses genoux. Par la fenêtre il voyait, au-dessus des murailles mangées d'herbe de la ville, une partie du jardin botanique avec ses méchantes *allées** broussailleuses mal entretenues longeant un méandre brun et boueux du Pasig. Des cuisines de Quiapo, au-delà, montaient les fumées de l'heure du déjeuner. Il y avait une brume moite ce matin, pensa-t-il, on aurait pu se croire en juin.

« Mrs Sieverance, comment allez-vous ?

— Mieux que jamais. » Elle lui sourit. Elle était toujours contente de le voir, il le savait. L'homme qui lui avait sauvé la vie : elle avait confiance en lui, son ami, son sauveur. « Je me suis assise dans le fauteuil pour lire. Je me suis levée plusieurs fois. Pas le moindre tiraillement.

— Nous allons bientôt enlever ces points de suture.

— Je l'espère impatiemment.

— Puis-je ? » Il posa la main sur son front. Ces prétextes pour la toucher, combien de temps les aurait-il encore ? Ses yeux bruns pleins d'assurance se levèrent vers lui. Il s'empara de son poignet pour lui prendre le pouls. Elle avait les lèvres légèrement écartées et il la vit mouiller de salive ses dents de devant avec la pointe rose de sa langue. Ses cheveux étaient épais, secs, sans brillance, presque mats. Sa chemise de nuit était de coton bleu pâle, sa liseuse matelassée de petits losanges brodés en leur centre d'une croix rouge vif. Il fallait qu'il dise quelque chose.

« Henry James. » Il désigna le livre. C'était *Un portrait de femme*. « Je n'ai lu que *Daisy Miller*. » Il lâcha son poignet.

« Je l'ai rencontré, vous savez, dit-elle. En Suisse, à Genève, il y a quelques années. Je lui ai été présentée par une de mes amies qui le connaissait bien. Constance Fenimore Woolson. Une femme extraordinaire, merveilleuse. Vous avez lu ses romans ?

— Non, je crains que non. Ici, nous sommes un peu en retard.

— Je vous les prêterai.

— Merci. J'aimerais beaucoup. » Un plan s'ébaucha, s'épanouit en un instant. Un échange de lectures. Annaliese passait sa vie à lire des romans, la maison en était pleine. « Le colonel Sieverance et vous, vous voyagiez alors en Europe ?

— Non, je n'étais pas avec lui. Il... » Elle allait poursuivre avec une remarque pas très flatteuse, il le devina, mais elle se reprit : « Nous n'étions pas encore mariés. Je voyageais avec une amie et sa tante. » Elle lui sourit, un peu moqueuse. « Le colonel Sieverance et moi ne sommes mariés que depuis quatre ans. Nous pouvons faire un certain nombre de choses seules, nous les femmes, vous savez. Certaines d'entre nous sont même capables de prendre un billet de bateau pour traverser les océans et voyager sur des terres étrangères.

— Il ne faut pas vous moquer de moi, Mrs Sieverance, dit-il. Je ne suis qu'un simple chirurgien. »

Son éclat de rire le surprit et le ravit à la fois. Un éclat retentissant d'indignation feinte, bruyant et sans retenue qui résonna aux oreilles de Carriscant à la manière d'un hosanna.

Il lui répondit par un sourire béat. Comme un empoté. Comme un lourdaud tout content.

Elle fit soudain la grimace : « Ne me faites pas rire, docteur Carriscant. Ça m'élance. » Elle mit sa main sous le drap pour se tâter le flanc et se tortilla pour reprendre une position confortable. Sa liseuse bougea, alors qu'elle prenait appui d'une hanche sur l'autre, et Carriscant crut voir ses seins ronds onduler sous la chemise de nuit. Face à ses sentiments à l'égard de cette femme, il se sentit privé de toute énergie, ravagé par l'impuissance.

« Un simple chirurgien vraiment, dit-elle, en le menaçant du doigt. Je n'accepte pas cela un seul instant. Pas un seul instant. »

L'infirmière réapparut alors et Carriscant déclara qu'il lui fallait partir.

« Cette romancière dont vous avez parlé. Comment s'appelle-t-elle ?

— Fenimore Woolson. Je dirai à mon mari d'apporter le livre.

— Non, dit-il un peu trop vite. Enfin, euh, rien ne presse. J'aurai à venir chez vous une fois que vous serez rentrée. Je le prendrai n'importe quand. »

Il se tut, soudain effrayé : c'était la mauvaise remarque, exactement la mauvaise remarque sur laquelle partir. Trop familière, trop tissée de présomptions. Il lui fallait trouver autre chose et, comme il advient d'ordinaire quand on est sous pression, son cerveau ne lui fournit que des banalités.

« Y a-t-il quelque chose que vous désireriez ? dit-il. Quelque chose de particulier que je pourrais vous apporter ? Je ne sais pas, je...

— Eh bien oui, répliqua-t-elle. J'ai demandé à Jepson mais il n'a pas eu de chance. J'ai cette envie de violettes au sucre. Des violettes cristallisées, vous savez ? Une envie folle. Ce sont mes friandises préférées. J'en ai apporté des kilos avec moi mais je les ai toutes finies. Je suis là en train de lire et je voudrais plonger la main de temps en temps dans un bol de violettes au sucre. Je me surprends avec ma main en l'air. Croyez-vous pouvoir en trouver à Manille ? » Elle le regarda en coin, taquine. « Je serai encore davantage votre débitrice, docteur Carriscant.

— Je ferai de mon... » Il s'éclaircit la gorge, soudain nerveux, soudain ému. L'atmosphère sembla tout à coup flamboyer de possibilités. « Je vais voir ce que je peux faire. » Il réussit à produire un petit sourire et s'en fut.

Un thé avec Paton Bobby

La fabrique de glace gouvernementale était située sur la rive gauche du Pasig près du pont suspendu de Colgante. Carriscant regarda le treuil de l'entrepôt soulever trois énormes blocs de glace brumeuse et les déposer sur les planches grinçantes d'une charrette *caraboa*. Les paisibles buffles demeuraient immobiles, clignant des paupières pour chasser les mouches fantasques tandis que des rubans de bouillie verte dégoulinaient de leurs mâchoires remuant sans hâte.

Au moment où le troisième bloc était déposé, Carriscant répéta ses ordres : « Vous avez vingt minutes. Nous ne paierons pas s'il n'en fond même qu'un dixième. » Incités à l'action par des coups de fouet enthousiastes, les *caraboa* s'ébranlèrent lourdement en direction de la porte de Parian et des murs de la cité.

Il entendit crier son nom et se retourna. Paton Bobby, penché à la portière d'une victoria lui faisait signe d'approcher.

« Je vous cherchais à l'hôpital, on m'a dit que vous étiez en train d'acheter de la glace. Vous continuez à bien les garder au frais, hein ?

– Remarquablement. A condition de changer la couche supérieure de glace, sur trente centimètres environ, tous les trois jours, ça semble se conserver très bien. En fait, le fond de la caisse n'est plus que de la glace compacte. Elle semble regeler à mesure qu'elle fond.

– Épatant. Alors on n'a plus à s'en faire pour l'usine de froid. »

Une nouvelle usine de froid venait d'être construite dans San Miguel, derrière les logements des infirmières. Carriscant avait suggéré d'utiliser cet endroit pour y emmagasiner les cadavres sans limites de temps mais Wieland avait officiellement rejeté la requête sous le prétexte des risques encourus du point de vue de l'hygiène. Désormais, peu importait : les corps, presque entièrement congelés, ne donnaient aucun signe de décomposition.

« Je dois avouer que les malles de Cruz remplissent très bien leur fonction. Et au moins, on sait où elles se trouvent et qui peut y avoir accès.

– Exactement, dit Bobby. C'était une bonne idée. Astucieuse.

– Rien de neuf ?

– Peut-être... Vous avez une demi-heure ? Puis-je vous offrir un thé ou un café ? On pourrait aller au Club américain. »

Le club se trouvait sur la Calle de San Augustin, dans Intramuros, pas loin de l'hôpital. Une vieille et vaste bâtisse dont on avait abattu certains murs intérieurs pour aménager de plus grandes pièces de réception, en particulier une salle à manger et un salon spacieux avec *punkah*, meubles en rotin et journaux américains vieux d'un mois. Au lieu de pourvoir les fenêtres de vitres à l'américaine, on avait conservé les vieilles coquilles translucides de *kapi*s, d'où une lumière tendre et filtrée qui laissait dans l'ombre les recoins de la pièce. Un serviteur chinois leur apporta du café américain et une assiette de petits gâteaux de riz très sucrés. Le club était presque désert à cette heure : Carriscant remarqua un officier de marine endormi dans un coin sur un transatlantique, et un groupe d'hommes d'affaires en costume de coutil blanc jouant au poker, la fumée de leurs cigares à peine troublée par le lent mouvement du *punkah* ; on entendait, venant d'une salle à l'arrière de la maison, surplombant l'*azotea*, le son mat de boules de billard s'entrechoquant.

Bobby but son café, mangea trois gâteaux de riz et remplit une petite pipe en racine de maïs avec du tabac tiré d'une blague de cuir souple. La pipe avait un fourneau minuscule, si petit qu'il semblait avoir été dessiné pour un apprenti fumeur. Bobby l'alluma très vite en tirant dessus et, du coin de la bouche, rejeta des rubans de fumée.

« Vous cultivez un tabac épatant ici, je vous accorde ça.

– Digne de tous les efforts de colonisation ?

— Oh, je ne sais rien de ces choses. J'apprécie simplement une bonne pipe. »

Ils parlèrent un peu de Taft, des rumeurs selon lesquelles Roosevelt lui avait offert un poste à la Cour suprême.

« Vous pensez qu'il le prendra ?

— C'est un avocat. Juge à la Cour suprême doit représenter le sommet de cet arbre-là. »

Ils continuèrent à bavarder ; Carriscant attendait patiemment. Il connaissait assez bien Bobby maintenant pour savoir que ce déploiement de mondanité n'était pas désintéressé. Et en effet, très vite, Bobby se pencha en avant, les coudes sur les genoux.

« Wieland affirme que vous étiez à Sampaloc. Dans un bordel.

— Oui. » Carriscant ne fut pas surpris. Wieland n'était pas du genre à garder cette information pour lui, surtout à présent, mais quel intérêt avait-elle pour Bobby ? « D'ailleurs, Wieland était saoul, lança-t-il pour ne pas être en reste. Très saoul.

— Vous allez là-bas souvent ? Non que ça m'importe, s'empressa d'ajouter Bobby. Je fréquente moi-même les putes de temps à autre.

— Je rendais visite à la cuisinière de ma mère. Elle était malade. »

Bobby le regarda avec des yeux dénués d'expression. Il me donne le temps de changer ma version, pensa Carriscant. Vieux truc de policier.

« Une hernie. » Pourquoi mentait-il ? Il serait si facile de le confondre.

« Wieland ne vous a pas vu repartir. Il pense que vous avez passé la nuit là-bas.

— Qu'est-ce que tout ceci signifie ? Wieland était incapable de voir quoi que ce soit. Je suis parti. Je ne l'ai pas vu lui non plus, d'ailleurs. »

Bobby vida sa pipe-jouet en deux coups secs sur le bord d'un cendrier.

« Vous n'y êtes pas retourné ?

— Non. »

Bobby fit la grimace comme s'il venait d'entendre une désagréable nouvelle. Il se leva, salua d'un signe de tête un des joueurs de cartes et tapota distraitement les poches de son uniforme à la manière d'un homme qui a oublié son portefeuille.

« Je ne veux pas abuser davantage, docteur Carriscant mais j'aimerais que vous m'accompagniez encore pour une autre visite.

— Je ne dispose pas de beaucoup de temps, dit Carriscant, se levant à son tour. Où allons-nous ? »

Le commissariat de la porte de Parian était un bâtiment devant lequel Carriscant était passé des centaines de fois sans lui accorder autre chose que le coup d'œil le plus bref. Construit en adobe *bulik*, ses fenêtres du rez-de-chaussée étaient garnies de barreaux extravagants comme si on avait édifié des cages de fer forgé baroques autour des embrasures. A l'intérieur, les murs épais faisaient obstacle à la chaleur du soleil de l'après-midi. Bobby conduisit Carriscant le long d'un corridor et ouvrit en grand une porte en bois cloutée de fer. Au centre de la pièce, un policier philippin se tenait derrière un petit bureau et, contre le mur en face, se trouvait un banc branlant avec, assis dessus, un vieil homme qui fumait patiemment une cigarette. Carriscant le reconnut aussitôt.

« Vous connaissez cet homme ? s'enquit Bobby.

— Non. »

Le vieil homme se mit à jacasser en tagalog, et, grimaçant, ricanant, découvrant ses quelques dents, toutes tachées de bétel, pointa sa cigarette droit sur Carriscant.

Le policier traduisit : « Il dit qu'il a vu cet homme dans le bois d'acacias entre Sampaloc et Nactajan le matin de ce jour-là. Il habite Nactajan. Il ramassait du bois à l'aube et il a trouvé cet *Americano* dans les bois. C'est cet homme. »

Bobby se tourna vers Carriscant, le visage vide, inexpressif :

« Y a-t-il quelque chose de vrai là-dedans ?

— Bien sûr que non. » Carriscant mentit tout de suite, avec maestria, sans peur, et sans véritable raison. « Que se passe-t-il, Bobby ?

— Nous devons suivre toutes les pistes. » Bobby haussa les épaules. « La seule chose inhabituelle, la seule chose sortant de l'ordinaire autour de Sampaloc au moment de la disparition de Braun, c'est cet “ Américain ” aperçu à l'aube. Ce vieux type ici nous en a donné une description très précise. Je dois avouer que plus il décrivait, plus ça vous ressemblait.

— Je ne l'ai jamais vu de ma vie.

— Et un passeur de *barca* prétend avoir transporté un *kastila*. En tout cas quelqu'un qui lui a parlé en espagnol. A l'aube, ce même jour. Mais il ne peut pas nous le décrire. Pour lui, tous les *kastilas* se ressemblent... Mais quelqu'un, un homme blanc se trouvait aux alentours de Sampaloc à ce moment-là. Je veux découvrir qui.

— Vous pensez que cet individu peut avoir tué Braun ?

— Je ne sais pas. J'enquête, c'est tout. »

Le vieux se remit à caqueter et tout le monde se retourna. Son visage ridé figé en une grimace joyeuse, il se balançait d'avant en arrière, son poing pompant de haut en bas sur ses genoux tandis que de l'autre main il pointait le bout embrasé de sa cigarette sur Carriscant. Le policier lui cria d'un ton furieux de s'arrêter.

« Que se passe-t-il ? » demanda Bobby, stupéfait.

L'embarras du policier était évident. « Il dit, cet homme », il jeta un coup d'œil à Carriscant, « il dit que lui il tenait son kiki. Vous savez, avec main, lui jouait...

— Assez ! dit Bobby. J'en ai assez entendu. Fichez-moi ce vieil abruti dégoûtant dehors. »

Bobby et Carriscant étaient debout sur les marches du commissariat, en plein soleil. Carriscant assurant à Bobby une fois de plus que tout allait bien, qu'il comprenait que Bobby devait faire son travail et qu'il souhaitait vraiment retourner à pied à l'hôpital.

« Je ne peux pas vous dire à quel point je suis désolé, répéta Bobby. Ce vieux cochon d'obsédé ! » Il transpirait visiblement d'embarras et de malaise, ses cheveux fins collés à son crâne en mèches mouillées.

« Vous deviez faire votre travail. Franchement, j'aurais agi de même.

— Il vous avait décrit en détail. Jusqu'à cette petite cicatrice sur votre sourcil, là... Mais je suppose que vous êtes un homme très connu à Manille. Une petite ville et tout ça. Il a pu vous voir à l'hôpital, n'importe où. » Il se secoua avec exaspération. « Vieux fou de salopard ! Enfin, raconter un truc pareil... » Il sourit avec tristesse et Carriscant se permit un sourire complice en retour.

Le Flanquin quatre cylindres-douze chevaux

Udo Leys avait un méchant rhume, ses yeux le piquaient, son nez coulait abondamment et il sentait une douleur sourde dans la poitrine provoquée par la toux sèche, tel un aboiement, qui lui secouait les poumons à intervalles irréguliers. On aurait cru un étrange animal mythique en rut, cherchant plaintivement une compagne, mi-otarie mi-singe, dit-il, son amusement à cette idée lui déclenchant un autre accès de toux. Après quoi il se moucha et prit grand soin de bien essuyer sa moustache touffue.

« Je suis peut-être un vieil homme mais ce n'est pas une excuse. Il n'y a rien de plus dégoûtant que la moustache d'un vieux qui est enrhumé. Mon propre père, je me rappelle... » Il fit la grimace. « Pleine de morve séchée. Ça me coupait carrément l'appétit. Je t'en prie, dis-moi, Salvador, si j'ai laissé quelque chose. » Il avança son visage bosselé pour inspection, soulevant d'un doigt son gros nez mou.

« Bien sûr, Udo. Non, pas la moindre trace.

— C'est encore loin ? » s'enquit Pantaleon. Carriscant sentait le tremblement d'excitation mal maîtrisé qui traversait le corps maigre de son ami. Comme un chien d'arrêt, frémissant d'énergie et d'impatience.

« Dix minutes, dit Udo. Ils ont passé la douane cet après-midi.

— Et sans problèmes ?

— Je vais vous dire, docteur Quiroga, il n'y a personne comme Nicanor Axel dans la mer de Chine. » Udo les précéda à la porte. « Quand il s'agit d'une mission discrète ou délicate, Axel est unique. Il a fait des merveilles pour moi. Des merveilles. »

Ils descendirent dans la Calle Crespo, presque silencieuse

maintenant que les boutiques de ferblantiers étaient fermées mais de l'autre bout on entendait les pétarades du stand de tir et le son d'un orgue de Barbarie jouant *En plein dans le cœur du Texas*. Ils hissèrent Udo dans la victoria de Carriscant et se serrèrent contre lui. Constancio fouetta la croupe du poney, ils démarrèrent au petit trot en direction du port, et, pour éviter les foules d'acheteurs dans Escolta, à la demande de Pantaleon (au cas où on le repérerait, dit-il), ils prirent par la Plaza Calderon et, après quantité de tours et de détours à travers des ruelles sombres et malodorantes entre les entrepôts, ils débouchèrent sur le quai voisin de la caserne des pompiers.

Ils descendirent et regardèrent la masse des navires à l'ancre sur le Pasig. La fumée montait des braseros sur la plage arrière des *cascos* nonchalants et l'éclat de l'éclairage électrique de la caserne des pompiers et du bureau des douanes empêchait de bien voir au-delà du bord de l'eau : guère plus qu'un embrouillis de mâts et de gréements et, ici et là, encore plus à l'écart des quais, l'agrégat solide et sombre des vapeurs et caboteurs assurant la liaison entre les îles.

« Et comment va-t-on rentrer ? demanda Carriscant. Y aura-t-il de la place ?

— Ne t'en fais pas, dit Pantaleon. Je l'emporterai tout droit chez moi. Je louerai un *carromato*. »

On expédia Constancio en chercher un et les trois hommes se frayèrent un chemin sur des passerelles fléchissantes entre les rangées de péniches jusqu'à l'endroit où était ancré le vapeur d'Axel. Les familles préparaient leur dîner autour des feux, seuls les enfants se montraient curieux de ces *Americanos* en costume blanc arpentant leur territoire privé.

« Pourquoi n'accoste-t-il pas à une jetée ? demanda Carriscant.

— Rien n'est censé être simple et facile, dit Udo, énigmatique. Votre affaire avec Axel doit être très importante pour que vous vous donniez tout ce mal. »

Ancré le long du *casco* se trouvait le vilain petit vapeur de Nicanor Axel, le *General Blanco*. Un caboteur ventru, aux lignes enfoncées, son unique haute cheminée située à l'arrière et d'un aérodynamisme remarquable ; au pied de la superstructure, trois cales surmontées de mâts de charge à l'allure primitive. Une odeur épouvantable, d'acide et de pourriture, semblait flotter autour du navire comme un miasme. Carriscant sentit son estomac se soulever et il porta son mouchoir à son nez ; les trois hommes grimpèrent l'échelle en diagonale menant au pont, précédés par les beuglements pleins d'entrain de Udo : « Nicanor, Nicanor, où es-tu ? »

Sur le pont, Carriscant crut déceler la source de l'odeur. Une des cales était remplie de bétail, chèvres et chevreaux, et le fond semblait tapissé de végétation pourrissante, autant qu'il pouvait en juger à la lumière de la lanterne à pétrole pendue au-dessus.

« De la crotte de bique, dit Pantaleon. Vieille de plusieurs siècles. »

Udo expliqua que l'équipage se nourrissait du bétail pendant ses voyages entre les îles, et les plus longues traversées jusqu'à Hong Kong et le Japon. « Vous jetez tous vos déchets là-dedans, les chèvres le bouffent, vous bouffez les chèvres. » Il sourit et alluma un cigare. « Une sacrée odeur, hein ? Si j'étais douanier, je ne tiendrais pas à m'attarder trop longtemps sur ce bateau, je vous le garantis. »

Un homme descendit de la passerelle et avança le long du pont vers eux, tout en s'essuyant les mains avec un chiffon. Il avait une démarche bizarre, à l'oblique, mal assurée, pensa Carriscant, comme si un complice invisible le poussait par-derrière, le forçant à avancer contre son gré. Udo fit les présentations. Petit, mince, l'épaule ronde, Nicanor Axel avait un teint sombre, basané qui formait un bizarre contraste avec ses yeux bleu pâle et ses cheveux blonds presque blancs. En y regardant de plus près, Carriscant se rendit compte que seule la crasse était responsable de la couleur de peau de l'homme : l'huile et la saleté, la graisse et la poussière semblaient avoir pénétré dans les pores et formé une couche sous-cutanée, à la manière dont l'encre d'un tatouage paraît briller *à travers* la peau plutôt qu'à la surface. Aucun récurage zélé ne redonnerait aux joues de Nicanor Axel leur éclat rosé nordique — il était trempé dans le cambouis, marqué, imprégné de suie.

C'était aussi un type taciturne, pas franc du collier, pensa Carriscant, à la poignée de main molle, furtive. Il accepta de mauvaise grâce l'argent de Pantaleon, compta et recompta les billets avec affectation avant d'ordonner à deux matelots de monter à bord de la *lorcha* que remorquait le bateau, une coque de goélette aux mâts tronqués qui, bien que réduisant la vitesse de navigation du *General Blanco*, lui permettait de doubler sa capacité de charge.

« Je vous suis très reconnaissant, dit Pantaleon. Il n'y a pas eu de problèmes ?

– Non, répliqua Axel. Ça attendait à Hong Kong. »

Les marins revinrent vers eux portant une petite caisse en bois qu'ils déposèrent sur le pont. Sur une paroi Carriscant déchiffra les lettres imprimées au stencil : *Ets Flanquin. Paris*. Avec un burin, Axel fit sauter le couvercle et là, en sûreté dans ses calages en bois, apparut un petit moteur à essence, tout neuf, recouvert d'une mince et terne couche de graisse.

Pantaleon s'agenouilla et caressa des doigts les parois du cylindre. « Le douze chevaux Flanquin », dit-il doucement, avec révérence, le visage ravi, émerveillé. Le rêve venait de faire un pas de plus.

1903

Carriscant s'approcha de la maison Sieverance sur la Calle Lagarda dans un certain état d'agitation et d'émoi. Delphine était rentrée chez elle le 22 décembre : la nouvelle année était maintenant vieille de trois jours et il ne l'avait toujours pas vue. Noël chez Carriscant avait été tendu mais supportable, surtout parce qu'il avait passé la majeure partie de son temps à l'hôpital, et qu'Annaliese avait été occupée par ses activités saisonnières à l'évêché. Udo était venu dîner la veille de Noël, de plus en plus ivre et larmoyant à mesure que la soirée avançait, et finissant par passer trois jours chez eux. Mais au moins sa présence claudicante avait dissipé la froideur qui existait désormais entre Carriscant et Annaliese. Rien n'avait été exprimé ouvertement, il n'y avait pas eu de moment précis où, mais peu ou prou, durant cette période, ils en étaient arrivés à un accord tacite : inutile de continuer à feindre, l'affection ne régnait plus guère entre eux, et voilà tout. C'était un fait indéniable, Carriscant le savait, mais le reconnaître le déprima néanmoins, et il s'arrangea pour célébrer l'année nouvelle en fabriquant un rectum pour un prêtre jésuite, retournant, après une longue et difficile opération, dans une maison sombre et silencieuse.

Il afficha un sourire de rigueur avant de monter l'escalier menant au salon où Sieverance l'accueillit avec chaleur et amabilité. Il était en civil et portait un costume en crépon à fines rayures bleues et un nœud papillon lâche couleur cerise que, pour une raison quelconque, Carriscant trouva irritant et affecté.

« Comment va Mrs Sieverance ? demanda-t-il après avoir rassuré son interlocuteur sur sa propre santé.

— Excellemment, de mieux en mieux chaque jour, mon cher ami, grâce à vous. »

Carriscant accepta quelques compliments supplémentaires tout en suivant Sieverance le long du couloir menant à la chambre de Delphine. L'infirmière américaine, une jeune femme grassouillette avec un grand espace entre ses deux dents de devant, leur ouvrit la porte. Elle avait un côté professionnel fort efficace qui frôlait l'insolence, pensa Carriscant.

« Vous connaissez Nurse Aslinger ? demanda Sieverance.

— Mais oui. Bonjour, Miss Aslinger.

— 'Jour, docteur, tout est prêt pour vous. »

Il se tourna vers le lit. Elle était assise, attendant patiemment, et lui souriait, un sourire d'où émanaient un plaisir et une chaleur si sincères qu'il eut envie de pleurer.

« Ah, mon médecin préféré. Docteur Carriscant, je vous souhaite une bonne année. »

Il prit la main tendue et la serra brièvement. « Et à vous aussi, Mrs Sieverance. Une année de bonheur et de santé.

— Sans oublier " de prospérité ", ajouta Sieverance avec un rire idiot.

— Bonheur et santé suffiront pour 1903, dit Delphine avant de poursuivre : Je me sens très bien, docteur. Je m'aventure tous les jours un peu plus loin dans le jardin. J'ai même fait une petite promenade en voiture.

— La prochaine fois, vous irez sur la Luneta écouter l'orchestre. La fanfare de la gendarmerie y jouera toute la semaine prochaine. » Il s'approcha du lit en évitant son regard.

« A propos de la Luneta, vous n'avez pas vu Miss Caspar récemment, non ? » lança-t-elle, avec le visage lisse de l'innocence.

Il n'en revenait pas de cette audace, de cette espièglerie achevée.

« Comment ? Ah, non, je ne pense pas...

— Qui est-ce, ma chère ? voulut savoir Sieverance.

— Miss Rudolfa Caspar, dit-elle, impassible, les yeux fixés sur Carriscant. Une relation commune. Une vieille amie du docteur Carriscant, n'est-ce pas, docteur ? Une amie intime.

— Je pense que je devrais... » Carriscant fit un geste vague en direction du lit.

« Excusez-moi, je m'éclipse. » Sieverance quitta la pièce.

Nurse Aslinger rabattit le drap sur les genoux de Delphine. Bien que la chemise de nuit eût été relevée jusqu'à la taille, on avait étalé des serviettes en travers des cuisses et du ventre de façon à ne laisser exposée que la zone du pansement. Nurse Aslinger se tint très près de Carriscant pendant qu'il l'ôtait doucement. La cicatrice de quinze centimètres était encore d'un rouge vif mais elle se refermait bien. La bouche de plus en plus sèche, il ne put qu'entrevoir sous le bord de la serviette, la repousse ombreuse des poils du pubis. Tendrement, du bout des doigts, il tâta la plaie : brillante, lisse et dure mais sans plis ni bourrelets.

« Une superbe cicatrice, dit-il, machinalement, sans réfléchir.

– Ce n'est pas l'adjectif que je choisirais, répliqua-t-elle.

– Elle disparaîtra avec le temps. D'ici à un an ou deux, vous ne la remarquerez guère. »

L'infirmière replaça le pansement tandis que Carriscant interdisait, comme d'habitude, le surmenage physique, les mouvements brusques, l'équitation.

« Oh, j'ai quelque chose pour vous », dit Delphine. Elle fouilla dans le tiroir de sa table de chevet et tendit un livre à Carriscant qui le prit. *East Angels* par Constance Fenimore Woolson. Il l'ouvrit à la page de garde et vit son nom écrit à l'encre violette : « Pour Delphine Blythe, affectueusement, Fenimore. » Une autre main avait ajouté Sieverance après Blythe.

« Delphine Blythe Sieverance, dit-il. Ça sonne bien. Merci.

– Il faudra me dire ce que vous en pensez. »

On frappa à la porte et Sieverance réapparut, le visage illuminé, plein d'une vivacité inhabituelle.

« Mrs Sieverance fait d'excellents progrès, dit Carriscant, avec un entrain compassé, à l'instar d'un médecin dans une mauvaise pièce de théâtre, puis, fourrant le livre dans la poche de sa veste : Nous sommes très contents d'elle.

– Alors, c'est l'occasion parfaite d'exprimer notre gratitude.

– Franchement, il n'est nul besoin davantage de… commença Carriscant avant de s'arrêter net en voyant Sieverance fermer les yeux, lever un visage béat vers le ciel, prendre la main

de sa femme puis, au grand effroi du chirurgien, la sienne.
— Je vous demande de joindre les mains devant le Seigneur, dit-il, et Nurse Aslinger glissa promptement sa main dans celle de Carriscant. Et je vous prie de vous agenouiller avec moi. »

Carriscant se retrouva à genoux au pied du lit de Delphine. Le visage de Sieverance était figé dans une expression de béatitude, à la fois austère et dévote, tandis que Nurse Aslinger gardait pieusement la tête baissée, révélant une méchante bourbouille sur sa nuque.

« Ô Seigneur d'en haut, entonna Sieverance d'une voix basse et tendue, accorde-nous en ce jour Ta bénédiction et reçois nos remerciements pour Tes pouvoirs bénis de guérison dont a bénéficié notre Delphine bien-aimée.

— Amen, dit Nurse Aslinger.

— Et nous Te remercions, ô Seigneur des hôtes les plus hauts, pour le dévouement et le talent que Tu as accordés à Ton serviteur Salvador Carriscant. Nous Te remercions, ô Seigneur notre Dieu pour nous avoir guidés entre les mains de cet homme... »

Carriscant ferma ses oreilles aux expressions de gratitude que Sieverance continuait à adresser au Tout-Puissant. Il sentait ses joues s'embraser d'une gêne à l'état pur qu'il n'avait plus ressentie depuis son enfance. La main de Nurse Aslinger était chaude et moite, celle de Sieverance osseuse, et sa pression inutilement ferme. Il contempla le tapis au petit point (roses couleur puce sur fond beige) sous ses genoux et se concentra sur la douleur sourde qui s'emparait de sa rotule gauche. Mais quelque chose l'obligea peu à peu à lever les yeux. Delphine le regardait fixement et ses lèvres remuèrent pour former un seul mot à son intention : « Pardon. » Ils étaient de nouveau complices et il eut soudain la sensation, une fois de plus, de recommencer à plonger la tête la première.

L'action de grâces se prolongea presque cinq minutes et quand elle fut terminée l'exaltation de Sieverance frôla l'insupportable. Carriscant adressa un bref adieu à Delphine et regagna avec

Sieverance le salon, où son hôte insista pour lui offrir un verre de citronnade.

Carriscant but à petites gorgées rapides, gardant le verre près de sa bouche.

« En qualité de militaire, voyez-vous, dit Sieverance, tapotant sa pauvre moustache blanche d'une jointure, nous ne réfléchissons guère à la divine providence.

— Je suppose que non », répliqua Carriscant, à tout hasard, faute de comprendre vers quoi la conversation s'orientait et s'en moquant éperdument. La citronnade n'était pas si mauvaise.

« Il faut une occasion telle que celle-ci pour se rendre compte à quel point on peut avoir eu de la chance.

— Je le suppose.

— Enfin, que se serait-il passé si Delphine était tombée malade la semaine prochaine et non avant Noël ? Dieu sait ce qui serait arrivé. » Le colonel frissonna, bouleversé par la vision de cet avenir imaginaire. « C'est trop insupportable d'y penser.

— Je ne vous suis pas très bien...

— Ne vous ai-je pas dit ?

— Euh, non.

— Mon régiment est posté à Mindanao. Nous allons combattre les misérables Moros. Nous partons la semaine prochaine. »

Deux hélices propulsives

Pantaleon Quiroga lança le Flanquin à la manivelle et le moteur pétarada. L'Aéromobile trembla puis frémit, comme soudain douée de vie. Les câbles reliant le moteur aux montants des hélices fredonnèrent et claquèrent sur leurs roues à came. Carriscant et Pantaleon reculèrent, un instant stupéfaits, avant que Pantaleon ne fasse signe à Carriscant de le rejoindre du côté de la trépidante machine où les moyeux tournoyants des hélices (pas encore montées) étaient fixés. Carriscant posa doucement la main sur un panneau de soie tendue et enduite et sentit les puissantes vibrations remonter jusque dans son bras. Pour la première fois, il eut le sentiment que le rêve de Pantaleon n'était pas une folle illusion ; après tout ce garçon tenait peut-être quelque chose.

« Deux hélices propulsives, cria Pantaleon, faisant tourner ses doigts en manière d'illustration. Mais je suis un peu inquiet quant à mes prévisions concernant le réservoir à essence et le radiateur. Ils sont plus lourds que je ne le pensais.

– C'est embêtant ?

– Si mes calculs sont justes, nous sommes près du poids maximal. Très près. »

Pantaleon lança une longue jambe sur l'avant des deux selles de bicyclette montées au-dessus du chariot à quatre roues sur lequel reposait la machine. Il tendit le bras pour ajuster la manette de contrôle du moteur et le bruit ralentit en même temps que la mécanique se mettait au point mort. Il l'écouta un moment, tête penchée de côté, puis l'arrêta.

Carriscant jeta un coup d'œil par-dessus son épaule aux deux leviers en bois situées devant Quiroga et aux pédales de contrôle à ses pieds. A hauteur de son cou, deux autres leviers pointaient en avant comme des manches sur une brouette, amarrés sur le bord avant de l'aile supérieure.

Pantaleon surprit son regard et expliqua : « Tout le bord avant pivote », dit-il en s'emparant des manches pour le démontrer. De fait, il put déplacer le panneau de l'aile avant sur quarante-cinq degrés. « En décollant du sol, cela est relevé à plein de façon à fournir une montée maximale. Une fois en l'air, je peux le baisser pour réduire la résistance ou le lever pour être plus... » Il chercha un mot : « ... flottant. » Carriscant eut l'impression soudaine d'un vocabulaire s'adaptant, se créant. Comme la médecine et la chirurgie, de nouvelles découvertes enrichissaient le langage – germe, appendice, bacille, phagocyte, micro-organisme.

« J'appelle ça l'" attrape-air ". J'ai déposé une demande de brevet. Si ça marche, qui sait ? Je pourrais...

– Si ça marche ? Mon cher Panta, tu ne peux absolument pas prendre un tel risque.

– Sur le planeur, ça paraît bon. Mais une fois là-haut en l'air avec une machine de ce poids... » Il se retourna et désigna du doigt derrière lui la seconde selle de bicyclette, pourvue de son propre système de leviers. « C'est pourquoi j'ai doublé le mécanisme de gauchissement de l'aile ici.

– Ne me dis pas que tu vas changer de siège en plein... » Il allait dire « voyage » mais le mot ne paraissait pas juste. « ... pendant que la machine est en l'air ? Dans son voyage aérien.

– Non, non. Mon compagnon de vol – mon copilote en fait – contrôlera le gauchissement pendant que je m'occuperai des gouvernails d'altitude, il pointa le doigt sur ses pédales de contrôle, et de l'attrape-air.

– Je vois. Je suppose que c'est logique. » Carriscant fronça les sourcils : il s'était désormais habitué à l'Aéromobile et à sa laideur fragile, translucide, mais ces contrôles lui paraissaient inutilement compliqués. Il devait tout de même bien exister une méthode plus simple ? Toutes ces surfaces mobiles – gauchissantes, élévatrices, attrapeuses –, tous ces leviers, entretoises et câbles. Quand on voyait un oiseau voler, ça paraissait... Il s'arrêta. Pantaleon le contemplait fixement, le regard vide, étrange.

« Que se passe-t-il ? dit Carriscant.

– Je me demandais, Salvador, si tu me ferais l'honneur...

– De quoi ?

– De m'accompagner sur ce vol historique. »

Pluie

Les pluies arrivèrent tôt cette année-là mais le docteur Carriscant, toujours prudent, se déplaçait avec son parapluie depuis la fin janvier et, lorsque les premières grosses gouttes lui tombèrent sur la tête, il se félicita de sa prévoyance. Il replia son petit chevalet, rangea son bloc à dessin et ferma sa boîte d'aquarelles avant de se réfugier à l'abri d'un bosquet de bambous voisin d'où il avait encore une bonne vue de la Calle Lagarda et de l'entrée de chez les Sieverance. Le bosquet de bambous se trouvait de l'autre côté d'une petite crique broussailleuse – l'*estero* San Miguel – face à la Calle Lagarda et ses villas spacieuses. Conscient des risques encourus lors de sa dernière tentative d'espionnage, il s'était donné un certain mal pour rendre sa présence plausible au cas où il serait découvert. Son album de croquis contenait plusieurs scènes quelconques et inachevées de cette partie sans intérêt des faubourgs de Manille. Une étendue de terrains marécageux, des rizières, quelques palmiers et, à l'horizon, le dôme et le joli campanile de l'église et du couvent de San Sebastien. Il avait toujours eu la vague intention de faire de l'aquarelle un violon d'Ingres, une sorte de répit après les implacables exigences de la salle d'opération, et il s'était accroché à ce passe-temps comme au moyen idéal de satisfaire à la fois ce besoin et de permettre d'observer « innocemment » la résidence des Sieverance. Il devait avouer, cependant, que c'était la proximité de la maison et de son occupante qui distrayait et dominait son esprit, et non pas ses barbouillages censés le calmer.

Le colonel Jepson Sieverance et son nouveau commandement, le premier régiment des Volontaires du Nebraska, s'étaient embarqués pour Mindanao cinq jours plus tôt sur le *Brewster*, selon la gazette du *Manila Times*, un fait confirmé par Paton Bobby. Le mari parti, Carriscant savait qu'il lui fallait revoir Delphine une fois encore, hors de la présence de Nurse Aslinger jouant les duègnes. L'infirmière, se disait-il, devait bien quitter la maison de temps à autre, mais trois jours de patiente pratique de l'aquarelle – deux heures le premier, quatre heures et demie le deuxième – ne lui avaient pas permis de voir quiconque, à part des domestiques, sortir ou entrer. Il consulta sa montre de gousset : il était là depuis presque trois heures encore aujourd'hui et, maintenant que la pluie s'était mise à tomber, il se demandait s'il avait intérêt à attendre davantage. Il leva le nez vers le ciel turbulent, plombé. La pluie, aux Philippines, est un phénomène naturel robuste, inflexible. Les grosses gouttes cognaient bruyamment sur le tissu de son parapluie et il sentait déjà le sol s'amollir et se déliter sous ses pieds. Au-dessus de sa tête, les fines lames pointues des bambous étaient battues et promenées dans tous les sens par une solide brise. Un coléoptère passa en bourdonnant à la recherche d'un abri, murmure rageur dans un point noir...

Un léger clic-clac de sabots de cheval lui fit soudain tourner son regard vers l'*estero* : à sa surprise, il vit le portail de la propriété des Sieverance s'ouvrir et un petit *carromato* en surgir contenant, sans aucun doute possible, sous un imperméable, les vastes formes de Nurse Aslinger. La voiture descendit au petit trot la Calle Lagarda en direction du palais de Malacañan et, Carriscant, courbé sous son parapluie, en profita pour se précipiter en amont vers le pont Marquez et parcourir en pataugeant la piste de terre battue qui remontait vers San Miguel. En moins de cinq minutes, il se trouvait devant la porte de Delphine. Deux minutes plus tard, il faisait les cent pas dans son salon attendant que la servante informe Mrs Sieverance que le docteur Carriscant était venu lui rendre visite. Il tenait à la main l'exemplaire des *East Angels* de Constance Fenimore Woolson. En emprunteur responsable et consciencieux, se dit-il, il rapportait promptement le livre à sa propriétaire.

Elle entra lentement dans la pièce, marchant avec deux cannes pour se soutenir un peu. Elle portait une robe vert pomme et les cheveux relevés. Son grand sourire accueillant était prononcé et incontestable. Carriscant sentit sa nervosité revenir au galop avec une force troublante.

« Docteur Carriscant, quelle surprise ! » Elle fronça tout à coup les sourcils. « Je n'ai pas oublié, n'est-ce pas ? Nous n'avions pas convenu... ?

— Non, non. Euh... j'allais voir mon collègue, le docteur Quiroga. J'ai saisi cette occasion pour vous rapporter votre livre. » Il lui tendit soudain le bouquin comme s'il venait d'apprendre à la seconde la signification de la phrase, se rendit compte que Delphine aurait du mal à le prendre, surtout avec ses deux cannes, et regarda bêtement autour de lui à la recherche d'une table où le poser.

« Allons le remettre dans ma bibliothèque, suggéra-t-elle, diplomate, le tirant de son dilemme. Avez-vous vu ma bibliothèque, docteur Carriscant ? De toute façon, je vais avoir besoin de votre aide. »

Il refusa ses offres de citronnade, thé ou café, et la suivit dans un petit bureau donnant sur le salon. Un mur entier était tapissé d'étagères, du sol au plafond, et, devant une fenêtre qui surplombait le jardin noyé de pluie, se trouvait un secrétaire ancien à l'écritoire de cuir marron usé, encombré de paperasses.

« J'écrivais à Jepson, dit-elle, se hâtant de ranger un porte-plume et plusieurs feuillets.

— Une longue lettre », remarqua Carriscant. Nom d'un chien, ce type n'était même pas parti depuis une semaine. Bon Dieu, je suis jaloux.

« Eh bien, en fait, il s'agit d'une pièce.

— D'une pièce ? Vous êtes écrivain ? Auteur de théâtre aussi ?

— Non, à moins que l'ambition puisse m'autoriser le titre. J'ai écrit pour les journaux, quelques articles pour des revues. *Harper's*, *The Atlantic*. La pièce, euh, ça tient un peu du rêve. Mais maintenant que mon mari est parti, je n'ai pas d'excuse.

— Quel est le sujet ?

— C'est une femme... » Elle se tut, l'air troublé puis reprit : « C'est une femme qui est mariée mais sent qu'elle a commis une terrible... » Elle s'arrêta encore. « Il s'agit du terrifiant pouvoir des institutions sociales. »

Elle parut soudain embarrassée par toutes ces confidences et se tourna vers la fenêtre. « Seigneur ! Regardez-moi cette pluie ? Est-ce que ça y est maintenant ? *Le déluge est-il arrivé* * ? » Elle avait un bon accent français, pensa-t-il, avec un petit rien bizarre de fierté. Une femme intelligente, cultivée.

« Je le crains, répliqua-t-il, avant de s'embarquer dans un courte dissertation sur la saison des pluies aux Philippines, la chaleur humide, débilitante, les typhons, les averses permanentes. Vous pouvez aller à la montagne, bien entendu, où il fait moins humide, mais nous restons en majorité ici. En attendant avec impatience octobre et les nuits fraîches. »

Elle prit une petite boîte sur son secrétaire, l'ouvrit et la tendit à Carriscant. Des violettes confites, saupoudrées d'une couche de sucre glace.

« Celles que vous m'avez données, dit-elle. Mes réserves s'épuisent. »

Il déclina son offre. « Je vais vous en procurer d'autres, répliqua-t-il. Ma source est très sûre. »

Elle prit une violette et la mit dans sa bouche. Il la regarda la sucer brièvement, les joues concaves, ses mâchoires bougeant tandis qu'elle travaillait à en extraire la douceur.

« Peut-être en goûterais-je une, si vous me le permettez, dit-il, ses doigts s'emparant d'une petite touffe mauve dans la boîte de nouveau tendue.

— Je suis complètement obsédée par ces bonbons, dit-elle. Je crois que c'est parce que j'aime l'idée de manger une fleur. »

Carriscant eut l'impression d'être près de s'évanouir : la chaleur dans la pièce était insupportable, l'odeur tenace des livres reliés de cuir... Il souleva le roman avec des doigts faiblissants, engourdis.

« Que dois-je en faire ?

— Si vous voulez bien le replacer... Oh, oui, à propos, qu'en avez-vous pensé ? Ne vous avais-je pas dit que c'était un bon écrivain ?

— Excellent. » Il ne pouvait pas s'en rappeler une ligne. Il avait lu le livre dans une sorte de brume, voyant les mots sans les comprendre.

« Cet épisode au cours duquel Esmerelda a raison du méprisable capitaine Farley est tout à fait merveilleux. Quelle belle satire !

— Je suis entièrement de votre avis. Absolument. » Son enthousiasme, il l'espérait, il le présumait, dissimulerait son ignorance totale.

« Voilà le type de femme indépendante que j'admire, dit-elle. N'êtes-vous pas de cet avis ?

— Mmm. Voyons, où dois-je...

— Les Woolson sont tous regroupés là-haut, je le crains. Il va vous falloir utiliser l'échelle de bibliothèque. »

Elle lui indiqua une chaise en chêne à l'irréfutable apparence de siège robuste jusqu'à ce qu'un second coup d'œil révèle qu'elle possédait trop de barreaux et, sur un côté, un crochet de cuivre sans utilité évidente. « Elle se transforme en escabeau », expliqua Delphine.

Et de manière fort ingénieuse, en effet, pensa Carriscant, tandis que, d'un simple geste, la chaise se dépliait et devenait entre ses mains un escabeau de cinq marches, maintenu en position par le crochet désormais justifié.

« C'est mon objet préféré, ajouta-t-elle. Je l'ai acheté en Angleterre, pendant notre voyage de noces. Une petite ville appelée Moreton-in-Marsh.

— Étonnamment simple, commenta Carriscant. Et solide. »

Il grimpa les cinq marches et glissa le livre à sa place, à côté des autres Fenimore Woolson. Tout rangé par ordre alphabétique, nota-t-il, pas de poussière. Un esprit bien ordonné, ça me plaît. Il se rappela soudain son plan et il prit un autre Woolson, au hasard.

« Puis-je emprunter celui-ci ? Je suis devenu un véritable admirateur.

— Mais bien sûr. Avec plaisir. Nous formerons une société de critiques ici. Un club à deux. »

Est-elle en train de flirter avec moi ? se demanda-t-il, se sentant aussitôt mal à l'aise sur son grand escabeau. Un club à deux, ça traduit à mon sens l'idée d'une certaine... *chaleur**. Nerveux, il commença à descendre à reculons les cinq marches et, ce faisant, le crochet en cuivre, à demi engagé seulement dans son œillet, s'enfonça fermement sur les quelques millimètres restants nécessaires pour s'y bloquer en toute sécurité. Ce minuscule ajustement (ils l'analysèrent plus tard), juste une impulsion, une légère secousse, fut tout juste suffisant pour faire perdre l'équilibre à Carriscant dans sa prudente descente à reculons. Il oscilla sur la droite et, pour compenser, appuya très fort son pied droit sur la dernière marche. En se brisant, le goujon produisit un craquement semblable à celui d'un biscuit sec cassé en deux. Carriscant partit en arrière, ses bras battant le vide, et atterrit sur le sol dans un fracas étonnant par-dessus lequel il put néanmoins entendre le cri effrayé de Delphine. La respiration anéantie, la vue réduite à un brouillard gris frangé de mandarine, il sentit sa tête résonner de douleur, audiblement, à son avis, à l'endroit où elle avait rebondi sur le plancher. Il n'eut qu'une seule pensée : j'ai cassé son objet le plus précieux.

Il ouvrit les yeux et vit son visage pâle penché au-dessus du sien, ses doigts essayant de défaire son nœud de cravate. Il comprit qu'il devait s'être évanoui une seconde ou deux, et fut bouleversé par la sollicitude qu'elle lui témoignait. Mais le médecin en lui fut choqué de la voir agenouillée dans son état présent.

« Vous allez bien ? s'enquit-elle, l'anxiété en personne. Mon Dieu, quelle chute. Spectaculaire !

— Mrs Sieverance, je vous en prie. » Il s'efforça de se redresser pour s'asseoir, avalant de grandes gorgées d'air. « Vous agenouiller... Vous ne devez pas... Je vais bien. Bien. »

Il se sentait vaseux, stupide, la tête à la fois lourde et légère. « Je suis tellement navré, réussit-il à poursuivre. Votre escabeau de bibliothèque. »

Elle se penchait en avant maintenant, s'appuyant sur ses bras. Il essaya de ne pas remarquer la manière dont ses seins se pressaient contre son corsage tandis qu'elle se retournait à quatre pattes pour examiner l'escabeau. Il se traîna près d'elle sur les fesses : il ne se sentait pas encore capable de se relever. Delphine fit glisser des miettes de bois entre ses doigts.

« Des trous de termites. Ça devait arriver à la première personne venue. » Elle lui sourit. « Ç'aurait pu être moi. Vous m'avez encore sauvé la vie, docteur. »

Ce ton, encore... « Vous devez me laisser le faire réparer, dit-il très vite. Le docteur Quiroga connaît les meilleurs ébénistes.

– Oh, ça n'a pas d'importance.

– Mais vous avez dit...

– Ce n'est qu'un objet, après tout. Quelqu'un l'a possédé avant moi, quelqu'un le possédera après. Je ne fais que l'emprunter en réalité. C'est notre lot à tous. Nous nous attachons trop aux biens, aux choses. On ne peut pas les posséder complètement comme le vin ou la nourriture. Ils ne nous sont que prêtés, ces objets que nous chérissons. »

Ce petit discours bien senti le réduisit au silence.

« C'est très vrai, dit-il enfin, bêtement. Mais je suis tout de même infiniment désolé.

– Peut-être pourriez-vous m'aider à me relever. »

Carriscant se mit debout, peu à peu, et tendit ses mains. Elle les prit. Elle les prit...

« Je crois qu'il va falloir que vous vous mettiez derrière moi, dit-elle. Les muscles de mon ventre...

– Peut-être devrions-nous appeler votre femme de chambre ?

– Docteur Carriscant, je vous en prie. »

Il se posta derrière elle et elle leva les bras pour permettre à Carriscant de loger ses mains dans le creux chaud de ses aisselles. Il sentit le grand muscle, *pectoralis major*, se crisper sur ses index pendant qu'il la soulevait, prenant tout son poids (et ce n'était pas un petit bout de femme, il s'en rendait compte) pour la hisser sur ses pieds. Une fois qu'elle fut debout, il alla vite lui quérir ses cannes.

« Eh bien voilà, dit-elle avec un curieux sourire. Quel drame ! La restitution d'un livre, qui aurait cru que ça nous mènerait à tout cela ? »

Il aurait voulu à cet instant lui déclarer son amour, lui saisir la main et lui dire qu'elle était la plus belle femme qu'il ait jamais vue, que chacun de ses gestes, que chaque facette de son être l'irradiait de désir. Il aurait voulu poser ses lèvres sur les siennes et goûter les violettes sur sa langue.

Il demeura le visage impassible. Il battit des paupières. Une migraine s'annonçait. Un muscle de son épaule se crispait.

« Je suis tellement navré pour l'escabeau, répéta-t-il. J'insiste pour le faire réparer. Quiroga saura à qui s'adresser.

— Vous avez sali votre veste », dit-elle en tendant le bras pour toucher la cuisse de Carriscant du bout des doigts, et chasser la poussière en quelques tapotements légers.

Il se sentit indescriptiblement chétif, totalement désarmé. Il fallait qu'il parte.

Elle l'accompagna jusqu'à l'escalier tandis qu'il prenait congé. Elle arborait toujours ce sourire ambigu, et il crut sentir émaner d'elle un air de pouvoir, l'air de quelqu'un maîtrisant désormais parfaitement la situation. Mais comment ? Pourquoi ? Quelle était la cause de cet effet-là ? Sa maladresse à lui ? Son comportement ahuri, hésitant ? Il sortit sous la pluie, content de se faire tremper, les cheveux bientôt luisants, les gouttes d'eau ruisselant sur son visage empourpré, sans se retourner. Alors qu'il longeait la rue en direction de Quiapo, vers le *bodegon* où Constancio l'attendait avec sa voiture, les questions recommencèrent à le harceler. Autant qu'il pouvait en juger, il s'était conduit, avant et après la chute, avec une correction absolue, un modèle de politesse discrète. Alors pourquoi agissait-elle comme si elle savait quelque chose qu'il ignorait ? L'équilibre de leurs rapports s'était modifié de manière marquée, songea-t-il, avec un petit frisson de pressentiment : la balance penchait maintenant en sa faveur à elle.

Bistouri

Le corps de la femme gisait face contre le sol dans un petit torrent vigoureux, grossi par les pluies, qui se jetait dans l'*estero* Tatuban. Le cours d'eau se situait un peu au nord de la ville, entre la voie ferrée de Dagupan et le champ de courses de Santa Cruz. Carriscant regarda autour de lui : ils se trouvaient à peine à un mile d'Intramuros et pourtant ils étaient entourés de broussailles et de champs marécageux sous des nuages bas couleur d'étain. Une scène déprimante, désolée. Désolé était le mot parfait, se dit-il. Ou alors *drookit*, un excellent terme écossais, sauf pour ses connotations de froid alors qu'ici il faisait chaud et humide. La pluie fouettait son chapeau et son ciré jaune. A côté de lui, Bobby tenait un parapluie au-dessus de sa tête, non loin d'une demi-douzaine de policiers indigènes stoïques, trempés jusqu'aux os.

« Cette piste mène par ici à Tondo, dit Bobby, le doigt tendu, avant de pivoter sur ses talons. Prenez la direction inverse et vous arrivez à l'hôpital chinois.

— Elle est chinoise ?

— *Mestiza*, je pense. Nous ne pouvons pas l'identifier. Y a de bonnes chances qu'elle soit de Tondo. »

La femme ne portait pas de chaussures, et ses vêtements étaient usés, minables. Carriscant haussa les épaules. « Tondo. Ça pourrait vous prendre des mois avant de découvrir qui elle est, et encore...

— Faut qu'on essaie », répliqua Bobby, sèchement.

Carriscant fronça les sourcils. Bobby n'était pas de bonne humeur — compréhensible, peut-être, mais, quant à lui, il ne voyait pas pourquoi on l'avait convoqué. « Puis-je vous être utile en quelque manière ? » s'enquit-il.

Bobby fit signe aux policiers d'enlever le cadavre, puis se retourna et offrit à Carriscant un cigare que, pour une fois, celui-ci accepta. Après une certaine dose d'agitation autour du processus d'allumage, trois allumettes mouillées pour Carriscant, deux pour Bobby, Carriscant exhala la fumée tout en regardant au-delà de cette scène de grisaille. Le cigare, bon marché, avait un goût sec, de paille, qui lui brûlait la gorge, un drôle de contraste car tout ce qu'il voyait exprimait le froid : des cieux gris, des verts boueux, la pluie, le sol gorgé d'eau. Il avait l'impression de respirer du bouillon tiède. Sous son ciré luisant, il se sentait complètement mouillé, chaud et mouillé.

Bobby souffla sur le bout de son cigare et annonça : « Je pense que c'est le même type.

— Que voulez-vous dire ?

— L'individu qui l'a tuée a aussi tué Ward et Braun. »

Bobby le conduisit jusqu'au fourgon où la femme était maintenant étendue. Elle était jeune, guère plus de 25 ans, estima Carriscant, le visage constellé de cicatrices de petite vérole. Elle paraissait maigre, sous-alimentée et le côté droit de sa blouse de mousseline était déchiré. Bobby lui souleva le bras et Carriscant vit, à travers la déchirure, la vilaine entaille ridée d'une blessure au couteau, entre la quatrième et la cinquième côte.

« Poignardée dans le cœur, dit Bobby. Et, tout comme les autres, trouvée dans ou près de l'eau sur les lignes du front philippin ou américain telles qu'elles se présentaient le 4 février 1899.

— Qui était ici ? demanda Carriscant, surpris.

— Le premier Montana. »

Carriscant se montra sceptique. « Si elle avait été un soldat américain, je souscrirais à votre hypothèse. Mais il s'agit d'une paysanne, et d'une paysanne malade en plus, je le parierais, sortie d'un taudis de Tondo. Et elle n'a pas de blessure en forme de L. »

Bobby mit la main à la poche et sortit quelque chose qu'il montra à Carriscant : un bistouri. Carriscant le prit.

C'était un bistouri Merck et Frankl, d'usage courant, avec une solide lame biseautée de cinq centimètres de long.

« C'est ce qu'on appelle un bistouri droit, pointu. Pas fait pour du travail de précision. De facture classique, dit Carriscant en le rendant.

— Nous pensons que le meurtrier a dû être surpris. Autrement je suis sûr qu'on aurait une blessure en L en plus et un cœur en moins.

— Mais pourquoi une femme ? Pourquoi une pauvresse venue d'un quartier pouilleux ?

— Je l'ignore.

— Nous... » Carriscant hésita ne sachant pas très bien comment s'exprimer. « Nous utilisons ces scalpels à San Jeronimo.

— Je sais, répliqua Bobby. Au San Lazaro et au First Reserve aussi. » Il remit le bistouri dans sa poche avec soin. « Pouvez-vous me dire si l'un des vôtres a disparu ?

— Sans doute.

— Je vous en serais reconnaissant. »

Carriscant reporta son regard sur le cadavre. Les vêtements trempés collaient au petit corps maigre. Le ventre était très ballonné. La bouche, entrouverte, montrait des dents tachées. Troublé, agité, le cerveau de Carriscant fonctionnait à plein.

« Je crois, dit le chirurgien à Bobby, que vous découvrirez que cette femme est enceinte. De quatre ou cinq mois. » Il désigna le ventre du cadavre.

« Vraiment ? Bon Dieu... » L'information semblait avoir indûment dérangé Bobby. « C'est affreux.

— Je vous le confirmerai à l'hôpital », promit Carriscant avant de prendre congé.

Sur le chemin du retour, il se surprit à revenir sans cesse à la même et troublante conclusion. Le bistouri trouvé à côté du corps de la femme, il en était certain, appartenait à sa propre salle d'opération du San Jeronimo. Impossible d'expliquer d'où il tenait cette certitude. Mais elle lui était venue avec la clarté d'une révélation surnaturelle. Quelqu'un avait volé ce bistouri et ce (ou ces) quelqu'un l'avait placé à côté du cadavre dans le seul but de l'impliquer, lui, Carriscant, dans ces meurtres.

L'après-midi bleu

« On a eu de terribles problèmes, dit Pantaleon, les traits tirés, le menton sale de repousses de barbe. Mais je crois qu'on les a résolus. »

Debout sur le seuil de la grange *nipa*, ils regardaient la pluie tomber avec constance sur le pré. Derrière eux, dans la pénombre à l'odeur de moisi, se dressait l'Aéromobile, presque complète, excepté une hélice.

« Problème de couple de torsion, poursuivit Pantaleon. Les hélices font tirer la machine sur la droite et il m'a fallu compenser l'une par l'autre. Très compliqué. » Il se pinça l'arête du nez. « Et de poids. J'ai besoin d'un supplément de carburant. Ça m'a retardé de plusieurs semaines mais on y est presque.

— Ne t'épuise pas, Panta, dit Carriscant, posant une main apaisante sur l'épaule de son ami. On ne peut pas précipiter ces choses. Un jour, j'en suis persuadé, tu t'envoleras.

— Non, tu ne comprends pas, répliqua Pantaleon, excité. Je ne suis pas tout seul. Il y en a d'autres.

— D'autres quoi ?

— D'autres aviateurs. Tu as Santos-Dumont en France, Bosendorf en Allemagne, ce type en Amérique — comment s'appelle-t-il ? — avec ses planeurs pilotés.

— Mais tu y es pratiquement. » Carriscant se retourna pour montrer d'un geste la machine : « Regarde ça. Un exploit étonnant.

— Chanute, c'est lui. Mais c'est Santos-Dumont qui m'inquiète le plus. Il est très très riche. Pas de problème d'argent, tu comprends.

— Panta...

— Et ça en plus ! » Il montra le poing à la pluie. « Normalement, ça n'aurait pas dû commencer avant au moins deux mois. Qu'est-ce qui se passe ? Regarde-moi ce champ. C'est une fondrière, quasiment sous l'eau. Si j'ai acheté ce terrain, c'est qu'il était censé se drainer naturellement. Le fermier me l'a juré sur la tête de ses enfants. »

Carriscant jeta un œil vers le ciel pendant que Pantaleon continuait à vitupérer contre le fermier et sa duplicité. Il était midi et les nuages semblaient se clairsemer. Carriscant, sans en être certain, crut distinguer une brume bleuâtre au-delà de la couverture gris pâle.

« Il te faut une route, dit-il sans vraiment réfléchir. Une route empierrée, comme celles que les Américains construisent dans Intramuros. Ça prend toute la pluie du monde, c'est lisse, et alors tu pourrais... » Il s'arrêta. Pantaleon le regardait fixement, la lèvre inférieure pincée entre le pouce et l'index. « Que se passe-t-il ?

— Une route... Mais bien sûr.

— Quelque chose de ferme en tout cas. Une piste en terre battue, un... »

Pantaleon s'élança dans la pluie, sans s'en soucier, mesurant le sol à grandes enjambées. Carriscant soupira, ouvrit son parapluie et le suivit dans le champ, dégageant du col de sa chemise son cou que l'humidité irritait. Il avait d'ailleurs trouvé de la moisissure sur une de ses chemises dans une armoire ce matin. Une très belle chemise blanche avec de la moisissure bleue poussant dessus, comme sur du fromage.

Il rattrapa Pantaleon au bout du pré. A travers une frange de goyaviers, on apercevait une rizière et, au-delà, la masse brune gonflée de l'*estero*, jonchée, encore plus que de coutume, de choux d'eau, pareils à des ballons de football vert vif. Le Pasig en avait été rempli ce matin, il l'avait remarqué en traversant le pont de Colgante.

« Je construirai la mienne, dit Pantaleon avec ferveur, tendant les bras devant lui en direction de la grange. Une base de pierres concassées, des poteaux de bambou couchés de mètre en mètre, des planches clouées par-dessus.

— Panta, ça fait presque cent mètres. Pense au coût, mon vieux.

— Non, non. C'est une excellente idée. Merci, Salvador. » Il lui prit la main et la serra, très excité. « Merci, Dieu te bénisse.

— Je t'en prie. »

Ils regagnèrent la grange en pataugeant.

« Y as-tu réfléchi de nouveau, Salvador ? Tu sais à quel point c'est important pour moi.

— Je te l'ai dit, je ne peux vraiment pas. Je serais terrifié. Je ne suis pas comme toi. Je ne te serais d'aucune utilité. Prends un jeune. D'ailleurs, je suis trop lourd.

— Non, non, ça, ça ira. Il faut que ce soit toi. J'ai tout calculé justement sur la base de ton poids.

— Non, Panta, franchement...

— Ne dis pas non. Ne fais pas ça. Réfléchis-y seulement encore un peu. »

La pluie s'arrêta momentanément alors que Carriscant rentrait vers Intramuros. Le vent soufflait de l'est et il voyait d'énormes continents de nuages s'accumuler sur les contreforts des monts Benguet. Juste un répit temporaire, songea-t-il, ôtant son chapeau et s'épongeant le visage avec un mouchoir, ça va nous tomber dessus pour de bon ce soir.

A l'hôpital, dans son cabinet de consultation, il parcourut l'inventaire qu'il avait demandé à son infirmière en chef de lui préparer. Nombre d'objets manquaient dans les réserves y compris, ainsi qu'il l'avait prévu, un bistouri droit et pointu Merck et Frankl. Qui pouvait dire cependant quand il avait disparu ? Il avait pu être perdu, il avait pu être volé depuis des mois, il avait pu être jeté par accident dans un paquet de tampons souillés... Alors pourquoi suspectait-il la main des docteurs Cruz et Wieland ? Il entreprit, avec autant de méthode que possible, d'explorer les ramifications de cette hypothèse mais s'arrêta au bout de deux minutes, épuisé par la masse des invraisemblances et des conséquences. Il était d'humeur, il s'en rendait compte, à transformer n'importe qui en ennemi — Cruz, Wieland, voire Bobby. Peut-être Bobby avait-il planté là le scalpel histoire de le déstabiliser, de le mettre à l'épreuve d'une certaine manière... Mais pourquoi? Qu'est-ce que cela impliquait? De quoi devenir fou, il le savait, et il écarta l'affaire de son esprit. Une longue file de patients attendait devant son cabinet de consultation.

Plus tard, son travail de la journée terminé, il s'attarda à la fenêtre du fond de sa salle de consultation contemplant un coin du jardin de l'hôpital. L'air était rempli des grondements sourds d'un orage lointain et les nuages couleur prune s'entassaient haut sur la ville. Pourtant, à l'ouest, au-dessus de la baie de Manille, le ciel était clair et le soleil, sombrant de tous ses feux, baignait le jardin d'une épaisse lumière crémeuse, faisant luire les vieilles tuiles des toits d'Intramuros, leur couleur de terre cuite momentanément ravivée ressortant crûment sur les meurtrissures bouillonnantes des nuages orageux. Les premières gouttes commencèrent à tomber, telles des pièces d'argent traversant la lumière radieuse du jardin et, tandis que les nuages s'abattaient sur la cité comme pour étouffer ce soleil audacieux, un bref mélange de brouillard orageux mauve et de luminosité crépusculaire fit virer l'air au bleu, changeant presque sa substance invisible pour la transformer en quelque chose de présent, de tangible, comme si la lumière bleue emplissant le jardin était une fine brume de gouttelettes suspendues dans l'atmosphère. Enchanté, fasciné, sans vraiment réfléchir, Carriscant ouvrit la fenêtre et tendit la main comme un enfant essayant d'attraper, essayant de toucher ce merveilleux phénomène. Ses doigts se refermèrent sur le vide. Il vit en revanche les centaines de nuances de vert dans les feuilles, les buissons et l'herbe ; il sentit l'odeur de fer rouillé de l'imminent déluge ; de grosses larmes de pluie frappèrent sa paume ouverte et il entendit le tonnerre éclater au-dessus de San Juan del Morte tandis que sous son regard ravi l'après-midi se peignait en bleu.

Sa rêverie fut interrompue par un léger brouhaha de voix protestant dans l'antichambre. Les objections polies de Señora Diaz précédèrent son coup à la porte, derrière laquelle apparut son visage poupin, empreint d'un air navré.

« Quelqu'un vous demande, docteur. Je suis tout à fait désolée. J'ai dit qu'il était trop tard mais il s'agit d'une urgence, je crois.

– Faites entrer, Señora Diaz. Et vous pouvez partir. Je resterai ici assez tard. »

Il s'assit à son bureau et, de l'ongle, dessina paresseusement des lignes entre les taches d'encre sur son buvard. La pluie tombait maintenant à flots, emplissant les gouttières à les faire déborder, et l'air de bruits de clapotis. Extraordinaire, cet effet de lumière dans le jardin, songea-t-il. L'atmosphère chargée d'humidité à l'excès, l'éclat blanc du soleil et le gris bleuâtre des nuages semblaient fusionner dans les gouttelettes microscopiques. Un genre d'effet de prisme monochrome, si l'on pouvait dire, tout à fait magique. Il avait eu l'impression de pouvoir toucher l'air, d'en ramasser ou presque des poignées bleues.

Il leva la tête et la vit. Elle était entrée dans la pièce si doucement que, durant une seconde de folie, il crut qu'elle était elle aussi une vision, un autre effet magique et sublime de la lumière. Il laissa échapper un petit cri de surprise qu'il réussit à transformer en toux, et se leva très vite.

« Mrs Sieverance... »

Elle portait un canotier, une veste longue de coton bleu marine sur une jupe gris pâle qui lui découvrait la cheville. Ses cheveux épais étaient ramassés sur la nuque et noués d'un ruban de velours marron.

« Je suis désolée d'arriver aussi tard, docteur. Je ne me sentais pas bien. »

Carriscant contourna son bureau pour lui avancer une chaise. Il remarqua qu'elle n'utilisait plus de cannes. Il ne l'avait pas vue depuis plusieurs jours mais cela indiquait tout de même un rapide progrès. Elle avait l'air pâle, le front humide, la respiration courte.

« Pas de cannes ? Vous en faites trop, je le soupçonne.

– Je me sens tellement plus solide. Enfin, je me sentais. Mais cet après-midi j'écrivais et j'ai eu comme un malaise, tout à fait étrange.

– Nurse Aslinger, n'a-t-elle pas...

— Je lui avais donné congé pour la journée, je me sentais si bien, vous comprenez. »

Il prit son pouls. L'applique électrique sur le mur éclairait de telle sorte qu'en regardant Delphine de profil, il pouvait voir le fin duvet sur sa lèvre supérieure. La plus fine peau de pêche. Sa toison, sa fourrure. Le bout de sa langue apparut pour humecter sa lèvre inférieure. Un arc de lumière surprit la gelée ombrée de cils de sa pupille. Une chose noire sur ses cils. Des grains de poudre sur les méchettes blondes devant ses oreilles.

« Un peu rapide, votre pouls.

— C'est ce que j'ai pensé. Et ma respiration. Il semble que je ne parvienne pas à la ralentir. Comme si j'avais les poumons comprimés.

— La plaie ? Une douleur ?

— C'est bizarre. Une sorte de chatouillement. Une sorte de... effervescence dans cette zone, sur le côté.

— Si vous voulez bien vous étendre sur la table, je reviens dans un instant. » Il lui sourit et se dirigea vers la porte.

« Où allez-vous ?

— Chercher une infirmière. »

Elle éclata de rire et secoua la tête, en proie à l'étonnement, sembla-t-il à Carriscant.

« Enfin, voyons, docteur Carriscant, vous m'avez ouvert le corps et m'en avez ôté un bout. J'apprécie votre sens du décorum mais ce n'est pas nécessaire. » Elle retira son chapeau, le posa sur sa chaise et alla derrière l'écran s'installer sur la table d'examen.

« Pouvez-vous m'aider ? Je n'aime pas soulever mes jambes. »

Il s'accroupit très vite devant elle, la gorge sèche, les doigts sur ses chevilles. Petites bottines noires en veau à talons bas, un entrecroisement de lacets passant par des crochets de cuivre. Il hissa ses jambes sur la table. Un léger craquement de cuir lorsqu'elle se tourna vers lui avant de s'étendre.

« Je vous suis très reconnaissante, docteur.

— Non, non. Vous avez eu raison de venir. »

Ses doigts déboutonnèrent sa jupe sur le côté. Des boutons des deux côtés. Un reflet de boucles aussi.

« Il y a aussi ces petites ceintures.

— Je vois. » Il les défit et replia ce qui était maintenant le panneau frontal du haut de la jupe. Elle déboutonna le bas de sa veste et l'ouvrit. Elle portait dessous un chemisier de coton, à fines rayures jaunes. Il apercevait sous son ourlet une tranche de ventre au-dessus du nombril et le haut froncé de sa culotte tenu par un lacet de tissu noué. Elle tira sur les bouts et élargit la taille au maximum.

Il ne pensait plus. Sa tête était vidée de tout excepté le tambourinage impétueux de la pluie. Une senteur d'eau de rose, douce, impalpable, émanait d'elle. Son regard se posa sur la fenêtre : le jardin était plus sombre, éclipsé par les lumières de la pièce qui se reflétaient vivement dans le crépuscule précoce.

« Je voudrais simplement... » commença-t-il, ses doigts sur la ceinture libérée de la culotte qu'il rabattit avec soin, dégageant d'abord le nombril et le renflement pâle du ventre, puis la tendre saillie du pelvis. Pas davantage.

« Si vous pouviez juste vous soulever.

— J'ai peur que ça fasse mal, mes muscles sont faibles par là.

— Voyons. »

Il glissa sa main sous elle, paume en dessus, dans le creux de ses reins. Il la soutint et elle s'arqua avec précaution, ses doigts s'activant sous ses fesses pour libérer le panneau arrière de sa jupe, le rabattant par-dessus ses hanches. La main de Carriscant était chaude sur sa colonne vertébrale.

Il la ramena sur la culotte qu'il tira plus bas pour exposer la cicatrice. Le cordon était plus lâche qu'il ne l'avait prévu et son geste dégagea trois bons centimètres du pubis, aux poils dorés épais, repoussés ou presque.

Il se raidit d'émotion devant ce spectacle, la poitrine soudain remplie d'air, l'aine parcourue de remuements, tandis que son pénis s'épaississait et se dressait contre son pantalon. Il releva un peu la ceinture de la culotte et tira sur le côté droit pour dévoiler la cicatrice. Il gardait la tête baissée : il refusait de rencontrer son regard au cas où elle aurait vu qu'il avait vu.

Cette brillante marque rouge vif qu'il lui avait faite. Pas d'inflammation. Il passa le bout des doigts le long de la cicatrice, la trace des points de suture réduite à presque rien. Ses mains sur elle de nouveau. Il ferma les yeux.

Elle dit, doucement : « Personne ne s'appelle Esmerelda.

— Comment ?

— Dans ce roman, *East Angels*. Personne ne s'appelle Esmerelda, pas de capitaine Farley, personne " n'a raison " de quiconque en particulier. » Elle le fixait d'un regard d'une franchise intolérable. Il ôta les mains de son ventre.

« Je ne comprends pas », dit-il, se rendant compte maintenant de ce qu'il avait révélé de lui et de ses motifs ce jour-là chez elle.

« Vous n'avez jamais lu ce livre. Vous m'avez menti là-dessus et pourtant vous avez voulu en emprunter un autre. Pourquoi ? »

Elle se hissa sur ses coudes. Elle s'adressait à lui sur un ton tranquillement railleur, ses yeux dans les siens. Elle posait des questions dont elle connaissait déjà les réponses.

« Parce que... » Il répondit d'une voix basse, confidentielle, presque un chuchotement. « Parce que je voulais vous voir. »

Il se pencha et, au moment où ses lèvres touchaient les siennes, il sentit autour de son cou les bras de Delphine l'attirer vers elle.

Porte verrouillée, lumières éteintes, ils firent l'amour avec une immense et tendre sollicitude, et le minimum absolu de mouvement de peur de déchirer la plaie de Delphine ou de nuire à sa cicatrisation. Il lui ôta sa jupe et sa culotte et puis, avec son aide, elle se tourna et se mit à quatre pattes au-dessus de Carriscant pendant qu'il se préparait lui-même, enlevant sa ceinture et déboutonnant sa braguette et qu'elle, centimètre par centimètre, s'allongeait sur lui. Ses cheveux défaits, leur ruban plus ou moins dénoué, caressaient son visage et, à un moment, il glissa les mains sous la chemise en coton pour prendre ses seins offerts entre ses paumes.

« Ça ne fait pas mal », chuchota-t-elle dans un léger mouvement d'avant en arrière.

Il gisait sur le dos, sans bouger, ses mains sur ses hanches à elle maintenant, tandis qu'elle imprimait à son corps de petits va-et-vient, de minuscules ondulations.

Il ne pouvait plus se retenir davantage et quand vint le

moment, l'immobilité presque absolue de leur posture, l'absence de contact corporel, de tout effort pénible, lui donnèrent une qualité de rêve, de surnaturel, comme si cette expérience extraordinaire se déroulait pendant qu'il flottait sur une rivière tiède ou qu'il se trouvait retenu entre les branches les plus hautes d'un arbre puissant balayé par le vent.

Puis elle se laissa retomber et s'étendit sur lui, et seulement alors ils s'embrassèrent et se touchèrent, se blottirent l'un contre l'autre et se caressèrent. Il n'arrivait pas à trouver quoi que ce fût à dire. Rien. Et ils restèrent ainsi immobiles sur la table d'examen, derrière le paravent, dans la chambre obscure, tandis que dehors la pluie tombait à verse et que la nuit venait.

Fillettes sur un poney

Après son départ, il demeura dans la pénombre, engourdi par un sentiment de joie, épuisé et bêtement heureux. Il ferma les yeux et tenta de se rappeler ses odeurs et ses textures, les mots qu'ils avaient échangés, certains moments dont il n'arrivait pas à croire qu'ils eussent existé. Il trouva sa mémoire terriblement élusive. Un bref instant, il put revivre la douce plénitude de ses seins dans ses mains avant qu'une image du plafond de la salle de consultation, la grosse applique électrique, les piqûres sépia de quelques taches d'humidité, viennent repousser cette sensation, pour être écarté à son tour par le chuchotement de sa voix à son oreille — « je sais, je sais » — ou le chatouillis de son épaisse chevelure sur son visage, la vision de son torse se tournant au moment de reboutonner sa jupe ou de son visage pâle s'approchant pour un ultime baiser. Quels avaient été leurs derniers mots ? Il n'arrivait pas à s'en souvenir. Comment avaient-ils décidé de leur prochain rendez-vous ? Enfin, tout de même, ils avaient sûrement arrangé quelque chose ? Il fut soudain saisi de l'horrible peur que c'était là la première et dernière fois qu'ils se retrouveraient de cette manière et, dans un accès d'amertume, il maudit son mariage et le sien. Il se mit soudain à détester Manille, son côté provincial, son étroitesse d'esprit, l'impossibilité d'une intimité quelconque parmi ses expatriés rancuniers avec leur curiosité malsaine, la présence constante de domestiques espionnant, chuchotant, l'impossibilité de demeurer anonyme ou seul.

En proie à cet élan de frustration, il quitta l'hôpital et, dans le crépuscule bleu, prit la Calle Palacio et la Calle Fundacion jusqu'à la porte Real. Il traversa la douve aux eaux stagnantes et se dirigea vers la Luneta dont il voyait devant lui le cercle de lumières électriques briller dans la nuit tombante. Au-delà de la baie, les collines de la Sierra de Marivelles étaient opaques et sombres, un dernier ruban jaune orangé marquant leur silhouette. De la musique lui parvint depuis le kiosque tandis qu'il approchait de la foule et des douzaines de calèches répétant leur lent mouvement giratoire autour des pelouses du centre de l'ovale.

Comme toujours les gens étaient surtout vêtus de blanc et, à cette heure — ou bien était-ce dû à ses yeux —, les costumes de lin et les *camisas* de mousseline luisaient de façon crue, surnaturelle, dans la nuit tombante. L'orchestre passa d'une interprétation enjouée de *La Rose jaune du Texas* à une valse scandée, et, une fois encore, il lui sembla que l'allure des promeneurs et celle des attelages ralentissaient pour s'adapter au nouveau rythme de la musique. Des hommes et des femmes de sa connaissance le saluaient tandis qu'il avançait au hasard à travers la foule, et il levait une main pour un rapide salut en retour, gardant un vague sourire, prenant une direction, puis une autre, en changeant à chaque rencontre pour éviter toute conversation.

L'esprit encore empli d'émerveillement, il réfléchissait à ce qui venait de se passer, pensait à Delphine et à leur tendre manière de faire l'amour. Il se sentait à la fois béni des dieux et humble, reconnaissant et insupportablement ému par la générosité de cette femme. Soudain seul un instant, son menuet sinueux l'ayant amené à la limite de la lumière projetée par les brillantes grappes de globes électriques, il se retourna et contempla une fois de plus la lente ronde sans but de la cohue, accompagnée par la superbe musique, le pépiement de centaines de conversations, et parfois un éclat de rire.

Traversant sans cesse la foule, les bouts de pelouse, la route, au gré du hasard, deux petites Américaines chevauchaient à cru un poney, leurs cheveux blonds flottant au vent simplement attachés par un ruban noué sur le côté à l'américaine, leurs maigres jambes nues aux pieds chaussés de ballerines de velours enserrant les flancs du poney. La fillette assise à l'avant et qui tenait les rênes paraissait heureuse et excitée, souriant largement, le regard vif et mobile, plein de curiosité. Mais la petite, derrière elle, accrochée à la robe de sa sœur, l'air solennel et effrayé, gardait les yeux résolument fixés sur le sol. Elles firent deux fois le tour de la Luneta et puis Carriscant les perdit de vue, derrière les calèches regroupées de l'autre côté. Elles ne réapparurent pas, et il se sentit envahi d'un sentiment de perte, un terrible sentiment de l'impermanence et de la brièveté de la vie, une soudaine compréhension de la signification que contenait cette scène. Il retraversa la route pour gagner la digue, s'assit, les jambes pendantes au-dessus de la plage étroite, observant, au-delà des cabines de bains roulantes et des eaux noires de la baie, les dernières griffes de bleu lilas sur l'horizon. Seul, à l'abri des regards, il enfouit sa tête entre ses mains et pleura.

Hippotitèque

Le bistouri Merck et Frankl gisait au beau milieu de la table de travail de Paton Bobby dans ses bureaux de l'Ayuntamiento, le bout de la lame pointée sur Salvador Carriscant.

« Alors vous dites qu'il en manque un », répéta Bobby. Sans nécessité, pensa Carriscant.

« D'après mon inventaire. »

Bobby fronça les sourcils et ramena ses mains au niveau du bureau pour placer avec précaution les bouts de ses doigts dessus, ses pouces soutenant son menton. Carriscant remarqua que le majeur et l'annulaire de la main droite étaient bandés.

« Qu'avez-vous fait à vos doigts ? » demanda-t-il.

Bobby prit un air pitoyable. « Vous vous rappelez le jour où nous avons trouvé le cadavre de la femme ? Et le bistouri ? Je l'ai remis dans ma poche et je l'ai oublié. Dix minutes plus tard, j'ai voulu prendre mes allumettes et... ouille !

— Ça arrive. Si vous vous promenez avec un scalpel, il vous faut un étui, ou une petite gaine de cuir. Comme celui-ci. » Carriscant lui montra le sien.

« Ouais, eh bien je n'ai pas l'intention d'en trimbaler un à plein temps.

— Il nous en manque certainement un, si ça peut vous être utile.

— Ça aurait pu. A ceci près que le San Lazaro en a égaré trois et qu'une boîte entière a disparu du First Reserve.

— Ça vous en dit long sur les hôpitaux. »

Bobby se leva pour entamer une marche de long en large, en proie à une perplexité manifeste. Il se retourna, parut sur le point de dire quelque chose puis d'y renoncer. Après quoi, il changea de nouveau d'idée. Carriscant pensa qu'il avait rarement vu les intentions d'un homme aussi clairement écrites sur sa figure — pas la meilleure des vertus pour un policier, à son sens. Il attendit patiemment que Bobby ouvre la bouche.

« Si ce bistouri vient de San Jeronimo, commença Bobby jouant assez bien l'homme qui réfléchit tout en marchant, alors il est concevable — je dis concevable — qu'il ait pu être pris par le docteur Quiroga. D'accord ?

— Écoutez, Bobby, je vous ai déjà dit...

— Ce n'est qu'une supposition. Hypothétique. »

Il prononça « hippotitèque » et Carriscant dut s'obliger à ne pas sourire.

« La supposition est complètement absurde, répliqua-t-il. Vous insinuez que le docteur Quiroga a un rapport quelconque avec ces meurtres. Ridicule.

— C'est une piste, vous devez bien l'admettre. D'abord le lien avec le général Elpidio et maintenant ce bistouri. Et la précision chirurgicale des mutilations. Exécutées " avec compétence ", ce sont vos mots, pas les miens. » Bobby pointa un doigt libre de pansement sur Carriscant puis reprit : « La famille du docteur Quiroga est originaire de Batangas, dans le sud de Luçon. Une des zones de rébellion les plus violentes. Il s'est rendu trois fois là-bas, à ma connaissance, au cours de la dernière année de guerre.

— Et alors ? Moi aussi. Ma mère habite San Teodoro.

— Et durant la guerre, en février et mars 1902, le régiment du colonel Sieverance se trouvait là-bas. Trop de liens, Carriscant, je ne peux pas ne pas en tenir compte.

— Vous vous accrochez à des fétus de paille, dit Carriscant, les plus fragiles, les plus éphémères des fétus... Écoutez, j'aurais pu aussi bien, moi, m'emparer de ce bistouri. N'importe qui parmi mon personnel, n'importe quel garçon de salle. Le docteur Cruz, le docteur Wieland. Même le colonel Sieverance, même vous. Vous êtes tous venus dans ma salle d'opération, vous y avez tous eu accès. »

Bobby rougit et, une seconde ou deux, parut très mal à son aise. « Il n'y a pas lieu de vous livrer à ce genre de sarcasme, Carriscant. Je suis obligé de suivre toutes les pistes. »

Carriscant baissa la tête en manière d'excuse. « Le bistouri soulève toutes sortes de questions, j'en conviens, dit-il en fixant droit dans les yeux Bobby qui, pensa-t-il, parut particulièrement gêné sous ce regard. Si nous ne l'avions pas trouvé, j'aurais dit que le meurtre de la femme n'avait pas le moindre rapport avec celui des soldats... A propos, elle était enceinte, de quatre mois. » Il se tut puis décida de faire part à Bobby de sa propre hypothèse : « Si vous voulez mon opinion, ce scalpel a été délibérément placé là. Non pas pour impliquer le docteur Quiroga... Mais pour m'impliquer, moi.

— Pour l'amour de Dieu ! Maintenant c'est vous qui êtes absurde ! Qui ferait une chose pareille ?

— Le docteur Cruz ou le docteur Wieland. Ou les deux. »

Bobby éclata de rire, retrouvant soudain toute son assurance. « Vous dites qu'ils auraient assassiné la première paysanne venue et puis placé un de vos bistouris près du corps ? Ça n'a pas de sens. Ces hommes ont une position sociale reconnue. Non, non.

— Je ne dis pas assassiner. Mais ils sont plus que capables de... de saisir une occasion pour tenter de me déshonorer. Cruz a de nombreuses relations parmi les policiers. La police de Tondo amène beaucoup de victimes de bagarres à l'hôpital. Dans les services de Cruz.

— Je ne peux pas accepter ça.

— Ils n'ont pas le moindre scrupule et ils sont mes ennemis jurés.

— C'est de la fantaisie. Du pur mélodrame.

— Je dois vous dire ce que je crois. Ils veulent me discréditer et peu leur importe la méthode. Je ne dis pas qu'ils ont tué la femme. Il y a une épidémie de choléra dans les provinces. Des douzaines de gens meurent chaque semaine. Et Dieu sait combien de cadavres Cruz a en réserve dans son laboratoire diabolique. Il aurait pu...

— Non, arrêtez. Cette conversation s'égare complètement. Mon cher Carriscant, tout ceci est délirant, absurde. Vous me surprenez, mon vieux, je vous ai toujours cru un genre d'individu plus calme, plus maître de lui que ça.

— Je suis persuadé que ce bistouri a été volé dans ma salle d'opération.

— Écoutez, je pense que nous allons trop vite en besogne. Cette sacrée pluie nous pourrit le cerveau. Elle nous le moisit. »

Carriscant décida de s'en tenir là. Il était néanmoins satisfait : sa confession avait eu un résultat inattendu. Le soulagement de Bobby devant ses accusations avait été évident et lesdites accusations repoussées avec trop d'empressement. Il était désormais convaincu que le vol du bistouri dans son laboratoire n'avait d'autre auteur que le commandant de la gendarmerie, Paton Bobby lui-même.

Le cœur recousu

Annaliese Carriscant tartina d'une autre cuillerée de miel un triangle de pain grillé et lécha la cuillère avant de la remettre dans le pot. Elle mange trop, pensa Carriscant, elle continue à grossir. Un petit renflement de chair, un commencement de double menton, lui venait sous la mâchoire. Dans un amer accès de lucidité, Carriscant découvrit à quel point sa femme était laide, tout à coup – tellement pincée, malgré sa nouvelle corpulence, tellement fade. Comparée à Delphine, elle était... Il repoussa son assiette de poulet au riz. Comment pouvait-elle manger des toasts au miel, tartine après tartine, toute la soirée ?

« Il faut que j'aille à l'hôpital », annonça-t-il.

Elle le regarda, son impassibilité se teintant de mépris.

« Je ne t'attendrai pas. »

Carriscant remit le pansement sur la plaie. Le malade était un Anglais, un officier des garde-côtes, souffrant au cou d'un gros bronchocèle, ou cyste goitreux, qui avait atteint la taille d'une aubergine et qu'on avait opéré deux jours plus tôt. Il était encore faible mais semblait en progrès. Carriscant passait au lit suivant quand il fut interrompu par une des infirmières, sœur Incarnacion, entrée précipitamment dans la salle.

« Docteur Carriscant, s'il vous plaît. La salle 11. Une urgence. »

Carriscant se hâta de la suivre dans le couloir menant à l'aile ouest de l'hôpital. La salle 11 faisait partie du service du docteur Cruz. Quitter sa propre zone de l'hôpital lui donnait le sentiment de passer une frontière ou bien de remonter le temps. A l'extrémité de sa sphère d'influence se trouvaient les tréteaux avec les cuvettes d'émail contenant du désinfectant et du savon au phénol, et par terre les plateaux de chaux en poudre dans lesquels quiconque venant du service de Cruz était forcé de s'essuyer les pieds. Même la qualité de l'air semblait changer : ici, on sentait les vieilles odeurs de putréfaction, de linge sale et de corps négligés. Les couloirs étaient crasseux, les sols pas balayés, les murs imprimés d'empreintes de doigts, luisants de frottements de mains grasses. Cruz continuait à croire fermement à la transmission par l'air des maladies, à la propagation de l'infection par des courants d'air vicié et méphitique et, en conséquence, toutes les portes et fenêtres des salles de son service demeuraient étroitement closes. Sœur Incarnacion ouvrit la porte de la salle 11 et conduisit Carriscant dans une pièce tout en longueur, à l'odeur fétide de renfermé, divisée en alcôves, par des cloisons du sol au plafond, contenant un lit chacune. Le but étant sans doute, se dit Carriscant avec ironie, de mieux faire obstacle aux brises nocives qui tuaient soixante pour cent des patients de Cruz. L'infirmière lui désigna une alcôve et Carriscant se pencha sur un jeune homme, un Philippin qui, il le vit tout de suite, n'avait plus que quelques jours à vivre.

« Que s'est-il passé ici ? » s'enquit-il.

Sœur Incarnacion expliqua que l'homme, en train de refaire la toiture de sa cabane, s'était empalé en tombant sur la palissade de bambou qui entourait son jardin. Un morceau pointu lui était entré dans le corps juste sous le sternum, pénétrant jusqu'au cœur qu'il avait percé.

Un sac de toile imperméable rempli de glace était posé sur la poitrine de l'homme. Carriscant le souleva et découvrit un gros bandage. A sa surprise, il vit qu'un tube de caoutchouc en émergeait qui se déversait dans un flacon de verre à moitié rempli de sang. Des gouttes s'écoulaient du tube.

« Qu'est-ce que c'est que ça ?

— Un drain du péricarde.

— Comment ? » Cela n'avait aucun sens. Carriscant prit le pouls de l'homme. Très faible, irrégulier.

« Quel genre d'opération le docteur Cruz a-t-il effectué ici ? »

Sœur Incarnacion le lui expliqua et ajouta que le docteur Cruz, fort content du résultat, avait demandé une surveillance attentive du malade. Un messager avait été envoyé au domicile du docteur Cruz mais le chirurgien n'arriverait sûrement pas à temps et, puisque le docteur Carriscant se trouvait à l'hôpital...

Carriscant fut étonné, plus qu'étonné. Un interrogatoire plus poussé révéla que Cruz avait ouvert la poitrine de l'homme et mis à nu la membrane enveloppant le cœur et qui avait été percée par la pique de bambou. Il avait recousu la plaie du péricarde laissant un trocart dans la cavité cardiaque pour la drainer. Carriscant regarda l'homme. Le visage blême, blafard, couvert de sueur, il respirait avec difficulté. Cruz avait peut-être recousu le péricarde mais il était clair que le cœur aussi avait été atteint. Une minuscule blessure qui continuait à déverser du sang dans la cavité, beaucoup trop pour n'importe quel drain. Bientôt, la pression du sang étoufferait puis réduirait au silence les battements du cœur ou bien alors les poumons céderaient car le sang s'était sans doute propagé aussi dans la cage thoracique, les noyant. Carriscant ne pouvait plus rien faire. Il tourna les talons, frustré et furieux, et arpenta la salle, jetant au passage un œil dans les autres alcôves, notant la saleté des fenêtres aux volets clos. La plupart étaient vides ; sur un lit gisait un cadavre, le drap tiré sur son visage. Deux autres alcôves contenaient chacune un malade – un gamin et un jeune homme –, tous deux avec une poche de glace sur la poitrine.

« A qui est réservée cette salle ?

– Aux blessures de la poitrine. Le docteur Cruz a demandé qu'elle soit exclusivement réservée aux blessures de la poitrine. » Sœur Incarnacion avait un air malheureux. « Nous recevons trop de criminels, docteur Carriscant. La police de Tondo les amène ici quand ils sont blessés dans des bagarres. Le docteur Cruz ne veut que ceux qui ont été blessés à la poitrine. La pire sorte d'individus... » Elle baissa la voix : « Nous ne sommes pas habitués à cela à San Jeronimo. Pas du tout. »

Ce n'est qu'en approchant les arrières de la maison des Sieverance que Carriscant recommença à penser à autre chose qu'au docteur Isidro Cruz et à ses audacieuses nouvelles opérations. Il avait loué un *carromato* pour se faire emmener à Uli-Uli, un village juste au-delà du palais, puis était revenu péniblement à pied sur la Calle Lagarda avant de quitter la rue et de se frayer un chemin dans la campagne vers le *cul-de-sac** et ses résidences somptueuses. Le ciel était très couvert mais, de temps à autre, la lune dans son dernier quartier surgissait entre des lambeaux de nuages pour éclairer sa route. Il atteignit la haie qui marquait la limite du jardin des Sieverance sans trop d'aventures. Une glissade le long de la berge d'une rizière lui avait trempé une chaussure et maculé de boue une jambe de pantalon mais autrement il était en bon état pour traverser les épais buissons de *cogal* et d'hibiscus et se faufiler dans le jardin baigné de lune en direction de la maison.

Une fois de plus, il s'était demandé à quoi il espérait aboutir et, comme toujours, il avait compris que c'était l'effort en soi qui fournissait sa justification. C'était l'inertie qui le tuait : faire quelque chose, aussi inutile, aussi absurde que ce fût, était vital. Il prit donc position derrière une masse dense et arrondie de bougainvillées qui avaient englouti une pergola et attendit. Peut-être pourrait-il s'aventurer sur l'*azotea* pour respirer un peu et serait-il en mesure d'appeler discrètement Delphine. L'apercevoir serait déjà une récompense suffisante. Nombre des fenêtres sur la façade arrière de la maison étaient illuminées, et il entendait la conversation des domestiques et le bruit de casseroles et d'ustensiles dans la zone des cuisines au rez-de-chaussée. Le dîner était terminé. Quoique certain de savoir où se trouvaient sa chambre, et aussi la bibliothèque, il sentait que ce serait folie que de lancer un caillou sur l'une ou l'autre de ces fenêtres pour attirer son attention. Et si une servante se trouvait dans la pièce ? Ou pire, Nurse Aslinger ? Il valait mieux attendre et prier que la chance ne l'abandonne pas.

De temps en temps, il voyait des ombres passer devant les fenêtres grillagées mais elles étaient trop vagues et indistinctes pour qu'il pût les identifier. Et puis il entendit un piano – ce devait être elle qui jouait –, une série d'arpèges contre une note tenue, puis le refrain obsédant d'une mélodie, une succession de gammes rapidement exécutées, de haut en bas du clavier, et enfin le silence. Quelques ombres passèrent encore, fugaces, et l'idée lui vint en tête qu'elle allait et venait dans toute la maison, agitée, réfléchissant, incapable de s'asseoir, pensant à lui tout comme il pensait à elle. Peut-être sa présence même dans le jardin, le fait qu'il fût aussi proche, provoquait cette délicieuse nervosité... Il se concentra très fort pour lui transmettre ses pensées, lui ordonna d'ouvrir une porte et de sortir sur la terrasse arrière. Mais elle n'apparut pas. Il entendit une porte claquer, vit la lumière s'éteindre dans ce qu'il croyait être sa chambre et puis plus rien. L'humidité de l'herbe infiltra son unique semelle sèche et il sentit sur son cou le vent fraîchissant apportant avec lui l'odeur de terre qui annonçait la venue de la pluie. Une petite pluie commença à tomber et, dans le jardin voisin, un chien se mit à aboyer rageusement, relayé par un autre dans le quartier des domestiques des Sieverance. Il était temps de filer. Carriscant se sentait étrangement satisfait tout en renégociant son chemin à travers la haie pour regagner la route. Aux yeux de n'importe qui d'autre sa veillée humide dans le jardin aurait paru absurde, une vaine perte de temps, mais pour un amant, se dit-il en arpentant San Miguel à la recherche d'un *carromato*, pour un amant ce genre d'inconfort inutile avait sa propre valeur, indiquant la profondeur de sa dévotion. L'air, la mélodie qu'elle avait brièvement jouée, demeurait dans sa tête. Il se surprit à la fredonner encore alors qu'il s'allongeait sur son canapé-lit et s'apprêtait à dormir.

Une distraction officielle

Carriscant rangeait ses papiers dans son secrétaire quand on frappa à sa porte et une des sœurs infirmières apparut.

« Excusez-moi, docteur Carriscant. Le docteur Cruz vous envoie ses compliments et aimerait que vous veniez le voir dans sa salle d'opération. Il s'agit d'une affaire assez urgente. »

Carriscant fut très surpris. Cruz et lui s'étaient à peine adressé la parole depuis leur dispute à propos de l'appendicite de Delphine.

« Dans sa salle d'opération, avez-vous dit ?

– Oui. Tout de suite, s'il vous plaît. »

Carriscant traversa la cour. Il suivit l'infirmière le long d'un couloir mal éclairé qui menait à l'amphithéâtre. Le vieux badigeon jaunâtre des murs se boursouflait et s'écaillait, et une senteur curieuse imprégnait l'air, un relent écœurant de gras qui s'attardait dans les narines, collait au palais, comme destiné à être goûté plutôt que senti. Un relent de restes d'aliments abandonnés, des exhalaisons de cuisines sales. Carriscant reconnut immédiatement l'odeur de la putréfaction.

La salle d'opération de Cruz représentait, pour Carriscant, une scène d'un des cercles de l'enfer. De vieux carreaux fêlés sur le sol, des murs de plâtre maculé, couverts Dieu sait pourquoi de gribouillis, des tables et des plateaux antiques. Cruz régnait sur son fief, dans sa fameuse redingote et sa couche de crasse, son lichen pustuleux, les manchettes déboutonnées, et les manches relevées pour dégager des avant-bras puissants et leur toison de poils noirs. Il essuyait des mains poissées de sang sur un bout de tissu. Trois infirmières se tenaient autour de la table d'opération avec un autre médecin, le docteur Filomeno, qui servait d'anesthésiste à Cruz. Le docteur Filomeno portait un costume marron léger, dévasté sur tout le côté droit par une giclée de sang qu'il épongeait à grand renfort de compresses, tout en se plaignant énergiquement à l'une des infirmières.

« Ah, Carriscant, dit Cruz en jetant son torchon sur un plateau d'instruments. Je suis heureux que vous soyez là. » Le contentement de soi, la joie mal dissimulée dans sa voix le faisaient traîner sur les mots comme s'il avait été ivre. « Je souhaitais très fort que vous voyiez ceci. » Il fit signe à Carriscant d'approcher de la table.

Un homme y était étendu, la poitrine ouverte, des rétracteurs maintenant la plaie écartée. En regardant de plus près, Carriscant s'aperçut que le péricarde aussi avait été ouvert, les parois retenues par des clamps.

« Regardez », dit Cruz. Et au milieu des chairs incisées et des caillots de sang, Carriscant vit le cœur de l'homme, animé de mouvements irréguliers, pareil à une créature marine, mi-légume mi-mollusque, le genre de choses qui s'accroche aux rochers au fond de l'océan, se gonflant et se rétractant faiblement, à peine vivant. Carriscant se retourna vers Cruz. Celui-ci se passa les mains dans ses cheveux raides et commença à dérouler ses manches.

« J'ai convoqué un photographe, dit-il fièrement. Le monde va apprendre qui est Isidro Cruz. Vous n'êtes pas le seul chirurgien par ici à pouvoir faire impression.

– De quoi parlez-vous ?

– Regardez, dit Cruz, s'approchant du corps. Regardez simplement, Carriscant. »

Carriscant scruta le cœur. Six points de suture serrés, de la soie nouée. Cruz enfonça un doigt brutal dans la cage thoracique et toucha l'organe palpitant.

« Des points de suture cardiaques, Carriscant. Sur une blessure due à un coup de couteau. »

Les infirmières s'activèrent autour du corps, vérifiant les drains du péricarde et de la plèvre.

« Le docteur Filomeno replacera la côte et fermera la plaie. Je vais faire une déclaration à la presse. »

Carriscant ne put résister : il tendit un doigt et toucha la surface du cœur battant, tremblant et vacillant, luisant dans sa cavité. Les six points fermaient une plaie nette d'environ deux centimètres et demi dans le ventricule gauche. Le regard de Carriscant tomba sur une poche de glace posée sur une table roulante voisine. Il se retourna vers l'homme.

« Puis-je ? » Il ôta le masque qui recouvrait le visage : la peau était presque grise. Carriscant reconnut le malade.

« Le poumon gauche s'est affaissé », expliqua le docteur Filomeno.

Carriscant hocha la tête. Cet homme était celui qu'il avait vu dans le service de Cruz deux jours plus tôt. Mais l'infirmière n'avait pas parlé de blessure au cœur. Dans le péricarde, avait-elle dit. Le cerveau de Carriscant se mit au travail : l'homme ne pouvait pas avoir eu alors cette entaille au cœur ou bien il serait mort dans l'heure. Une minuscule perforation, à la rigueur, tel avait été son diagnostic, mais pas une plaie de cette taille. D'où lui venait donc cette blessure bien nette que Cruz avait recousue ? Pas même Cruz, sûrement, ne pouvait être aussi...

« Points de suture cardiaques, répéta Cruz, sarcastique. Des points de suture cardiaques, Carriscant.

— Cet homme va mourir.

— J'en doute. Les saignements se sont arrêtés. Le poumon va se regonfler.

— Même avec ça. Non, c'est la crasse de ces lieux qui aura raison de lui. Regardez-vous. Je vous ai vu passer vos doigts dans les cheveux juste avant que vous ne touchiez son cœur.

— Foutaises modernes, Carriscant. Dogme moderniste.

— Vous auriez pu tout aussi bien opérer sur un cadavre.

— La jalousie professionnelle est le plus dégradant des sentiments, ne trouvez-vous pas, Filomeno ?

— Sans aucun... atchoum ! »

Filomeno éternua et porta sa main à son nez une seconde trop tard. Carriscant tourna la tête et regarda la pièce puante, mal éclairée, remplie de gens en vêtements ordinaires, se grattant et reniflant, le sang séché et les sanies de douzaines d'opérations s'écaillant sur les revers de leurs vestes.

Un garçon de salle apparut sur le seuil. « Un gentleman du *Manila Times* est ici, monsieur », annonça-t-il.

Carriscant ne put s'en empêcher. Plus tard, il regretta de ne pas avoir laissé Cruz subir l'ignominie et la pleine force d'une humiliation publique mais cette victoire personnelle était trop douce pour y résister.

« Je vous félicite pour vos coutures, Cruz. Joli travail, comme toujours. Mais vous arrivez trop tard. A votre place, je prendrai immédiatement la route de la chirurgie aseptisée. Qui sait, vous pourriez y accomplir de grandes choses.

– Que voulez-vous dire par " trop tard " ?

– Sept ans trop tard pour être précis. La première couture du cœur pratiquée sur un homme vivant – qui a survécu – l'a été en 1896 à Francfort-sur-le-Main. Le chirurgien était le docteur Louis Rehn. » Il sourit. « Bien joué. Maintenant, si vous voulez bien m'excuser, je dois assister à une réception officielle. »

La vedette les attendait sur le quai au pied des entrepôts du froid. Carriscant aida Annaliese à descendre dans le cockpit derrière le moteur et attendit que les autres membres de leur groupe aient embarqué. L'air de la nuit était lourd et chaud et il se surprit à se demander pourquoi les réceptions officielles sous les tropiques devaient être gouvernées par les mêmes règles et le même décorum qu'en climats tempérés. Porter une queue-de-pie, un col dur et une cravate blanche pour assister à une soirée sur une île au milieu de la mer de Chine semblait d'une prétention ridicule, pour ne pas dire de la folie pure. Tout son plaisir d'avoir remis Cruz à sa place s'était évaporé pour être remplacé par de l'irritation et de la mauvaise grâce. Il sauta dans la vedette qui s'écarta du quai et commença à remonter le Pasig en direction du palais de Malacañan. Enfin un peu de répit, une vague fraîcheur ; il tendit le cou au-dessus de son col et étala ses paumes moites pour profiter de la brise générée par l'avance du bateau. Autour de lui, les membres de leur groupe, les amis d'Annaliese, pas les siens, bavardaient avec excitation. L'invitation du gouverneur avait été étendue à l'évêque et à ses collaborateurs, d'où l'insistance d'Annaliese à s'y rendre. Il les contempla : Mr et Mrs Freer, des Anglais d'âge mûr, lui oculiste ; M. et Mme Champoursin, il était journaliste ; Señora Pilar Prospero, directrice de l'école de la cathédrale ; le père Agoncillo, un jeune prêtre rondouillard et un ami intime d'Annaliese ; et Mrs Kelly, une amie des Freer, épouse d'un chirurgien de Iloilo, en visite à Manille pour un mois. Quel triste rassemblement, pensa-t-il, acide. Les hommes étaient tous en tenue de soirée, comme lui, les femmes auraient pu être en route pour un bal dans n'importe quelle ville provinciale d'Europe – robes longues, jupons, bijoux modestes, soie, dentelle et taffetas, corsets et peignes, chaussures à talons hauts. Une ou deux agitaient un éventail, sinon on aurait pu les croire à Aberdeen ou à Bristol, Lyon ou Hambourg, Gênes ou Séville. Il était bien décidé, quoi qu'il arrive, à ne pas tirer le moindre plaisir de cette soirée.

Il aperçut bientôt le palais devant eux, les jardins descendant vers le fleuve illuminés par des lanternes chinoises, et les grandes arches en façade du rez-de-chaussée et du premier étage soulignées par des guirlandes d'ampoules rouges et jaunes. Ils débarquèrent et se frayèrent un chemin à travers le nombre surprenant d'invités jusqu'à la ligne de réception. Le gouverneur et Mrs Taft étaient debout sur une petite estrade sous un dais qui battait au vent. Sur un côté, l'orchestre de la gendarmerie, assis en demi-cercle, exécutait une gavotte énergique et, juste derrière eux, sur des courts de tennis, on avait installé une salle de bal en plein air entourée de trois rangs de sièges. Des buffets et des petites tables avec des bols de punch avaient été disposés dans divers coins du jardin. La bannière étoilée se retrouvait partout : comme les Américains aiment leur drapeau, se dit Carriscant.

Il serra la main de Taft. L'homme paraissait grotesque dans sa tenue de soirée, plus obèse que jamais. Son visage joufflu rose et brillant de sueur, il accueillait néanmoins tout le monde avec la même cordialité, serrait les mains vigoureusement et répétait « Content de vous connaître, très content de vous connaître », à la manière américaine. Carriscant attendit un peu, embarrassé, pendant qu'Annaliese bavardait avec Mrs Taft. Il était incapable de dire si le gouverneur l'avait reconnu – Taft déployait la même bruyante familiarité à l'égard de chacun – et il pensa que ce n'était d'ailleurs pas le moment de lui rappeler leur dernière rencontre. Taft se lissa la moustache et lui adressa le sourire d'un oncle jovial auquel Carriscant répondit par un petit rictus. Il se demanda vaguement si Bobby lui avait parlé de la femme assassinée. L'orchestre entama *Campdown races* dont Taft accompagna gaiement du geste quelques mesures.

« Mon préféré des préférés, dit-il, semblant adresser sa remarque à Carriscant bien qu'il parût regarder plus loin.

— Comment ? Pardonnez-moi, je...

— Un air si charmant. Ça me remet toujours de bonne humeur.

— Certes. »

A son soulagement, Annaliese ayant terminé sa conversation, il put enfin serrer la main molle de Mrs Taft, lui sourire et dégager le terrain. Il guida Annaliese vers une table où des domestiques chinois servaient du punch. De gros morceaux de glace flottaient dans un liquide d'une couleur de cendre suspecte. Difficile d'en définir les éléments mais au moins c'était froid. Et fort. Carriscant vida son premier verre et alla se faire resservir. Déjà il sentait l'alcool produire son effet : peut-être, arriverait-il à survivre à cette soirée, après tout.

Il flâna avec Annaliese du côté de l'orchestre, s'arrêtant pour échanger quelques mots avec des connaissances. Ils regardèrent les musiciens, dans leur uniforme bleu aux épaulettes rouges jouer le rigodon qui ouvrait officiellement le bal, et les premiers couples s'avancer sur la piste de danse. Carriscant, le corps ralenti et engourdi par l'alcool, le cerveau un peu troublé par le punch, se surprit à lorgner une élégante *mestiza* : sa chevelure brillantinée formait un rideau noir satiné sur une *camisa* peinte à la main dont des volutes compliquées de broderies ornaient les manches en éventail. Jamais vu une *camisa* aussi délicatement réussie, pensa-t-il, et il se tourna pour la montrer à Annaliese mais celle-ci s'était écartée de quelques pas pour parler au père Agoncillo.

« Bonsoir, docteur Carriscant. »

Son sang se figea, il sentit ses entrailles se décrocher et chuter droit.

Elle était à quelques mètres de lui, dans une robe longue bleu ardoise étroitement cintrée à la taille. Elle tenait une mince canne d'ébène à pommeau d'argent. Ses cheveux étaient ramenés haut sur la tête, frisés et en désordre, dans un style inconnu de lui jusqu'ici. Ses yeux étaient clairs et souriants, et le décolleté en ruché de sa robe dévoilait ses clavicules et la pâleur tachetée de rousseur de sa poitrine.

Annaliese les rejoignit.

« Ma chère, je ne crois pas que tu connaisses Mrs Sieverance. » Il présenta Annaliese : « Ma femme, Annaliese.

— Mrs. Sieverance, je suis heureuse de vous voir vous porter si bien.

— Ah, mais uniquement grâce à votre époux, Mrs Carriscant. »

Suivit un silence abominable.

« Que... Je veux dire, non. Ah, pas d'inconfort ? Pas de difficultés en aucune...

— Ne vous inquiétez pas, docteur, dit-elle avec un sourire. La canne, je le confesse, est un peu de luxe. On déteste abandonner un accessoire aussi séduisant.

— Oui, répliqua-t-il, stupide, la voyant jeter un coup d'œil vers Annaliese. Oui.

— Votre époux est ici ? s'enquit Annaliese.

— Il est à Mindanao. Ils ont des ennuis, je crois, avec les *insurrectos.* »

Carriscant se sentait au bord de l'évanouissement. « Si vous voulez bien m'excuser, je crois apercevoir le commandant Bobby. » Il fit une légère courbette et, les laissant bavarder, fila d'un pas décidé. Il n'avait pas vu Bobby mais il fonça droit sur un groupe de gens autour d'un buffet et but deux coupes supplémentaires de punch tout en essayant de reprendre ses esprits. Il remplit une assiette de petits biscuits salés en forme d'étoile à l'intention d'Annaliese. Il ressentait... Il ne savait pas ce qu'il ressentait. Il n'avait jamais rencontré quelqu'un d'une telle beauté. Il n'avait jamais autant désiré physiquement quiconque : se trouver à côté d'elle sans pouvoir la toucher était une contrainte intolérable, choquante. Au bout d'un moment, il réussit à se calmer, vit qu'Annaliese était de nouveau seule et il traversa la pelouse pour la rejoindre.

« Qu'est-ce que c'est que ça ?
— J'ai pensé que tu pouvais avoir faim.
— Non, merci. »

Il tendit en passant l'assiette à un serveur.

« Très le genre Gibson, dit Annaliese, sur un ton protecteur. Très. Que doit-elle penser de nous, pauvres coloniaux ?
— Qui ?
— Ta Mrs Sieverance. Elle est certainement “ arrivée ”, comme on dit. Elle doit avoir quinze centimètres de crépons. Au moins.
— Elle s'est très bien rétablie.
— Je trouve que ces cheveux en désordre leur donnent l'air de commises de magasin.
— Être debout et sortir après une opération de cette gravité est...
— Vulgaire. Très américaine. »

Plus tard, alors qu'Annaliese était assise au bord de la piste de danse avec Mrs Freer et Mme Champoursin, Carriscant en profita pour partir discrètement à la recherche de Delphine. Il l'aperçut sous un frangipanier, en conversation avec des Américains — il crut reconnaître un de ceux de la fameuse soirée sur la Luneta — et il passa suffisamment près du groupe pour qu'elle le voie. Il s'avança vers une table drapée de la bannière étoilée et commanda encore un punch — il nageait dans le punch mais que faire d'autre ?

« Rebonsoir, docteur Carriscant. »

Il se retourna pour lui faire face. Il sentit des larmes lui piquer les yeux. Il remarqua le coup d'œil de ses compagnons derrière elle.

« Voulez-vous un... ? Puis-je vous offrir... ? »

Elle semblait si calme, si maîtresse d'elle-même. Ils étaient à cinquante centimètres l'un de l'autre. Il lui tendit la coupe de punch. Sa main tremblait et du liquide passa par-dessus bord.

« Vous ne m'aviez pas dit que votre épouse était si séduisante. Elle a été très... polie, j'ai trouvé.

— Peu importe, dit-il, la langue pâteuse. Aucune importance. Il n'y a rien entre nous, rien, je vous l'ai dit.

— J'ai été un peu surprise, je dois l'avouer.

— Tu me manques, chuchota-t-il, essayant de donner l'impression qu'il lui tenait des propos sans intérêt. Il faut que je te voie. Peux-tu venir à l'hôpital ?

— Non. Viens à la maison, après-demain. A trois heures. Rapporte-moi mon livre.

— Je t'aime, dit-il. Je t'adore.

— Je sais. » Elle lui jeta un regard particulier puis haussa la voix. « J'y penserai, docteur Carriscant. Merci. »

Il regarda autour de lui. Paton Bobby, arborant un large sourire, s'avançait à grands pas vers eux.

« Soir, docteur, vous avez l'air presque distingué. Presque. Soir, Mrs Sieverance. »

Ils se serrèrent la main. Il était clair, au grand étonnement de Carriscant, que Bobby connaissait bien Delphine. Bobby lui fixa un rendez-vous pour le lendemain et ils bavardèrent un moment sur la situation à Mindanao. Au bout d'une minute, Bobby les quitta.

« Il faut que je m'en aille, dit-elle, les yeux remplis de messages secrets.

— Oui », répliqua-t-il bêtement. Il se donnait l'impression d'être un crétin à la langue de bois. Une moitié de muet à la Cruz.

Elle tourna les talons et s'éloigna d'un pas nonchalant vers ses amis. Ses jambes tremblantes obligèrent Carriscant à gagner rapidement le mur bas qui marquait les limites du jardin et à s'y asseoir. Il dut attendre cinq minutes avant de se sentir capable d'aller chercher Annaliese et de lui suggérer qu'il était temps de rentrer.

La bibliothèque

Elle referma la porte et se tourna vers lui. Il devina, au rythme rapide de sa respiration, qu'elle était excitée, elle aussi.

« Nous avons dix minutes », dit-elle.

Ils s'embrassèrent. Il la serra follement contre lui, son visage enfoui au creux de son cou. Ses lèvres caressèrent sa peau moite, se nourrirent de son sel. Il s'emplit de son odeur.

« Doux Jésus, dit-il. Mon Dieu, tu ne sais pas à quel point...

— Ne pleure pas, l'interrompit-elle en souriant. Ou je vais commencer moi aussi.

— Est-ce que l'infirmière ?...

— Non, mais il y a les domestiques. Je ne peux pas prendre de risques. »

Ils s'assirent l'un en face de l'autre, il prit ses mains dans les siennes et lui fit toutes les déclarations classiques auxquelles il put songer. Il lui embrassa les doigts, les pressa contre son front.

« Il faut que je sois avec toi, dit-il. J'en meurs. Il faut trouver une solution.

— Mais laquelle ?

— Je ne sais pas, avoua-t-il avec un réel désespoir dans la voix. Je n'arrive simplement pas à penser.

— Un hôtel ?

— A Manille ? Il n'y a pas de secrets dans cette misérable ville. Tout le monde me connaît. Tout le monde surveille tout le monde. Impossible. » Il sentait la frustration monter en lui. « Que le diable emporte cette ville ! Que le diable emporte cette ville puante ! » Il tomba à genoux devant elle, mit ses bras autour de ses hanches, enfouit son visage dans ses jupes, sentit qu'elle posait ses mains sur sa tête, ses épaules.

« Je pourrais revenir à l'hôpital, chuchota-t-elle. Peut-être juste encore une fois. Je ne peux pas sortir seule trop souvent. Je pourrais avoir une autre crise par exemple. Une rechute, peut-être.

— Mercredi, à la même heure. Personne n'y sera.

— Elle a congé le vendredi.

— Alors, vendredi. » Il l'embrassa, sa langue dans sa bouche. Sa bouche fraîche, sa langue vive et lisse. Il pressa ses seins.

« Salvador, non. » Elle se leva et ouvrit la porte. Elle agita une petite sonnette et s'assit. « Nous devons être prudents, dit-elle. Très prudents. Reste prendre le thé avec moi, que les domestiques nous voient. Rien ne pourra paraître plus naturel. Quand j'écrirai à Jepson, je lui raconterai ta visite. Tout doit demeurer au-dessus de tout soupçon. »

Premier essai

Les mains de Pantaleon agrippèrent le rebord de la lame supérieure de l'hélice. Devant l'Aéromobile sortie de son hangar s'étendaient les quatre-vingts mètres d'une piste en planches. Carriscant, posté sur un côté, tenait en main les cordes attachées à de grosses cales en bois installées contre les roues du chariot porteur. Pantaleon imprima un élan brusque à l'hélice : une pétarade secoua le moteur, et une bouffée de fumée bleue s'éleva du tuyau d'échappement. Pantaleon recommença et cette fois le moteur s'emballa. Il sauta en arrière, et la pale de l'hélice se mit à tournoyer à toute allure jusqu'à se dissoudre en un disque luisant. Pantaleon contourna l'aile, se pencha et poussa un levier pour engager la chaîne de transmission de la seconde hélice qui se mit à tourner aussi, d'abord lentement et puis, au bout d'un instant ou deux, à grande vitesse. Le bruit du moteur était fort, aigu, rageur et l'Aéromobile tremblait et grelottait comme un pur-sang au départ d'une course. Pantaleon grimpa sur la selle avant et y demeura assis un moment, la tête courbée, les mains sur ses leviers de contrôle, comme en prière, avant de se retourner pour crier quelque chose à Carriscant que celui-ci ne put entendre par-dessus le tintamarre de la mécanique, mais un grand geste de la main lui fit comprendre qu'il devait ôter les cales. Carriscant tira dessus et à son étonnement, car il n'avait jamais vraiment cru l'Aéromobile capable de mouvement, la machine commença à avancer peu à peu, bourdonnant et vibrant comme une libellule en vol plané, à mesure que Pantaleon ouvrait les gaz. Encourageant Pantaleon de la voix, Carriscant, qui trottinait à côté, dut se mettre à courir pour s'adapter à la vitesse croissante de la machine qui bientôt le laissa derrière.

Il fit halte, à bout de souffle, et cria faiblement : « Vas-y, Pantaleon, vas-y ! » Mais Pantaleon coupa net le moteur, arrêtant brusquement le mouvement des pales, et se pencha pour mettre les freins sur les roues avant ; l'Aéromobile ralentit, tout en entamant un virement sur la droite. Carriscant vit les roues atteindre le bord surélevé de la piste et la machine, au pas à présent, piquer lentement du nez par-dessus. On entendit un son distinct de bris semblable à celui d'un fagot de brindilles sèches écrasées.

Carriscant se précipita vers Pantaleon qui descendait de selle. Le gouvernail d'altitude à l'avant était tordu, sa soie enduite déchirée et froissée. Le visage de Pantaleon était rouge d'effarement, ses mains tremblaient d'excitation. Spontanément, Carriscant et lui s'embrassèrent, tout en se flanquant de grandes claques dans le dos.

« Bon Dieu, Salvador, tu aurais dû sentir ça ! Cette puissance ! Elle mourait d'envie de quitter le sol. Je le sentais. Et je n'avais mis les gaz qu'à moitié. Elle mourait d'envie de voler, je te le dis, elle en mourait d'envie !

– Félicitations, Panta. Tu vois, je n'ai jamais vraiment cru... Mais je courais et voilà qu'elle m'a planté ! Magnifique, magnifique ! »

Ils examinèrent le gouvernail d'altitude endommagé et découvrirent que les dégâts n'étaient pas trop graves. Ils remirent la machine sur la piste, non sans effort, puis la poussèrent à reculons vers la grange *nipa*.

« Une chose est claire, il faut que cette roue arrière puisse pivoter, dit Pantaleon, de manière à maintenir la direction de la machine. Un simple système de guidage, une barre franche quelconque. » Son visage, vivant et mobile, respirait la joie. « Sincèrement Salvador, je n'ai jamais rien connu de pareil. J'ai eu l'impression d'être... » Il se tut, incapable de trouver le mot exact. « Je ne sais pas. Sur le bord de... Comme un explorateur, je suppose, découvrant un continent, un océan. Quelque chose comme ça. Tout devant moi est bouché et je vais faire un pas dans le vide, écarter un rideau si tu vois ce que je veux dire. »

Carriscant voyait : il avait connu ce genre de sensations avec le corps humain. La première fois qu'il avait ouvert la cavité stomacale. Alors que serait-ce de mettre à nu, en vie, le cerveau, la colonne vertébrale, le cœur ? Il ne jalousait pas Pantaleon : ils étaient des collègues, des esprits frères désormais, chacun explorant sa *terra incognita*.

Ils remirent l'Aéromobile dans la grange et Pantaleon s'activa autour de la machine pour en vérifier les différentes pièces. Une traverse avait sauté de ses montants et il semblait qu'il y eût une légère fuite dans le réservoir de carburant. Carriscant s'écarta pour laisser Pantaleon soigner sa créature.

Dans un coin de la grange *nipa*, on avait installé un genre de campement : un lit de toile, une table avec un broc, une cuvette et une lanterne. Carriscant alla y regarder de plus près. Sur une assiette en fer gisaient un quignon de pain et quelques arêtes de poisson.

« Tu as quelqu'un qui monte la garde, Panta? dit-il en plaisantant à moitié. Pour protéger ta précieuse invention?

— C'est pour moi, répliqua Pantaleon. Je travaille ici la nuit de plus en plus souvent. C'était plus logique d'installer un lit. »

Carriscant secoua la tête d'admiration : voilà qui était vraiment se consacrer à un rêve. Se dévouer réellement à une cause. Et, après avoir vu l'Aéromobile en mouvement, il commençait à penser que le nom de Pantaleon Quiroga pourrait bien, après tout, rester gravé dans les annales de l'effort humain.

Brahms

Son visage était à cinq centimètres du sien. Il passa un doigt sur sa joue et sur ses lèvres. Il fut balayé par un extraordinaire sentiment de libération, une immense gratitude qui le remplit d'humilité. Qu'il pût la tenir ainsi dans ses bras, son corps serré contre le sien, qu'il pût la caresser et la toucher à son gré, lui paraissait presque incroyable, fantastique. C'était un cadeau qui surpassait tous les actes de générosité et il ne cessait de l'effleurer fugitivement – son visage, ses seins, ses bras, ses fesses – comme pour s'assurer qu'il ne se trompait pas.

Ils avaient fait l'amour sur la table d'examen tapissée de cuir, de manière plus orthodoxe cette fois mais avec la même tendre prudence. Ni l'un ni l'autre n'était nu, comme si, d'un commun accord, ils estimaient que le cabinet de consultation était un endroit impropre à un dévêtement total, et que ce moment était quelque chose de volé, de furtif. Elle avait gardé une camisole et un jupon de cotonnade ; lui sa chemise et son caleçon. Puis elle s'était allongée et avait relevé l'ourlet de son jupon jusqu'à la taille. Agenouillé entre ses jambes écartées, il avait, en tâtonnant, déboutonné son caleçon qu'elle l'avait aidé à faire glisser jusqu'à ses genoux.

Plus tard, étendue contre elle, il avait soulevé sa camisole pour dénuder ses seins qu'il avait embrassés avec tendresse et révérence. Et maintenant il scrutait son visage, en étudiait tous les traits et contours comme s'il devait les mémoriser pour un examen.

« Je ne peux pas y croire, dit-il. Je ne peux pas croire que je t'ai là, que je peux te tenir et te caresser… »

Elle sourit et se blottit entre ses bras, la main sur ses côtes, l'épaule nichée dans son aisselle. Il bougea sa jambe et sentit son pied passer par-dessus le bord de la table. Sa joie s'évapora instantanément en même temps que revenaient s'imposer à son esprit les réalités brutales de leur situation — l'endroit où ils se trouvaient et la brièveté du temps alloué à leur rencontre. Elle sembla percevoir ce changement d'humeur et lui caressa le visage, étirant son cou pour lui embrasser le menton.

« Qu'allons-nous faire ? dit-elle.

— Je ne sais pas. » Il grimaça un sourire. « Si nous étions à Paris ou à Londres, il n'y aurait pas de problème. Mais à Manille... » Il leva les yeux au plafond. « Pourquoi ne nous sommes-nous pas rencontrés en Europe ?

— Vienne, dit-elle, songeuse. Ce serait merveilleux. Tu connais Vienne ?

— Non », répliqua-t-il, un peu triste. Vienne avec cette femme : une douloureuse soif de vies non vécues lui empoigna les tripes. Des bataillons d'existences autres s'alignèrent pour le narguer.

« J'étais là-bas au printemps de 1897. Le 7 mars je suis allée à un concert auquel Brahms assistait. Il était très malade. Presque marron. Un vieil homme malade, maigre et marron. Mais je l'ai vu. On jouait sa quatrième symphonie. Tu la connais ?

— Non. Non, je crains que non. » Il éprouva une sorte d'amertume. « Brahms, répéta-t-il doucement comme si le mot était un talisman. Être à Vienne avec toi. Assister à un concert d'œuvres de Brahms... » Il imagina une ville froide d'Europe. Un feu dans une pièce confortable. Peut-être la neige tombant dehors. Un grand lit blanc douillet avec Delphine l'attendant nue. Il gémit. Quel martyre, c'était intolérable, une torture effroyable. Voilà ce que vous infligeait, sans doute, ce degré de passion : des délices sublimes et des tourments diaboliques. Il repensa au concert : avant de mourir, il écouterait la quatrième symphonie de Brahms. Il paierait un de ces orchestres de second ordre qui venaient en tournée à Manille pour qu'ils la lui jouent, même de manière inepte. D'autres visions moins agréables l'assaillirent.

« Était-il avec toi ? » Si Sieverance avait été là, il ne pourrait jamais, lui, écouter...

« Non. Je ne le connaissais pas vraiment à l'époque. Nous nous sommes fiancés l'année suivante. »

Il aurait voulu savoir comment une femme pareille avait pu épouser un être aussi... aussi insipide, aussi nul, aussi indigne d'elle. Découvrir comment on se laissait piéger dans des unions si manifestement malheureuses. Jepson Sieverance avec sa personnalité sans consistance, sa pauvre petite moustache de gamin. Son indécision. Des manières agréables, sans doute, mais où était l'homme, le vrai personnage qui avait gagné ce trésor fabuleux, cette déesse ? Il se reprit, il perdait la tête. Il pensa, amer, à son propre mariage, à ses dissonances lasses. Autant te poser les questions à toi-même, idiot. Ça n'arrivait que trop facilement.

« Il a changé, vois-tu. Jepson.

— Ah oui ?

— C'est à cause de la guerre. Il n'est plus le même homme. Quelque chose a disparu en lui. Une certaine assurance, une certaine générosité. Il n'a jamais été un vrai soldat, tu comprends. C'était un peu comme une affaire familiale qu'il lui fallait reprendre. Mais maintenant, il semble plus impliqué... Dans l'armée, je veux dire. Il pense être doué pour. Il pense que son père serait fier de lui. » Elle laissa échapper un petit reniflement, mi-dégoûté mi-amusé. « Pourquoi est-ce si important pour les hommes que leur père soit fier d'eux ? Pourquoi ne suivent-ils pas leur propre voie, pourquoi ne sont-ils pas eux-mêmes ? »

Il laissa la question sans réponse un moment : il n'avait pas envie de parler de Sieverance. « Je ne pense jamais à mon père, dit-il, sincère, évoquant dans son esprit ce brave inconnu placide pour la première fois depuis des années.

— Tant mieux, répliqua-t-elle, mais il vit qu'elle songeait encore à son mari. Je ne le hais pas, reprit-elle, avec une véhémence tranquille. C'est plus une sorte d'apathie... une apathie de sentiment. Je n'éprouve rien à son égard. Je ne le méprise pas vraiment, si tu vois ce que je veux dire. C'est du quasi-mépris. Je n'arrive pas à rassembler l'énergie nécessaire pour le haïr. »

Elle se tut, la tête légèrement relevée de côté, comme si,

n'ayant jamais encore exprimé de tels sentiments, elle était surprise d'entendre les mots prononcés tout haut. Carriscant garda le silence.

Elle poursuivit : « Mais... ce qui me remplit de colère c'est de ne pas avoir vu que c'était ce qui m'attendait. De m'être rendue aveugle. De colère envers moi-même, je veux dire. Et puis de désespoir.

— De désespoir ? »

Elle le regarda, les yeux pleins d'une conviction ferme et pure. « Je ne peux pas passer le reste de ma vie avec lui. Avec un homme pareil. Je ne peux pas la gâcher ainsi. »

Il lui caressa à nouveau le visage, repoussa une boucle de cheveux sur son front.

« Pourquoi es-tu venue me voir ce jour-là ? demanda-t-il.

— Parce que je savais que c'était ce que tu voulais, avec toute cette absurde histoire de livre. Je savais que c'était ce que tu voulais.

— Mais toi, était-ce ce que tu voulais ? »

Elle lui sourit, taquine. « Je suis ici, non ?

— Des tas d'hommes pourraient te désirer, tu dois le savoir.

— J'étais... Tu m'intriguais. Même ce jour sur le terrain de tir, et puis sur la Luneta. Dans une telle fureur. Une telle colère contre moi. » Elle grimaça, découvrant ses dents. « Et puis, tu m'as sauvé la vie. J'ai perdu la tête. Aussi simple que ça. Amoureuse folle. »

Se moquait-elle de lui ? C'est ce qui l'enchantait aussi, ce côté provocant. Si nouveau, si américain. Si différent des Européennes qu'il connaissait. Elle possédait une sorte d'audace, une immense assurance. Pourquoi avait-elle épousé ce chien de salon ?

« Pourquoi l'as-tu épousé ? s'écria-t-il soudain. Pardonne-moi, ça ne me regarde pas...

— Si, dit-elle, avec un sourire de regret. Bonne question. Je ne sais pas. A l'époque, il semblait... enfin, pas le mieux, mais tout ce que quelqu'un dans ma situation pouvait raisonnablement espérer de bien. Quand il m'a demandé en mariage, je n'ai pas vraiment pu songer à aucune bonne raison de lui dire non. » Elle se blottit contre lui. « Ça a été une terrible... Ça a été une grosse erreur.

— Au moins, il nous aura fait nous rencontrer. »

Elle tendit le cou pour l'embrasser. « J'ai fait un rêve, dit-elle. Une histoire que j'ai entendue à propos d'une Anglaise, une histoire vraie, une Anglaise qui partait rejoindre son mari en Inde. Elle est descendue à Port-Saïd, à l'escale du canal de Suez, avec un groupe d'amis qui se rendaient au souk. Une fois là-bas, ils ont été séparés par la foule et, quand ils se sont mis à sa recherche, ils n'ont pas pu la retrouver. Elle avait disparu. Plus personne. On ne l'a jamais revue.

— Et ton rêve, c'était quoi ?

— Ma théorie, c'est que tout cela faisait partie d'un plan et qu'elle s'est échappée. Qu'elle est saine et sauve et qu'elle vit la vie qu'elle désirait depuis toujours. Quelque part, ailleurs. Tous ses amis et sa famille pensent qu'elle a été tuée ou enlevée mais je l'imagine très bien, vivant sous un faux nom, en Australie, au Brésil, en Turquie ou à Moscou.

— Tu pourrais t'échapper ainsi, dit-il. Simplement disparaître... Et puis je viendrais te rejoindre. On pourrait aller vivre...

— Ne dis pas ce genre de choses, Salvador. Ce n'est pas bien. Je t'en prie.

— Non, tu pourrais. Et puis je pourrais... »

Elle lui posa un doigt sur les lèvres pour le faire taire. « Chut », dit-elle.

Il se tut.

« Est-ce que je t'ai vraiment touché avec cette flèche ? » demanda-t-elle.

Il leva la main, l'index et le pouce à cinq centimètres l'un de l'autre, et elle éclata de rire, d'un rire de gorge profond, qui fit trembler ses seins sous sa camisole. Il se serra contre sa cuisse, très excité.

« Delphine, nous avons le temps, nous...

— Non, il faut que je parte. » Elle tendit le bras et ses doigts glissèrent le long de son érection. « Pardon. Nous devons être prudents.

— Tu as raison, tu as raison. » Il se redressa, toute sa colère lui revenant. « Il faut que nous trouvions une solution. Il le faut.

— Allons à Paris, lança-t-elle, mutine.
— Vienne.
— Salzbourg.
— Samarcande !
— Tombouctou !
— N'importe où sauf ici », dit-il avec véhémence.

Cela les réduisit au silence et ils se rhabillèrent en hâte, un peu moroses. Ce genre de rêve était dangereux parce qu'à double tranchant : aussi exaltant que déprimant.

A la porte du cabinet de consultation, ils s'embrassèrent.

« Je sens ton odeur sur moi, dit-il. Ça va me rendre fou. Qu'allons-nous faire ? Quand te reverrai-je ?

— Je m'arrangerai pour te faire signe, dit-elle, soudain troublée. Peut-être de nouveau à la maison... Je verrai.

— Je t'aime, Delphine. Je t'aime.

— Ne le dis pas, je t'en prie. Ça me bouleverse.

— Pourquoi ?

— Parce que... Parce que ça me fait penser. » Elle prit son visage entre ses mains et le regarda droit dans les yeux. « Ça me fait trop penser et c'est mauvais. »

Ils se serrèrent l'un contre l'autre. Puis Carriscant brisa doucement leur étreinte. Il déverrouilla la porte et l'ouvrit.

Derrière, Pantaleon, le poing levé, s'apprêtait à frapper.

La culpabilité les enflamma, émanant d'eux comme une boule de feu, sentit Carriscant. La culpabilité et le choc. Gravés sur leurs visages à la manière d'une caricature grossière.

L'instant passé, tout reprit un semblant d'ordre. On fit des présentations inutiles. Pantaleon s'enquit dans un mauvais anglais de la santé de Mrs Sieverance. Carriscant s'embarqua dans des propos idiots, inventant des absurdités quant à des spasmes douloureux, raison de cette visite imprévue, essayant de se persuader que ni les joues ni le front de Delphine n'étaient empourprés. Delphine recouvra assez de maîtrise pour prendre congé dans les formes.

« Descendez les marches très lentement, Mrs Sieverance, lui cria Carriscant, d'un ton jovial. N'essayez pas de courir avant de pouvoir marcher ! » Il réussit à émettre un petit rire et rentra dans son bureau où Pantaleon, debout, le dos tourné, apparemment fasciné par quelque chose qu'il entrevoyait dans le jardin noyé de crépuscule.

« Une femme très agréable », lança Carriscant. Sa voix était d'une pompositée insupportable, se dit-il, ridiculement guindée.

« Je suis tellement désolé, Salvador, dit Pantaleon d'un ton bas, solennel.

— Que veux-tu dire ?

— J'ai pensé que tu étais parti et puis j'ai entendu des voix. Crois-moi, je n'aurais jamais songé à t'espionner, jamais... » Il se tut puis reprit : « Pardonne-moi. »

Carriscant s'assit lentement derrière son bureau, ramassa un presse-papiers de cristal et le tourna entre ses doigts. Pantaleon avait raison, bien entendu. Il leur aurait été impossible de continuer à prétendre ne pas savoir. Il appuya le presse-papiers contre sa joue brûlante.

« Inutile, Panta, dit-il, sa voix éclatant soudain du soulagement de pouvoir se confesser. Je suis désespérément amoureux d'elle. Et désespéré. »

Dans la grange *nipa*

Carriscant connaissait bien la routine désormais. Assis dans la grange, il imaginait les différentes étapes du voyage de Delphine venant vers lui. Delphine sort de chez elle avec sa jeune domestique, Domenica, portant son chevalet, son rouleau de papier à dessin et sa boîte d'aquarelles. Elle dit au revoir à Nurse Aslinger et lui répète qu'elle ne s'est jamais sentie en aussi bonne santé. La victoria emmène Delphine et Domenica à Uli-Uli où elles traversent le pont et prennent à gauche la Calle de Santa Mesa qu'elles longent sur sept cents mètres avant de tourner dans une ruelle envahie par la végétation, baptisée pompeusement la Calle Lepanto. Elles descendent de voiture au bout : sur leur gauche, les murs gris surbaissés de la prison de Bilibid, devant elles la campagne parsemée de petits villages isolés. Delphine et Domenica, chacune munie de son ballot, prennent le sentier en direction de Sulican. Cinq minutes après, elles font halte. Delphine installe son chevalet (l'alibi de l'aquarelle est l'idée de Carriscant) tandis que la servante étend une natte de paille à l'ombre d'un palmier *buri* et dispose un petit pique-nique. Delphine peint pendant une heure ou deux, si le temps le permet, puis fait une pause pour le déjeuner. Après quoi, elle prend son carnet de dessins et annonce qu'elle va se promener un peu, à la recherche d'inspiration, et assure Domenica qu'elle sera de retour vers quinze heures trente. Elle traverse les champs voisins, s'arrêtant, tant qu'elle n'est pas hors de vue, pour esquisser un attelage de *carabao* dans une rizière, ou un bouquet de bambous penchés sur un méandre d'*estero*, avant de prendre un chemin de charroi qui l'amène, au-delà d'un petit pont en bois, devant une haie de plumbago. Elle traverse la haie et débouche sur un grand pré plat au bout duquel se trouve une grange *nipa* de construction récente.

Carriscant l'attendait. Il referma la porte de la grange derrière elle et mit un cadenas. Ils s'enlacèrent puis, passant devant l'Aéromobile, ils se hâtèrent de gagner au fond les appartements improvisés de Pantaleon. Carriscant avait apporté un édredon et des draps pour essayer de rendre le lit un peu plus confortable. Ils se déshabillèrent rapidement et, avec le soin requis, s'installèrent sur le lit de camp et firent l'amour.

C'est après s'être confessé à Pantaleon que Carriscant avait pensé à utiliser la grange pour leurs rendez-vous. Pantaleon lui en avait confié la clé de bonne grâce, disant simplement qu'il ne voulait rien savoir de plus de cette histoire tout en ajoutant qu'il ne venait jamais travailler l'après-midi sur l'Aéromobile. Carriscant qui commençait à le remercier profusément avait été interrompu : « Tu es mon ami, avait dit Pantaleon, mais ça ne signifie pas que j'approuve. » Carriscant en était resté là : le sujet n'avait plus jamais été abordé. Pour Delphine, Pantaleon ignorait tout de l'arrangement. Carriscant lui avait simplement dit qu'il possédait un double de la clé et qu'il savait que Pantaleon était retenu à l'hôpital les après-midi où ils se rencontraient.

C'était la cinquième fois que Delphine et lui se retrouvaient dans la grange et déjà une sorte de routine et de petites habitudes s'étaient établies. Il lui apportait toujours un cadeau, un rien, une sottise, et Delphine un reste de son pique-nique, une pomme, une grenade, une cuisse de poulet. Ils faisaient l'amour rapidement et sans beaucoup de fioritures dès les cinq premières minutes de leur arrivée et en général recommençaient, plus à loisir, vers la fin du laps de temps qui leur était alloué. Dans l'intervalle, allongés sur le lit de camp, ils parlaient.

Elle lui raconta sa vie. Elle était née à Waterloo, dans l'État de New York, fille unique de Dalson et Emma Blythe qui étaient tous deux morts du typhus au cours de l'épidémie de 1879. Elle avait été adoptée par un oncle et une tante, Wallace et Matilda Blythe, lui étant un mathématicien et le directeur d'une école de New Brunswick. Elle avait reçu une bonne éducation et, pendant un moment, des cousins plus âgés lui avaient fourni un semblant de vie de famille, jusqu'à ce qu'ils quittent la maison paternelle. Son adolescence était alors devenue de plus en plus solitaire, aux côtés de ses tuteurs vieillissants. C'était une amie de classe et sa tante, une femme intelligente, très émancipée, qui l'avaient arrachée à cette vie domestique stagnante pour l'emmener en Europe, chaque été, dans les années 1890, faire une série de voyages au cours desquels elle s'était découvert des opinions et une personnalité bien à elle, en même temps qu'elle s'apercevait à quel point sa vie à New Brunswick avait été confinée et sans espoir. Sa tante était morte, l'infirmité de son oncle s'était aggravée. Puis, un soir, invitée à un dîner dans Manhattan, elle avait rencontré un jeune officier du nom de Jepson Sieverance...

Carriscant se rappela le cadeau qu'il avait pour elle.

Ce jour-là, il lui avait apporté une boîte de cigarettes turques, de forme ovale avec une double bague dorée à un bout, et Delphine accepta d'en goûter une. Carriscant se glissa tout nu hors du lit pour aller chercher des allumettes dans la poche de sa veste. Il s'accroupit devant Delphine pour lui allumer sa cigarette avant d'allumer la sienne. Il se releva, ravi d'être nu dans l'air tiède et poussiéreux de la grange. Des rais fins de soleil s'infiltraient entre les parois de bambou et remplissaient l'intérieur d'une lumière sombre et douce. Savourant la terre compacte et fraîche sous ses pieds, il s'approcha de l'Aéromobile qui montrait des signes de travaux en cours. Le moteur, retiré de sa nacelle, était posé sur des blocs et les chaînes de transmission aux hélices avaient été détachées. Il fit le tour de la machine et grimpa sur la selle avant dont il sentit le cuir tiède contre ses fesses. Il tourna la tête pour regarder Delphine qui, assise sur le lit de camp, examinait le bout de sa cigarette avec une certaine désapprobation.

« Un peu trop fort pour moi », dit-elle. Elle remit la cigarette dans sa bouche, inhala avec soin et puis, tendant son cou pâle, rejeta une volute de fumée bleuâtre en direction des poutres.

Elle écrasa le mégot par terre. « Que fais-tu là-bas ?

— Panta a des ennuis avec sa machine. Il a décidé d'installer le moteur latéralement. Enfin, sur un de ses côtés, pour éviter les vibrations. Il pense, vois-tu, que les vibrations latérales du piston seront moindres que les verticales.

— Pour moi, ça n'a aucun sens. Ça ne marchera jamais. » Elle rejeta la couverture et abandonna le lit de camp pour venir vers Carriscant. Dans la pénombre, son corps plein était d'une pâleur fantomatique : Carriscant distingua les ombres en faucille des seins, le triangle doré épais des poils pubiens se dessinant plus sombre sur les cuisses crémeuses. Il sentit son désir pour elle s'épaissir comme un caillot dans sa gorge.

« C'est un rêve fou », dit-elle, appuyée contre la jambe de Carriscant, inspectant du regard l'Aéromobile qu'elle tapotait d'un doigt. Il vit les minuscules taches de rousseur sur ses épaules nues. « Cette chose ne volera jamais.

— Si seulement nous pouvions nous envoler dessus », dit-il, la voix rauque de conviction.

Elle se pencha et lui embrassa l'épaule. « D'accord pour ça », dit-elle. La masse tendre de ses seins s'écrasa contre le bras de Carriscant qui descendit de selle et l'attira vers lui.

« Peut-être pourrions-nous nous envoler, répéta-t-il, avec circonspection.

— Ouvre les portes, s'écria-t-elle en riant. Mets en route le moteur, latéral ou vertical, on part comme on est ! »

Il l'embrassa, en riant aussi. Ils plaisantaient de plus en plus souvent désormais là-dessus, avec un rien de mélancolie. C'était un moyen d'aborder le sujet sans y faire carrément face. Le badinage, cependant, prenait un tour poignant, une importance tacite qui devenait difficile à ignorer, encore plus difficile à supporter.

« Peut-être aura-t-il un accident à Mindanao, osa-t-il lancer. Peut-être qu'un *insurrecto* lui tirera dessus et résoudra tous nos problèmes.

— Ne dis pas cela, Salvador. Je ne le hais pas à ce point. Je ne souhaite pas sa mort. Je ne veux pas que tu penses ainsi.

— Ça simplifierait les choses.

— Mais je me refuse même à imaginer ça. Je ne peux pas me faire complice de pensées pareilles.

— Mais et si toi, tu mourrais ? dit-il très vite. Si tout le monde te croyait morte comme cette Anglaise à Port-Saïd ?

— Arrête.

— Non. J'insiste. On ne ferait de mal à personne. Et si les

gens pensaient que tu... Je ne sais pas... que tu te sois noyée ? Un accident, au cours d'une promenade en bateau ou autre chose, mais en réalité tu aurais nagé jusqu'au rivage. Et il te croirait morte. Et tu serais libre.

— Des rêves, Salvador, des rêves. »

Ils se mirent, un peu comme une blague, une sorte d'exercice, à échafauder des hypothèses. Un incendie. Une barque retournée. Une excursion en montagne dont quelqu'un ne reviendrait jamais. Elle joua le jeu pendant un moment mais il s'aperçut bientôt que ses aspects plausibles, ses possibilités pratiques commençaient à la troubler. Néanmoins l'idée avait pris fermement racine dans son esprit à lui.

« Viens », dit-il et ils regagnèrent le lit de camp. Il la regarda prendre sa petite éponge sur sa ficelle et la tremper de nouveau dans la bouteille de liquide clair avant de s'accroupir et, le dos tourné, de l'insérer. Il se poussa un peu pour lui faire de la place lorsqu'elle se glissa près de lui.

« Je t'aime, dit-il.

— Peut-être que nous nous envolerons, dit-elle avec douceur tandis qu'il embrassait tendrement sa gorge. Un jour. »

Le raid

Avec un grognement collectif, les quatre policiers renversèrent le grand coffre et une petite avalanche de granulés glacés s'éparpillèrent sur le sol. Un bruit de choc amorti, et un paquet enveloppé de toile cirée roula par terre. Bobby l'écarta du bout de sa botte pendant que les autres s'assuraient qu'il ne restait rien d'autre que de la glace dans le coffre.

« Qu'est-ce que c'est ? » demanda Bobby.

Carriscant s'accroupit et défit la toile.

« Un foie, dit-il. Humain, je pense.

— Nom de Dieu ! Celui de Ward ?

— Il a renvoyé le foie de Ward. Ça doit être celui d'un autre. »

L'autre coffre fut traîné dehors et renversé. Ils trouvèrent trois chiens morts et le tronc inférieur d'un singe non identifié.

« Je vous avais dit que c'était une mauvaise idée », fit remarquer Carriscant.

Les policiers continuèrent à fouiller dans les morceaux de glace à la recherche d'autres pièces détachées. Une demi-douzaine d'hommes supplémentaires formaient un large demi-cercle autour du laboratoire de Cruz, fusils à la main, tenant à l'écart les domestiques stupéfaits et ahuris. Dans un coin, tout au fond du second coffre, on découvrit un sac de toile contenant ce que Carriscant identifia comme étant deux cœurs, une main humaine et une tête de singe avec la moitié du crâne scié.

« Avez-vous le moyen de dire que cette main appartenait à Braun ?

— Non. C'est impossible à cause de la décoloration. Pourquoi m'avez-vous amené ici, Bobby ?

— J'ai besoin d'un médecin. J'ignore ce que sont ces morceaux de viande.

— Il y a des quantités de médecins américains sur cette île.

— Ouais, mais aucun qui connaisse l'affaire comme vous. »

Bobby entra dans le laboratoire avec une lanterne et en ressortit quelques secondes après.

« Où est-ce que tout a disparu ? protesta-t-il. La dernière fois que nous sommes venus ici ces deux coffres étaient bourrés à ras bord.

— Le docteur Cruz a peut-être abandonné ses expériences.

— Pourquoi aurait-il... »

Ils furent interrompus par un cri de fureur venu de la maison et bientôt ils virent Cruz surgir, à moitié habillé, sa chemise déboutonnée révélant son corps replet, avec son ventre ballottant et sa toison épaisse de poils gris.

Cruz hurla et tempêta jusqu'à ce que Bobby lui exhibe le mandat l'autorisant à perquisitionner chez lui.

« C'est le résultat de vos manœuvres, Carriscant, lui hurla Cruz. Cela est une tentative délibérée de destruction de ma réputation.

— J'ai demandé au docteur Carriscant de m'accompagner dans cette descente, expliqua Bobby après qu'on lui eut donné une traduction approximative des jurons de Cruz. Il s'est montré très réticent mais j'ai insisté. »

Cruz fit face à Carriscant par-dessus le petit étalage de restes, humains et animaux. La main gisait paume ouverte, les doigts légèrement recourbés, comme mendiant une aumône.

« Vous me soupçonnez ? dit Cruz en anglais à Bobby.

— Je me contente d'explorer toutes les pistes que je juge appropriées. »

Cruz désigna Carriscant du doigt. « Cet homme, cet homme est un homme de violence. Je l'ai vu attaquer le docteur Wieland. Je l'ai entendu menacer de tuer Wieland. Wieland vous racontera.

— Wieland a été relevé de ses fonctions », dit Bobby.

Cruz se remit à tempêter en espagnol, fulminant contre cette intrusion honteuse, sa famille réveillée en pleine nuit, sa réputation entachée.

Carriscant, les yeux baissés, édifiait un petit tas de poussière du bout de sa chaussure, tout en promenant son regard sur les restes pathétiques alignés en rang. Le foie commençait à fondre et de petites flaques de sang et d'eau se formaient autour, recevant déjà les soins de fourmis et d'autres insectes rampants.

La lettre

Il reconnut l'écriture sur l'enveloppe. *Docteur Salvador Carriscant, Hôpital San Jeronimo. Confidentiel.* Il sourit. Une semaine seulement s'était écoulée depuis leur dernière rencontre. Il fit sauter le sceau, découvrant la vision familière de son papier à lettres à bords crantés. Il déplia la feuille et fronça les sourcils. « Ce soir, sur la Luneta », disait la note sans signature. Il consulta sa montre, soudain troublé : midi. Quel plan avait-elle en tête ?

Il plut dans l'après-midi mais, le soir, le temps s'était éclairci et la Luneta grouillait de monde. Les calèches tournaient, les foules vêtues de blanc flânaient et bavardaient autour du kiosque à musique tandis que, sur la baie, le ciel prenait un ton mandarine. Carriscant descendit de sa voiture et avança le long de la digue, tout au bord de la route. Une brise d'un agréable mordant soufflait de la mer et, parfois, une rafale le forçait à mettre la main sur la coiffe de son panama pour le maintenir en place. Il s'assit sur la digue, pour attendre, porta son regard vers Corrigedor, au-dessus de la surface argentée de l'eau, et tourna la tête jusqu'à ce qu'il aperçoive les lumières dispersées de Cavite, plus loin sur la côte. Il se concentra sur cette vue, essayant de goûter la tranquillité de ce rare moment de fraîcheur et de confort mais un vague et méchant pressentiment commençait à l'agiter, et il sentit une brûlure d'indigestion naître sous son sternum. Que voulait-elle ? Et pourquoi ce mode de rencontre ? Il s'obligea à l'optimisme : peut-être lui apportait-elle de bonnes nouvelles ? Nurse Aslinger partait, enfin. Ou bien Sieverance avait été tué par des *insurrectos* à Mindanao. Cette dernière pensée le remplit de honte, elle était cruelle, peu charitable. Ce n'était pas la faute de Sieverance s'il était marié à Delphine ; il n'avait pas exactement eu pour but de barrer le chemin à Salvador Carriscant. Être confronté à la bonne fortune de Sieverance n'en demeurait pas moins irritant. La chance de Sieverance. Cette chance qui lui avait valu cette femme, qui lui avait donné une vie aux côtés de Delphine... Non, il ne souhaitait pas sa mort. Autant souhaiter la mort d'Annaliese. Les souhaiter morts tous les deux... Soudain, devant la tournure que prenaient ses pensées, il se dégoûta lui-même. C'étaient là des pensées désespérées. Il devait exister d'autres moyens.

Puis il l'aperçut, avec une autre femme, dans une calèche. Elle portait un ensemble bleu marine gansé de jaune, une cape-mantelet, et ses cheveux relevés à la diable. Il les regarda descendre de voiture et gagner le kiosque à musique, puis quitta d'un bond la digue et les suivit, en faisant le tour du kiosque rempli de crépitements bruyants tandis que l'orchestre changeait de partitions, pour surgir, comme par hasard et pure coïncidence, devant elles.

« Mrs Sieverance, comment allez-vous ?

— Docteur Carriscant ! Quel plaisir ! Puis-je vous présenter à mon amie, Mrs Oliver ? Le docteur Carriscant, le plus célèbre chirurgien de Manille.

— Cela m'a tout l'air d'un compliment fort suspect, Mrs Sieverance. C'est comme être l'homme le plus sain dans une colonie de lépreux. »

Ils rirent.

« Vous me taquinez, docteur, dit-elle. Vous savez bien ce que je veux dire. »

La conversation se poursuivit : la force de la pluie de l'après-midi et la fraîcheur qu'elle avait amenée ; le prix exorbitant des conserves à Escolta ; l'impossibilité de dresser un buffet convenable sous les tropiques sans des lits de glace pour y disposer les viandes froides.

Puis Delphine dit à Mrs Oliver : « Oh, Shirley, tu vois ce gamin qui vend des confiseries. Veux-tu m'acheter des gâteaux à la noix de coco, les petits carrés ? Et vous, docteur Carriscant ?

— Non, merci, je n'en suis pas très friand. »

Shirley Oliver s'exécuta et les laissa seuls.

« Tu es superbe, dit Carriscant.

– Il y a un problème, débita-t-elle très vite, son visage montrant tout à coup des signes de tension. Mes règles. Je n'ai pas eu les deux dernières. Ça fait plus de huit semaines.

– Oh, mon Dieu... » Il sentit sa brûlure d'estomac le céder à la nausée.

« Je ne voudrais pas paniquer mais... » Elle parlait d'une voix entrecoupée, et il voyait dans son regard à quel point elle était bouleversée. « Je suis si bien réglée, normalement. Comme une horloge... » Elle ne put poursuivre. Elle se tourna pour se reprendre, renifla un peu.

« Mon Dieu », répéta Carriscant. Il se sentait stupide, l'esprit aussi obtus qu'un paysan. « Il faut en être sûr. » Mrs Oliver revenait avec son butin. « La grange *nipa*. Demain après-midi.

– J'essaierai... Shirley, bravo! Vous êtes certain de ne pas vous laisser tenter, docteur Carriscant? »

Carriscant attendit dans la grange de trois à six heures le lendemain après-midi mais Delphine ne vint pas. Assis dans la pénombre aux relents de moisi, écoutant le bruit des averses passagères, divers plans et stratagèmes lui effleurèrent l'esprit comme les images de cinématographe qu'il avait vu projeter au théâtre de Quiapo. Imparfaites, sautillantes, théâtrales – mais néanmoins suggestives. Ce pouvait être une erreur – le seul moyen de s'en assurer de manière absolue, c'était d'entendre les battements de cœur du fœtus, mais il était encore trop tôt –, pourtant impossible de douter de la conviction dans sa voix : elle était tout à fait certaine. Il procéda à un rapide calcul. Si elle les avait ratées déjà deux fois... Cela faisait presque neuf semaines depuis cette première rencontre dans son cabinet de consultation. Il sentit dans sa bouche, tout à coup sèche, un goût de rance. Il comprit que les délicieux limbes irréels dans lesquels ils avaient vécu depuis deux mois avaient cessé d'exister, pour toujours. C'était là la croisée des chemins, c'était là aussi une incitation à l'action. Mais que faire? Il était clair que quelque chose de déterminant devait se produire, une confrontation, une confession, mais où cela les mènerait-il ? Et à mesure qu'il réfléchissait et conjecturait, une seule idée claire en vint à dominer son esprit : il ne devait pas perdre Delphine. Quoi qu'ils décident, ils devaient faire en sorte de demeurer ensemble. Cette conclusion le détendit un peu, elle semblait réduire les options. Aucune tentative d'arranger les choses, de réconcilier les époux respectifs ne pouvait être envisagée, et tout manquement public aux convenances rendrait impossible la vie à Manille. Et, à l'examen des alternatives, la seule méthode pratique leur permettant à la fois de résoudre ce problème et de vivre ensemble s'imposa d'elle-même, dans sa simplicité : la fuite.

Peu après six heures, il sortit de la grange et, dans la lumière jaunâtre pâlissante, il vit Pantaleon traverser le pré avec une boîte à outils, prêt à commencer sa soirée de travail. Ce bon vieux Panta, songea-t-il, sentimental, cher Pantaleon. Un véritable ami.

Pantaleon jeta un coup d'œil inquiet sur la porte de la grange. « Je suis désolé, Salvador. J'espère que je ne...

— Non, non, elle n'est pas là.

— Tu vas bien ?

— Oui. Non. Enfin, un peu fatigué. Je réfléchissais. Un peu de tension.

— Ça ne m'étonne pas, répliqua Pantaleon. J'ai remarqué combien tu étais distrait. Il faut trouver une solution. Ça ne peut pas continuer.

— Tu as raison. Mais ne t'en fais pas, Panta, on trouvera une solution. »

La capitainerie du port se trouvait derrière le bâtiment des douanes, dans la Calle Urbistondo. Carriscant attendit patiemment devant un comptoir tandis qu'un jeune employé chinois vérifiait laborieusement liste après liste des noms dans un registre écorné.

« Vous dites Nilsen ?

— Non. Axel. Capitaine Nicanor Axel. Son navire s'appelle le *General Blanco*.

— Ah oui. Lui parti depuis trois jours. Hong Kong.

— Combien de temps faut-il pour faire l'aller-retour de Hong Kong ?

— Ça dépend combien de temps vous restez là-bas. »

Nom de Dieu ! « Le capitaine Axel fait régulièrement cette traversée. Combien de temps lui faut-il d'habitude ? Vous pouvez sûrement vérifier les dates. »

Finalement (ayant arraché le registre des mains de l'exaspérant gamin), Carriscant calcula que si le *General Blanco* avait quitté Manille trois jours auparavant il serait sans doute de retour dans la semaine. C'était ce qu'il cherchait à savoir. Donc, s'il pouvait voir Axel dans les jours qui venaient, il pourrait mettre l'affaire en musique. Il descendit les marches de la capitainerie, la tête remplie de dates et de plans contradictoires. Il n'avait pas une idée très claire de ce qu'il voulait faire ; une fois encore, c'était la question d'avoir quelque chose en place, un stratagème à proposer à Delphine. Il ne doutait pas un instant qu'elle viendrait avec lui, à condition qu'il puisse organiser leur départ de manière satisfaisante. Pas le moindre doute. Il passa à grandes enjambées de l'ombre à la lumière ébouissante du soleil levant et fit le tour jusque devant les douanes où se trouvait une station de *carromatos*. Axel était le type tout indiqué pour un travail de ce genre. Il découvrirait exactement ce que l'homme...

« Carriscant ! Docteur Carriscant ! »

Carriscant fit halte et se retourna, les yeux encore larmoyants de l'éclat du soleil. L'appel venait du bord de l'eau. D'une étincelante vedette à vapeur, le long de la jetée. Il plissa les yeux et les protégea d'une main. Une tache se distingua des taches sombres autour de la vedette et prit les contours d'une silhouette qui s'avançait vers lui pour le saluer.

« Par exemple, vous ici ! s'écria Sieverance, jovial. Je mets le pied à quai et vous voilà ! Ravi de vous voir.

— Comment allez-vous ? » réussit à dire Carriscant, sentant ses cheveux se dresser sur sa tête. Un cri de désespoir furieux sembla retentir dans son crâne. « Je vous croyais... euh, je pensais que votre affectation à Mindanao était pour...

— Au diable Mindanao, l'interrompit Sieverance, s'approchant avec un air de confidence, j'ai été promu. Colonel à cinq galons pleins. On m'a donné un bureau au ministère de la Guerre. J'ai reçu la nouvelle hier. J'ai eu la veine d'attraper à temps le bateau.

– Le ministère de la Guerre ?

– Oui, et que le bon Dieu en soit remercié. Nous partons, Carriscant. Direction retour dans ces bons vieux États-Unis d'Amérique. »

Du coin de l'œil, Carriscant pouvait voir Sieverance superviser le débarquement de ses bagages. Il se pencha vers le cocher du *carromato* :

« Calle Lagarda, s'il vous plaît. Aussi vite que possible. »

Le petit fiacre démarra à vive allure mais fut retenu comme d'habitude par la circulation dans la montée vers le pont d'Espagne. Une fois au-delà, il poursuivit sa course rapide le long de la Calzada de Vidal, laissant derrière lui les cabanes en bois du First Reserve Hospital avant de retraverser le Pasig par le pont d'Avila et de gagner la Calle Lagarda par San Miguel.

La servante qui ouvrit la porte ne le reconnut pas, il fut content de le noter, mais lorsqu'il demanda si la Señora Sieverance était là, elle lui répondit que non. Carriscant étouffa un gémissement : il fallait qu'il la joigne avant l'arrivée de Sieverance. Son absence signifiait en tout cas qu'elle ignorait le retour de son mari. La señora, lui dit-on, jouait au bridge chez la Señora Oliver, à Ermita. Carriscant retourna en courant à son fiacre, sans laisser son nom.

La maison des Oliver à Ermita était entourée d'un vaste jardin clos de murs. Carriscant fit les cent pas devant le portail en se creusant désespérément la cervelle pour trouver une raison convaincante qui pourrait l'autoriser, lui, le docteur Salvador Carriscant, à interrompre un bridge de dames, au milieu de la matinée, à Ermita. Il ne pouvait penser à rien. Il prit un sentier étroit envahi d'herbes le long du mur, avec le vague espoir de pénétrer d'une manière ou d'une autre dans le jardin et d'attirer secrètement l'attention de Delphine. Mais, en supposant qu'il y réussisse, que pourrait-elle faire alors ? Et, de toute façon, même en bondissant d'un buisson à l'autre comme un franc-tireur pris de folie, il serait sans doute repéré. N'empêche, c'était sa seule solution, et, les deux bras tendus, il fit un rétablissement pour atteindre le haut du mur et jeter un coup d'œil par-dessus.

Le jardin était grand et bien entretenu, luxuriant après les pluies et avec une pelouse épaisse tondue de près. Juste devant Carriscant, se dressait un pavillon d'été, aux murs de bambou travaillés en chevrons et coiffé d'un toit épais de feuilles de palmier tressées. Il se hissa par-delà le mur et se laissa tomber de l'autre côté. A une certaine distance, près d'un enclos de poulailler, il aperçut deux jardiniers. Il mouilla un doigt et le tendit pour voir d'où venait le vent. Ça irait. Il sortit son mouchoir de sa poche et, grattant une allumette, il la maintint sur un coin. Une fois le coton bien enflammé — les poils de sa main commençaient à roussir, les flammes étaient presque invisibles dans la lumière du soleil — il l'expédia sur le toit du pavillon d'été. Il espérait que le chaume était assez sec pour prendre, et il leva le nez vers le ciel laiteux, brumeux : pas de risque de pluie. Il réescalada le mur, le franchit et, de retour dans la rue, ordonna à son cocher de filer à la caserne de Malete et d'informer la sentinelle qu'un incendie s'était déclaré au n° 14 de la Calle de la Galleria. Des dames américaines étaient en danger.

De son poste d'observation, il aperçut bientôt la fumée s'élever au-dessus du pavillon d'été et nota avec satisfaction que la brise la poussait droit sur la maison. Mais alors, il s'inquiéta un peu en voyant le feu prendre franchement, des flammes de deux mètres de haut jaillir du chaume crépitant et d'épaisses volutes de fumée commencer à envelopper la maison. Et pas le moindre signe d'alarme. Que faisaient donc ces jardiniers ? Puis, il entendit des cris, quelques hurlements et, juste à temps, la cloche de la pompe à incendie de la caserne. Il s'avança vers le portail tout en annonçant à deux gamins curieux qu'il y avait un gros feu et qu'ils devaient courir chercher de l'aide.

L'étincelante pompe à incendie, maniée par une demi-douzaine de soldats noirs et tirée par quatre chevaux au trot énergique, s'engagea vivement dans l'allée tandis que le portail de la maison s'ouvrait en grand, et Carriscant, accompagné de voisins inquiets et curieux, sans compter un flot croissant d'indigènes serviables, suivirent pour voir s'ils pouvaient être d'un secours quelconque. Des tuyaux furent déroulés à partir de la pompe et la maisonnée semblait s'être rassemblée sur la pelouse à l'arrière, à bonne distance, pour regarder l'incendie – plutôt franchement spectaculaire, dut s'avouer Carriscant. Les domestiques chinois, le visage fendu d'un large sourire, contemplaient ahuris un intrépide jardinier ramper afin d'aller lancer un seau d'eau inutile sur le chaume rugissant. Une demi-douzaine d'Américaines étaient debout sur les marches du perron de la façade arrière. Les bridgeuses. Carriscant s'avança en soulevant son chapeau.

« Mrs Oliver ? Je suis le docteur Carriscant. Je passais par là. Puis-je vous être d'un secours quelconque ? Est-ce que tout va bien ? Personne n'est blessé ?

– Ah, docteur Carriscant, mais oui, bien sûr. Non, aucun blessé. Nous sommes simplement choquées. Comment cela a-t-il pu se produire ?

– Parfois, une végétation dense, le chaume, la chaleur du soleil peuvent provoquer une combustion spontanée, inventa-t-il. Ça arrive ici de temps à autre.

– Vraiment ? Mais nous avons eu tant de pluie. Bonté divine ! Pu Lin, arrête ça, s'il te plaît ! » cria-t-elle au jardinier qui revenait avec un deuxième seau.

Carriscant se retourna. Debout sur la véranda, Delphine le fixait du regard avec un certain étonnement.

« Bonjour, Mrs Sieverance. Je passais par là, j'ai vu la fumée et les flammes. »

Elle descendit les marches pour venir le rejoindre, les yeux rétrécis par le soupçon. Les tuyaux étaient maintenant en action et l'eau s'abattait sur les flammes. La petite foule se mit à applaudir.

« Salvador, est-ce que c'est toi qui...

– Il est de retour. Je viens de le rencontrer sur les quais. Il est rentré de Mindanao. »

Le visage de Delphine changea : elle parut soudain malade, porta la main à sa gorge. Ah, qu'il l'aimait de réagir ainsi.

« Mais comment...

— Il y a pire, dit-il se tournant pour vérifier que leur conversation n'attirait pas l'attention. Il a une nouvelle affectation. En métropole. Aux États-Unis.

— Oh, mon Dieu ! » Malgré elle, elle s'accrocha à son bras qu'elle relâcha tout aussitôt. Juste à cet instant, le toit du pavillon d'été s'effondra avec un soupir mouillé, expédiant à travers la pelouse de grosses vagues de fumée blanche qui chassèrent les badauds pris de toux.

Carriscant fit s'écarter Delphine. « Écoute-moi, dit-il d'un ton pressant, il faut que tu rentres chez toi. Il faut que tu lui dises que tu penses être enceinte.

— Oh, Seigneur Jésus, je ne crois pas...

— Tu le dois. » Elle était en proie à une véritable angoisse, il le voyait, mais il poursuivit quand même. « Quand est-ce que toi et lui avez, enfin, je veux dire... »

Elle porta ses mains à ses tempes qu'elle massa. « Oh, une semaine environ, je pense, une semaine avant son départ. Oui.

— Quatre mois ? Un peu plus ?

— Oui. » Elle avait une petite voix, tout effrayée. « Je crois que oui.

— Alors n'oublie pas. Tu es enceinte de quatre mois. Quatre. Fais-moi appeler et je le lui confirmerai. D'accord ?

— Salvador, je... »

Des gens revenaient après avoir inspecté les cendres trempées du pavillon. Carriscant passa derrière Delphine, la main sur le bord de son chapeau, comme s'il prenait congé. « Nous serons bientôt libre. J'ai une idée. Un plan épatant. Tout va bien. Nous nous en sortirons. »

Il lança un cordial au revoir à Mrs Oliver et quitta le jardin pour regagner son *carromato* qui l'attendait.

Pragmatisme

Annaliese essayait de ne pas pleurer. Ses mains tordaient la serviette, la roulant et la nouant, puis la dénouant encore, l'étalant et la défroissant à plat sur la table avant de recommencer à la tordre. Elle n'arrêtait pas entre-temps de parler à voix basse, d'expliquer, de s'excuser, de se critiquer elle-même avant de critiquer Carriscant, plus modérément, les blâmant tous deux pour les erreurs commises.

Carriscant lui retira gentiment sa serviette. Elle le rendait fou à la tripoter ainsi. Ils étaient assis dans la salle à manger, le repas terminé, la table débarrassée. Carriscant se versait un grand verre de cognac quand Annaliese était entrée en annonçant qu'elle voulait lui parler. Prenant place en face de lui, elle s'était mise à tordre sa serviette tandis qu'il écoutait, non sans étonnement, ses excuses. Elle s'en voulait, disait-elle, elle s'était montrée trop dure, trop sévère. Elle détestait cette froideur qui s'était installée entre eux : la vie qu'ils menaient à présent n'avait rien d'un mariage, c'était bien pire que pas de mariage du tout.

« Je veux que nous essayions encore, Salvador, que nous essayions de réussir, d'être mari et femme de nouveau.

– Annaliese, je ne crois pas...

– Écoute, dis simplement que nous essaierons. On se doit bien cela tout de même ? Je veux que les choses soient comme autrefois. Tu ne te rappelles pas, à ton premier retour d'Europe ? C'est ma faute, je sais. Je me suis éloignée de toi. Quand papa et Hannah sont partis, je me suis sentie si malheureuse. Et puis, quand papa est mort, je... Et tu étais presque tout le temps au travail. Je me suis repliée sur moi-même, je sais. Je ne t'ai donné aucune affection. Je sais que je suis fautive. Mais mes nerfs, vois-tu... »

Carriscant s'efforçait d'écouter mais il ne cessait en son for intérieur de se reposer la question de savoir si Delphine parlerait à Sieverance tout de suite ou bien attendrait un jour ou deux. Annaliese lui tendait maintenant la main par-dessus la table. Il la prit comme il se devait, la serra gentiment, comme il se devait.

« Peut-on essayer, Salvador, peut-on essayer ?

— Bien sûr, ma chère, il n'est jamais trop tard.

— Dieu te bénisse. Je ne te mérite pas. Pardon. Tout va changer pour le mieux maintenant, tu verras. »

Épuisée par ses larmes, elle alla se coucher tôt. Carriscant veilla fort avant dans la soirée : il vérifia l'état de ses comptes, repensa à son plan, en affina les détails, s'appliquant à en découvrir les possibles points faibles. Il se retira dans son bureau vers minuit et il commençait juste à somnoler quand il entendit frapper un coup léger à la porte, qui s'ouvrit.

« Salvador, c'est moi. »

La pièce était plongée dans une obscurité telle qu'il ne put distinguer d'elle que le pâle rectangle de sa chemise de nuit.

« Annaliese, s'écria-t-il, s'efforçant de ne pas laisser percer sa surprise dans sa voix. Que se passe-t-il ?

— Je t'attendais. » Le rectangle s'élargit à mesure qu'elle s'approchait du lit.

« Je ne voulais pas te déranger, prétexta-t-il, menteur. Tu paraissais si fatiguée. »

La forme de la chemise de nuit changea encore : elle se réduisit à un carré, disparut, réapparut un quart de seconde, plus mince, puis s'évapora complètement. Il entendit le bruissement de la moustiquaire qu'on soulevait et la sensation suivante fut celle du corps nu d'Annaliese se glissant sur le divan contre le sien.

« Il nous faut marquer un recommencement, mon chéri », dit-elle.

L'obscurité totale de la pièce et le petit corps d'Annaliese, tout chaud sorti du lit, se tortillant contre lui, eurent un certain effet. Il tendit une main qui alla frapper un petit sein qu'il enserra machinalement. Il sentit son haleine sur sa joue en même temps qu'elle passait la main sous l'ourlet de sa chemise à lui et la remontait le long de sa cuisse. Il tressaillit quand elle s'empara de son membre.

« Tu vois, Salvador, je le savais. Je suis si contente, je...

— Ne pleure pas, ma chérie, je t'en prie. »

Ses lèvres lui léchaient le visage, le bécotant, cherchant sa bouche. Parmi la masse confuse de messages tactiles que son corps recevait, une partie de son cerveau lui conseillait la retenue, lui répétait que c'était mal, que c'était une sorte de double trahison. Mais Annaliese l'avait amené au-dessus d'elle et, sans y penser, il embrassa ses seins. Dans le noir, elle n'était plus, se dit-il, qu'une fille anonyme au corps tiède et frétillant, bien différente de l'Annaliese qu'il pensait enfin connaître et à peine tolérer. Après tout, pensa-t-il, alors qu'elle écartait les jambes pour qu'il la prenne, elle pourrait être n'importe qui. Et c'est avec ce sophisme que, plus tard, couché près d'elle, il se réconforta : une brève rencontre physique dans la nuit, et étant donné ce qui allait suivre avec Delphine, il n'eût pas été pragmatique de refuser à Annaliese ce qu'elle désirait. Mieux valait s'y résigner pour éviter tout soupçon. Il se sentait la conscience claire.

Vienne, Paris, Moscou, Rome...

« Je ne lui ai pas encore dit », avoua Delphine. Elle paraissait fatiguée, sous pression, les yeux sombres. « Je ne crois pas que je vais vraiment pouvoir supporter son incommensurable suffisance. De le voir si content de lui.

— Avez-vous fait... commença Carriscant, sans réfléchir. Pardon, se reprit-il. Je ne devrais pas demander. » Il savait qu'il souhaitait alléger son propre sentiment de culpabilité.

« Non, dit-elle carrément. Si tu veux savoir. Il ne... C'était une partie du problème entre nous. Il... » Elle redressa les épaules. « Il a de la difficulté à demeurer en érection. » Elle regarda Carriscant sans ciller. « *Ejaculatio praecox* est, je crois, l'expression correcte.

— Ah ! » Carriscant essaya de ne pas montrer combien la nouvelle lui faisait plaisir. « Alors, je comprends ce que tu veux dire à propos de sa suffisance.

— Il va devenir fou de joie, extatique.

— Ne tarde pas trop, c'est tout. » Il tendit le bras et prit son visage dans sa main. « J'ai parlé à Axel aujourd'hui. Il n'y a pas eu de problème, en fait il n'a pas battu un cil. Tout est prêt. »

Ils étaient assis, tout habillés, sur le lit de camp dans la grange. Elle l'attira dans ses bras et ils s'embrassèrent en silence une minute ou deux.

Elle était encore tendue : « Tu comprends pourquoi je t'ai dit qu'il fallait en finir une fois pour toutes. Nous ne pouvons pas simplement nous enfuir. Dès que je lui aurai parlé de l'enfant, vois-tu, il ne me laissera jamais partir. Il me suivra partout, toujours. » Son visage s'assombrit à cette éventuelle perspective. « Peut-être ne devrais-je pas lui parler de l'enfant.

— Ça ne marchera pas autrement. Il aurait immédiatement des soupçons. Il saurait tout en quelques heures. C'est le seul moyen de nous libérer vraiment. Pour toujours.

— Je sais, je sais. C'est difficile, voilà tout, je...

— Mais considère, d'autre part, que, sachant maintenant l'effet que lui produit l'idée d'être père, tout marchera d'autant mieux. » Il voyait à quel point elle voulait le croire. « Il ne saura jamais rien, fais-moi confiance.

— Mais, et toi ?

— Je raconterai que je vais à la campagne une semaine ou deux voir ma mère. Quand on se mettra à ma recherche, il sera trop tard. »

Elle poussa un grand soupir, se laissa aller, les épaules affaissées, et se frotta le visage avec les mains.

« Mon Dieu, dit-elle. Tu peux y croire ? Imagine, Salvador, Vienne. Nous serons à Vienne dans quelques semaines.

— Ou à Paris, à Moscou, à Rome ou à Athènes...

— Et personne ne saura qui nous sommes ni d'où nous venons. »

Il éclata de rire, pris soudain d'une joie effervescente. « Personne n'aura jamais entendu parler des Philippines. »

Elle était de nouveau sobre : « Nous avons des billets pour Yokohama, le 25.

— Ça nous laisse plein de temps. Axel attend, il est prêt. Je n'ai à lui donner que quelques jours de préavis. Il n'a pas fait la moindre histoire à propos des conditions. Une activité de routine, sans doute, pour lui, ces voyages clandestins.

— Très bien, dit-elle, prenant sa décision. Je lui parlerai ce soir. »

Elle se leva, ramassa ses crayons et son carnet de croquis, et inspecta du regard la grange. Elle laissa le sac avec les vêtements qu'il lui avait demandé d'apporter.

« Je ne te reverrai plus ici, je suppose, dit-elle, un peu triste. Ni cette ridicule machine volante. Pauvre Pantaleon.

— En tout cas, ça l'occupe. Et cet endroit a été merveilleux pour nous.

— Oui, approuva-t-elle avec emphase. Oui, c'est vrai. » Puis elle l'embrassa, très fort, poussant sa langue dans sa bouche, se nourrissant de lui. Ils s'écartèrent et se contemplèrent.

« Nous allons être libres, lui promit-il. Ne t'en fais pas.

– Je t'aime, Salvador », dit-elle.

Après son départ, il se rendit compte que c'était la première fois qu'il l'avait entendue prononcer ces mots.

Un flacon de sang

Jepson Sieverance envoya chercher le docteur Carriscant à neuf heures le lendemain matin. Il pleuvait à verse et, en courant de sa voiture à l'entrée, Carriscant vit que c'était Sieverance lui-même qui tenait la porte ouverte.

« C'est la plus merveilleuse des nouvelles, ne cessait de répéter Sieverance en l'accompagnant dans le corridor qui menait à la chambre. Et je suis certain qu'elle ne s'est pas trompée. La femme a un instinct pour ces choses. »

Pour une raison quelconque, Carriscant trouva insultant l'usage de cette appellation collective. « Nous en aurons assez vite la confirmation », dit-il en réussissant à produire un petit sourire. Delphine avait raison : la joie de ce coq satisfait était offensante, rébarbative.

Elle l'attendait dans sa chambre, assise dans un fauteuil, portant une robe de chambre en tissu écossais par-dessus sa chemise de nuit. Elle paraissait calme, très sereine. Ils se saluèrent avec leur cordialité coutumière, puis Sieverance s'éclipsa obligeamment.

« Pas de Nurse Aslinger ? dit Carriscant.

— J'ai été forcée de la laisser partir. »

Il se pencha et effleura son front de ses lèvres. Il entendait Sieverance aller et venir dans le couloir dehors, déjà la parodie du futur père. Il baissa la voix.

« Tout est arrangé pour le 20, chuchota-t-il. Axel est averti. J'aurai tout préparé.

— Je sais ce qu'il faut faire. »

Il ouvrit sa trousse et en tira un flacon brun qu'il lui donna. « Tiens. Tu auras besoin de ça pour faire convaincant.

— Qu'est-ce que c'est ?

— Du sang. » Il lui caressa le bras et le visage. Elle lui embrassa le bout des doigts lorsque ceux-ci frôlèrent sa bouche.

« Tu ne peux rien emporter avec toi, tu sais. Il faudra que tu me dises quels vêtements, poudres, rouge, choses indispensables il te faut...

— Très bien. Un total recommencement, dit-elle, souriante. Parfait. Ça me plaît.

— Je m'assurerai que tout est à bord. » Il se tut, prenant conscience de ce qu'il lui demandait de faire. « Tu ne regretteras rien ?

— Mes livres, je suppose. Je pourrai toujours acheter d'autres livres.

— Axel dit qu'il nous mettra à Singapour en six ou sept jours. Nous pourrons prendre n'importe quel navire en partance pour Suez. Et puis, une fois en Méditerranée...

— Nous pourrons débarquer où nous voudrons. » Son regard se fit lointain, comme si elle se concentrait de nouveau sur ces cités magiques qui avaient été le décor de leurs rêves de fuite. « Et l'argent ? dit-elle, soudain redevenue pratique.

— J'en ai beaucoup. Écoute, laisse-moi m'occuper des détails. Tu as assez à faire ainsi.

— Je m'en sortirai, n'est-ce pas ? Je veux dire, rien ne peut aller de travers, pas vrai ?

— Rien. Et rappelle-toi, nous ne commettons aucun crime. Nous ne faisons rien de mal.

— Rien de légalement mal. » Elle avait l'air grave : « Et pour toi et ta femme... Je ne t'ai jamais interrogé à son sujet. Je sens que je n'ai pas...

— C'est très facile pour moi, dit-il, bravement. Tout ça n'est qu'une comédie depuis des années. Une énorme erreur. Je ne crois pas que ça représentera une grosse surprise pour elle. » Les mots lui venaient si aisément, pensa-t-il. « Il vaut mieux que j'aille annoncer à ton mari la bonne nouvelle. »

Sieverance attendait dans le salon.

« Félicitations, dit Carriscant, se sentant étrangement solennel. Votre femme attend un enfant. Elle est enceinte de près de cinq mois. »

Sieverance se montra fortement ému mais au moins il ne fondit pas en larmes. Carriscant réussit à quitter la maison sans avoir à boire à la santé du bébé.

Le jouet

Nicanor Axel accepta le petit sac en jute rempli de dollars d'argent avec un regard de surprise. Carriscant pensa que c'était la première expression d'un sentiment quelconque qu'il ait vu se peindre sur ce visage crasseux et impénétrable. L'homme écarquilla les yeux, révélant des globes d'un blanc artificiel dans leurs profonds orbites bruns.

« C'est plus que généreux, docteur Carriscant.

— Juste des arrhes. Vous recevrez la même chose dès notre arrivée à Singapour. Je veux que vous compreniez combien tout ceci est important pour moi et combien je compte sur votre discrétion absolue.

— Mais bien entendu », dit Axel en se grattant énergiquement la paroi d'une narine. La lunule faisait très noire à côté du rose nacré mat de l'ongle. D'ailleurs, l'ongle entier était souligné de noir, comme par une encre ou un crayon indélébile. Mais les cheveux de l'homme paraissaient toujours propres : comment y réussissait-il ?

Axel se rendit compte qu'on le dévisageait : « Y a quelque chose qui cloche ?

— Rien. Et vous me garantissez qu'il n'y aura pas d'autres passagers ?

— Absolument.

— Et que vous ne reviendrez pas à Manille pendant au moins deux mois après avoir déposé... les deux passagers à Singapour.

— Ça va sans dire. » Axel tendit sa main crasseuse et Carriscant la serra. La paume et les doigts étaient étonnamment calleux, comme taillés dans de la pierre ponce. Bizarrement, Carriscant sentit qu'il pouvait lui faire confiance.

— Puis-je vous demander qui sont ces deux passagers ? s'enquit Axel, un peu timide.

— Un monsieur et une dame. Je crois que, pour le moment, nous nous en tiendrons là. »

Axel se hâta d'approuver du chef : « Eh bien, au 20, alors », dit-il.

Carriscant rangea une valise de vêtements dans la petite cabine mise à sa disposition et remonta sur le pont puant. De minces volutes de vapeur montaient d'une des cales sur l'avant. La nuit était chaude, fétide et toute la chaleur humide de Manille semblait s'être concentrée autour de ce navire méphitique. Sur les eaux gluantes, maculées du Pasig, les lumières de Fort Santiago brillaient, une auréole trouble d'humidité coiffant d'un halo les ampoules assaillies par les papillons de nuit. Carriscant sentit l'énormité de ce que Delphine et lui s'apprêtaient à faire. Puis l'affreux émoi s'évanouit, presque par magie, remplacé par un étrange accès d'excitation puérile, la vision d'horizons lointains, de mondes attendant d'être explorés.

« Au revoir, docteur, dit Axel. Nous serons prêts pour vous. » Il rectifia : « Pour vos passagers.

— Attention, pas un mot à Udo », le prévint Carriscant. Axel n'était pas idiot. Carriscant lui dit au revoir à son tour et se fraya un chemin prudent à travers les passerelles branlantes entre les *cascos* à l'ancre dans le port dont les eaux noires venaient frapper les coques en bois. Il gagna à pied Escolta où il héla un *carromato*. Personne ne l'avait vu.

De retour dans son cabinet de consultation, Carriscant, avec son calme tout neuf, révisa pour la millième fois, à son sens, les détails de son plan. Delphine avait annoncé sa grossesse à ses amies et se consacrait au déménagement de la maison en vue du retour en Amérique. Tout était fin prêt. Carriscant avait informé les autorités de l'hôpital qu'il prenait deux semaines de congé pour aller dans le sud rendre visite à sa mère le 21 mai. Annaliese avait un peu protesté en l'apprenant et avait offert de l'accompagner mais, comme l'affection ne régnait guère entre belle-fille et belle-mère, Carriscant savait pouvoir l'en dissuader aisément.

Il tendit la main, paume en dessous, doigts écartés. Pas un frisson. Des mains de chirurgien. Il envisageait sa vie nouvelle avec sérénité et une excitation contenue. Quelque part en Europe, Delphine et lui s'installeraient, élèveraient leur enfant et il reprendrait son bistouri. Habiter un centre de médecine de qualité après ce trou perdu ; que de défis à relever, que de réputations à faire ! Si ce siècle était vraiment l'âge d'or de la chirurgie, comme l'affirmaient les grands couteaux, alors quoi de plus naturel que lui... Il se reprit. Il devait se montrer plus modeste dans ses ambitions ; devenir trop célèbre ne serait pas une bonne chose. Ses rêves de gloire devraient être écartés — un petit sacrifice, il en convenait, un petit sacrifice.

Il se versa un verre de rhum de la bouteille qu'il gardait dans son placard et s'enjoignit de se détendre, tout était en ordre. Il ne lui restait plus qu'à vivre les quelques jours à venir de la manière la plus normale et la plus ordinaire possible. Il allait refaire sa vie en Europe avec la seule femme qu'il ait jamais vraiment aimée. Il était, se dit-il, le plus veinard de tous les hommes au monde. Il sourit. La chance de Sieverance avait fini par être celle de Carriscant et la chance de Carriscant était sur le point de s'épanouir.

Il remplissait de nouveau son verre quand Pantaleon frappa à la porte et entra. Il tenait un journal à la main et il semblait à la fois ému et excité.

« Rien à faire, Salvador. Le sort, le destin exige que nous partions !

— Du calme, du calme. De quoi parles-tu ? »

Pantaleon étala le journal sur le bureau. Il s'agissait d'un numéro du *Figaro* vieux de cinq semaines. Pantaleon pointa le doigt sur une annonce publiée en page 7 par « le jury du prix Amberway-Richault ».

« Mon français n'est pas à la hauteur. De toute façon, tout cela est un peu dépassé, non ?

— Je sais. Et en qualité d'abonné et de concurrent, je suis censé être tenu parfaitement au courant. Mais qui se soucie d' " un quelconque crétin des Philippines " ? Heureusement que je me fais envoyer ces journaux. Tout aurait pu être perdu, fichu. »

Il se calma et commença à traduire. « Écoute ça : “ Un concours spectaculaire, un concours aérien – une compétition aérienne – pour le prix Amberway-Richault aura lieu au Bois de Boulogne le 13 mai 1903... ” Quelque chose à propos du règlement. Ah... “ quatre machines volantes participeront... ”, voilà la partie importante “ avec la participation attendue de M. Ferdinand Ferber et de son Ferber n° 6... ” Et puis on donne la liste des autres pilotes : Cody, Karl Jatho, Levavasseur. Incroyable, non ?

– Je ne comprends pas, Panta, qu'est-ce que...

– C'est le prix que j'essaie de remporter.

– Je sais.

– Eh bien, il faut que je me lance maintenant, non ? Avant le 30. J'ai calculé. Il faut que je me donne le temps de télégraphier à Paris. Confirmation des témoins, photographes, etc. N'importe quel jour entre aujourd'hui et le 21 devrait faire l'affaire. » Il sourit et saisit le bras de Carriscant. « Tu les imagines à Paris, Salvador ? “ La nouvelle nous parvient à l'instant des Philippines selon laquelle, grâce à un trajet aérien pleinement homologué, le docteur Pantaleon Quiroga est le vainqueur du prix Amberway-Richault. ” Tu imagines l'effet ? Une bombe ! Cataclysmique !

– Enfin, oui, si tu réussis mais je ne vois pas... »

La pression sur le bras de Carriscant se resserra : « On va y arriver, Salvador. Toi et moi. Quelques ultimes préparatifs et, à la première seconde d'arrêt de cette fichue pluie, on y va.

– Non, non, non. Je te l'ai déjà dit, Panta. Je ne monte pas dans ce machin. » Il rit : « Prends un autre de tes amis. »

Le visage de Pantaleon se figea, sa bouche un peu ouverte, et Carriscant vit son corps se raidir visiblement. « Non, Salvador, dit-il d'un ton calme. Moi aussi, je te l'ai déjà dit. Je ne peux pas faire confiance à qui que ce soit d'autre. L'Aéromobile sera prête dans quelques jours. Je pense que nous pourrons procéder à notre tentative dès le 13, si le temps le permet. Sans aucun risque.

– Non, Panta. Je ne le ferai pas. » Carriscant avait perçu

l'accent de folie névrosée dans la voix de Pantaleon. L'obsession de ce garçon l'avait conduit au-delà des limites de la raison. Il s'exprima avec fermeté, ne laissant place à aucun malentendu : « Je ne le ferai pas. Je t'aiderai de mon mieux. Mais je ne monterai pas. »

Pantaleon le regarda, amer, misérable, les mâchoires serrées, les doigts d'une main tapotant l'un après l'autre un bouton de sa veste.

« Je t'en prie, ne me force pas à te rappeler tes obligations à mon égard, dit Pantaleon. J'ai décidé depuis le début que ce serait nous deux. Tous les calculs ont été basés sur ton poids. La précision est capitale. Et tu sais exactement ce qu'il faut faire.

— Panta, tu pourrais apprendre en une heure ce qu'il faut faire à un gamin de dix ans. Cette insistance à me vouloir pour partenaire n'a pas de sens.

— Alors, pourquoi m'as-tu laissé croire que tu m'aiderais ?

— Je n'ai jamais dit que je le ferais.

— Tu n'as jamais dit que tu ne le ferais pas. Tu paraissais d'accord. Tu m'as laissé croire que tu viendrais.

— Parce que je t'aime bien, voilà tout. Je n'ai jamais cru, une seule seconde, qu'on en arriverait à ce stade. J'ai voulu être gentil. Je croyais que c'était simplement un passe-temps innocent pour toi, un jouet...

— Un jouet ? » Il était furieux à présent. Carriscant se rendit compte qu'il était allé trop loin.

« Excuse-moi. Je n'ai jamais compris l'importance que ça avait pour toi.

— Et que fais-tu de ta dette envers moi ?

— Quelle dette, pour l'amour du ciel ?

— C'est grâce à moi que tu as tout réussi. Sans moi, tu n'es rien de plus que ce boucher de Cruz. C'est mon talent qui t'a permis de réussir. »

Carriscant n'en croyait pas ses oreilles. Qu'est-ce que c'étaient que ces illusions ? A quelles fantaisies Panta donnait-il libre cours ? Devant cette prétention ridicule, il sentit à son tour la moutarde lui monter au nez.

« Qu'est-ce que tu racontes ? Tu es fou ?

— Tu coupes et tu couds, tu coupes et tu couds, c'est tout. Pas plus de talent qu'un bon tailleur. La magie, c'est l'anesthésie. Sans ce sommeil enchanté, vous seriez tous encore des aides-barbiers, des charcutiers, des tueurs.

— Sommeil enchanté, sommeil enchanté ? » Carriscant sentit une rage intense, aiguë, lui raidir la colonne vertébrale. Il n'avait jamais entendu pareille absurdité : ah, les rêves dont arrivait à se bercer un homme déçu. « Tu as perdu la tête. Tu n'es qu'un chimiste. Tu mélanges tes potions et tu les déverses goutte à goutte sur un carré de gaze. Comment oses-tu débiter des foutaises aussi révoltantes ? Au nom de notre amitié, j'oublierai les avoir entendues. Mais ne me parle plus jamais, jamais de cette manière. »

Il se tourna et s'écarta de Pantaleon, choqué, profondément offensé. Ce type était fou.

« Tu refuses de me devoir quoi que ce soit ?

— Rien de plus que ce que peuvent se devoir des collègues. » Carriscant lui fit de nouveau face, furieux. « Et toi, à propos, que me dois-tu ? Comment crois-tu avoir payé ta machine volante chérie, ta grange, ta piste en bois ? Grâce aux honoraires que tu gagnes parce que tu travailles pour Salvador Carriscant ! » Il criait maintenant, le corps crispé, les poings serrés. Ils se faisaient face, leurs visages déformés par l'orgueil et le ressentiment. Étonnant, se dit Carriscant, comment en quelques secondes une amitié de plusieurs années pouvait se dissoudre, s'évaporer telle une chimère. Il se sentait affreusement malheureux et pas très à l'aise. Il passa ses doigts le long de ses joues. Il fallait mettre un terme à cette affaire, tout de suite, avant que tout soit perdu sans espoir de retour.

« Panta, tout cela est absurde. Ne détruisons pas...

— Et ton autre dette envers moi ? » Sa voix était implacable, insensible à tout appel.

« Quelle dette, de grâce ?

— Ce que tu me dois pour vous avoir laissés forniquer dans mon lit, toi et ta concubine.

— Oh, nom de Dieu, reprends-toi, Pantaleon !

— Si tu ne m'accompagnes pas dans l'Aéromobile, je me verrai contraint d'informer le colonel Sieverance de l'infidélité de son épouse. Et avec qui. »

L'absurde solennité de la phrase ne rendait la menace que plus réelle. Une peur affreuse, débilitante envahit Carriscant, lui coupant les jambes, l'infectant d'une terrible incertitude quant à tout ce qu'il avait considéré comme sûr et acquis. Il s'approcha de la fenêtre obscure, regarda dans le jardin et ne rencontra que le regard vacillant, démoralisé de son propre reflet.

« Dans ces circonstances, j'accepte.

— Bien, excellent ! » La voix de Pantaleon vibrait à nouveau de son enthousiasme retrouvé. Carriscant se tourna lentement, incrédule. Radieux, la main tendue, Pantaleon traversait la pièce pour venir vers lui. Sans réfléchir, Carriscant la lui serra docilement.

« Je suis si content, Salvador, si content. Nous ne reparlerons plus jamais de cette horrible histoire. Tout est parfait maintenant, comme ça devait l'être. »

Il continuait à serrer la main de Carriscant : « Tu verras, mon ami, ce prix rendra ton nom célèbre à jamais. »

Un enterrement

Ephraim Ward et Maximilian Braun furent enterrés sous une pluie battante. Les tombes du cimetière militaire de Paco étaient à moitié remplies d'eau et les cercueils flottèrent une seconde avant de sombrer dans un gargouillement sirupeux. Des bulles caramel montèrent à la surface avant que les premières pelletées de boue et de gravier les fassent éclater. Carriscant prit dans sa poche l'enveloppe contenant les certificats de décès des victimes et les passa à Paton Bobby.

« Avant que j'oublie », dit-il.

Bobby fourra l'enveloppe dans sa veste. « Merci. Une réconfortante petite cérémonie. »

En dehors de la corvée d'enterrement et de l'aumônier militaire, Carriscant et Bobby étaient seuls présents. Ils regagnèrent en pataugeant dans les flaques, le long des allées de croix de bois moisies, l'automobile de Bobby, une nouvelle acquisition de la gendarmerie, une jolie petite Charron 628, et se réfugièrent à l'intérieur en attendant, moroses, que les fossoyeurs aient rempli les tombes et cloué deux croix neuves en bois vert. Bobby fit un signe d'adieu à l'aumônier dont la victoria quittait le cimetière pour prendre la route qui le ramènerait à la caserne de Pasay, un kilomètre ou deux plus loin.

Bobby prit un cigare et l'alluma, la mauvaise humeur peinte sur son visage. Au-delà du rideau effrangé de bananiers qui marquait la limite nord du cimetière, s'étendait la longue et mince silhouette de la fabrique de cigares Concordia. Un instant, Carriscant se demanda distraitement si le cigare que Bobby fumait venait de là et s'il y avait une conclusion quelconque à tirer de cette association morbide de fabrique, fumeur et cimetière. Son cerveau fatigué incapable d'en découvrir une, il laissa tomber l'idée.

« Ça m'embête, dit Bobby lentement, ça m'embête énormément que nous ne puissions accuser personne de ces meurtres. Voilà deux jeunes soldats américains assassinés, gisant désormais au fond de leurs tombes dans ce misérable bled et les tueurs courent toujours. Et ça m'embête foutrement.

— Vous avez fait de votre mieux, répliqua Carriscant avec un haussement d'épaules. C'était un cas impossible à résoudre Personne ne peut vous critiquer.

— Ouais, enfin... Vous avez enterré la femme ?

— La semaine dernière. Personne ne l'a réclamée.

— Ça, c'est ce qui m'a vraiment achevé. Enfin, quoi, où est le lien ? Comment faites-vous coller tout ça ?

— Je n'essaie pas. Je ne crois pas que la mort de la femme ait un rapport quelconque avec les deux autres.

— Ouais, enfin bon », dit Bobby, bougon. Il semblait de nouveau mal à son aise et Carriscant se demanda une fois de plus pourquoi Bobby avait placé son bistouri près du corps. Il tourna la tête en entendant un bruit de roues. Une victoria, capote relevée, entra dans le cimetière et vint s'arrêter à leur hauteur. Sieverance se pencha vers eux. « Je suppose que j'arrive trop tard, dit-il. Désolé. »

Ils le regardèrent s'approcher des tombes et s'incliner une minute ou deux avant de venir les rejoindre près de l'automobile. Il arborait l'air compassé de circonstance.

« Quel grand dommage, dit-il. Braun était un bon soldat. Un vrai professionnel. Voyez-vous, ça vous rend un peu malade. Vous survivez à tout ce que les Indiens peuvent vous lancer à la figure et puis vous vous faites découper par un salopard de macaque. » Son indignation semblait un rien forcée, pensa Carriscant, un rien truquée. Ils écoutèrent avec patience Sieverance évoquer quelques-uns des exploits militaires de Braun contre les Sioux Oglalas et Unkpapas.

« C'est une foutue honte, lança Bobby avec conviction. Une sacrée foutue honte.

— Il faut que je m'en aille, dit Sieverance. A propos, Carriscant, Mrs Sieverance se sent très bien, en grande forme.

— J'en suis fort content. »

Ils le regardèrent partir. Bobby tira une longue et lente bouffée de son cigare. « Je n'arrête pas de m'étonner, dit-il, qu'un petit connard de lèche-cul de ce genre parvienne à devenir un colonel à cinq ficelles.

— Je suppose que quand votre papa est un général ami de Teddy Roosevelt ça peut avoir une certaine influence.

— Ne me dites pas...

— L'aviez-vous informé que nous enterrions les soldats ?

— Sûr. J'ai pensé qu'il devait en faire part à Taft.

— Oui... Lui aviez-vous dit que le " Brown " que nous avions trouvé était le " Braun " qui appartenait à son régiment ?

— Non, non, je ne crois pas. » Bobby réfléchit : « Je suppose qu'il a dû faire sa petite enquête. Pourquoi ?

— Je suis curieux, c'est tout. »

A son retour à Manille, Carriscant trouva sur son bureau un mot de Pantaleon. Le moteur Flanquin ayant connu d'autres problèmes, la tentative du 13 mai était reportée : la nouvelle date était fixée au 15 mai.

Le vol perdu de Pantaleon Quiroga

Au matin du 15 mai 1903, il se réveilla bien avant l'aube. Il avait une légère migraine et il demeura au lit un moment, regardant la chambre s'éclairer peu à peu, s'encourageant à ne pas penser plus loin que l'heure suivante. En prenant la journée à ce rythme, avec cette concentration absolue sur le moment présent, il pourrait peut-être y survivre.

A côté de lui, Annaliese continuait à dormir, la bouche ouverte, émettant de petits ronflements confus. Il l'avait rejointe dans le lit conjugal ces dernières nuits afin de ne pas lui laisser soupçonner que leur réconciliation n'était pas sincère, et la pensée lui vint, alors qu'il se glissait hors des draps, qu'il n'y dormirait plus très longtemps. Ce qui suscita chez lui une petite pointe de tristesse très vite remplacée par un accès de fièvre à l'idée de l'avenir qui l'attendait. Il ne ressentait aucune animosité à l'égard d'Annaliese, aucun regret de la quitter, mais il admettait que leur « réconciliation » rendait plus dur pour elle ce qu'il s'apprêtait à faire. Il n'avait néanmoins aucun moyen d'empêcher cela.

Il s'habilla et partit pour l'hôpital sans prendre de petit déjeuner. Il était déjà assez difficile de compter les heures et les jours sans la perspective supplémentaire de Pantaleon s'attaquant au prix Amberway-Richault pour venir compliquer les choses. Il se consolait avec l'idée d'un inévitable incident mécanique qui nécessiterait un autre report. Il pourrait même à la rigueur, se dit-il, se livrer en douce à un petit sabotage si l'occasion s'en présentait. Mais, quoi qu'il arrive, il devrait faire semblant de participer afin de neutraliser les menaces de

Pantaleon. En tout cas, cela allait occuper une partie d'une longue journée et l'obliger à penser à autre chose.

Au San Jeronimo, il procéda aux derniers arrangements. Il vérifia les tours de garde du personnel de nuit, confirma avoir bien donné congé au jour dit aux infirmières de son bloc opératoire et s'assura de la mise en place de certains éléments clés de son plan.

En partant pour la grange *nipa*, il se sentit envahi d'un grand calme résolu, seulement un peu entamé par une certaine irritation à l'égard de Pantaleon et de son absurde obsession à vouloir faire voler un engin motorisé plus lourd que l'air. Il avait espéré la pluie et justement un fin crachin sévissait, avec un temps déjà lourd et bouché. Alors que Constancio le conduisait le long du pont de Colgante, il vit le tournant qui menait à San Miguel et à la Calle Lagarda. Il se demanda si elle résistait bien, à quel point la tension de l'attente l'affectait... Mais, de nouveau, il fut repris d'une calme confiance : elle était forte, elle aussi, ils savaient tous deux exactement ce qu'ils faisaient, ensemble ils s'en sortiraient.

Surpris, il découvrit que la route de la grange était encombrée de piétons et de quelques douzaines de calèches garées sur le bord de la piste d'où le sentier conduisait au pré. Il s'attendait bien à un ou deux témoins officiels mais cela avait l'allure d'une foule considérable. En passant par la trouée dans la haie de plumbago, il fut étonné de voir près de cent personnes debout ou assises le long de la limite ouest du pré. A l'est, des cordes délimitaient un emplacement équipé de chaises pliantes, réservées, imagina-t-il, aux juges et témoins officiels. La grange était enjolivée de feuilles de palme et de drapeaux, des enfilades de pavillons flottant au vent – rouge vif, vert mousse et bouton d'or. Il se faufila à travers un groupe d'admirateurs et de journalistes et se trouva face à l'Aéromobile, trônant dans l'embrasure de la grange dont les portes étaient grandes ouvertes. Peinte en cursive bleu cobalt sur le nez de l'appareil, une inscription disait : *Aeromovil numero uno. Docteur Pantaleon Quiroga/Docteur Salvador Carriscant.*

Vêtu d'un long manteau de cuir d'automobiliste et d'une casquette de tweed qu'il portait devant derrière, Pantaleon posait pour les photographes, une main sur un mât de gouvernail. Il avait une allure des plus singulières mais quelque chose dans sa tenue rendait soudain la perspective du vol affreusement réelle et, pour la première fois, Carriscant sentit la peur lui étreindre la poitrine. Ça va peut-être, peut-être, arriver vraiment, se dit-il, et il eut un accès de nausée. L'Aéromobile, prise dans un rayon de soleil, semblait tout à coup moderne et efficace. Les deux hélices brillaient de vernis frais, le moteur monté latéralement avait été graissé, repeint et paraissait flambant neuf, les cinq pneus de bicyclette du chariot porteur avaient été noircis et les rayons des roues rehaussés de blanc. La machine, il devait le reconnaître, devenait horriblement plausible, son dessin, sa vilaine forme fonctionnelle lui donnaient pour la première fois l'air de pouvoir voler. Tout à coup, elle avait un sens, fait qu'il n'aurait jamais pensé devoir admettre, et son estomac se retourna tandis qu'un jet de bile lui remplissait la bouche.

Pantaleon l'aperçut et se précipita pour le sortir de la foule. Son visage brun était tendu d'émotion réprimée et ses yeux débordaient de larmes. Il prit Carriscant dans ses bras, l'embrassa sur les deux joues, tandis que la poudre des flashes au magnésium crépitait en une série d'explosions sourdes.

« Tu n'as pas un peu chaud ? demanda Carriscant.

— Salvador, comment es-tu habillé ? » Pantaleon l'examinait des pieds à la tête, avec consternation.

Carriscant contempla son costume de lin blanc, ses chaussures noires et porta une main nerveuse à son nœud papillon à pois.

« Je n'ai pas réfléchi, dit-il, je me suis habillé comme pour un jour de travail normal.

— Vous avez entendu ça ? cria Pantaleon au groupe de journalistes. Mon cher collègue ici présent s'est habillé " comme pour un jour de travail normal ". Quelle calme confiance ! Quel *élan* *, comme disent les Français. Voilà l'esprit qui placera les Philippines au premier plan de la grande aventure aérienne ! »

Les journalistes griffonnèrent dans leurs calepins ces propos que Pantaleon traduisit pour les journaux anglais. Carriscant ne l'avait jamais vu aussi assuré, ni déployant autant de zèle, autant de *savoir-faire* * apostolique.

« Tout est en ordre, lui dit Pantaleon à voix basse. Réglé à la perfection. J'ai fait tourner le moteur dix minutes hier soir. Un rêve. »

Une averse les repoussa dans la grange où Carriscant répondit aux questions des journalistes de la manière la plus froide et la plus ennuyeuse possible. Non, il n'éprouvait aucun enthousiasme à l'idée de voler ; c'était pour rendre service à un ami qu'il était ici ; non, il ne pensait pas que se trouver à bord d'une machine volante pourrait être nuisible à la santé.

« Après tout, nous avons tous déjà grimpé à un arbre, dit-il, et le docteur Quiroga m'assure que nous n'atteindrons pas une altitude supérieure à trois mètres au-dessus du sol. Grimper au sommet d'un arbre de trois mètres ne peut que difficilement être considéré comme dangereux pour la vie.

— A moins qu'on ne tombe », lança le correspondant du *Manila Times*. Ce que tout le monde trouva fort amusant.

Pantaleon présenta Carriscant aux juges : Henry K. Gallo, président du club de l'Armée et de la Marine, Agapita Castaneda, membre de la Commission philippine, Señor Alejandro Gimson, rédacteur en chef adjoint de *El Renacimiento*, Rafael Martinez Mascardo, conservateur du musée d'Ateneo, Mr Tiam Lam de la chambre de commerce chinoise, et le capitaine Gaspar Barboza, consul du Brésil.

Carriscant était très impressionné par les dons d'organisateur de Pantaleon : des facettes du personnage se révélaient aujourd'hui dont il n'aurait jamais soupçonné l'existence.

« Je voulais un échantillon complet, expliqua Pantaleon. Leurs signatures sur l'attestation seront très impressionnantes, non ? » Il sourit et consulta sa montre. « Nous n'attendons plus que le dernier — un Américain — un membre du bureau du gouverneur. J'ai pensé qu'il était important d'avoir un Américain.

— Qui as-tu ? » demanda Carriscant. Sa nausée l'avait repris, elle allait et venait en vagues : il commençait à regretter de ne pas avoir pris de petit déjeuner.

« Je ne sais pas. Ils m'ont dit qu'ils m'enverraient quelqu'un. Ça ne va pas ?

— J'ai un peu faim.

— Je n'ai que de la bière. Et du champagne pour après.

— Va pour la bière. » Carriscant but une bouteille de San Miguel mousseuse — *la mas sobrosa y sustanciosa*, proclamait l'étiquette — et passa les cinq minutes suivantes à roter discrètement. La foule dans le pré, abritée sous des parapluies, dépassait maintenant les deux cents personnes. Armés de brosses à poils raides, des gamins balayaient toute eau stagnant sur la piste en planches. Carriscant nota qu'on avait décapité les goyaviers au bout du champ et qu'au centre de la rizière située au-delà on avait tendu entre deux piquets un grand carré de toile blanche. Ce qui devait marquer la limite de la distance à parcourir, pensa-t-il. Non loin, un petit groupe s'était rassemblé, histoire d'être de plus près les témoins de l'instant historique. Pour la première fois, il se posa une importante question pratique : s'ils réussissaient vraiment à décoller du sol et à voler suffisamment pour atteindre le carré, où et comment descendraient-ils ? Il en fit part à Pantaleon avec une certaine urgence.

« Oh, dans les rizières, répliqua Pantaleon. J'ai payé le fermier par avance. La boue et l'eau rendront l'atterrissage facile. Ne t'en fais pas, je ne vais rien tenter au-delà des exigences de la compétition.

— Tant mieux.

— On gardera les virages et les atterrissages sur piste pour une autre fois.

— Mmm... » Du coin de l'œil, Carriscant repéra un Américain en uniforme qui ressemblait étrangement à Sieverance.

« Salut, Carriscant, lança gaiement Sieverance en s'avançant à grands pas vers lui. Je dois dire : quelle intrépidité de votre part ! » Il salua Pantaleon : « Docteur Quiroga, ravi de vous voir. Le gouverneur Taft m'a demandé de vous souhaiter bonne chance et de vous transmettre ses meilleurs vœux.

— Je suis vraiment navré, dit Pantaleon à Carriscant après que Sieverance se fut éloigné. Je n'avais aucune idée que c'était lui qu'on m'enverrait, crois-moi, Salvador.

— Je suppose qu'il est venu par curiosité », répondit Carriscant. La vue de Sieverance ne l'avait pas troublé autant qu'il s'y attendait. « Oh, zut, on dirait que la pluie s'est remise à tomber pour de bon. »

Mais l'averse passa et, dix minutes plus tard, le soleil brillait, réchauffant les planches de la piste d'où s'élevaient des volutes de vapeur. L'Aéromobile fut de nouveau sortie de la grange et installée sur le point de départ. Pantaleon grimpa sur un escabeau et fit un petit discours.

« Nous sommes des hommes du siècle nouveau, dit-il, lisant ses notes, et il est donc de notre devoir de regarder vers l'avenir. Le défi du vol motorisé est le plus ambitieux des objectifs qu'aura à affronter l'humanité dans les années qui viennent. Il me semble approprié que cette tentative de remporter le prix Amberway-Richault soit le fait de deux chirurgiens, deux hommes qui incarnent l'esprit scientifique du nouveau siècle marchant la main dans la main avec l'esprit d'aventure. Nous qui explorons les recoins les plus reculés du corps humain nous ne devons pas négliger les frontières plus vastes de notre globe terrestre. Je tiens à remercier mon cher ami, le docteur Salvador Carriscant, pour son soutien et sa force d'âme. Je vous remercie tous de votre présence ici en ce jour historique pour notre pays. Dieu bénisse le peuple philippin et notre entreprise. » Cela fut accueilli par des applaudissements nourris.

Le moment était venu. Comme dans un rêve, Carriscant se retrouva en train de grimper sur la selle arrière dans le nez de l'Aéromobile. Les deux commandes de gauchissement s'avançaient vers lui et, sans réfléchir, il les saisit fermement, les tirant d'un côté et de l'autre et faisant ainsi pivoter la queue. Une salve de poudre de flashes accueillit ce geste impulsif. Derrière lui, Pantaleon commença à faire tourner l'hélice. Carriscant pria avec ferveur pour une fuite de carburant, une connexion défectueuse, un joint sauté, n'importe quoi, mais à la troisième tentative les pistons s'animèrent et le rugissement aigu et furieux du Flanquin lui remplit les oreilles. Il sentit les vibrations monter le long de sa colonne vertébrale et, soudain, il regretta de ne pas être habillé autrement : il se sentait complètement idiot dans son costume de lin blanc et ses chaussures vernies. La seconde hélice se mit à tourner, et Pantaleon contourna l'aile dans son manteau de cuir qui lui battait les jambes. Il grimpa sur la selle avant et inséra les pieds dans les pédales de contrôle. Il se retourna pour faire face à Carriscant, les yeux brillants, deux taches plus sombres sur son visage brun traduisant la rougeur de ses joues.

« Merci, mon ami, dit-il avec émotion. Toute rancœur est désormais derrière nous. Dis-moi, je t'en prie, qu'il en est ainsi.

– Complètement oubliée, Panta. » Puis, après un instant : « Dis-moi, tu es tout à fait sûr que cet engin n'est pas dangereux ?

– Tu cours plus de risques dans un *carromato*, répliqua Panta avec une sereine assurance. Maintenant, n'oublie pas, tu ne prends les manettes de gauchissement que lorsque je tends le bras vers l'attrape-air. Autrement, tu ne touches rien.

– Très bien. »

Pantaleon s'empara des poignées jumelles au-dessus de son épaule et les repoussa, soulevant en plein le long panneau sur le bord d'attaque. Puis il mit les gaz au maximum et l'Aéromobile commença à vibrer et à trépider violemment. Il fit signe au gamin de retirer les cales en bois et desserra le frein des roues de bicyclette.

Dans un cahot brutal, l'Aéromobile se projeta en avant. Carriscant fut rejeté en arrière, puis, renvoyé en sens inverse sous l'effet de fouettement, il alla violemment s'écraser le nez sur le dos de Pantaleon, entre les omoplates. Sa vue s'obscurcit, ses yeux se remplirent de larmes salées et il sentit, plutôt qu'il ne vit, les chauds plumets de sang jaillir de ses narines.

Il entendit le terrible bruit du moteur et le son creux du tambourinage des roues sur les planches de la piste tandis que la machine prenait de la vitesse. Il cligna des yeux pour chasser les larmes et aperçut la tache sombre dégoulinante de son sang sur le dos du manteau de Pantaleon et, à son horreur, il se rendit compte que tout le plastron de son propre costume n'était plus qu'un linge trempé de rouge, que des flaques s'étaient formées dans les plis de son pantalon et qu'il saignait encore du nez.

« Arrête ! hurla-t-il. Il faut que tu arrêtes ! »

Penché sur ses manettes de contrôle, tel un coureur cycliste en plein sprint, Pantaleon n'entendait rien. Carriscant sentait maintenant la vitesse fouetter au passage les rubans de sang et de morve coulant de son nez pour en asperger le secteur arrière de l'appareil, les grosses gouttes crépitant sur le tissu tendu. Puis le bruit diminua brusquement et il se rendit compte que le tambourinage des roues avait cessé. Par-dessus sa cuisse gauche, il vit l'ombre en croix de l'Aéromobile commencer à rétrécir peu à peu. A sa grande horreur, il comprit qu'ils avaient décollé.

Devant lui, Pantaleon se mit à pousser des cris et à croasser comme un oiseau fou de tourment. Carriscant, dans un coup d'œil vers le sol, vit les disques blancs des arbres décapités au bout du pré scintiller, et il comprit alors aussi qu'ils étaient à beaucoup plus de trois mètres d'altitude. Le moteur sembla peiner très fort tandis que l'impression de mouvement en avant s'effaçait, laissant place à une sorte de flottement onirique, et que l'Aéromobile paraissait s'élever presque verticalement dans l'air telle une mouette dans un courant ascendant chaud.

« On est trop haut ! » hurla Carriscant.

Pantaleon se retourna, ouvrit la bouche sous le choc et faillit tomber de sa selle à la vue de son passager moucheté de sang.

« Bon Dieu ! Qu'est-il arrivé ?

– On est foutrement trop haut ! lui cria Carriscant en plein dans la figure.

– Prends les contrôles ! »

Paniqué, soudain docile, Carriscant saisit les deux leviers de gauchissement et sentit les vivantes vibrations de la machine volante se transférer dans son corps. Pantaleon tendit le bras et attrapa les manettes de l'attrape-air. Et il tira dessus.

La machine frémit et l'Aéromobile glissa nerveusement de côté.

« Sainte mère de Dieu ! » s'écria Pantaleon, affolé.

Carriscant sentit un des leviers lui échapper des mains et la machine entama une descente accélérée sur la gauche. Carriscant tendit la main en avant et agita la poignée : coincée à bloc, elle refusa de bouger.

« On l'a dépassé ! » piailla Pantaleon, pointant du doigt.

Sur la gauche, Carriscant vit le carré de toile blanche disparaître sous l'aile inférieure. Ils étaient toujours plus haut que les bambous, plus haut que les palmiers. Jésus ! Cinquante, soixante pieds. Oh, mon Dieu ! Mais les ailes gauches pointaient toujours vers le sol et leur descente en piqué latéral s'accélérait de seconde en seconde.

Tout à coup, le moteur cala. Le rugissement nerveux fut

remplacé par un agréable sifflement et de petits grincements tandis que le vent chantait sur les câbles raidis et que l'armature en bois de la machine volante se tendait et se contractait sous l'effet de ces pressions inhabituelles.

« Qu'est-ce qui se passe ? hurla-t-il dans l'oreille de Pantaleon.

— Nous avons réussi, mon ami ! Nous avons réussi ! » sanglota Pantaleon.

Sur sa droite, Carriscant aperçut le belvédère du couvent de Sampaloc et pensa soudain follement « La colombe au vol bas ». Devant lui, par-dessus les épaules de Pantaleon secouées par les sanglots, il vit la masse verte et dense des arbres qui bordaient les rives de l'*estero* de San Roque.

Ils continuaient à descendre et le chant des câbles se fit plus aigu et moins agréable.

Avec un terrible choc, Carriscant s'aperçut que Pantaleon ne se souciait plus de manœuvrer les contrôles. Le visage enfoui dans les mains, il sanglotait violemment de joie triomphante, pleurnichait et riait, en pleine extase.

Carriscant souqua vainement sur son levier coincé.

Ils passèrent en piqué au-dessus d'un paysan terrifié dans son *carabao*.

Le mur de verdure ensoleillée vint à leur rencontre dans un éclaboussement.

Les derniers sons qu'il entendit furent les sanglots fervents de Pantaleon et le sifflement glacial éthéré des câbles qui se raidissaient.

Il ne sentit pas le choc mais il ne dut pas rester longtemps évanoui. Il revint à lui, le souffle coupé, allongé sur le dos, avec un horrible silence dans les oreilles. Il prit conscience d'un froid inhabituel dans ses jambes, à partir de la taille. Sa première pensée fut : Je suis paralysé et je ne vivrai jamais avec Delphine. Après une seconde ou deux d'un désespoir amer, incandescent, il souleva la tête et se rendit compte que ses jambes étaient dans l'eau tandis que son torse reposait sur un croissant de sable formé par un retour de courant dans la crique de San Roque.

Puis il sursauta de nouveau en voyant le plastron trempé de sang de son costume, un rouge scintillant sous le soleil embrumé. J'ai dû en perdre des litres, pensa-t-il vaguement, quatre ou cinq au moins. Il tâta son nez avec prudence : sensible mais pas cassé. Il se mit sur le ventre et rampa hors de l'eau. Puis il vomit toute la bière qu'il avait bue, une vie entière auparavant, semblait-il. Il s'essuya la bouche du revers de sa manche et se mit debout avec beaucoup de précaution.

L'Aéromobile gisait à six mètres de là, un triste tas de débris, ses ailes coupées ras et repliées le long du fuselage par l'impact des deux arbres entre lesquels elle avait plongé. Carriscant s'en approcha en titubant. Tout son corps commençait à lui faire mal. Aucun signe de Pantaleon.

Il s'accroupit au bord de l'eau et lava son visage ensanglanté. Il se dit que d'un instant à l'autre il allait entendre cette voix de cinglé ravi criant : « Nom de Dieu, Salvador, qu'est-ce que je t'avais dit ! Nous sommes les hommes les plus célèbres de notre temps ! » mais seuls parvenaient à ses oreilles le pépiement troublé des oiseaux sur la berge et le son retentissant de la cloche du couvent de Sampaloc appelant ses citoyens frappés de stupeur à venir à l'aide des hommes dans la machine qui était tombée du ciel.

Il leva les yeux et aperçut le visage de Pantaleon à travers les hautes herbes de l'autre côté du ruisseau. Il avait la bouche ouverte et les yeux écarquillés d'étonnement. Excepté que tout clochait : comme reflété dans une cuillère, son menton se trouvait au-dessus de sa bouche qui se trouvait au-dessus de son nez. Sa figure était à l'envers mais, bien pire, quand il traversa en pataugeant le ruisseau pour aller chercher le corps désarticulé de son ami, Carriscant se rendit compte que ce visage était à la mauvaise place et qu'il le regardait venir, surpris, au creux de son bras droit tordu.

Fuite

Le vol inaugural de l'*Aeromovil numero uno* dura environ dix-sept secondes et les observateurs estimèrent qu'au maximum de sa montée il avait atteint une hauteur de quatre-vingts pieds et parcouru une distance de neuf cents mètres sur un trajet très dévié sur la gauche. Malheureusement, apprit Carriscant plus tard, selon les règles du prix Amberway-Richault, la destruction de la machine volante, tout comme la blessure ou la mort du pilote, rendait la tentative nulle et non avenue. Le doyen du jury, Mr Gailo, estima l'épisode tout à fait désolant et espéra que le docteur Carriscant poursuivrait l'œuvre de pionnier de son collègue. Il l'invita à former le premier comité de l'Aéro-Club de Manille. Carriscant accepta aussitôt, d'un morne hochement de tête. La mort de Pantaleon et son extraordinaire exploit le laissaient à la fois immensément bouleversé et humble, en proie à un terrible sentiment de perte mêlé à une admiration sans bornes.

Après avoir fait sa déposition aux gendarmes de Sampaloc et assisté au transfert dans les locaux du commissariat du corps de Pantaleon, enveloppé dans une couverture, il retourna à la grange qu'il trouva déserte, la foule dispersée. Il se demanda combien de personnes se rendaient compte que l'aéromobiliste lui-même avait péri dans sa tentative de remporter le prix Amberway-Richault. Il arpenta, morose, la piste en planches, essayant de se réconcilier avec ce qui s'était passé, d'analyser et de comprendre ces interminables secondes de terreur et d'alarme. Au moins, Panta avait senti surgir en lui cette joie exaltante dont il avait si soif. Carriscant se rappela ses cris et hurlements fous de triomphe au moment où ils avaient vraiment volé pour la première fois, ses sanglots de reconnaissance désespérée alors qu'ils se précipitaient sur les arbres de l'*estero* de San Roque. En tout cas, Pantaleon était mort heureux, sachant pleinement qu'il avait accompli un monumental et triomphal exploit. Il y avait des fins pires que cela, se dit Carriscant, de bien pires manières de mourir, et il sentit un peu de sa tristesse s'émousser tout en prenant conscience de la naissance d'un sentiment nouveau en lui, celui d'une jubilation irrépressible et métamorphosante. Que sa propre vie ait été épargnée lui apparaissait maintenant comme le miracle le plus étonnant et, bien que sachant qu'il continuerait à verser quelques larmes pour son ami disparu, une voix à l'intérieur de lui lui chuchotait avec délice : « Tu es vivant, vivant, *vivant* ! » Que ce soit dû à la chance aveugle ou à l'intervention divine, il le prenait pour un signe très clair. La chance de Carriscant... La chance de Carriscant continuait. Salvador Carriscant et Delphine Blythe Sieverance étaient destinés à vivre ensemble. Tout ce qui devait arriver dans les jours qui allaient suivre se passerait comme prévu. Il sut, avec une certitude violente, passionnée, que désormais tout irait bien.

Le lendemain matin, il se réveilla raide et meurtri, avec une énorme zébrure rouge vif sur sa cuisse gauche et une épaule qui cliquetait audiblement et le faisait souffrir dès qu'il levait la main au-dessus du niveau de la poitrine. Il passa les jours suivants dans une stupeur de somnambule, poursuivant avec obstination et diligence la routine de son travail et de sa vie domestique, se concentrant intensément sur l'activité du moment, aussi insignifiante ou banale fût-elle. Le matin du 20 mai, il se leva tôt et se rendit comme de coutume au San Jeronimo. Il revint à la maison dans l'après-midi, sachant qu'Annaliese en serait absente, et lui écrivit un mot pour l'informer qu'une opération longue et compliquée l'obligerait, selon toute apparence, à demeurer tard ce soir-là à l'hôpital et qu'il ne fallait pas qu'elle l'attende. En fin d'après-midi, avant de partir, il jeta un coup d'œil autour de sa maison silencieuse, se demandant s'il souhaitait emporter avec lui un objet précieux quelconque mais il ne put penser à rien de particulier. Il se rappela Delphine affirmant que rien n'appartenait à personne, que les possessions étaient simplement empruntées au fonds commun du monde pour une courte période, et décida de partir les mains vides. Il quitterait sa maison avec seulement les vêtements qu'il portait. Il recommencerait à neuf tout comme la femme qu'il aimait.

La soirée à l'hôpital se déroula sur le rythme habituel. Il essaya de s'occuper sans interruption, d'éviter de regarder sa montre ou une des horloges placées aux croisements des couloirs. D'autres membres du personnel, sachant qu'il s'apprêtait à prendre deux semaines de congé, lui souhaitèrent un agréable séjour à San Teodoro, certains même ajoutèrent qu'il paraissait fatigué et avait manifestement besoin de repos. La nouvelle de la mort de Pantaleon avait déprimé tout le monde et l'humeur était à la tristesse.

Vers neuf heures du soir, il fut soudain terrassé par la fatigue, après la tension mentale et physique des derniers jours, et il s'endormit dans le fauteuil de son cabinet de consultation.

Il rêva de Pantaleon. Un Pantaleon impeccablement vêtu, recevant une médaille grosse comme une assiette à soupe des mains d'un minuscule potentat ; Pantaleon, volant tel un oiseau, battant gracieusement des bras tout en tournant autour du belvédère de Sampaloc, et croassant comme un corbeau ; Pantaleon faisant un discours devant la grange *nipa* et vantant les beautés de quelqu'un qui ressemblait de manière suspecte à Delphine. Puis un mélange d'images du vol lui-même : les troncs décapités des goyaviers glissant sous l'aile ; Sieverance en uniforme serrant les mains des autres juges ; le choc sur le visage de Pantaleon à la vue du costume trempé de sang de son copilote. Puis le regard fixe du visage à l'envers de Pantaleon mort, ses lèvres remuant pour prononcer une autre de ses injonctions préopératoires : « Le printemps est venu, Salvador, disait-il doucement. Il est temps de planter le riz. »

Il se redressa tout à coup, aussitôt réveillé, et consulta sa montre. Il traversa les salles obscures avec leurs malades endormis, salua calmement les religieuses de garde, se sentant alerte et maître de lui. Il y avait un minimum de personnel de service. Dans le grand hall de réception, à l'entrée principale, quelques garçons de course se reposaient et sommeillaient. Aucun autre médecin ne se trouvait à l'hôpital, seule une infirmière de garde était assise derrière son bureau, brodant avec patience une *camisa* en mousseline. Le San Jeronimo n'encourageait pas les urgences en dehors des heures normales d'ouverture.

Carriscant regagna son cabinet *via* son bloc opératoire, juste pour s'assurer une fois de plus que tout était prêt. Il sentit un frisson d'impatience le parcourir, un mince filament d'excitation insuffler de l'énergie à son corps. Ce ne pouvait plus être très long maintenant : il était prêt.

De retour à son cabinet, il mit au clair ses papiers et rangea son bureau. Dans le tiroir de la table de Señora Diaz, une autre lettre scellée – avec instruction d'être portée à sa destinataire d'ici à une semaine – annonçait à Annaliese qu'il l'avait quittée, pour toujours, et qu'il était parti en quête d'une nouvelle vie. Il se demandait maintenant si c'était bien la bonne formule. Si Annaliese, le croyant parti chez sa mère, ne recevait pas de nouvelles au bout de quinze jours, elle s'inquiéterait. Le temps qu'elle découvre qu'il n'avait jamais mis les pieds à San Teodoro, ce serait trop tard. Des recherches seraient entreprises, la police serait alertée mais il n'y aurait aucune trace. L'aurait-on remarqué sur les quais ? Aurait-il été assassiné ? Sinon, pourquoi se serait-il enfui ? Il n'y aurait jamais aucune réponse à ces questions et peut-être ce silence serait-il plus plaisant pour Annaliese. Elle pourrait alors, dans sa douleur et sa frustration, imaginer la plus consolante des explications. Il alla prendre la lettre dans le bureau de Señora Diaz et la déchira.

Il était impressionné et plutôt très étonné de voir avec quelle froideur il pouvait réfléchir à son abandon d'Annaliese. Il n'éprouvait aucun sentiment de culpabilité : elle avait de la fortune, elle aurait une grande partie de son argent et de ses biens à lui. Leur mariage n'était que de façade depuis bien des mois et il n'avait pas la moindre affection pour elle. N'était-il tout de même pas plus gentil de la laisser avec un mystère plutôt qu'avec la certitude d'un rejet brutal ? Sûrement...

Il entendit les pas précipités du messager qui traversait la cour menant à son cabinet. Il était 1 h 35 du matin. C'était commencé.

Il ouvrit la porte.

« Un homme et une femme, docteur. Des *Americanos*. Elle est très malade. »

Carriscant courut avec le messager vers le hall d'entrée.

Il déboula dans le hall. Debout, à moitié vêtu, sa chemise ouverte, Sieverance attendait. Il portait dans ses bras Delphine, pâle et gémissante, enveloppée dans une couverture.

« Dieu merci, vous êtes là, docteur, dit Sieverance. Un horrible accident, horrible. »

Delphine fut étendue sur un trolley en bois et Carriscant fit semblant d'examiner ses yeux, de tâter son front et de prendre son pouls. Elle était pâle et rendue fiévreuse par la cordite qu'il lui avait donné à absorber. D'une voix basse et entrecoupée, Sieverance expliqua qu'elle s'était levée dans la nuit et que, quelques minutes plus tard, il l'avait entendue l'appeler dans la salle de bains où il l'avait trouvée étendue par terre.

« Dans une mare de sang. Du sang partout. Qu'elle perdait.

– Emmenez-la en salle d'opération », ordonna Carriscant aux brancardiers.

Le chariot fut poussé rapidement le long des corridors obscurs en direction du bloc opératoire de Carriscant. Les deux hommes suivirent.

« Elle ne cessait de répéter : " Emmène-moi chez le docteur Carriscant. Le docteur Carriscant ", raconta Sieverance. Mais bien entendu aucun de nous deux ne savait où vous habitiez. Alors je me suis arrêté ici pour demander votre adresse. Je n'en croyais pas mes oreilles quand l'infirmière m'a dit que vous étiez encore là.

– Je m'apprêtais juste à partir. Votre femme a-t-elle dit quoi que ce soit d'autre ? » Carriscant prit un air sombre, comme s'il soupçonnait le pire. Tout se déroulait de manière très satisfaisante.

« D'horribles douleurs dans le ventre, affirmait-elle. Avec l'enfant... Je suis sûr que c'est...

— Nous verrons, colonel. Nous ferons de notre mieux. »

Ils arrivèrent dans la salle d'opération, et Delphine, gémissant doucement au moindre mouvement, fut transférée sur la table d'opération. Les deux brancardiers reculèrent, attendant des ordres. Carriscant administra à Delphine une piqûre d'une faible solution saline qui, comme par miracle, sembla soulager les douleurs. Il demanda aux brancardiers de rester avec elle et ramena Sieverance dans son cabinet de consultation où il fit asseoir le pauvre homme affolé et lui versa un verre de rhum auquel il ajouta discrètement quelques gouttes d'un sirop d'hydrate de chloral. Sieverance le but d'un coup.

« Je reviendrai dès que nous saurons ce qui se passe », dit-il. Sieverance le regarda, terrifié, mais lui faisant confiance. C'est si facile d'inspirer cette confiance, songea Carriscant. Ils ont tellement envie de croire en nous ! Et il savait que c'était grâce à cette confiance qu'il réussirait cette nuit-là. Il tendit à Sieverance la bouteille de rhum et lui conseilla d'en boire à volonté.

De retour en salle d'opération, Carriscant renvoya les brancardiers.

Il attendit quelques instants qu'ils se soient éloignés avant de parler. Il toucha le bras de Delphine qui ouvrit les yeux.

« Parfait, dit-il. Parfait. »

Carriscant secoua Sieverance pour le réveiller. L'homme avait les paupières lourdes, les lèvres molles. Sous l'effet du chloral, il n'arrivait plus à se concentrer. Carriscant s'accroupit près de son fauteuil, le visage fermé, sérieux. Il portait sa blouse de chirurgien.

« Nous ne pouvons pas sauver l'enfant, dit-il. Mais nous devons opérer pour le salut de la mère.

— Oh, bon Dieu... » Sieverance essuya la bave qui dégoulinait de son menton tandis que son cerveau abruti tentait d'enregistrer l'information. « Je ne peux pas, je ne peux pas... » Il secoua la tête et des larmes commencèrent à couler de ses yeux.

« Restez ici, dit Carriscant. Dormez. La nuit va être longue. Je vous appellerai dès que nous saurons. »

Il prit la main de Delphine dans la sienne, la pressa, tout en la regardant dans les yeux.

« Une heure ou deux, c'est tout.

— Tu veilleras sur moi.

— Quand le soleil se lèvera, nous aurons levé l'ancre. »

Elle lui sourit : « Allons-y. »

Tendrement, il posa la compresse de gaze sur son visage et laissa le chloroforme s'écouler goutte à goutte de la bouteille.

Carriscant souleva le couvercle du coffre et ôta suffisamment de glace pour former un grand creux. Il prit le corps sans connaissance de Delphine et le transféra du chariot au coffre où il l'étendit dans le creux aménagé puis le recouvrit presque en entier de copeaux de glace bien tassés. Il releva la manche de sa chemise de nuit et glissa un thermomètre sous son aisselle. C'était la seule partie de son plan qui l'inquiétait un peu : il voulait que Delphine fût engourdie par le froid, littéralement gelée jusqu'aux os mais pas au point d'endommager ses systèmes vitaux. Il n'avait en fait aucune idée du degré jusqu'auquel il pouvait laisser la température s'abaisser sans risque, mais, quand il s'agissait de feindre la mort, il savait qu'un corps dépourvu de toute trace de chaleur humaine ferait beaucoup plus efficacement l'affaire qu'un corps encore rose et tiède. Il espérait que son instinct lui signalerait d'avance le moment critique.

Il demeura patiemment auprès d'elle tandis qu'elle se refroidissait, laissant, de temps à autre, goutter un peu de chloroforme sur la compresse de gaze. Il prenait son pouls à intervalles réguliers. Elle avait déjà pâli sous l'effet de la cordite qu'elle avait absorbée, et le froid pénétrant commençait à la faire paraître exsangue, toute couleur se retirant de son visage et de ses lèvres. Ses mains étaient raides et sans vie, sa chair semblait prendre la consistance du plâtre. Quand sa température fut descendue de plusieurs degrés en dessous de la normale et que le froid et la pâleur devinrent manifestement inquiétants, il la souleva de son lit de glace et la ramena sur la table d'opération. Il plaça au-dessus de son nombril un support de couverture en rotin qu'il drapa de linges de telle manière qu'aucune part du tissu ne touche la poitrine. Aucun mouvement de sa lente respiration n'était visible. Il lui administra une dose supplémentaire de chloroforme avant de répandre des compresses trempées de sang par terre, sous la table d'opération et dans les réceptacles des plateaux d'instruments. Il mit à bouillir les stérilisateurs à vapeur et alluma les arcs électriques au-dessus de la table. Il tacha sa blouse de sang pris dans un flacon, et laissa tomber quelques gouttes stratégiques sur ses mains et ses avant-bras. Sous l'éclairage éblouissant, elle gisait complètement inerte, son visage blanc à en paraître presque bleu. Il ôta le masque de gaze et lui inclina la tête de façon que la bouche s'ouvre un peu. Il lui fourra deux morceaux de glace dans les joues puis lui recouvrit la figure avec un coin du linge. Un coup d'œil autour de la pièce lui confirma qu'elle donnait tous les signes d'une opération hâtive et précipitée. Un seul détail manquait encore. Il retourna à la morgue et souleva le couvercle d'un autre coffre. Il fouilla dans la glace, en extirpa le corps minuscule d'un fœtus de cinq mois et le ramena dans son amphithéâtre. Il l'allongea sur un trolley près de la table d'opération et le baigna de sang avant de le recouvrir d'un linge. Il n'était guère plus grand que les deux poings fermés de Carriscant, sa petite bouille de chiot crispé figé en ce qui ressemblait au rictus d'une rage terrible. Il représentait son ultime recours.

Il était évident que, même dans son état d'abrutissement drogué, Sieverance s'attendait au pire. Il avisa les taches sanglantes sur la blouse de Carriscant et l'affreuse sévérité de son expression. Sa pomme d'Adam se souleva et il porta sa main à sa gorge tout en essayant désespérément d'avaler sa salive.

« Je suis profondément navré, dit Carriscant. Nous ne pouvions rien faire. »

Sieverance s'efforça de se montrer courageux – après tout,

c'était un soldat, habitué à la mort soudaine, raisonna Carriscant — mais il avait les yeux mouillés de larmes et c'est avec un tremblement dans la voix qu'il demanda s'il pouvait voir sa femme. Sur le chemin de la salle d'opération, il prit une succession de violentes inspirations, tout en massant d'une main son visage.

Courbé devant le corps drapé de son suaire et entouré de sinistres déchets — les compresses, le sang, les bistouris étincelants, l'odeur —, il vacilla, comme sur le point de tomber. Carriscant le soutint et rabattit un coin du drap.

Sieverance laissa échapper un gémissement rauque et trébucha. Carriscant le rattrapa et lui agrippa le bras. Elle a vraiment l'air mort, pensa-t-il, saisi d'un instant d'inquiétude, si blanche, si inerte. Sieverance se pencha sur Delphine en murmurant son nom. Il lui embrassa le front et recula comme s'il s'était brûlé. Il effleura ses lèvres du bout des doigts.

« Jésus mon Dieu, dit-il, choqué. Que le Seigneur me vienne en aide... » Il jeta un regard égaré à Carriscant : « Elle est si froide... déjà... » Il se retourna : « Et le bébé ?

— Une fille.

— Est-elle ici ? »

Carriscant lui montra le fœtus couvert dans le plateau. Sieverance s'arrêta devant le minuscule amas, pas plus gros qu'un petit pain sous une serviette. Il souleva le tissu et sursauta violemment, le corps arqué. Il laissa retomber le bout de toile et poussa un cri rauque d'agonie, mi-gémissement mi-haut-le-cœur. Il commença à tomber peu à peu à genoux, sur quoi Carriscant s'avança, le prit par les épaules, le releva et dit : « Voyons, voyons, allez, venez maintenant, ne vous torturez pas, venez avec moi. »

Il se laissa faire en silence, sans jeter un regard en arrière.

Alors qu'ils traversaient lentement la cour pour gagner la sortie, Carriscant, son bras autour des épaules du colonel, lui demanda s'il y avait quelqu'un chez lui.

« Les domestiques sont là, dit l'autre. Tout est emballé mais ils sont encore là.

— Êtes-vous sûr de n'avoir besoin de rien ?

— Je... Oui, je crois.

— Essayez de dormir, lui conseilla Carriscant. Je m'assurerai que tout est organisé comme il convient ici.

— Merci, docteur, merci... Je ne crois pas être capable de quoi que ce soit.

— Laissez-moi faire.

— Serez-vous ici demain matin ?

— Oui, mentit Carriscant. Je vous enverrai chercher. »

Il aida Sieverance à monter dans sa victoria. Le colonel se renfonça sur la banquette, secouant la tête avec vigueur, sous l'effet soit du chloral soit du choc, Carriscant n'aurait su le dire. Mais il n'était pas surpris du succès de son subterfuge. Une affaire de persuasion. Un hôpital la nuit, une femme inondée de sang, une crise médicale grave. Sieverance avait obligatoirement songé à tous les pronostics possibles, surtout le pire. Beaucoup de femmes mouraient de complications au cours d'une grossesse : la mise en scène de Carriscant avait simplement concrétisé les plus terribles craintes de Sieverance. Quand on s'attend à moitié à un événement, on ne se pose guère de questions quand il se produit. En outre, Sieverance faisait confiance à Carriscant, à l'homme et au médecin. Il a placé toute sa confiance en moi, au moment de son malheur, pensa Carriscant. Le fait que ses craintes les plus terribles se réalisent ne me nuit nullement à ses yeux. Avec la confiance, la duplicité devient facile. Il regarda Sieverance et, un instant, le voyant dans cet état, il sentit une coulée glaciale de remords s'insinuer en lui. Il y avait un prix à payer pour ce subterfuge soigné et c'était l'affreuse douleur du malheureux Sieverance. Il voyait devant lui l'homme luttant pour se réconcilier avec le compte brutal que la vie venait de lui régler. Carriscant détourna la tête, s'enjoignant d'être fort et de ne pas y penser : il n'existait pas d'autre moyen et, se rappela-t-il sans grande conviction, le temps était un grand guérisseur.

La voiture de Sieverance s'ébranla et Carriscant regagna aussi vite qu'il l'osa sa salle d'opération. Delphine était toujours inconsciente et un peu de chaleur recommençait à circuler dans ses membres. Carriscant abaissa le grand arc électrique pour mieux la réchauffer et il entassa un grand nombre de couvertures sur elle. Il lui frotta les mains et lui enveloppa les pieds dans des serviettes chaudes. En voyant sa température monter régulièrement, il commença à faire disparaître les traces de l'intervention.

Il sonna un garçon de salle et lui demanda d'aller chercher un cercueil au magasin de l'hôpital. L'homme ne montra aucune curiosité à l'annonce de la mort d'un malade. Pourquoi d'ailleurs l'aurait-il fait ? se dit Carriscant. Aller chercher un cercueil ou transporter un cadavre sur un chariot à la morgue était sans doute une tâche qu'il accomplissait machinalement plusieurs fois par jour, surtout dans le service de Cruz. Dans son anxiété d'en créer l'illusion, Carriscant lui-même oubliait combien la mort était dans un lieu comme celui-ci chose banale et habituelle.

Le cercueil arriva, poussé sur un trolley par deux garçons de salle. En ouvrant la porte de l'amphithéâtre, Carriscant leur laissa entrevoir Delphine gisant sur la table avant de les renvoyer. Il devait procéder à certains préparatifs sur le cadavre avant de le mettre en bière, dit-il. Il les rappellerait quand tout serait prêt. De nouveau seul, il verrouilla toutes les portes de communication avec le reste de l'hôpital et poussa le cercueil dans sa morgue provisoire. Il souleva le cadavre de la Philippine assassinée qui reposait dans le coffre à glace et le transféra dans le cercueil. Il alla chercher le fœtus et le posa près de sa mère. Puis il cloua le couvercle et attacha à la poignée du dessus l'étiquette requise ainsi que l'enveloppe contenant une copie du certificat de décès. Le cercueil attendait dans le couloir devant la salle d'opération quand les garçons de salle revinrent le chercher. Carriscant leur ordonna de l'emporter à la morgue de l'hôpital d'où on le prendrait le lendemain pour l'inhumation.

Alors que le cercueil était dûment emporté sur un chariot, Carriscant pensa que Sieverance pourrait estimer insuffisant un des cercueils très simples que fournissait l'hôpital. D'ailleurs, il pourrait fort bien souhaiter aussi que sa femme ne soit pas enterrée aux Philippines et la faire transporter aux États-Unis, auquel cas le corps devrait être embaumé... Il ressentit un coup au cœur. Mais enfin, même s'il en était ainsi, ils auraient bien un jour de grâce ou deux ? Sieverance n'était pas en état de se mettre à commander de nouveaux cercueils ni de se lancer à la recherche d'un entrepreneur de pompes funèbres efficace dès le lendemain. Le certificat de décès était signé, l'administration de l'hôpital informerait automatiquement les autorités compétentes. Il faudrait un caractère d'une morbidité inhabituelle à un homme, déjà profondément choqué par la vision de sa femme et de son enfant morts, pour donner l'ordre de faire rouvrir le cercueil afin de les revoir encore.

Mais de toute manière, se dit Carriscant en se hâtant de retourner auprès de Delphine pour la ranimer, même en prévoyant une telle éventualité, il n'aurait pas eu le moyen de l'empêcher ou de la retarder. Quoi qu'il arrive, d'où que soit donnée l'alerte, Delphine et lui seraient déjà en haute mer, à un jour ou deux de Manille. Leurs traces effacées ou en tout cas s'interrompant brutalement.

Néanmoins, alors qu'il voyait les joues de Delphine reprendre peu à peu leurs couleurs et qu'il sentait la tiédeur de ses mains gagner ses doigts, le sentiment de soulagement triomphant qui lui desserrait les entrailles se tempérait de cette petite inquiétude sous-jacente. Sieverance était d'une vanité irrépressible, son élocution et son comportement même en témoignaient, et il serait tout à fait dans sa manière de vouloir commander pour sa femme le plus sublime des sarcophages de Manille et d'organiser des funérailles ostentatoires et de grand apparat. Il n'était pas homme à nourrir son chagrin en silence ou dans une solitude digne.

« Comment te sens-tu ? demanda-t-il à Delphine en prenant son doux visage entre ses mains. Un peu mieux ?

— Très bizarre... dit-elle. Du genre très loin... et abrutie. »

Elle était assise sur une chaise, vêtue des vêtements qu'elle lui avait donnés quelques jours auparavant, une simple robe bleu marine à col montant. Elle avait sur les genoux un chapeau à larges bords qui lui dissimulerait le visage.

« Tu pourras te débrouiller ?

— Oui. » Elle ne lui avait pas posé une seule question sur Sieverance ni sur sa réaction à l'annonce de sa mort. « Oui, je pense. »

Elle le regarda, l'air encore un peu vague. « Comment était-ce, je veux dire... Est-ce que Jepson...

— Ça s'est très bien passé. Pas une seconde d'hésitation.

— Bien », répliqua-t-elle d'une petite voix neutre. On aurait cru qu'elle répondait à la nouvelle que le temps resterait au beau fixe durant les prochaines vingt-quatre heures. « Bien. »

Il consulta sa montre : presque quatre heures. Il aida Delphine à se lever et la conduisit le long d'un passage menant à une petite porte qui donnait sur le jardin de l'hôpital. Il y avait assez de lune pour fournir une légère lumière d'un gris délavé. L'air était chaud et humide, le chant des grillons dans les buissons aigu. Ils traversèrent rapidement le jardin peuplé d'ombres noires, vers une entrée de service qui ouvrait sur la Calle Francisco.

Carriscant prit la clé dans sa poche, ouvrit la porte – les gonds raides grincèrent – et scruta la rue. La voiture qu'il avait commandée attendait à côté de l'église, à cinquante mètres de là. Ils se faufilèrent dehors et se hâtèrent en silence jusqu'à l'attelage. Le cheval hennit et le cocher jeta un regard somnolent autour de lui. Il ne saurait pas qu'ils venaient de l'hôpital, se dit Carriscant avec satisfaction. Il lui donna l'adresse où il devait se rendre.

« Axel t'attend, chuchota-t-il à Delphine. Il t'emmènera au bateau. Je serai là-bas peu après six heures. »

Elle lui saisit les mains : « Je ne peux pas croire que ce soit vraiment arrivé, dit-elle. Il croit vraiment, enfin il n'a pas le moindre doute que je...

– Absolument. Je l'ai vu, je l'ai réconforté. Il t'a vue morte de ses propres yeux.

– Alors nous sommes libres – vraiment, réellement ?

– Oui, ma chérie. »

Il ne put se retenir, il l'attira derrière la calèche et l'enlaça. Il baisa ses lèvres et se serra contre elle. Il laissa courir ses lèvres sur son cou, tandis qu'elle posait ses mains autour de son dos, et il respira son odeur. De l'eau de rose. Elle devait avoir mis du parfum. Emporté un parfum avec elle. Il perçut la chaleur de son corps ferme le long du sien. Soudain, bizarrement, il regretta de ne pas être plus grand, plus gros, comme si une présence physique plus importante avait été une meilleure garantie de la protection qu'il pouvait lui assurer, du soin qu'il prendrait d'elle. Il eut la vision de Delphine se tournant vers ce Carriscant plus massif, plus imposant, se nichant contre lui, s'abritant au creux de sa vaste stature. Il sentit la tête lui tourner de fatigue et de tension accumulées. Son désir d'elle devenait une douloureuse tumeur sous son sternum, une brûlure cuisante de la taille d'une pièce de monnaie. L'idée de leur vie commune lui faisait signe d'approcher telle une apparition, un bras blanc de route à travers une campagne verdoyante et ensoleillée.

Il l'aida à monter dans la victoria. Elle lui lança un baiser et ne le quitta pas des yeux jusqu'à ce que la voiture tourne au coin de la Calle Palacio. Il demeura seul sur place un moment, écoutant mourir le son des sabots du cheval à mesure qu'ils s'enfonçaient par les étroites ruelles d'Intramuros vers la porte de San Domingo et le quai de la rive droite du Pasig où attendait Axel et où allait vraiment commencer leur vie nouvelle.

De retour chez lui, il ne put même pas songer à dormir. Il s'assit dans un fauteuil en rotin sur l'*azotea*, regardant la lumière jaune citron de l'aube découvrir les arbres et les buissons trempés de rosée de son jardin. A 5 h 45, il alla dans leur chambre réveiller Annaliese. Elle se redressa, appuyée sur ses coudes et le regarda, l'air stupide.

« Tu pars déjà ?

— Oui. » Il réprima son impatience. Il fallait manier tout ceci convenablement. « Je tiens à partir tôt. Les routes sont toujours mauvaises au moment des pluies. »

Elle roula sur elle-même et se blottit dans son oreiller, les yeux fermés.

« Ah bon, si tu y tiens. Dis bonjour à ta mère pour moi.

— Je n'y manquerai pas. Au revoir. »

Il ferma la porte d'entrée et descendit les marches de pierre usées menant à l'*entresuelos*. Il gagna discrètement le portail, sans le moindre signe de Constancio ni des autres domestiques, le seul son étant celui des reniflements et des remuements des chevaux dans leurs stalles. Il franchit le portail à double battant donnant sur la rue. Ce n'était qu'à ce moment de la journée que régnait une véritable fraîcheur, l'humidité n'ayant pas encore eu le temps de s'établir. Une légère brise sur son visage et son cou le fit frissonner. Il prit une longue inspiration. Le reste de sa vie allait commencer et il savoura la douceur de l'instant dans la splendeur du matin tout neuf.

Au coin de la rue, du côté du palais, trois hommes approchaient, marchant non point très vite mais d'un pas résolu ; le soleil jaune délavé illuminait les boutons de cuivre de leurs uniformes, les faisant gracieusement clignoter et étinceler.

« Salvador Carriscant ! »

Il se retourna et vit Paton Bobby et deux autres policiers venant de l'autre bout de la rue. Il se demanda ce qui se passait et pourquoi Bobby l'appelait par son nom tout entier. Il eut bientôt la réponse.

Le visage carré et franc de Bobby ne pouvait dissimuler ni son embarras ni son intense tristesse.

« Salvador Carriscant...

— Que se passe-t-il, Paton ? Que se passe-t-il ? »

Incapable de soutenir son regard, Bobby détourna le sien tout en parlant :

« Pourquoi avez-vous fait cela, Salvador ?

— Fait quoi ?

— Le tuer.

— Tuer ? Tuer qui, nom d'un chien ? Êtes-vous complètement...

— Sieverance.

— Sieverance ?...

— Tué à bout portant pendant son sommeil. Deux balles dans la cervelle. »

Carriscant fut réduit au silence.

Bobby lui fit face et lui prit le bras.

« Paton, vous ne pouvez tout de même pas penser que j'ai...

— Salvador Carriscant... » La voix de Bobby tremblait et il dut s'éclaircir la gorge. « Salvador Carriscant, je vous arrête pour le meurtre avec préméditation du colonel Jepson George Sieverance. »

Lisbonne, 1936

Mercredi 3 mai

Ma première vision de la ville, je l'eus seule. Carriscant prétexta un malaise et resta dans sa cabine tandis que le *S.S. Herzog* remontait lentement le Tage en direction des quais. Une pluie fine tombait et le ciel était encombré de gros nuages gris souris. Les immeubles de la ville, empilés sur les collines ondulées, surgirent au-dessus du reflet terne de l'estuaire, entassés et indéfinissables dans la lumière crépusculaire boueuse, les façades en gradins et les toits ponctués ici et là d'une flèche ou d'une coupole, du dôme baroque d'une église ou des dents carrées d'un rempart crénelé.

Le bateau accosta en face d'un bâtiment qui se proclamait *Posto de Desinfecção* et on abaissa la passerelle. Je vis des entrepôts et des abris sous douane, des rails de chemin de fer et, le long de la rive droite, un grand éparpillement de navires. Puis la vaste courbe du fleuve et les pentes vertes brumeuses s'élevant du côté sud. Un calme va-et-vient de bateaux — ferries et remorqueurs, vedettes rapides et barques de pêche — quadrillait le paysage. Dans l'air, les imprécations périodiques des mouettes et les cris des dockers. Une odeur d'huile, de fumée par-dessus quelque chose de frais et de salé, la présence du grand océan au-delà du cercle de ces collines.

Carriscant me rejoignit sur le pont. Il avait le teint plutôt brouillé, je dus le reconnaître, et il s'était mal rasé, oubliant une touffe de poils gris sous son oreille gauche.

« Je suis content qu'il pleuve, dit-il, pensif, après avoir contemplé la vue pendant un moment.

— Pourquoi ? On est en mai et en Europe.

– Ça va avec mon humeur. Du soleil et un ciel d'azur n'auraient pas collé, j'aurais détesté ça. »

Je ne protestai pas. Appuyés à la rambarde, en attendant d'être appelés à passer la douane, nous contemplions les crèmes et les ocres, les roses et les jaunes mouillés des maisons en terrasse, leurs toits de terre cuite rendus mauves et bruns par la pluie.

« Penser qu'elle est là, quelque part, dit-il, sans me regarder.

– J'espère que vous avez raison. Nous venons de loin.

– Il faut que tu m'aides, Kay, dit-il, irrité. Je n'ai pas besoin de sarcasmes, j'ai besoin d'aide. » Il tapota ma main sur la rambarde. « De la tienne. »

Carriscant, Carriscant. Comment devrais-je l'appeler cette présence déconcertante et nouvelle dans ma vie ? Mon père ?… Trop incertain. Ou Salvador ? Trop intime. Un S. C. plus neutre ? Même après toutes ces journées de conversation, je me découvre changeant d'idées à son sujet plusieurs fois par heure. Garde tes distances, ne t'implique pas trop, prends garde à la manière dont il te mêle aux choses. Je m'en tiendrai à Carriscant.

Pourvus de peu de bagages, nous passâmes rapidement la douane. J'avais deux valises, n'ayant aucune idée de la durée de mon absence ; Carriscant une seule. Dans le taxi qui nous emmenait à l'hôtel, je me surpris à me demander : Et si elle a quitté Lisbonne ? Nous suivions une piste vieille de presque dix ans : Et si elle nous entraînait à travers toute l'Europe ? L'idée ne me troubla pas autant que je l'aurais cru. Ma présence ici était un hommage à mon manque de rationalité et de sens commun : il était un peu tard pour exiger que logique et prudence fussent désormais mes maîtres mots.

Nous sommes à l'hôtel *Francfort* sur la Rua de Santa Justa, catégorie moyenne, « un bon établissement commercial » selon le guide, avec un restaurant, et situé à quelques rues du Rossio. Nous avons des chambres contiguës au troisième étage, grandes et propres, un mobilier simple et fonctionnel. La salle de bains est au fond du couloir. A la réception, un jeune homme, João, parlant bien l'anglais, nous a été d'un grand secours pour faire établir nos cartes d'identité et nous fournir l'adresse d'un photographe. Il avait la peau cireuse des gens qui travaillent à l'intérieur sous un éclairage artificiel et une dent cariée noire gâtait son sourire et des traits agréables. L'ascenseur était minuscule, une petite cage de volutes en fer forgé compliquées qui ne nous contenaient tous les trois qu'avec peine. J'étais tout contre le dos de João, mes yeux à quelques centimètres de sa veste noire lustrée. Il dégageait une forte odeur de camphre laquelle, dans cet espace confiné, provoqua chez Carriscant une crise d'éternuements qui secoua le petit ascenseur.

Le procès de Salvador Carriscant fut étonnamment court. Accusé du meurtre de Sieverance et de complicité dans ceux de Ward et Braun, il fut acquitté du premier chef d'accusation et jugé coupable du second. Il fut condamné à vingt ans de prison et incarcéré à Bilibid. De la fenêtre de sa cellule, il pouvait voir à l'horizon, par beau temps, le toit de chaume jauni de la grange *nipa* où Pantaleon avait construit sa machine volante.

Ç'avait été l'idée de Bobby d'introduire l'accusation de complicité, convaincu comme il l'était que les meurtres des trois soldats étaient liés. Il révéla sa théorie lors de son témoignage devant le tribunal. Il était certain que Pantaleon était l'assassin, avec Carriscant pour complice. C'était la découverte des cadavres à des points clés du premier jour de la guerre qui l'avait conduit à l'inébranlable conclusion que le mobile était politique, ou suscité par l'idée d'une vengeance idéologique ou nationaliste. L'accusation du meurtre de Sieverance par Carriscant était plus difficile à soutenir puisqu'il n'avait aucune raison évidente de commettre ce crime. Le procureur essaya bien de suggérer que, vu la mort prématurée de son complice Quiroga, Carriscant avait été contraint de terminer l'affaire lui-même. La preuve cruciale étant la découverte chez les Sieverance d'un masque de gaze identique à ceux utilisés à l'hôpital San Jeronimo pour les anesthésies. On retint aussi contre Carriscant son absence d'alibi entre quatre et six heures du matin, c'est-à-dire du moment où on l'avait vu partir de l'hôpital jusqu'à celui où il avait réveillé Annaliese. Son explication, à savoir qu'il était resté assis sur l'*azotea* à réfléchir, fut jugée risible. Une autre preuve joua contre lui : une lettre déchirée, retrouvée dans la corbeille à papier de sa secrétaire, et qui, reconstituée, se révéla être adressée à Annaliese qu'elle informait de la décision de Carriscant de la quitter pour aller refaire sa vie. Cela fut cité, de manière pas très convaincante, par l'accusation, comme étant un aveu tacite de culpabilité, un signe que, le cycle des meurtres terminé, l'assassin s'apprêtait à fuir. Carriscant admit que son mariage connaissait des difficultés et qu'il avait écrit cette lettre dans un moment de désespoir. Mais loin de fuir le pays, il était en route pour aller rendre visite à sa vieille mère malade à Batangas. Le chef de la police Bobby l'avait arrêté juste au moment où il allait réveiller son cocher et lui ordonner de préparer la voiture pour le voyage. L'idée que, après s'être battu toute la nuit pour sauver la vie de Mrs Sieverance, il avait ensuite suivi son mari chez lui pour l'assassiner était tout bonnement incompréhensible, et, à moins que le ministère public puisse avancer la raison pour laquelle Salvador Carriscant aurait commis un acte aussi bizarre, contre-attaqua la défense, l'accusation n'était même pas digne de considération et devait être rejetée.

Carriscant se rappelait la salle du tribunal avec ses ventilateurs électriques récemment installés au plafond et qui ne cessaient de tomber en panne. Un moment, une brise véritable faisait bruire les documents retenus par des presse-papiers sur les tables des avocats, et puis soudain, un craquement, une odeur de brûlé, et les mouchoirs venaient éponger des fronts humides et des cous luisants irrités par les cols durs. On annonçait une interruption de séance tandis qu'un ouvrier nerveux grimpait sur une échelle pour aller inspecter la machinerie récalcitrante. Finalement, après sept interruptions dans une seule journée, le juge demanda que les ventilateurs soient débranchés, on ouvrit les fenêtres en grand et les débats reprirent dans l'accablante touffeur habituelle.

Il se rappelait Bobby se parjurant sans vergogne à la barre des témoins et racontant, avec un phénoménal luxe de détails, comment il avait découvert le bistouri à côté du corps de la femme assassinée, « un bistouri identifié par l'accusé lui-même comme provenant de ses propres réserves de fournitures à l'hôpital San Jeronimo ». Il se rappelait aussi le murmure de conjectures et de curiosité fascinée qui l'accueillait chaque matin à son entrée au tribunal, amené, lui semblait-il, sur un susurrement mousseux de supputations, venus des bancs du public et de la galerie où se tendaient les cous et les visages avides de la bourgeoisie expatriée de Manille. Le célèbre chirurgien, le docteur Carriscant, devenu conspirateur, assassin et *insurrecto* clandestin... Un jour, en le ramenant à sa cellule de Bilibid, le fourgon de la police avait été forcé de faire un détour par les ruelles des bas-quartiers de Santa Cruz où les *Indios* du cru, quand ils comprirent qui se trouvait à l'intérieur, l'acclamèrent de tout cœur, les enfants courant après le fourgon en piaillant « Carriscant ! Carriscant ! » jusqu'à ce que les portes de la prison se referment derrière lui.

L'avocat de Carriscant, un jeune *illustrado* nommé Felix de la Rama, était un garçon de frêle stature et d'allure peu impressionnante avec un long cou et une pomme d'Adam proéminente. Par bonheur, sa voix était inhabituellement profonde, résultat d'une capacité d'écho particulière dans cette immensité laryngienne, imaginait Carriscant. Sa voix émergeait de sa bouche avec un ton grave, étoffé et sagace, donnant à tout ce qu'il disait un air réfléchi, expérimenté. Chaque remarque, aussi peu importante fût-elle, semblait avoir été forgée dans le sérieux et l'autorité. C'est ce qui fit probablement une différence cruciale, jugeait à la réflexion Carriscant. Ce sont de tels petits riens que dépendent nos destins.

De la Rama s'acharna avec obstination sur toutes les invraisemblances contenues dans l'accusation de meurtre mais, ce faisant, négligea d'exposer les faiblesses du second chef d'inculpation. A mesure que se déroulait le procès, toutes sortes d'hypothèses furent avancées quant au mobile pour lequel Pantaleon Quiroga avait voulu assassiner des soldats américains, et le ministère public réussit à peindre un tableau à moitié convaincant de ces deux éminents chirurgiens, en proie à un zèle d'*insurrecto* déçu, tentant d'instiller la terreur dans les forces d'occupation coloniales ou de prendre une revanche quelconque sur la défaite des rebelles. En fin de compte, la raison et le délire triomphèrent tous deux. Le jury (huit Américains, un Chinois et trois *mestizos*) rejeta l'accusation de meurtre et puis, presque par défaut, jugea Carriscant coupable du moindre crime de complicité. Le juge (Charles K. Weller) saisit cette occasion de prononcer une sentence exemplaire.

De la Rama s'était montré particulièrement efficace au moment de diminuer le dommage infligé à l'accusé par la découverte du masque de gaze. Il ne nia pas que le masque ait pu être apporté chez les Sieverance par Carriscant lui-même – plus que probable, en fait, puisque l'accusé leur avait rendu régulièrement visite durant la convalescence de Mrs Carriscant. En outre, il était établi que Nurse Aslinger avait vécu sous ce même toit plusieurs semaines : la compresse de gaze était un accessoire médical très courant, et personne ne pouvait dire avec exactitude de quand datait son introduction dans la maison.

Carriscant, ou du moins c'est ce qu'il me raconta, demeura impassible pendant ces débats grotesques, comptant simplement les jours qui s'écoulaient. Il n'arrivait pas à croire à la chance qu'il avait eu, au milieu de l'énorme brouhaha et scandale de son arrestation et de son procès, de voir la « mort » de Delphine Sieverance virtuellement oubliée. Voici ce qui s'était passé : une fois Jepson Sieverance mort, personne n'avait songé à réclamer ni à prendre des mesures quelconques à l'égard du corps en bière déposé à la morgue de San Jeronimo. Ce n'est que quatre jours après l'arrestation de Carriscant que Mrs Oliver, l'amie de Delphine, s'en souvint tout à coup et décida qu'il fallait organiser un enterrement. Ce qui fut fait avec discrétion et célérité car le temps chaud et humide avait beaucoup accéléré la décomposition du corps. Les funérailles avaient eu lieu le lendemain au cimetière de Paco au cours d'une petite cérémonie à laquelle assistaient quelques amis et, en marque de respect, Mrs William Taft. Le corps de Sieverance avait été embaumé et renvoyé à sa famille aux États-Unis où il devait être inhumé avec tous les honneurs militaires.

Carriscant attribuait cette négligence à l'obsession de Bobby. Muré dans sa conviction que Pantaleon Quiroga était l'assassin de Ward et Braun, Bobby avait pour seule explication du meurtre de Sieverance qu'il avait été commis par un complice de Quiroga, et Salvador Carriscant, hélas pour lui, correspondait à cette description. La dernière personne vue en compagnie de Sieverance était Carriscant – en conversation devant le San Jeronimo. Le masque de gaze, l'absence d'un alibi et, dans l'esprit de Bobby, le souvenir du témoignage du vieil homme prétendant avoir rencontré Carriscant dans les environs la nuit du meurtre de Braun, constituaient des éléments suffisants pour procéder à une arrestation. Aucune autre piste d'enquête – tel le manque de lien entre le dernier meurtre et deux premiers – n'avait jamais été poursuivie. La mort de Delphine Sieverance au cours d'un accouchement prématuré et l'assassinat de son époux par des rebelles furent considérés par la bonne société de Manille comme une double tragédie affreuse, une puissante illustration du fardeau de l'homme blanc, et personne ne songea à établir le moindre rapport entre les deux. Et Carriscant assista donc à son procès en silence, sachant parfaitement qui était responsable de la mort du colonel Jepson Sieverance (quoique confondu quant au mobile) et sachant aussi que toute tentative de protester de son innocence ou de l'établir aurait de terribles conséquences. Plus allusions et circonstances, arguments violents et raisonnements spécieux l'enserraient dans un écheveau de culpabilité, plus les jours et les semaines passaient, mieux la liberté de la coupable était assurée. Et cette liberté devint absolue le jour où il fut condamné et l'affaire effectivement close.

Carriscant resta huit ans derrière les murs gris de la prison de Bilibid avant d'être transféré sur l'île de Guam, dans un camp pour *insurrectos* non repentis (en 1913, on se battait encore dans les montagnes de Mindanao) sous autorité militaire américaine.

En 1919, après avoir purgé seize ans de sa peine, il fut libéré sur parole et partit vivre à Capiz, dans l'île de Panay, où il ouvrit un petit restaurant sur la place principale de cette jolie ville provinciale. Il était encore dans l'obligation de se présenter aux autorités d'Iloilo une fois par mois jusqu'à la fin de la durée de sa condamnation. Il ne retourna jamais à Manille et vécut tranquille et oublié à Capiz où son établissement *La Esperanza* lui procurait un revenu décent. Ce n'est qu'en 1935, après avoir acheté la maison d'un ancien directeur portugais de la raffinerie de sucre locale et être tombé sur une pile de vieux magazines qu'il avait feuilletés distraitement, qu'il songea à partir.

Je demandai à Carriscant comment il avait survécu durant ses seize années d'incarcération. « Grâce à deux choses, en réalité, dit-il, encore que je doive te dire que les conditions n'étaient pas si dures que ça, surtout à Guam. Ça ressemblait assez à une ferme et j'ai fini par diriger les cuisines du camp. » La première était la certitude, qui ne cessa de le porter, que Delphine était enfin libre, qu'elle avait fui et que, quelque part, elle menait la vie nouvelle dont ils avaient tous deux eu le projet. « J'étais la seule personne au monde à savoir qu'elle n'était pas enterrée au cimetière de Paco. Un grand secret, ça, un secret précieux à conserver. Et qui me consolait. Tant que je gardais le secret, elle ne risquait rien. Ça aidait de savoir ça.

– Et la deuxième, c'était quoi ?

– Toi. »

L'amour n'est pas un sentiment physique. Il n'appartient pas à cette catégorie d'expérience corporelle qui inclurait par exemple la douleur. L'amour et la douleur n'ont rien en commun. L'amour est mis à l'épreuve, la douleur non. On ne dit pas de la douleur, comme on le dit de l'amour : « Ce n'était pas une véritable douleur, ou elle n'aurait pas disparu aussi vite. »

C'est Udo Leys qui informa Carriscant de la grossesse d'Annaliese. Udo mourut en 1905, et jusqu'à sa mort il fut le seul visiteur qu'eut Carriscant à Bilibid. Un mois après le verdict, il lui annonça qu'Annaliese quittait les Philippines.

« Elle retourne en Allemagne, dit Udo, morose. J'ai beau lui dire non, elle répond qu'elle ne peut plus vivre ici. La honte, le scandale. Tout le monde l'appelle la femme de l'assassin.

— Mais je n'ai pas été reconnu coupable d'assassinat.

— Salvador, je dois te le dire, tout le monde parle comme si tu l'étais.

— Nom de Dieu... En tout cas, je suis désolé pour Annaliese. Je savais que ce serait dur pour elle. » Il réfléchit un moment. « J'aimerais la voir avant qu'elle parte.

— Ah, Salvador, elle ne te reverra jamais. Jamais plus, dit-elle. Elle a même abandonné son travail à l'évêché. Elle reste cloîtrée chez elle, elle refuse de voir quiconque.

— Lui avez-vous donné ma dernière lettre ?

— Elle l'a déchirée sous mes propres yeux. Elle ne viendra pas te voir.

— Pauvre Annaliese... J'aurais dû penser à la difficulté qu'elle aurait à rester ici.

— Écoute, ce n'est pas si facile pour moi, protesta calmement Udo. Tout le monde en parle, tout le monde se demande comment et pourquoi, pourquoi ces hommes ont été choisis pour victimes... Une *cause célèbre*, Salvador. On en parlera pendant des années.

— Je ne suis pas le coupable, Udo. Je ne suis coupable de rien. Je suis innocent.

— Bien sûr que tu l'es. Je le sais, moi. Mais tu n'empêcheras jamais les gens de parler. » Il sourit comme pour s'excuser. « En tout cas, ce sera mieux pour l'enfant de grandir loin de cette atmosphère.

— Quel enfant ? »

Udo fronça les sourcils. « Annaliese ne te l'a pas écrit ? Elle est enceinte. »

Nous dînâmes à l'hôtel : un ragoût de mouton que je détestai mais que Carriscant estima parmi les meilleurs qu'il ait jamais goûtés.

« Le mouton est une viande fibreuse grossière avec un goût très fort. Ce plat ne prétend être rien d'autre. De l'ail, des pommes de terre, des carottes et du chou, que demander de plus ? » De retour sur la terre ferme, il avait récupéré son appétit. Le dessert était un triangle de pâtisserie plat et dense, une sorte de quatre-quarts épais, servi avec un sirop sorti d'une boîte de conserve vert et or. Les clients étaient tous élégamment habillés, les tables recouvertes de nappes propres, l'argenterie très usée mais astiquée.

« J'aime bien cet hôtel, dit Carriscant en rajoutant des cuillerées de sirop sur son assiette. J'y vivrais volontiers. »

L'âge adulte. Quand la perspective de l'excès physique ou sensuel cesse d'être attirante. Est-ce pour cela que je me sens adulte ? Est-ce pour cela que je me sens si vieille à côté de Salvador Carriscant ?

Jeudi 4 mai

Assise à la table en pin, dans ma chambre, je contemple la rue et les tramways qui passent dans un clic-clac et un pétillement. Leur approche est annoncée par un fredonnement des câbles électriques, une sorte de sifflement monotone, éthéré. Un soleil faible brille aujourd'hui et de jeunes feuilles vertes fragiles tremblent bravement sous la brise froide venue de l'estuaire.

Voici donc la version de S. C. Au cours de sa fausse réconciliation avec Annaliese, ils firent l'amour. Il ne spécifia qu'une seule occasion, le soir où elle vint le rejoindre dans son bureau, mais il avait bien dit qu'il « réintégra le lit conjugal ». Il est raisonnable de supposer que l'événement se reproduisit. Annaliese tomba enceinte mais ne devint sans doute consciente de son état qu'après l'arrestation et le procès. Elle ne revit jamais Carriscant. Dès qu'elle apprit l'existence de la lettre d'adieu jamais envoyée, elle refusa d'assister au procès ou de lui rendre visite en prison. Puis elle quitta Manille vers la fin de 1903 pour la Nouvelle-Guinée allemande. Disons par conséquent que l'enfant fut conçu début mai 1903... Il serait né en janvier 1904. Ma date de naissance est le 9 janvier 1904.

Ma tête se remplit de questions vociférantes quand j'essaie de m'accommoder de ces faits. Comment a-t-elle échoué en Nouvelle-Guinée ? Carriscant dit qu'Udo Leys lui avait raconté qu'elle rentrait en Allemagne... Comment rencontra-t-elle Hugh Paget ? Était-elle mariée avec lui au moment de ma naissance ou l'avait-il épousée après, en adoptant la fillette ?... La pensée me vient que Hugh Paget n'était peut-être qu'une invention commode. La vieille photo d'un homme d'Église, trouvée quelque part. Une histoire triste, commode à raconter à un brave type tel que Rudolf Fischer ; une bonne explication à la présence d'une petite fille. Ma mère n'a rien d'une idiote. Les voiles du veuvage cachent beaucoup de choses...

Hugh Paget. Mon père anglais.

Question : Comment Carriscant savait-il mon nom ? Comment a-t-il su qu'il fallait venir me chercher à Los Angeles ?

Nous sortîmes acheter un nouveau costume pour Carriscant — une idée à lui. Nous découvrîmes un tailleur dans la Rua Conceição, et Carriscant fit l'emplette d'un complet trois pièces de confection. Bleu marine à fines raies rouges et blanches, une veste à double boutonnage et un gilet à petits revers. Plus une chemise crème à col souple et une cravate marron. Le pantalon devait être raccourci de deux ou trois centimètres ce qui fut fait sur place pendant que nous attendions. Carriscant avait fière allure dans son costume : un homme d'un certain âge, costaud, à la belle carrure ; et la chemise crème faisait ressortir la nuance olivâtre de son teint. Et tout à coup, j'ai sous les yeux le jeune chirurgien de Manille, confiant, doué et tellement sûr de lui. Carriscant célèbre l'événement avec une coupe de cheveux et un rasage professionnel. Je l'attends devant la boutique du coiffeur, et je regarde la mousse épaisse qu'on applique sur son visage, le rasage attentif et maîtrisé exposant des tranches de peau lisse. Carriscant s'étudie dans le miroir, les doigts sur le menton, poussant et tirant, vérifiant le grain. Il se fait beau pour quelqu'un — pas moi — et il a bien l'intention de paraître au mieux de sa forme.

Dans l'après-midi, départ pour une annexe de la légation des États-Unis, une bâtisse neuve en pierre rousse, dans la Rua do Alecrim, où nous avions un rendez-vous avec Mr Shelburne Dillingham, le deuxième secrétaire. L'envoyé lui-même, un certain Mr James Marion Minnigarde, était en visite au consulat d'Oporto. Il n'avait d'ailleurs été nommé ici que récemment ; il nous fallait parler à quelqu'un en poste à Lisbonne depuis plusieurs années, qui serait au moins familier avec les activités de la légation dans les années vingt.

Mr Dillingham était un jeune homme très sérieux avec une supraclusion prononcée qu'il essayait de déguiser en poussant sa lèvre inférieure en hauteur afin de couvrir ses dents en avant, ce qui avait pour résultat de le faire paraître bizarrement pugnace. Mais, dès qu'il parlait ou souriait, la bonne vieille supraclusion reprenait le dessus jusqu'à ce qu'il se rappelle d'y remédier à sa façon. Je fus si fascinée par ces grandes manœuvres labiales que je me surpris à ne pas faire attention à ce qu'il racontait. Je me reconcentrai.

« ... je suis tout à fait certain que la coupe Aishlie a cessé d'exister en 1930 ou 1931 », disait-il. Il me sourit, toutes dents dehors. « Je ne suis ici que depuis trois ans. »

Carriscant poussa sa photo sur le bureau. « Voici la femme qui nous intéresse. Elle était l'épouse d'un membre de l'ambassade ici, j'en suis sûr. »

Dillingham regarda attentivement la photo : « Une dame très élégante, dit-il. Quel âge aurait-elle eu là ?

— Dans les cinquante ans.

— Voyons voir. » Il alla à sa bibliothèque et prit un mince volume de toile bleu marine au milieu d'une rangée de livres pareillement reliés. Sur la couverture un sceau et des lettres dorées indiquant : Département d'État – Liste diplomatique – 1927. Il le feuilleta rapidement.

« L'ambassadeur en 1927 s'appelait Warrick Aishlie et nous savons que la dame en question n'est pas Mrs Aishlie... Les seuls autres diplomates en âge d'avoir une épouse dans la cinquantaine sont... » Il consulta la liste. « Humm. Mr Parker Gade, vice-consul de Funchal et le capitaine de vaisseau Mason Shoemaker, l'attaché naval pour l'aviation. » Il émit un sifflement admiratif. « Voilà qui était voir loin pour nous en 1927. Bon – il s'empara de la liste 1936 – voyons un peu où ils se trouvent aujourd'hui.

– Capitaine de vaisseau ? demanda Carriscant en reprenant la photo. Serait-ce lui sur ce document ?

– Je ne saurais vous dire, monsieur, répliqua Dillingham en consultant l'index. Aucune référence. Ces deux gentlemen semblent avoir pris leur retraite. Ou alors ils sont morts. » Il fit une moue. « Je pourrais télégraphier au département d'État mais je suis tout à fait certain qu'on refusera de me donner toute information personnelle. »

Carriscant parut soudain triste et malheureux, se remuant d'une fesse sur l'autre sur son siège, ses doigts tirant sur le col de sa chemise neuve, et je me sentis désolée pour lui, avec ses espoirs déçus aussitôt qu'éveillés.

« N'y a-t-il personne dans cette légation qui aurait été ici en 1927 ? dis-je. Il doit bien y avoir un employé quelconque qui a ce genre d'ancienneté.

– Bien vu, s'écria Dillingham en me lançant un coup d'œil admiratif. Excusez-moi un instant, je vous prie. »

Carriscant se leva pour aller regarder par la fenêtre dans le petit patio. Je le rejoignis. Des pigeonneaux étiques picoraient au pied d'un limettier, grappillant de manière désinvolte et machinale les rares brins d'herbe, comme si la recherche de nourriture était en soi suffisante pour satisfaire leur faim.

« Si elle a épousé cet officier de marine, elle peut être n'importe où, dis-je gentiment.

– Non, répliqua Carriscant, avec une parfaite assurance. Elle est ici, j'en suis certain. »

Je me retournai, exaspérée. Il avait tout l'entêtement d'un tenant de la Terre plate. Ces gens ne comprenaient que les coups sur la tête.

Dillingham revint accompagné d'un vieux Portugais en costume noir dont les cheveux gris, rejetés brutalement en arrière, étaient maintenus en place grâce à une huile ou une pommade abominablement collante. Il portait de petites lunettes cerclées d'écaille et une moustache en brosse, bien taillée et teinte dans un ton de brun cuivré déconcertant.

« Senhor Liceu, dit Dillingham en nous le présentant. Notre estimé préposé à la chancellerie. Il est ici depuis toujours. »

Senhor Liceu nous serra la main, inclinant chaque fois son torse à un angle léger. Carriscant lui montra la photographie et lui demanda s'il pouvait identifier le commandant Shoemaker.

Il le fit aussitôt : « Voilà le commandant Shoemaker, dit-il. Une bonne ressemblance. » Son anglais était excellent.

Carriscant montra du doigt Delphine : « Est-ce Mrs Shoemaker ? »

Liceu s'efforça de ne pas sourire à un certain souvenir. « Non, monsieur, il n'y avait pas de Mrs Shoemaker. Le commandant était un célibataire endurci.

— Reconnaissez-vous cette dame ?

— Non, j'en ai peur. J'étais présent ce jour-là. Je m'en souviens fort bien. J'étais un grand admirateur de Senhorita Barrera. » Il sourit tristement. « Je pense que je n'avais d'yeux que pour elle. Cette dame était probablement l'invitée du commandant Shoemaker. Ou de Mr Aishlie. »

Le désespoir se repeignait peu à peu sur le visage de Carriscant.

« Cette dame n'était pas française par hasard ? dit Liceu, le sourcil froncé. Je me rappelle vaguement une Française très élégante lors d'une des réceptions.

— Je ne crois pas. » Carriscant haussa les épaules. « A moins qu'elle n'ait épousé un Français.

— Je demanderai à d'autres membres du personnel, proposa Liceu. Peut-être quelqu'un s'en souviendra. Ce fut un grand jour pour la légation. Des plus mémorables. D'autres auront peut-être meilleure mémoire que moi. »

Après avoir remercié les deux hommes et quitté les lieux assez déprimés, nous descendîmes lentement les marches du perron. Le soir tombait et les réverbères étaient allumés. Dans le ciel erraient quelques nuages teintés de rose. Un taxi s'arrêta et un jeune homme fleuri d'une méchante acné en sortit et passa un certain temps à chercher de la monnaie dans ses poches tandis que le taxi tournait patiemment au ralenti le long du trottoir. Je sentis le découragement de Carriscant m'enserrer les épaules comme un châle. Il fallait que je dise quelque chose.

« Comment est-ce déjà ? “ A l'heure violette, quelque chose, quelque chose, comme un taxi vrombissant à la porte ”... Non, “ le cœur humain, comme un taxi vrombissant à la porte... ”.

— De quoi diable parles-tu ? me coupa Carriscant d'un ton très sec.

— Juste une citation. Un vers qui m'est venu à l'esprit. “ A l'heure violette, etc. ” » Je lui montrai le ciel vespéral nimbé de rose. « Rien d'important. Simplement la conjonction de l'effet de lumière et de ce taxi. N'y pensez plus. »

Il me regardait fixement, un lent sourire élargissant son visage. « A l'heure violette, dit-il. Tu ne vois pas ?

— Quoi ? Non, pas du tout.

— Les violettes. »

Vendredi 5 mai

Nous passâmes la matinée à marcher dans la Baixa, allant de confiserie en confiserie à la recherche d'une boutique qui vendrait des violettes au sucre. Sur six *confeiteiros*, une seule possédait un stock de ces douceurs. Nous revînmes de l'hôtel avec João pour nous aider à traduire.

« Ils vendent beaucoup de différentes sortes de bonbons », dit João, un peu inutilement, tandis que nous inspections le petit magasin. Il était étroit et sombre et ressemblait plus à une pharmacie avec ses étagères surencombrées de bocaux décorés, certains teintés de vert et bleu. « Mais ils n'ont pas de commande régulière pour les violettes. Ils ne les expédient pas à des clients particuliers.

– Et les clients habituels ? »

João conféra avec le couple stupéfait qui tenait la boutique. Oui, ils avaient un certain nombre d'habitués. Ils scrutèrent avec curiosité la photo de Carriscant. Non, ils ne reconnaissaient pas la femme.

Pas découragé, Carriscant releva le nom du grossiste qui les fournissait en violettes au sucre ; il obtiendrait de lui la liste des autres dépositaires dans la ville, expliqua-t-il.

Je commençais à m'inquiéter un peu. Dans le genre se raccrocher à n'importe quoi, on ne faisait pas mieux... Mais Carriscant insista, leur soutirant la promesse de demander à quiconque achetant ces bonbons de laisser ses nom et adresse. Ils essaieraient, dirent-ils, frappés de toute évidence par le sérieux de la requête de Carriscant, mais ils le prévinrent que tout le monde ne serait pas prêt à divulguer ces informations.

Nous dénichâmes un petit café dans le voisinage, le café

Adamastor où nous nous arrêtâmes pour prendre un verre. Il ne s'agissait guère plus que d'une pièce noircie de fumée avec un long comptoir en zinc au fond et une étagère garnie de tonnelets replets, munis de robinets étiquetés Moscatel, Clarete, Genebra. Fixé au plafond, un petit ventilateur monté verticalement au bout d'une perche, ce qui le faisait ressembler à un arbre à hélice sur un moteur de hors-bord, tournait lentement sans interruption, assurant que la fumée des cigarettes atteigne chaque recoin de la pièce.

Nous nous assîmes à une table ronde en marbre. Je commandai un *vinho verde*, Carriscant un cognac. J'avalai avidement une gorgée de mon vin frais ; il avait un goût jeune et vert, comme de l'herbe écrasée. Je sortis mes cigarettes.

« Je ne pense pas que tu devrais faire ça, Kay.

— Faire quoi ?

— Fumer.

— Tout le monde le fait, pourquoi pas moi, nom d'un chien ?

— Aucune des femmes ne fume... J'ai l'impression que ça n'est pas dans les mœurs.

— Eh bien, je ferai œuvre de pionnière », répliquai-je, allumant comme un défi ma Picayune. Néanmoins, l'instinct de Carriscant ne l'avait pas trompé : je devins durant une minute ou deux l'objet de regards fascinés et de commentaires chuchotés.

« On a pris un vrai bon départ, dit Carriscant avec un enthousiasme sincère, un vrai bon départ. Je visiterai cette boutique tous les jours. J'en trouverai d'autres dans la ville. On devrait commencer à établir une liste de noms. »

Je me sentis envahie d'une fatigue indescriptible à l'idée de partir à la chasse de chaque amateur de violettes au sucre dans Lisbonne.

« Docteur Carriscant, vous ne pouvez vraiment pas...

— Combien de fois te l'ai-je répété, Kay ? Je souhaiterais que tu m'appelles papa.

— Ça m'est difficile, vous le savez bien.

— Je ne vois pas pourquoi. Au moins Salvador, en tout cas. Nous sommes amis, Kay, bons copains, toi et moi. Je ne veux pas avoir le sentiment d'être ici simplement par charité. Je vais reprendre un autre cognac, je crois. Et toi ? »

Samedi 6 mai

Nous trouvâmes deux autres boutiques qui vendaient des violettes au sucre, l'une un bureau de tabac sur la Praça do Comércio, l'autre dans Bairro Alto. Incapables de faire comprendre nos demandes compliquées, nous décidâmes de revenir plus tard avec João.

Je persuadai Carriscant de tenter une autre méthode pour découvrir Delphine. Je suggérai de faire faire un agrandissement de la photographie et de mettre une annonce dans un journal demandant à quiconque reconnaissant Delphine d'entrer en contact avec nous au *Francfort*. Nous pourrions même offrir une récompense, suggérai-je. Il jugea l'idée bonne et notre journée se termina donc par une visite au studio du photographe à qui nous devions nos photos de cartes d'identité et qui exécuta l'agrandissement requis.

De retour à l'hôtel, un mot de la légation des États-Unis nous attendait, venant de Senhor Liceu, superbement libellé en une exquise calligraphie. Un collègue de bureau pensait que la femme qui se trouvait avec les invités d'honneur le jour de l'Aishlie Cup n'était pas française mais portugaise. Il lui avait parlé et se rappelait son nom : Senhora Lopes do Livio. « Une appellation mélodieuse, ajoutait Liceu, et la raison pour laquelle elle lui était demeurée à l'esprit. » Fait confirmé par le registre officiel des visiteurs du jour. Mais il n'y avait pas d'adresse à côté de la signature.

« Portugaise ? dit Carriscant. Il doit y avoir une erreur. »

D'après João, trois personnes du nom de Lopes do Livio figuraient dans l'annuaire des téléphones de Lisbonne. L'une était une esthéticienne, l'autre donnait une adresse dans l'Alfama – je ne crois pas qu'une personne distinguée vivrait là, déclara João –, la troisième habitait un quartier respectable de la ville près du Jardin botanique. Nous décidâmes d'enquêter le lendemain matin.

Après notre dîner ce soir-là, nous sortîmes bras dessus bras dessous pour aller prendre un *digestif** au café Martinho situé entre la gare et le théâtre national sur le Rossio. Nous traversâmes les rues mal éclairées pour gagner l'immense place, encore bruyante de tramways et de taxis, des cris des vendeurs de billets de loterie et des appels des petits cireurs de chaussures, avec des groupes de flâneurs autour des fontaines et du monument, les vitrines des cafés luisant d'un reflet orange sous leurs auvents fanés ; et puis, au-delà de la masse classique du théâtre, s'élevait la ville sur une des collines les plus hautes, de nombreuses lumières éparses sur le noir lumineux. Pour la première fois, j'éprouvai l'authentique frisson du voyage, cette sensation de dépaysement, tandis que nous nous promenions, étrangers anonymes dans cette ville hospitalière, désordonnés, parmi ses citoyens oisifs, leurs rires et leurs bavardages incompréhensibles. J'étais en Europe, me rappelai-je, bien que sur sa rive la plus occidentale, je me devais de tirer quelque réconfort de ce voyage que je finançais – et, Dieu, en avais-je besoin ! – et cesser de me conduire comme le chaperon tolérant d'un vieillard susceptible et excentrique. Mais ledit vieillard susceptible et excentrique, je le voyais, s'amusait bien, lui aussi, traversant la place d'un pas ferme, fier de son nouveau costume, en direction de la tiédeur enfumée du Martinho d'où émanait par les portes ouvertes une odeur de café grillé.

Le Martinho était majestueusement vaste. Une grande salle avec de solides piliers, des corniches encroûtées et de hauts miroirs dorés, meublée de tables aux dessus de marbre, réparties, avec une précision de salle de classe, en rangs impeccables. Des suspensions munies d'abat-jour en verre dépoli, surgissant telles des tulipes sur le retour des piliers centraux, diffusaient une lumière jaunâtre. Tous les serveurs étaient de solides gaillards d'âge mûr, portant de longs tabliers blancs et de généreuses moustaches. L'endroit était surpeuplé, rempli d'hommes qui avaient gardé leur chapeau sur la tête, et qui, tout en buvant et bavardant, restaient assis de la manière la plus bizarre, pensai-je, une main sur le pommeau de leur canne, comme prêts à chaque instant à bondir et à filer dans la nuit.

Nous trouvâmes une table pour deux le long d'un mur, sous un miroir baroque sculpté dont les côtés étaient formés de deux caryatides dorées, deux beautés pubères aux seins nus émergeant d'un amas de lianes et de fruits tropicaux. Après avoir commandé un café, avec un cognac pour Carriscant, nous nous installâmes pour observer la scène.

« Voilà la vraie vie », dit Carriscant, versant son cognac dans sa tasse de café. Il me jeta un regard malicieux : « Tu ne trouveras jamais rien de pareil à Los Angeles.

— Ce qui est la raison pour laquelle on voyage, répliquai-je, avec une certaine froideur, irritée par son ton condescendant. Quel ennui si chaque lieu nouveau se contentait de reproduire votre ville natale. Un habitant de Lisbonne ne va pas à Los Angeles pour y chercher un café Martinho.

— Il serait néanmoins ravi d'en trouver un », affirma Carriscant, l'air content de lui.

Le silence retomba car je décidai de ne pas prolonger cette discussion.

« Comment saviez-vous, lançai-je soudain, lui en voulant de me gâter l'excitation et le plaisir ressentis en traversant le Rossio, comment saviez-vous que j'habitais Los Angeles? Comment saviez-vous que maman était partie vivre là-bas ? »

Mon ton le surprit et il parut déconcerté avant de me répondre : « Udo me l'a dit. Annaliese lui écrivait une fois par mois jusqu'à sa mort. » Il se tut, faisant appel à sa mémoire. « L'évêque a promptement annulé notre mariage. Puis Udo m'a annoncé qu'elle avait épousé un Américain du nom de Fischer, un importateur de chanvre installé à Los Angeles. Quand je suis arrivé là-bas, ça n'a pas été difficile de le retrouver. Ni toi non plus.

— Et Hugh Paget, alors?

— Je ne sais rien à propos d'aucun Hugh Paget. »

Je sentis le poids de mes insatisfactions s'abattre sur moi, l'impression de vivre une histoire personnelle concoctée à partir de demi-vérités et de fictions commodes. Maintenant, d'autres incertitudes et ambiguïtés capitales dans le récit de Carriscant venaient me harceler, me rendant maussade et mal à l'aise. Sur beaucoup de points, Carriscant avait été aussi honnête et prodigue de détails que quiconque. Il semblait n'avoir rien caché, me fournissant des détails intimes que je n'aurais jamais demandés moi-même. Mais en fin de compte, c'était *son* histoire, et il était libre de souligner ou de taire ce qu'il voulait, de retenir et de choisir, de redonner forme et direction...

Je sirotais mon café en le regardant par-dessus le bord de ma tasse tandis que ses yeux vifs parcouraient la salle animée. Il se tourna pour me regarder et me sourit, soulevant sa tasse en guise de salut. Il était de bonne humeur.

« Merci pour tout, Kay, je crois que demain nous...

— Qui a tué Ward et Braun ? »

La question m'échappa soudain, imprévue, spontanée, alors que mon esprit faisait le tri de ce qu'il m'avait raconté. Carriscant ne broncha pas : il réfléchit, tira sur le lobe d'une oreille et reposa sa tasse dans sa soucoupe sans un bruit. Il haussa les épaules.

« Je n'en sais pas plus que toi... Qui crois-tu, toi ? Je t'ai raconté tout ce que je savais.

— C'est ce que vous dites. Mais ça ne peut pas être vrai. Il doit y avoir des choses que vous avez oubliées ou jugées sans rapport avec l'affaire.

— Bien entendu. » A ma vague surprise, je crus sentir en lui un certain plaisir, tandis qu'il se radossait à sa chaise, une sorte de délice espiègle devant la tournure que prenait mon interrogatoire. « Écoute, je t'ai raconté l'histoire que tu m'as demandé de te raconter, celle de Delphine et moi, la raison pour laquelle nous faisons ce voyage. Mais qui sait ? » Il réfléchit, un sourire indulgent aux lèvres. « Tu peux trouver la réponse à d'autres questions. Tout est là si tu sais où chercher. »

Cela m'intrigua : « Quoi ? Des clés, vous voulez dire ?

— Oui et non. Ça vaut pour nous deux. Je suis sûr qu'en te

racontant ce qui s'est passé il y a des rapports que je n'ai pas repérés. C'est forcé. Peut-être pouvons-nous les obliger à apparaître. Deux cerveaux valent mieux qu'un, etc. »

Cela m'apparut comme un défi détourné. Je regrettai de ne pas avoir mes notes avec moi mais, en commençant à y songer, j'entrevis certaines indications, certaines omissions.

« Réfléchis, Kay. Réfléchis bien. Qu'ai-je oublié ? Maintenant que tu connais toute l'affaire et que tu peux revenir dessus, qu'est-ce qui t'apparaît significatif ? »

Il me fallut un certain temps avant de découvrir quelque chose. Une remarque complètement inoffensive un peu plus tôt, la sorte de parenthèse en passant qui à l'instant même semble très banale.

Je le regardai sous le nez : « Vous avez dit à un moment que vous aviez déjà vu Sieverance. Avant de le rencontrer ce jour-là à l'Ayuntamiento. »

Il fronça les sourcils et leva les yeux au plafond. « Non. Je n'ai pas dit ça. J'ai dit que je me demandais si nous ne nous étions pas déjà rencontrés. Il me rappelait quelqu'un.

— Qui ?

— C'est une longue histoire. Ça s'est passé un bon bout de temps avant que je rencontre Delphine. Je ne sais pas si ça a un rapport quelconque avec tout ceci.

— Pourquoi ne pas m'en laisser juge ?

— Très bien. » Il me jeta un regard sagace et fit signe au garçon de nous apporter un second café. Je me commandai un verre de porto. A Rome fais comme...

« Tu te souviens de ma visite à ma mère, à San Teodoro... Je ne l'avais pas revue depuis un certain temps. Ma dernière visite remontait, je crois, à février 1902. J'allais la voir parce que je m'inquiétais de ce qui se passait dans les provinces du sud, surtout dans le sud de Luçon. La guerre continuait. Après Balangiga, les combats...

— C'est quoi, Balangiga ?

— Un lieu. Quarante-huit Américains y ont été massacrés, sur l'île de Samar, par des *insurrectos*. Le général Smith avait donné l'ordre que tous les Philippins capables de porter des armes et qui ne se rendraient pas devaient être abattus. » Carriscant eut un sourire las. « Le général Smith partait de l'idée que tout mâle âgé de plus de dix ans était capable de porter des armes. » Il ouvrit ses mains en grand. « L'affaire a échappé à tout contrôle. Les gens pensaient qu'une fois Aguinaldo capturé, la guerre était pratiquement terminée. Pas du tout. Les premiers mois de 1902 furent une mauvaise période, la pire sous certains aspects. Non pas pour nous à Manille, bien entendu, mais dans le sud de Luçon, à Cavite, Batangas, Tabayas, il y eut pas mal de combats. Il y avait un excellent général *insurrecto* là-bas, Esteban Elpidio...

— L'oncle de Pantaleon.

— Oui. Une expédition punitive fut envoyée, conduite par un jeune général, Franklin Bell. Les gens furent concentrés dans les zones militaires, et toute source de ravitaillement à l'extérieur de ces zones fut détruite. Dès qu'un soldat américain était tué, on tirait au sort un Philippin et on l'exécutait. Quand on a fini par avoir Elpidio en avril, la guerre était terminée mais en février il y avait encore des tas de problèmes... »

Carriscant me raconta donc son voyage dans le sud pour aller chez sa mère. Il était parti dans sa voiture, conduite par Constancio, avec des provisions de nourriture. Le trajet jusqu'à Los Banos sur la Laguna de Bay fut calme. En prenant la route de l'intérieur pour San Teodoro, ils pénétrèrent dans une des zones sous contrôle militaire où le couvre-feu était strictement appliqué. Ils arrivèrent au village avant la tombée de la nuit et à huit heures, à l'heure du couvre-feu, Carriscant se trouvait à l'abri chez sa mère.

Mais le lendemain matin, aucun des domestiques ne se présenta à la maison et la mère de Carriscant, soucieuse, l'envoya enquêter au village. Elle s'inquiétait surtout parce que son majordome, Flaviano, était d'une ponctualité infaillible. Et s'il avait été malade, son fils Ortega serait venu les en informer.

San Teodoro était complètement désert quand Carriscant y arriva avec Constancio. Des feux avaient été allumés pour le petit déjeuner et deux ou trois éventaires dressés sous l'antique acacia sur la place, mais, à part quelques poules et des chiens errants fureteurs, il n'y avait aucun signe des habitants.

Puis ils découvrirent une vieille femme qui se cachait derrière l'église en bois. Elle leur raconta que les *Americanos* étaient venus à l'aube et avaient rassemblé tout le monde, hommes, femmes et enfants, avant de les emmener sur la piste menant à la rivière, le chemin de Santa Rosa.

Carriscant laissa Constancio avec elle et s'engagea sur la piste. Il savait qu'elle traversait un petit cours d'eau qui allait se jeter dans la Laguna. Il marchait depuis dix minutes quand il entendit le premier coup de feu. Suivi de deux autres. Et après un silence de quelques secondes un autre coup. Il quitta la piste et avança en cercle à travers le sous-bois en direction du bruit. Il compta cinq autres coups. Neuf au total.

Il atteignit une trouée dans les arbres, au bord de la clairière où la piste empruntait le petit pont de bois pour franchir la rivière. Ici, serrés les uns contre les autres, se trouvaient treize hommes et adolescents gardés par plusieurs dizaines d'Américains, de grands types, barbus, en chemises bleues maculées et coiffés de leurs grands chapeaux bosselés. A quelque distance de là, sur le pont, trois autres soldats américains. Sous le pont, la rivière s'élargissait en un réservoir, autour duquel étaient rassemblés les femmes du village, quelques rares vieillards et les enfants de moins de dix ans. Dans le réservoir, neuf corps flottaient au bord de la digue de retenue.

De son poste d'observation dans les arbres au-dessus de la clairière, Carriscant vit les hommes et les adolescents être conduits un par un sur le pont. L'officier levait son pistolet à hauteur de la tête du prisonnier, criait d'une voix claire : « Souviens-toi de Balangiga ! » et tirait. Le corps était ensuite jeté par-dessus le parapet pa. deux soldats, et rejoignait doucement au fil de l'eau les autres cadavres flottant au bord du barrage, poussés par le courant paresseux, comme des bûches molles.

L'atmosphère était d'un calme étrange. Le soleil brillait dans un ciel laiteux brumeux et les fusils avaient fait taire les oiseaux. Un vague gémissement montait du groupe rassemblé près du réservoir et quelques-uns des plus petits enfants pleuraient. Mais les hommes et les adolescents attendaient en silence d'être choisis, tête baissée, sans mot dire. Tandis que l'officier rechargeait son arme, les deux soldats prirent le relais. Et toujours avec le même cri, « Souviens-toi de Balangiga ! », avant le coup de feu. Cela continua jusqu'à ce que tous les hommes et les jeunes gens aient été tués, puis les Américains remirent leur fusil à l'épaule et leur paquetage sur le dos avant de reprendre la route de Santa Rosa. Flaviano et Ortega étaient tous deux parmi les victimes. Carriscant apprit plus tard qu'on avait tiré sur la colonne la nuit d'avant alors qu'elle campait à un kilomètre environ de San Teodoro ; deux soldats avaient été tués, quatre blessés. L'attaque sur le village était un acte de représailles. Vingt-deux hommes et adolescents avaient été exécutés.

Carriscant me relata tout cela sur un ton égal, sans émotion. Nous demeurâmes un temps silencieux après qu'il eut fini son récit dont je tentai de saisir les implications.

« Croyez-vous que l'officier était Sieverance ? dis-je.

— Je ne sais pas. Certes, Sieverance m'a fait penser à lui. Cet officier portait une barbe mais il était blond comme Sieverance. Quelque chose dans son allure aussi. Je ne pouvais pas en être vraiment sûr. J'ai demandé à Delphine si Sieverance avait servi à Batangas mais elle n'en avait pas la moindre idée. » Il haussa les épaules. « Il y avait une ressemblance mais je me trouvais assez loin, à douze ou quinze mètres.

— Était-ce le bataillon de Sieverance ? Vous connaissez le nom de l'unité en question ?

— Non.

— Avez-vous fait un rapport ? »

Carriscant fit la grimace : « Il faut que tu comprennes que cinquante-quatre mille personnes sont mortes à Batangas au cours de ces mois-là. Tuées ou bien décimées par la maladie, la faim, le choléra. Ma mère a écrit au général Bell pour protester mais elle n'a reçu aucune réponse. De tels incidents étaient banals. » Il réfléchit puis ajouta avec circonspection : « Le seul à qui j'en ai parlé, c'était Pantaleon.

— Pourquoi ?

— Il fallait que je le raconte à quelqu'un.

— Certains officiers américains ont été jugés pour atrocités.

— Et le général Smith a même été cassé. Malheureusement, je n'avais ni noms, ni informations. Et le massacre de San Teodoro était de la petite bière. A Batangas, treize cents prisonniers furent systématiquement exécutés en six jours après avoir creusé leurs propres tombes. Ce fut une sale petite guerre. » Il soupira. « Dans un sens, mieux vaut que le monde l'ait oubliée. »

Nous nous regardâmes, son visage ne laissant rien paraître de ce qu'il pensait ; ses traits étaient tirés, ses yeux fatigués, comme si le récit de son histoire l'avait épuisé.

« Te voilà un peu plus avancée ?

– Non. Mais vous n'avez pas répondu à ma question. Qui a tué Ward et Braun ?

– Je croyais que c'était évident. Ce doit être Cruz.

– Cruz ? Vous êtes sérieux ?

– Ce type était fou. Il haïssait les Américains. Il était obsédé par son opération du cœur. Rappelle-toi qu'il avait délibérément pratiqué une incision dans le cœur d'un homme pour le recoudre. En tout cas, je pense que Cruz était en train de devenir fou. La guerre, la perte de la colonie. Même ma présence à l'hôpital signifiait aussi que sa réputation déclinait. Alors il était possédé par l'idée de se faire un nom. Et en ce temps-là le cœur était l'organe qui nous valait le plus de frustrations. C'est la seule explication de ces mutilations. Je me souviens l'avoir entendu me dire un jour qu'il lui fallait des cœurs européens, je ne sais pas pourquoi, un préjugé de cinglé, je suppose. Mais je ne pense pas qu'il ait tué la femme. Ça, c'était un hasard. Un coup de poignard à Tondo qui a compliqué le tableau. »

Je soupirai, incertaine, troublée par cette histoire effroyable. Un beau matin ensoleillé à San Teodoro...

Carriscant se pencha vers moi, le menton sur les jointures de ses mains croisées et me fixa droit dans les yeux.

« J'espère que tu ne te formaliseras pas de ce que je vais te dire, Kay. Tu es une femme séduisante mais il ne faut pas que tu grossisses davantage. On s'en va ? »

Assise dans ma chambre, baignée, prête à me coucher, j'inscris le nom des victimes. Ward, Braun, la femme inconnue, Sieverance. Puis je fais une autre liste :

PANTALEON QUIROGA
DOCTEUR ISIDRO CRUZ
JEPSON SIEVERANCE

Je ne sais pas très bien pourquoi je fais ça ni à quoi j'espère aboutir ; j'ai le cerveau embrouillé et ralenti après cette dose d'informations nouvelles, mais j'ai besoin de mettre noir sur blanc les choses telles qu'elles me viennent en tête, presque comme un exercice, simplement pour susciter un processus de déduction, pour voir si le nom en noir et blanc sur la page va me dire quelque chose. Je considère les options.

Pantaleon – le suspect de Paton Bobby. Il était au courant du massacre, il connaissait les soupçons de Carriscant à l'égard de Sieverance. Ward et Braun étaient-ils les deux autres soldats sur le pont ? Peut-être le lien de parenté de Pantaleon avec le général Elpidio lui avait-il procuré ce genre d'information. Mais j'ai du mal à imaginer Pantaleon en membre de la cinquième colonne rebelle.

Le suspect de Carriscant était Cruz. A la recherche de solides cœurs américains pour ses expériences. Mais pourquoi déposer les corps sur des sites majeurs du premier jour de la guerre ? Ou s'agissait-il d'une coïncidence ? Vus à la lumière des événements de février 1899, presque tous les environs de Manille avaient une signification. Cruz semblait quelque peu dérangé mais je trouvais difficile de croire qu'il irait aussi loin dans son désir de se faire un nom. Pourtant, de toute évidence, Bobby le soupçonnait aussi, autrement comment expliquer la descente dans son laboratoire ?

Jepson Sieverance était mon idée. Une intuition que j'avais. Carriscant m'avait raconté qu'une commission officielle – la commission Lodge – avait enquêté tout au long de l'année 1902 sur les atrocités consécutives à Balangiga. Sieverance, jeune officier ambitieux, pouvait avoir jugé opportun de supprimer ses deux complices. Ou peut-être Braun et Ward le faisaient-ils chanter ? En admettant, bien entendu, que l'homme qu'avait vu Carriscant était vraiment Sieverance, ce dont Carriscant n'avait jamais été tout à fait convaincu... D'autre part, Sieverance ne s'était certainement pas suicidé. Oui mais nous savions qui l'avait tué. Ou ne le savions-nous pas ?

Je semble n'arriver à rien. J'inscris un dernier nom :

SALVADOR CARRISCANT

Demain nous irons rendre visite à Senhora Lopes do Livio. Voyons quelles révélations le nouveau jour apportera.

Dimanche 7 mai

Nous prîmes notre petit déjeuner dans la salle à manger : petits pains durs et miel, arrosés d'un pot de café convenable. Carriscant ne paraissait pas du tout nerveux et dégusta trois petits pains avec un enthousiasme gourmand, demandant au garçon de confirmer si le miel était au trèfle ou bien provenait d'abeilles se nourrissant d'autres espèces de fleurs.

« Je peux le sentir, me dit-il, pas toi ? Le trèfle. Une odeur, quelque chose sous la surface. Mais si ça n'est pas du trèfle, alors de la lavande, ou du genêt, peut-être. »

Le serveur fut incapable de l'aider et pour moi, le miel avait le goût du miel. De plus, je n'avais pas faim : je laissai la moitié de mon petit pain, bus une tasse de café et allumai une cigarette plus tôt que d'habitude. Je demandai à Carriscant s'il ne fallait pas téléphoner d'abord ou envoyer un mot pour expliquer qui nous étions, mais il préférait y aller sans prévenir.

« Suppose que ce ne soit pas elle. Nous ne voulons pas faire perdre leur temps aux gens. On y va juste comme ça, c'est bien mieux. Il y aura sûrement quelqu'un, c'est dimanche. » Je le laissai agir à sa guise. Il était d'humeur calme, presque allègre alors que j'éprouvais une sorte de curieux mauvais pressentiment, comme si, m'apprêtant à aller consulter un médecin ou un spécialiste, j'étais sur le point d'apprendre des faits que j'aurais préféré ignorer.

Vers midi, nous nous retrouvâmes devant l'hôtel et hélâmes un taxi. La journée était fraîche et ensoleillée et, au-dessus de nos têtes, le ruban de ciel entre les édifices d'un bleu pâle parfait. João sortit précipitamment de la réception avec un parapluie qu'il nous obligea à prendre. « Il pleuvra dans l'après-midi, affirma-t-il avec une certitude invincible. Mieux vaut être préparé. »

Nous demandâmes au taxi de nous déposer aux portes du Jardin botanique et nous parcourûmes à pied la courte distance nous séparant de l'adresse de Senhora Lopes do Livio. Elle habitait au deuxième étage d'un grand immeuble aux balcons de fer forgé alambiqués. Une vaste porte cochère menait à une étroite cour pavée : à droite, le hall d'entrée où un vieux concierge au dos rond se tenait en faction sur un tapis rouge conduisant à l'ascenseur. Les murs étaient garnis d'une petite collection de pots contenant des fougères poussiéreuses et faméliques s'efforçant de pousser dans une perpétuelle pénombre. Nous décidâmes de monter à pied jusqu'au deuxième étage — une suggestion de Carriscant. Je crois qu'il commençait à sentir pour la première fois l'énorme pression de cette rencontre et l'occasion de retarder les choses, ne fût-ce que de quelques secondes, semblait tout à coup très désirable.

Je tendis le bras pour actionner la sonnette, sous une plaque de cuivre vernis annonçant Lopes do Livio mais la main de Carriscant sur mon coude me fit hésiter.

« De quoi ai-je l'air ? dit-il.

— Très bien, le rassurai-je. Très élégant et distingué. »

Il me fit un grand sourire, témoignant de son évident plaisir, et je sentis mon cœur fondre. Je me penchai et l'embrassai sur la joue. Il fut très surpris et porta aussitôt sa main à l'endroit où mes lèvres s'étaient posées comme si je l'avais badigeonné de peinture ou piqué avec une aiguille.

« Dieu te bénisse, Kay, dit-il, ému. Je ne sais pas ce que j'aurais fait sans toi.

— N'y pensez pas, répliquai-je. Écoutez, peut-être n'est-ce même pas elle. Il se pourrait qu'on continue à faire la tournée des confiseries d'Europe encore un bout de temps. »

Je pressai la sonnette et, après un moment, nous entendîmes des bruits de pas et la porte fut ouverte par un jeune homme d'à peu près mon âge. Il était grand, avait des cheveux frisés indisciplinés séparés avec force par une raie médiane impeccable et des lèvres pleines assez proéminentes. Il émanait de lui une sorte de suspicion, de réserve : il semblait tenir son corps un peu arqué en arrière comme pour prévenir sa crainte d'une agression quelconque.

Il nous adressa quelques mots en portugais.

« Parlez-vous anglais ? m'enquis-je.

— Oui, dit-il, avec un léger accent. Vous êtes anglais ?

— Nous sommes américains. Nous voudrions voir Senhora Lopes do Livio, si c'est possible.

— Je regrette. Ma mère est souffrante. Elle ne reçoit pas. »

Je sentis Carriscant se raidir à côté de moi.

« Je suis un très vieil ami, dit Carriscant. Je suis venu du bout des États-Unis pour la revoir. »

Le jeune homme fronça les sourcils : « Elle ne m'a rien dit à ce sujet.

— Elle ne savait pas que je venais. Il m'a fallu un certain temps pour la retrouver.

— Je n'ai pas connaissance d'amis de ma mère en Amérique... » Sa suspicion était vive, nous devenions tout à coup des représentants de commerce importuns, des colporteurs qui n'avaient pas utilisé l'entrée de service.

« Si vous lui dites que le docteur Salvador Carriscant est venu la voir, je suis sûr qu'elle m'accordera un peu de son temps. »

Le ton confiant de sa voix et sa nuance d'hostilité suffirent à nous faire admettre, encore que la réticence du garçon fût palpable. Il nous fit entrer dans un grand salon vert pâle, peu éclairé, les volets clos à demi. Le style de l'ameublement était vieillot et les grands rideaux de velours vert aux trois hautes fenêtres étaient usés jusqu'à la corde. Mais les proportions de la pièce étaient élégantes et le mobilier de bonne qualité, bien choisi. Des portraits sombres trop vernis de militaires aux moustaches cirées pendaient aux murs. Je me demandais s'il s'agissait des ancêtres Lopes do Livio. Nous nous assîmes au bord d'une bergère dorée, les mains sur les genoux, pareils à des candidats à une interview.

« Nerveuse ? s'enquit Carriscant.

— Non... Oui, en fait, très.

— Je suis terrifié, dit-il avec une grimace. Le sang tourné en eau glacée. »

Nous attendîmes dix bonnes minutes avant que le jeune

homme revienne. Son comportement ne s'était pas modifié.

« Ma mère va vous recevoir, dit-il, visiblement mécontent de cette décision. Mais je vous demanderai de ne rester que peu de temps. Elle se fatigue très vite. Suivez-moi, je vous prie.

— J'attendrai ici », dis-je à Carriscant.

Il prit ma main. « Non, pas question, répliqua-t-il, me forçant à me lever. Il faut que tu sois avec moi. »

Main dans la main, nous suivîmes un couloir d'une longueur surprenante — l'appartement était immense —, les lattes du parquet cliquetant sous nos pas comme des dés dans un godet de cuir. L'austère jeune homme frappa légèrement à une porte et la tint ouverte pour nous laisser entrer. Et je sentis alors la peur m'envahir, peur pour Carriscant plutôt que pour moi. Chaque facette, chaque aspect de sa vie avait été conditionné pendant plus de trente ans par la possibilité que ce moment survienne un jour, et voilà que nous y étions. La perspective de le voir déçu, trompé — ou pire, détruit — par cette rencontre confinait à l'insupportable. Il serra ma main et nous pénétrâmes ensemble dans la pièce.

Voici ce que je vis. Une vieille dame était assise dans un fauteuil devant une haute fenêtre drapée de mousseline donnant au loin sur le Jardin botanique, le visage éclairé d'une lumière tamisée, douce et satinée. Elle était maigre avec des traits aiguisés par l'âge, la peau tendue et marquée, mais l'air toujours énergique, le nez proéminent, les yeux sombres et alertes, les cheveux gris tirés en un chignon lâche sur la nuque. Encore belle, pensai-je, dans le genre sévère, de cette manière semi-cachée que l'on rencontre chez certaines femmes et qui laisse entrevoir la jeune fille d'autrefois. Elle semblait bien plus vieille que Carriscant. Elle tenait ses mains sur ses genoux ou plutôt au-dessus, agitées d'un tremblement visible, pas naturel. Le pouce et l'index de sa main droite n'arrêtaient pas de se mouvoir comme s'ils roulaient une pilule.

Carriscant s'avança vers elle tandis que je m'écartais un peu.

« Salvador ? dit-elle, d'une voix douce, son accent américain à peine perceptible.

— Oui, Delphine.

— Ne rôde pas ainsi dans l'ombre. Je ne te vois pas.

— Me voici. »

Elle le regarda : « Tu as du ventre.

— Gros appétit. Tu me connais. »

Il s'agenouilla près de son fauteuil et prit ses mains tremblantes entre les siennes, leurs têtes se rapprochant d'un même mouvement. Ils s'embrassèrent, longuement, lentement, pleins d'une ardeur décente et généreuse, d'une sensualité tendre et vraie. Je songeai au dernier baiser qu'ils avaient échangé dans l'obscurité de la Calle Francisco, dans Intramuros, à Manille en 1903... Toute une génération passée, la moitié d'une vie évanouie. Ils se séparèrent. Elle toucha le visage de Carriscant de ses doigts tremblants. Il pressa sa paume contre sa bouche.

« Maman, je vous en prie, ceci est intolérable ! » s'écria le jeune homme. Je voyais le choc peint sur son visage, le trouble d'être témoin d'une telle passion chez de vieilles gens.

« Oh, tais-toi, Nando, dit-elle, sans quitter du regard Carriscant. Ne fais pas ton petit saint. »

Du revers des doigts, Carriscant lui caressa la mâchoire, lui caressa le cou : « Belle Delphine, dit-il rêveusement. Que tu es belle.

— Qui est-ce ? demanda-t-elle, son regard tourné vers moi.

— Kay, ma fille. Elle m'a aidé à te retrouver. »

Je m'avançai vers elle pour saisir sa main tremblante, si légère, et la fixai droit dans les yeux. Ce fut la plus curieuse des sensations que de rencontrer pour la première fois quelqu'un que je connaissais si intimement, un peu comme de me trouver face à un personnage de roman en chair et en os, ou à un personnage historique disparu depuis longtemps.

« Vous avez un air de lui, vous savez, dit-elle. Très net. »

Je murmurai quelques mots pour la saluer, lui exprimer ma joie d'enfin la connaître.

Carriscant se releva : « Maintenant, je veux que tu t'en ailles, dit-il. Delphine et moi avons beaucoup à nous dire.

— Maman, je ne pense pas que...

— S'il te plaît, laisse-nous, Nando », le coupa-t-elle avec fermeté. Ce qu'il fit aussitôt dans un mouvement d'humeur théâtral.

Carriscant m'accompagna à la porte.

« Tu ne m'as jamais vraiment cru, chuchota-t-il, le visage souriant. Pas vrai ? »

Le garçon ouvrit la bouteille et versa le vin dans deux verres. Un vin jaune et froid, et sous la chaleur du soleil les verres se givrèrent aussitôt, des gouttes de condensation se formant très vite. Prenant chacun le nôtre, nous le levâmes pour trinquer légèrement, et Carriscant me dit : « A nous deux, Kay. A nous deux. »

Delphine et lui étaient restés seuls ensemble juste un peu plus d'une heure pendant que j'attendais dans le salon vert. Quand il me rejoignit enfin, il écrasait ouvertement des larmes dans ses yeux mais il souriait aussi et, au moment de quitter l'appartement, son visage était redevenu serein et confiant.

« Le délicieux Nando n'est pas mon fils, dit-il presque aussitôt, alors que nous descendions l'escalier menant dans le hall obscur. Je suis ravi de te l'annoncer. »

Nous trouvâmes un taxi dans la Rua de Pedro V, et Carriscant demanda au chauffeur de « nous emmener dans un café avec vue sur le fleuve ». Il nous conduisit sur le Bairro Alto et nous déposa dans un endroit d'apparence quelconque appelé le café Pacifico mais qui se révéla posséder une jolie terrasse avec une belle vue sur le vaste estuaire et les collines au-delà d'Almada. Nous commandâmes notre bouteille de vin — le plus cher et le plus froid — avant d'attaquer, pendant que nous l'attendions, une assiette de petites olives vertes qu'on nous avait apportée au moment où nous nous étions assis à notre table.

« C'est elle qui vous a envoyé la photographie du magazine, n'est-ce pas ? » dis-je, d'un ton aimable mais sérieux. Certaines choses devaient être éclaircies, à présent.

« Bien sûr. » Il me regarda, presque déçu qu'il m'ait fallu si longtemps pour m'en apercevoir. « Elle l'a envoyée au San Jeronimo. Le seul et unique allié qui me restait au conseil d'administration de l'hôpital a fait en sorte qu'elle finisse par me parvenir. Ça a pris trois mois.

— Pourquoi ne me l'avez-vous pas dit ?

— Eh bien... » Il sourit comme pour s'excuser. « J'ai pensé que ça paraissait plus dramatique, que ma manière de le raconter en faisait plus un défi. Que ça t'enthousiasmerait davantage. » Il haussa les épaules. « Peut-être aurais-je dû te le dire.

— C'était de toute évidence un genre d'appel au secours secret.

— Oui. Ou un test. Un besoin de vérifier. Juste pour voir si j'étais encore là, si je me souvenais. » Son visage s'assombrit. « Je suis certain que c'est le début de sa maladie qui en est la cause. Le temps soudain compté et tout ça.

— Ou bien le sentiment de culpabilité ?

— Non, Kay. Non.

— Alors vous avez tout laissé tomber...

— Plus ou moins. » Il se tut puis reprit. « Je n'oublierai jamais ce jour-là. Mon plus jeune fils est arrivé en courant, brandissant cette enveloppe en demandant s'il pouvait avoir le joli timbre. Je n'arrivai pas à croire...

— Un fils ? »

Ce regard malin de nouveau. Comme il distillait ses révélations !

« J'en ai deux, dit-il. Plus une fille. Je suis marié depuis quatorze ans. Ma femme, Mayang, s'occupe du restaurant. »

Une colère mêlée de surprise amusée monta en moi comme une bulle. Et éclata sans dommage. « Et vous allez repartir les retrouver ?

— Bien entendu, répliqua-t-il, au bord de l'indignation. J'espère que tu viendras nous voir, et bientôt. »

Je répondis que oui. Pourquoi pas ? Tout paraissait possible désormais. Carriscant finirait par me faire éplucher les légumes dans sa cuisine, c'était plus que probable.

« Elle m'a attendu pendant six semaines à Singapour, dit Carriscant, les yeux fixés sur un point à l'horizon. Puis elle a entendu parler du procès et elle a compris que je ne viendrais plus. Elle a perdu l'enfant là-bas aussi. Une fausse couche. Un garçon.

— Un garçon ?

— Oui. Et Axel est venu avec elle en Europe, il l'a accompagnée jusqu'au bout, m'a-t-elle raconté. » Carriscant sourit. « Il était sans doute amoureux d'elle, ce pauvre crasseux de Nicanor... » Il but une gorgée de son vin. « Elle est allée à Vienne comme je savais qu'elle le ferait, puisque nous en avions le projet, et elle y a vécu pendant quelques années. Elle a épousé un Autrichien — je ne lui ai pas demandé son nom — mais il a été tué à la guerre. Elle a rencontré Lopes do Livio en 1920, à Santander, en Espagne. Il était veuf, et le gamin, Fernando, était à lui. Do Livio est mort il y a six ans. Nando veille sur elle depuis : ils sont très proches ; selon elle, il l'adore. Elle habite Lisbonne depuis 1923. Elle est naturalisée autrichienne. Personne ne connaît ses origines, même ses maris ne savaient rien, aucun des deux. »

Nous bûmes encore de ce vin, jeune et piquant, et Carriscant remplit à nouveau nos verres. A l'intérieur des terres, des continents de nuages gris prune s'amassaient, menaçant de cette pluie promise par João, tandis qu'à l'ouest, au-dessus de l'Atlantique, le soleil de l'après-midi brillait avec cet éclat de silex argenté que l'on trouve sur les grands océans, une lumière réverbérée par l'immense étendue d'eaux mouvantes. Nous demeurâmes silencieux un moment, observant un petit vapeur blanc tracer son sillage d'écume salée à travers le calme plat de la *Mar da Palha*, la mer de Paille, tout en avançant paresseusement vers les quais de l'Alfama.

Je me sentis pleine de tristesse pour Salvador Carriscant. Il était dans la rare et terrible position d'avoir connu, une heure ou deux, une brève vision de la vie qu'il aurait pu avoir. Il avait contemplé une vie parallèle pour lui-même et avait été confronté directement à ce-qui-aurait-pu-être. Quelque chose que nous pouvons tous faire, dans des moments de vain désespoir ; ces possibilités existent pour nous, mais seulement sous la forme de rêveries ou de réflexion mélancolique. Mais pour Carriscant l'imaginaire s'était fait chair, incarné par la vieille dame frêle et tremblante avec qui il avait parlé cet après-midi. Si seulement, si seulement, si seulement...

« Elle a tué Sieverance, dit-il. Elle me l'a raconté. Après m'avoir quitté, elle est retournée chez eux chercher sa pièce de théâtre, dit-elle, sa pièce... » Il secoua la tête, incrédule. « Ça a été un accident. Elle filait en douce quand il l'a surprise. Il brandissait son revolver, croyant qu'il s'agissait d'un voleur. Elle a essayé de s'échapper, il a voulu l'en empêcher, ils se sont battus, le coup est parti. »

Je réfléchis : vous entendez du bruit dans votre maison juste avant l'aube, vous vous armez d'un revolver, mais le cambrioleur se révèle être votre défunte épouse que vous avez vue, quelques heures plus tôt, gisant froide et pâle à côté du cadavre de votre enfant mort-né... Vous ne vous *battez* pas avec elle, me semblait-il. Vous criez, vous vous évanouissez sous le choc. Mais vous battriez-vous ?

« Je pensais, dis-je doucement, que Sieverance avait été retrouvé tué dans son lit. »

Carriscant me jeta un regard perçant : « Alors, elle a dû y traîner son corps.

— Sait-elle ce qui vous est arrivé ?

— Elle a su pour le procès. C'est alors qu'elle a décidé de quitter Singapour. Elle a pensé... » Sa voix se perdit un peu. « Elle a compris que nous ne vivrions jamais ensemble. »

Les nuages s'amoncellent à l'est, une grosse cordillère pourpre, une présence massive dans le paysage, pendant que nous nous chauffons aux rayons du soleil qui brille sur l'océan.

Je réfléchis avec soin avant de parler : « Je ne la crois pas, Salvador, dis-je d'un ton calme et mesuré. Je ne la crois tout bonnement pas. Elle est rentrée chez elle pour aller tuer Sieverance. Pour plus de sûreté. Elle courait un risque épouvantable. Je comprends pourquoi elle a voulu le faire mais si elle ne l'avait pas fait, si elle était allée tout droit aux quais, tout droit à Axel... Vous ne voyez pas ? Alors tout se serait passé comme prévu. C'est la seule explication qui...

— Oh non, non, non. C'était une erreur, un terrible accident. » Il ajouta avec une simplicité convaincue, me regardant bien en face : « Je la crois.

— Moi pas.

— Que crois-tu alors ? »

Il y eut un silence avant que je décide de répondre :

« Que vous avez tué Sieverance. Pour la rendre complètement libre. Pour plus de sûreté. »

Il éclata de rire : « Kay, Kay, dit-il tendrement. Je t'adore de penser ça, ça me fait paraître tellement noble. » Il tendit le bras et me tapota la main : « Elle vient juste de se confesser à moi. Elle m'a tout raconté. Retournons là-bas lui demander, si tu veux. »

Il savait que je ne le ferais pas, ce n'était pas un geste convaincant et je demeurai non convaincue. J'abandonnai. A quoi serviraient mes déductions, mes découvertes raisonnées ? Que savons-nous des autres, d'ailleurs, de l'imagination du cœur humain ? La foi de Carriscant était ferme et constante. Sa foi en Delphine et en ce qu'elle avait fait cette nuit-là n'était pas plus absurde que n'importe quelle idée que nous utilisons pour étayer nos vies chancelantes. Et il était heureux aussi, voilà l'important. Il avait accompli ce qu'il avait décidé de faire — un exploit non négligeable — et il avait revu la femme qu'il avait aimée durant toutes ces années.

« Allez-vous la revoir ? dis-je.

— Non. Elle m'a demandé de ne pas le faire et j'ai accepté. D'ailleurs, je ne le désire pas, je n'en ai pas besoin. » Il exhala et je sentis la tristesse le transpercer. « Elle va mourir bientôt, ajouta-t-il pesamment. Elle souffre de la maladie de Parkinson, *paralysis agitans*, elle peut à peine marcher. Elle attend sa fin, elle l'attend avec impatience, dit-elle. Mais elle est contente de m'avoir vu, contente que nous ayons été réunis. Je pense que ça l'a beaucoup aidée. »

Ses yeux se remplirent de larmes, je les vis briller et perler à ses paupières tandis qu'il pensait à elle et à sa disparition prochaine. Et cela provoqua mes larmes à moi et je sentis leur sel me piquer les yeux. J'étais remplie de doutes, remplie de versions et d'explications contradictoires de cette histoire étrange et compliquée qu'on m'avait racontée. Mais du moins je savais qu'il y avait eu un homme nommé Salvador Carriscant et qu'il avait aimé une femme nommée Delphine Sieverance. Cela, en tout cas, je pouvais le confirmer, l'ayant vu de mes propres yeux, et peut-être était-ce là le plus important. Quant au reste, j'avais mes théories, mes noires pensées, mes soupçons, ma version des événements tels qu'ils s'étaient déroulés il y avait si longtemps à Manille. Mais qu'importait ? Assise ici, sur cette terrasse ensoleillée, contemplant la mer de Paille, le sillage du vapeur, le verre de vin jaune dans ma main, je découvrais que j'enviais Salvador Carriscant, mon père. La chance de Carriscant. Il avait aimé. Cela ressortait de tout ce qu'il avait fait depuis qu'il l'avait rencontrée et depuis qu'elle l'avait quitté. C'était une vraie présence dans sa vie ratée, folle, bien là mais invisible, cachée sous la surface, comme des champs d'algues vertes remuant doucement sous une mer déchaînée. Et j'étais aussi témoin du fait qu'il aimait encore cette vieille femme aux yeux noirs et aux mains tremblantes. Et par conséquent sa vie était belle. Et par conséquent je l'enviais. J'ai aimé moi aussi, un jour : Coleman, mon bébé bleu. Mais Coleman est mort. Et Delphine va mourir. Et nous aussi.

« Regarde ça, dit Carriscant avec un grand geste désignant la scène devant nous. C'est très rare cet effet de lumière. Absolument merveilleux. »

La masse livide des nuages orageux semblait dominer la voussure exagérée du ciel mais le soleil continuait de briller sur nos visages tandis que la lumière chargée d'électricité s'épaississait et changeait de couleur autour de nous. Mon doigt traça un chemin à travers les gouttes fraîches de condensation sur la bouteille ; le petit vapeur avait presque atteint le quai de l'Alfama ; le bruit de la circulation et des voix montait vaguement des rues animées à nos pieds et je sentis le bouquet musqué du vin quand je le portai à mes lèvres pour boire longuement.

Alors, à quoi tient la différence – ici et maintenant – sur cette terrasse, où nous sommes assis par cet après-midi d'un bleu éloquent, pris entre des perpétuités de soleil et de pluie, juste en cet instant singulier ? Je me tourne vers Salvador Carriscant qui me sourit, son vieux visage rayonnant de sa formidable chance, et je connais la réponse.

IMPRIMERIE S.E.P.C. À SAINT-AMAND (CHER)
DÉPÔT LÉGAL AVRIL 1994. N° 21364 (331-172)